VENDETTA IN DEATH
by J.D.Robb
translation by Haruna Nakatani

レディ・ジャスティスの裁き
イヴ&ローク 50

J・D・ロブ

中谷ハルナ［訳］

ヴィレッジブックス

人を惹きつけてやまないグリフィン、
この世界にやってきたあなたは、わたしの人生でいちばん新しい光、そして、愛。
ひとときあなたを抱いたまま書いた、この本をあなたに捧げます。

嘆くなかれ、ご婦人がた、ため息はもう無用、
男はいつも不実なもの。
——ウィリアム・シェイクスピア

力なき正義は無力、
正義なき力は圧制。
——ブレーズ・パスカル

Eve&Roarke
イヴ&ローク
50

レディ・ジャスティスの裁き

おもな登場人物

- **イヴ・ダラス**
  ニューヨーク市警（NYPSD）殺人課の警部補
- **ローク**
  イヴの夫。実業家
- **ディリア・ピーボディ**
  イヴのパートナー捜査官
- **イアン・マクナブ**
  電子捜査課（EDD）の捜査官。ピーボディの恋人
- **ライアン・フィーニー**
  EDD警部
- **シャーロット・マイラ**
  NYPSDの精神分析医
- **ナディーン・ファースト**
  〈チャンネル75〉のキャスター
- **ナイジェル・B・マッケンロイ**
  パーフェクト・プレースメントCEO
- **ジャスミン・クワーク、レア・レスター**
  パーフェクト・プレースメント元従業員
- **タデウス・ペティグリー**
  弁護士
- **マーセラ・ホロヴィッツ**
  タデウスの愛人
- **ダーラ**
  タデウスの元妻
- **エロイーズ・キャラハン**
  ダーラの祖母。伝説の大女優
- **ナタリア・ズーラ**
  ウィメン・フォー・ウィメン（WFW）主宰
- **ウナ・ルザキ、レイチェル・ファスリー**
  WFWのメンバー。シングル・マザー

1

彼は殺さなければならない。

誰を、なぜ、いつ、どんなふうにやるのか、彼女は一年以上かけて調べ、観察して、計画を練り、最初はナイジェル・B・マッケンロイにしようと決めた。

四十三歳のマッケンロイは結婚して十一年で、子どもがふたり――九歳と六歳の女の子――いる。働きだして十八年の間に、パートナーふたりと上級ヘッドハンティング会社を立ち上げた。その会社、パーフェクト・プレースメントの最高経営責任者《CEO》として、地球内外の業務を取り仕切っている。

本社はロンドンにあるが、世界中を飛び回っていた。パーフェクト・プレースメントの支社は、ニューヨーク、イースト・ワシントン、東京、マドリード、シドニー、ニューLA、ドバイ、香港、ヴェガスⅡにもあり、最近ではオリンパス・リゾートに総合センターを開設したばかりだ。

彼は贅沢《ぜいたく》に暮らし、たっぷり遊ぶ一方で、クライアントのニーズを的確にとらえて、思いつくかぎりの完璧なマッチングを行うという評判を得ていた。

仕事の面で、ナイジェル・B・マッケンロイは慎重で自分に厳しく、道理をわきまえていて、勤勉だ。

ところが、私生活では打って変わって、嘘《うそ》つきで、人を欺《あざむ》き、平気で不倫をするばかりか、何人もの女性をレイプしている。

まぎれもない豚野郎だから、そろそろ処分するべきなのだ。

そのときが待ち遠しくてたまらないし、手始めに彼を選んだのはいい考えだった。

彼が好むのは、赤毛で巨乳、そしてほぼ間違いなく、権力の食物連鎖で自分より下の女性だ。自分の会社という池で釣りをしていないときは、高級クラブで狩猟を楽しむ。

妻とふたりの子どものことを思えばそれだけでも充分に不埒《ふらち》だが、彼はいつも、目をつけた獲物の飲み物にこっそり薬を入れて、その気にさせる。言いなりにさせる。

それどころか、少なくとも一度（もっとやっていると彼女はにらんでいる）、ある役職への斡旋をちらつかせて女性に睡眠導入剤を飲ませて暴行したばかりか、その件はなかったことにして（代わりに男性をスカウトして）侮辱した。

当然だが、気の毒な女性は何も証明できず、暴行されたときの記憶もほとんどなく、ろくでなし野郎を訴える勇気もなかった。

しかし、彼女は他の被害者たちから多くの証言を得て、自分なりの調査を始め、何度も足を運び、尾行して、豚野郎の行いに目を光らせた。そして、二度にわたって、やつが女性をレイプするときの決まったやり口を詳細に記録した。

ついにすべてが整い、彼女は最後にもう一度、仕事場にある全身鏡に映った自分をじっと見つめた。

ウェーブした長い髪ははっとするほど赤く、鮮やかな濃いグリーンに着色した目は念入りにメイクした。唇はふっくらとして、髪に負けないほど赤い。

たっぷり時間をかけて細工をほどこし、鼻先はかすかに上向きに、顎《あご》は少し尖《とが》らせている。

取り外しのきく偽バストは、見た目も感触も本物そっくりだ――金をかけるだけの価値はある。仕上げに、尻に薄いパッドをつけて、肌には軽めのセルフタンニングクリームを塗って、淡い金色にした。

選んだドレスは目の色と同じグリーンで、水のようになめらかで肌に吸い付くようだ。きらめくシルバーのハイヒールを履くと（厚いインソールも敷いたので、なおのこと）かなり背が高く見える。

豚野郎のナイジェルは百八十五センチで、ヒールを履いた彼女は百八十センチ近い。お似合いのふたりだ。

彼女は彫像のように堂々として、華やかで、セクシーだ。

ウィッグをつけ、顔も体も加工しているから、身内でも彼女とは気づかないだろう、もちろんだ。

彼女は三面の全身鏡に囲まれるようにして、もう一度くるりと回転し、両手でウィッグの毛先をふわりと持ち上げた。「起動、ウィルフォード」

六十代の白人男性に似せて作られたドロイドが、感情のないブルーの目を開けた。整った口ひげも、ゆるやかにウェーブした髪も銀色だ。

「はい、マダム？」

彼女がプログラムしたドロイドは、英国風アクセントでゆったりと答えた。ぱりっとした白いシャツに黒いネクタイを締め、黒いスーツを着ている。

「車を正面にまわして」彼女は命じた。「タウンカーのほう。〈ディス・プレース〉というクラブまでわたしを送って、そばに車を駐めて次の指示を待ちなさい」

「承知しました、マダム」

「エレベーターを使うのよ。ブロックは解除したから」

ドロイドは指示に従って出ていき、彼女はバッグの中身を確認してから、モニターに近づいた。

彼女の祖母が医療用ドロイドに見守られ、ぐっすり眠っている。大切な、大切なお祖母様《グランド》は朝まで眠りつづけるだろう。グランドが毎晩飲むブランデーベースの甘いカクテルにこっそり混ぜた睡眠薬が効いて。

「すぐに戻るわね」モニターに投げキッスをして、グランドに劣らず大好きな、古くて壮麗な邸《やしき》の一階へ向かった。

つねに警戒を怠らず、ふたたびエレベーターをブロックする。コツコツとヒールの落ち着いた音を鳴らして広いホワイエを抜け、四月の夜のひんやりした夜気に足を踏み出し、しっかりと正面ドアの戸締まりをした。

寒さと期待感に体が少し震えたが、ウィルフォードが車のそばに立ち、ドアを開けて待っていた。

彼女はさっと車に乗り込み、足を組んだ。二〇六一年四月十一日。今日、この日、正義の《レディ・》淑女《ジャスティス》が姿を現すのだ。

ナイジェルは相手を求めてうろついていた。一日せっせと働いて、すべてうまくまとまったのを祝いたくてたまらない。春休みで、妻と娘たちは心地いい熱帯の潮風に吹かれているから、この一週間は丸々ひとりで楽しめる。ちょっとばかり目新しさがほしくなったとき、遅くまで仕事をする言い訳を考えなくてすむ。

〈ディス・プレース〉を気に入っているのは、こっそり出入りできて（防犯カメラは設置されていない）、VIP用ボックス席があって、一般庶民から見えないようにスクリーンで仕切られており、マティーニと音楽がすばらしいからだ。

そして、そう、そのとおり、さまざまなタイプの魅力的な女性たちも、ちょっとした目新しさを探している。

もちろん、ナイジェルはVIP用ボックス席を予約していたが、店に着いてしばらくは、銀色にきらめくフロアを歩き回り、ダンスフロアの上下に動く照明に目を細め、グライドに乗って三つのフロアを行き来した。

彼にとっては夜のこの時間もハンティングの一部で、楽しくてたまらない。

前の晩は大成功で、双子をものにした。ストロベリーブロンドの二人は彼のニューヨークの仮住まい《ピュタテール》で数時間、双子ならではのプレイで楽しませてくれた。

どちらか一方、あるいは両方を呼び出して、また楽しんでもよかったが、新たな相手がほしかった。いずれにしても、いつもどおり、ふたりの連絡先は消去していた。

今の自分が最高に素敵なのはわかっていた。黒いパンツに飾り鋲《びょう》付きのベルトを締め、目と同じ色の淡いブルーのセーターを着ている。はめている優美な腕時計《リスト・ユニット》は金持ちの印《しるし》だと、見る目のある者にはわかる。

金を払い、トップレベルの公認コンパニオン《LC》と遊ぶこともできた。時間がないときは、やむを得ずそうしたこともある。それでも、ハンティングと思いがけない成功のほうがはるかに好きだった。

今、彼が目をつけているのは、ダンスフロアでしなやかに体をくねらせている赤毛だ。ふだん選ぶ女性よりやや若く、髪もショートで、つんつん立っていて洗練さに欠ける。

だが、あの動きを見ろ。

彼女を視界に入れたまま、フロアの周囲を歩きはじめた。チャンスを見つけて近づいて、それから——

背中に誰かが軽くぶつかった。振り向きかけたら、ハスキーな声が聞こえた。「すみませ《エクスキューゼー》ん《モア》」

甘くかすれた声で言われ、彼はしっかり振り向いた。

しなやかに踊っていた女性のことはもう頭になかった。

「いいえ《パ・ドゥ・クワ》」美女の手を取って唇につけると、色気のにじむ笑みが返ってきた。手を取ったまま（彼女は嫌がらなかった）言った。「おひとりですか《エットゥ・ヴ・イシ・セル》？」

「もちろんよ《ア・ウィ》」間違いなく誘われている、と彼は思った。「あなたは《エ・ヴ》？」

彼女の手を返して、手首の内側に唇で軽く触れた。英語で言う。「ひとりじゃなくなればいいのですが」

「イギリス人なのね。フランス語がとてもお上手」

「よろしかったら一杯おごらせていただいて、何語でも、お好きな言葉でお話ししましょう」

彼女は空いているほうの手で肩に広がる豊かな髪をなでて、首をかしげた。「楽しそう」

大成功。そう思いながら先に歩きだした。人混みをかき分けてテーブルをよけ、いくつもあるバーカウンターのひとつの前を通り、自分のボックス席に入った。

「お嫌じゃなければいいのですが。あまり人目につかないほうが好きなんです」

カーテンの向こうには半円形のビロードのソファがあり、銀色で縁取られたクッションがいくつも置いてあった。彼女は腰を下ろして美しい脚を組み、少しだけ背もたれに体をあずけた。悪くないぞ。

「ボックス席は好きよ」彼女は言った。「こちらからカーテンの向こうは見えても、あちらからは何も見えない。それって……刺激的、よね？」

「ええ、ほんとうに」彼女の隣に座って、タイミングを考えた。早すぎてはだめだ。このグリーンの目の美女は駆け引きのコツを知っている。洗練された扱いを好むだろう。「どんなことがお好きですか？」

「いろいろあるわ」

股間が熱くなったが、ただ含み笑いをした。「私と同じですね。ところで、飲み物は？」

「ウォッカ・マティーニを。辛口で、オリーブはふたつ。ウォッカはロマノフ・ファイブが好き」

「私もです」

「あら、共通点が見つかったわね」

「たくさんあるうちの最初のひとつです」コンピュータ・メニューから注文をして、彼女の全身に視線を走らせながら、一方からしか見えない薄いカーテンの向こうの動きと、活気ある音楽を楽しむ。

「私はナイジェル――」

彼女は人差し指でナイジェルの唇に触れた。「ファーストネームだけ、というのはどう《サ・ヴァ》？謎を残しておきましょう。わたしはソランジュ」

「ソランジュ」彼はおうむ返しに言った。「ニューヨークへは何をしに?」

「言ってしまったら謎がなくなるわ。たぶん、このひとときのために、と言っておきましょう。ニューヨークが楽しいのはおもしろいことがたくさんあるし、それから……」言葉を探しているようだった。「ええと、そう、私を知る人が誰もいないのも気に入っているわ。あなたはどんなことをして楽しむの、ナイジェル?」

「このひとときを」

ソランジュは笑い声をあげ、髪をさっと後ろに払った。「じゃ、うんと楽しまなければ。このあともね。今夜、ここへ来たのは……そう、忘れるため。日中のあれこれや、やらなければならないことを忘れたくて来たの。つまり、わたしにとって楽しいことをするため。わたしのための夜よ、わかる?」

「わかります。私もそのために来ました。また共通点が見つかりましたね」

「だったら……」ソランジュは小さいハンドバッグを開けて、さらに小さいコンパクトを取り出した。「今夜、このひとときを思い切り生きましょう。一緒に」

ナイジェルが彼女に身を寄せかけると、チャイムが鳴ってドリンク用スロットが開いた。

「今のこのときに乾杯しなければ」

ナイジェルが振り向いてマティーニのグラスを取り上げている間に、ソランジュはハンドバッグを床に落とした。ナイジェルはテーブルにマティーニを並べ、前かがみになってハンドバッグを拾った。

その隙に、ソランジュはコンパクトから取り出したガラス容器の中身を、ナイジェルの飲み物に垂らした。

「ありがとう《メルシー》」ソランジュはハンドバッグを受け取り、コンパクトをなかにしまった。渡されたグラスを、ナイジェルのグラスに軽く当てる。「このひとときに乾杯」

「そして、たくさんの楽しみにも」

ソランジュのきらきら光る目が、グラスの縁越しにナイジェルを見つめた。「あなたが探しているたくさんの楽しみって、たとえば？」

「私がほしがっているものをほしがっている美しい女性」

ナイジェルがマティーニを飲んでいるのを見ながら、ソランジュは片手を彼の腿《もも》に置き、指先でくすぐるようにして、膨らんだ股間へとたどっていった。「でも、もう見つけてしまった楽しみをどうやって探すの？」ナイジェルが身を寄せてくると、ソランジュは一方の手で彼の胸を押さえた。「だめよ《メ・ノン》。まず飲んで、このひとときを味わいながら、これからの楽しみを想像するの。それから、カーテンの向こうの人たちが動いたり、触れ合ったりして、求愛の儀式をするのを見るのよ。ね？　最後までいく人たちもいれば、そうじゃない人たちもいる。で、わたしたちは、ここで誰にも見られないで好きなことができるわ」

「そそられるね」ナイジェルは言い、なぜかめまいを感じた。

「飲み終えたら、一緒に行きましょう。もっとそそられるいいところがあるの。楽しみがたくさんあるところ」

気持ちがはやり、ナイジェルはグラスの残りを一気に飲み干した。立ち上がったソランジュが差し出した手を握る。「私のアパートメントはここから近くてね」と、彼も誘いはじめた。

「いいところがあるの」ソランジュは繰り返した。

銀色の霧のなかを進んでいるようだ、とナイジェルは思った。ソランジュがリスト・ユニットをタップしてドロイドに連絡したのにまったく気づかず、彼女に導かれて一階まで降りて、暗い外に出るまでの間、音楽もほとんど聞こえなかった。

ソランジュにそっと体を押されて車に乗りこむと、ナイジェルは両手で彼女の胸をまさぐり、荒々しくキスをした。

ソランジュがさっきまでとは違う声で、「まっすぐ家にもどって、ウィルフォード」と言ったような気がしたが、どうでもいい。彼女のなかへ、快楽へと沈んでいく。

さらに、暗闇へ。

目が覚めると頭が割れるように痛み、喉《のど》がからからで焼け付くようだった。動こうとすると、両腕の筋肉が悲鳴を上げた。まばたきをして痛む目を開けると、まぶしくて思わずたじろいだ。

まわりを見ると、広い部屋にいるのがわかった。カウンター、モニター、スクリーン、かなり大きなワークステーションもある。まるで意味がわからない。

たっぷり一分近くかかってようやく、自分が裸で、頭上に伸ばした両手に手錠をはめられ、天井から鎖で吊されているとわかった。つま先はかろうじて床についている。

誘拐されたのか？　薬を飲まされた？　逃れようと身をよじると、痛みを感じた。

いや、違う、クラブだ。クラブに行った。フランス人の女。ソランジュ。思い出したが、記憶はおぼろげで、しっかり思い出そうとすると頭がずきずきした。

部屋に窓がないとわかり、恐ろしくて背中に冷や汗が浮かんだ。階上《うえ》へ向かう階段があり、頭痛を我慢して思い切り首を伸ばすと、上りきった先に扉が見えた。

助けを呼ぼうとしたが、しわがれた声しか出ない。

いろんな楽しいこと――そうだ、と思い出した。

楽しもうとふたりで話をして、それから、彼女は……。

背後で何か動く気配があり、いきなり猛烈な痛みを感じた。しゃがれた叫び声が割れて、悲鳴に変わった。

彼女が視界に入ってきた。

あのフランス人の女じゃない。

これは誰だ？　銀色の仮面《マスク》をつけて、銀色が混じった黒髪で、黒ずくめの衣装を着てほほえんでいるこいつは？

女は銀色のブーツを履いて、同じ銀色でＬＪと刺繍《ししゅう》を施した黒革の甲冑《かっちゅう》のような胸当てまでつけていた。

「誰だ？　どういうことだ？」

「いろんなことをして楽しみたいのよ」

恐怖の間を安堵《あんど》の細い糸がすり抜けていった。「ソランジュだろう？　もうこんなことは――」

「ソランジュに見える？」女は怒鳴り、電流棒でペニスのほんの二、三センチ上を軽く叩いた。焼け付く痛みが広がって、さらに局部を突き抜け、ナイジェルは身もだえした。「わたしはレディ・ジャスティスよ、この強姦魔《ごうかんま》。さあ、ナイジェル・Ｂ・マッケンロイ、審判の時よ」

「待て、待ってくれ、やめろ。金なら払う。そっちの望みどおり、いくらでも払える」

「ああ、そうね、払うことになるでしょう。あなたの奥さんに」そう言って、電流棒で腹を叩いた。「娘さんたちに」胸を叩く。「あなたがレイプしたすべての女性にも」尻を叩く。

半狂乱の悲鳴が響き渡った。「いや、違う、そうじゃない。レイプなど一切していない。とんでもない勘違いだ」

「わたしが？　勘違いしているって、ナイジェル？」電流棒で軽く睾丸《こうがん》をなで、そのときの悲鳴はあまりに甲高く、犬にしか聞き取れないのでは、と彼女は思った。

ひとりずつ、被害者の名前をあげては、同じ衝撃をあたえつづける。

ナイジェルは途切れ途切れに意味不明なことをつぶやき、ぐったりしたが、彼女はやめなかった。

小さなガラス瓶をナイジェルの鼻の下で一振りして意識を回復させ、また始めた。

ナイジェルは懇願し、罵《のの》り、泣き叫び、小便を漏らした。そう、どれだけ泣きついたことか。

そして、ああ、彼女にとって最高に楽しいひとときが訪れた。

「どうして、どうしてこんなことをする？」

「あなたに裏切られたり、屈辱をあたえられたり、辱《はずかし》められたりしたすべての女性のためよ。白状しなさい、認めるのよ、ナイジェル、自分がどんな罪を犯したか」

「私は誰も傷つけていない！」

　彼女は電流棒で力一杯ナイジェルの尻を叩いた。ふたたびしゃべれるようになると、ナイジェルは泣きじゃくりながら言った。「妻を愛してる、愛しているが、もっと必要なんだ。申し訳ない。だが、セックスだけのことだ。頼む、許してくれ」

「女性たちにこっそり薬も飲ませた」

「いや、そんなことは……飲ませた、飲ませた！」痛みから逃れたくて金切り声で言った。

「いつもではなかったが、申し訳ない。悪いことをした」

「自分の立場を利用して、仕事を求めている女性を脅し、セックスを強要した」

「いいや……そうだ、そうだった！　生理的欲求だ。許してくれ」

「生理的欲求？」彼女は細長い革袋に砂を詰めた棍棒《サップ》を手にして、ナイジェルの顔を強打した。頬骨が砕けた。「あなたの生理的欲求は、彼女たちの自由な意志や、望みや、欲求より大事なの？　妻への誓いより大事なの？」

「大事じゃない、大事じゃない。悪かった。ほんとうに申し訳ない。あの……あの、助けが必要なんだ。治療を受ける。罪を認める。刑務所に入る。何でも、きみの言うとおりにする」

「わたしの名前を言いなさい」

「誰なのか知らない。教えてくれ」

「さっき言ったはずよ！」ふたたび電流棒を使い、その痙攣《けいれん》のようすから、終わりは近いとわかった。「わたしはレディ・ジャスティス。言いなさい！」

「レディ・ジャスティス」ほとんど意識がないまま、ナイジェルはつぶやいた。

「そして、正義《ジャスティス》が成されるのよ」

彼女は用意していたバケツとナイフを取ってきた。バケツをナイジェルの両足の間に置く。

「それはなんだ？　何をしている？　罪を認めたじゃないか。悪かったと思っている。なんてことだ、やめろ、頼む、やめてくれ！」

「大丈夫よ、ナイジェル」恐怖におののくナイジェルの涙で濡《ぬ》れた目をのぞきこみ、彼女はほほえんだ。「これからあなたの生理的欲求を処理してあげるから。最初で最後になるけど」

彼女は可能なかぎりナイジェルを生きながらえさせ、やがて終わりのときが来て、彼がだらんとぶらさがって静かになると、長々とため息をついた。

「これでよし。正義は成された」

街の東の空が白むころ、イヴ・ダラス警部補は、体の一部を切り取られた裸の遺体を見下ろしていた。早朝の弱い風を受け、無造作にカットされたショートヘアが揺れ、革のロングコートがはためく。被害者の性器があった部分にしっかりと留められた紙に、パソコンで打ち出された肉太の文字が記されていた。

彼は結婚の誓いを破り、女性を侮辱した。
富と力で人生を築き、無力な女性たちを塔へとおびき寄せた。
楽しみのために女性を犯し、そして、今、終わりを迎えた。
〝レディ・ジャスティス〟

イヴは捜査キットを手に取り、現場に最初に駆けつけた制服警官に顔を向けた。「わかっていることは?」

眉毛の太い、混合人種の女性巡査がはきはきと答えた。「九一一に通報があったのは〇四三八時です。ティシャ・ファインスタインという女性からで、彼女はコロンバス通りの西八八丁目の角でリムジンから降りたそうです。友人十四人と独身お別れパーティに参加したあとで、少し歩いて新鮮な空気を吸いたかったと言っていました。その新鮮な空気を吸いながらわ北へ三ブロック進み、さらに西九一丁目の通りを歩いていると、この歩道に遺体が横たわっていたそうです。彼女は自宅の建物に駆け込んで――彼女はここに住んでいるんです、警部補――フィアンセのクリッパー・ヴァンスを起こしました。彼は歩道に出て、遺体を見て、通報しました。わたしとパートナーが連絡に応じて、〇四四〇時にこの現場に到着して周囲を立ち入り禁止にし、巡回ドロイド一組の応援を要請しました。リグビー巡査が目撃者と一緒になかにいます」

「わかったわ、巡査、待機していて」

イヴはシーリング処理をしてから遺体の横にしゃがみ、捜査キットを開けた。被害者の親指を指紋照合《アイデンティ》パッドに押しつけて、記録用に結果を音読した。

「被害者はナイジェル・B・マッケンロイ、四十三歳、英国人と確認された。登録住所は数件あり、そのひとつがニューヨーク市西九一丁目一四五のアパートメント。この同じ建物に、遺体発見者のティシャ・ファインスタインが住んでいる」

イヴは遺体の顔をじっと見た。「彼女が被害者と顔見知りだとして、彼だと気づかなくてもまったく驚くには当たらない。顔と体にひどい痣《あざ》と、おそらく電流によって焼け焦げた跡があり、両方の手首に縛られた跡と思われる深い傷があって、被害者は縛られた状態で拷問を受け、逃れようともがいたと考えられる」

ゴーグル型顕微鏡を取り出して、両手首の切り傷と痣を詳しく調べる。「角度から考えて、両腕は頭上で縛られ、手首に体重がかかっていたと見られる。検死官《ME》の確認が必要。性器は切り取られている」

イヴは前のめりになり、もっとはっきり見える角度を求めて、メッセージが記された紙の下の縁をつまんだ。

「見たところ、ためらった痕跡《こんせき》はなく、手術の切開かと思われるほど。医学的知識、あるいは経験があるのか？」

別の計器を取り出す。「死亡推定時刻《TOD》は〇三一二時。死因《COD》は性器切除による失血、あるいは電気ショックによる心臓麻痺《まひ》。両方かもしれない」

イヴはしゃがんだまま両方のかかとに体重をかけた。「つまり、彼はどこか他の場所で縛られ、拷問を受け、殺害され——人目のつくところでは無理だ——ここに放置された。捨てられたのではなく、言ってみれば自宅の真ん前に置いていかれた。すぐに目につく詩的なメッセージを添えられて。〝レディ・ジャスティス〟。誰かをとんでもなく怒らせたみたいね、ナイジェル」

イヴは捜査キットから小さなペンチと証拠品保存袋を何枚か取り出した。紙を体に留めていた最初の画鋲を引き抜いていると、ドスドスと聞き覚えのある足音がして、ピンクのカウボーイブーツを履いたパートナーが歩道を小走りにやってきた。

ピーボディは巡回ドロイドに警察バッジを見せ、バリケードの間を抜けてきた。死体を一目見て、言った。「ひどい」

「確かにね」

そう遠くない昔、ピーボディが同じような死体を見て真っ青になったのをイヴは覚えていた。殺人課の警官として過ごした二、三年で、ずいぶんとたくましくなったものだ。

「このラブレターを取りはずしたら――取れた。ピーボディ、検死チームと遺留物採取班を呼んで。彼を死体バッグに収めてタグをつけさせて。この閑静な区域の住人が朝の犬の散歩やジョギングを始める前にね。巡査、手を貸して。彼をうつ伏せにして現場の検分を終えたいから」

拷問を受けている間に裂けてただれたと思われるおびただしい数の火傷《やけど》の跡が、背中や、尻、腿の裏、ふくらはぎにも広がっていた。

「かなり時間をかけたはず」イヴはつぶやいた。「そうじゃなければ、ここまでできない。それで、レディ・ジャスティスはペニスとタマに何をしたと思う？」

イヴは立ち上がり、パートナーのほうを向いた。ピーボディはピンクのコートを着て、ブルーの地にピンクの花模様の（勘弁して！）細いスカーフを巻いていた。黒っぽい髪をひとつにまとめた小さな房が弾んでいる。

「遺体発見者がなかにいるわ。現場を見張っていて、巡査。ファインスタインは何号室?」

「六〇三号室です」

イヴはピーボディと正面玄関に向かった。美しく改装され、正面にブラウンストーンを貼った十五階ほどの建物は見るからに堂々としていた。夜間、出入り口に警備員はいない、とイヴは確認した。しかし、防犯システムはしっかりしている。

入口で巡回ドロイドに警官バッジを見せて、なかに入る。

ロビーも堂々として気品があり、床は濃紺とクリーム色のタイル貼りで、壁は濃紺で窓枠などの木部はクリーム色、片隅にひっそりとセキュリティ・デスク(今は誰もいない)と、座部に詰め物をしたベンチが二脚あり、背の高いほっそりした花瓶にのびのびとした新鮮な花が活けられている。

イヴはエレベーターを呼び、待ちながらピーボディに状況を伝えた。

「遺体の発見者は独身最後のガールズパーティから戻ってきて、歩道に横たわっているマッケンロイを見て家に駆け込み、婚約者のヴァンスに知らせた。彼は外に出て、遺体があるのを確かめ、警察に通報した。九一一の記録によると、それが四時三十八分で、最初に巡査が現場に到着したのがその二分後。被害者もこの建物に住んでいる。というか、ここに住居がある。彼はイギリス人で、パートナーたちと共同で地球内外に展開するいわゆるヘッドハンティング会社を所有している。既婚者で、子どもがふたり」

「奥さんが」ピーボディが言った。

「そう」イヴはエレベーターに乗りこんだ。「遺体発見者から話を聞いたあと、その妻がここにいるかどうか確かめるわよ」

「結婚の誓いを守らなかったんですね」ピーボディが言った。「妻がこれをやったなら、あのメッセージによって、ものすごく大きな手がかりを残したことになります」

「そう、まあね、腹を立てると、人っておかしなことをするものだし、レディ・ジャスティスは猛烈に腹を立てていたから。でも……よっぽどの馬鹿じゃないかぎり、妻にはすごく完璧なアリバイがあるに決まってる」

イヴはエレベーターから降り、長い脚で静かな廊下を進んでいった。防犯カメラがある。

「被害者の住居がある階と、エレベーター、ロビー、建物外部の防犯カメラのディスクを手に入れるわよ」

六〇三号室のベルを鳴らし、扉を開けた制服警官――新顔の若い男性だ――に警察バッジを見せた。「よく聞いて、リグビー巡査。まず、この建物の警備担当者か管理人に連絡して。被害者が住んでいる階、エレベーター、ロビー、建物外部それぞれに設置された防犯カメラの映像ディスクを入手するのよ」

「どのくらいの期間の映像ですか？」

「あれば、この四十八時間分。手配できたら、聞き込みを始めて」

「了解しました」

巡査を行かせると、ちかちか光る緑のジェルソファで身を寄せているカップルを素早く観察した。

女性のほうは二十代後半だろう。彼女は赤褐色の長いカーリーヘアだ。ほぼ同じ色の目を泣きはらし、ショックを受けて顔は青白く、夜、出かけるときに施したに違いない化粧《エンハンスメント》は、こすれてすっかり落ちている。

地味なグレーのコットンパンツに長袖のシャツ、室内履き《スキッド》という格好で、同い年くらいの筋骨たくましい混合人種の男性にしがみついていた。

その男性が、悲しげな茶色の目をイヴに向けた。「あまり長くは困ります。ティシャを眠らせたいので」

「目を閉じるのが怖いの。見えるのがわかっているから……」ティシャはヴァンスの分厚い肩に顔を押しつけた。

「つらい時期なのは承知しています、ミズ・ファインスタイン、できるだけ短い時間で終えますから。わたしはダラス警部補、こちらはピーボディ捜査官です。ふたりとも殺人課の警官です」

「あなたたちのことを知ってるかも。友だちのリディアのお兄さんはクイーンズの警官なの。わたし、彼に連絡しそうになったのよ。高校生のころ、デートみたいなことをしたんだけど……」

「何があったか、それだけを話していただけますか？　まず、昨夜、どこに行っていたのか」

「いろんなところに行ったわ」ファインスタインが説明しはじめた。

「すみません」ヴァンスが横から言った。「どうぞ、座ってください。コーヒーか何かお持ちしましょうか？」

「とてもありがたいです」しかも、彼にやるべきことをあたえられる、とイヴは思った。

「コーヒーを、わたしはブラックで、パートナーにはレギュラーでお願いします」

「もう少しお茶はどうだい、ベイビー？」

ファインスタインはほほえんだ。「ありがとう、クリップ。あなたがいなかったらどうなっていたかわからない」

「どうなっていたかなんて、知る必要はないよ。すぐに戻るからね」

ヴァンスは立ち上がり、静かに部屋から出ていった。ファインスタインは不安そうに身を丸めた。

「では、どんな夜を過ごしていたか話してもらえますか？」

「いろんなところへ行ったわ。わたしのための女ばかりの集まりだったのよ。わたしたち、今度の金曜日に結婚するから。リムジンが迎えに来て、家を出たのが九時。全部で十四人集まって、クラブをはしごして回ったの、わかるでしょう？　クリップは明日の夜、男性ばかりで集まるのよ。それで、最後は、ダウンタウンの〈スピナーズ〉で、出演者が男性だけのショーを見たの。こんなふうに言うと、ちょっと――」

「女友だちと楽しい時間を過ごしたんですよね」ピーボディがほほえみながら代弁した。

「そうなの」ファインスタインの目に涙が浮かんだ。「ほんとうにそうなの。すごく小さいころからの友だちもいて、グループのなかで結婚するのはわたしが初めてなのよ。だから、ぱーっと派手にやることにして、たくさん飲んで、たくさん笑って、そのうち、ひとり、またひとりとリムジンから降りていったわ。最後に残ったのがわたしで、運転手さんに通りの角で降ろしてもらったの。ちょっと歩いて、新鮮な空気が吸いたかったから。とても幸せで、子どものころに戻ったような、すごくいい気分だった。このままずっとこんな気持ちでいたいと思ったわ。そうしたら……」

ファインスタインが言葉を切ったちょうどそのとき、ヴァンスがマグカップを並べたトレイを手に戻ってきた。

「クリップ」

「大丈夫だよ、もう大丈夫だ、ベイビー。何も心配いらない」

ヴァンスはトレイを置いて、一方の腕をファインスタインの体にまわした。イヴはトレイからブラックコーヒーのマグカップを手に取った。香りをかいで、もっとひどいのもある、と思った。もっといいのは、もちろんいくらでもあるが、もっとひどいのもある。

「シェリーに――運転手さんよ――家の前で降ろしてもらっていたら、彼女が最初に見ることになったのよね。ひどい言い草かもしれないけれど、そうだったらよかった。あの男の人はただあそこに横たわっていた。一瞬、悪い冗談かと思ったけど、見たらやっぱり……わたし、叫んだと思う。はっきりは覚えていないけど、走っていって、でも、がたがた震えてたからやっとの思いでキーをかざして、コードを打ち込んでなかに入って、まっすぐクリップのところへ行ったわ」

「事故でもあったのかと思いました。彼女、何を言っているのか全然わからなくて。かなり酔っ払ってるから、何か見間違えをしたんだろうとも思ったけど、とにかく動揺していて」

ヴァンスは彼女を守るように体に腕をまわしたまま、指先で腕を上下になでていた。「急いでそのへんにあったものを着て、外に出ました。そしたら、見間違えじゃなかったとわかりました。九一一に通報したら、警官が来ました」

「被害者の顔に見覚えは？」

「ありません」ヴァンスが顔を見ると、ファインスタインも首を振った。

「ちゃんとは見ていないの」ファインスタインはさらに言った。「街灯の真下にいたのはわかっているけれど、顔はしっかり見なかった。よくわからないけど、全身、火傷をしていたみたい。何かメッセージみたいなものが見えて、でも、そのすぐ下は何も――」

「そう、僕も見た」ファインスタインが言葉を切ると、ヴァンスが続けた。「彼は性器を切り取られてた」

「この建物に住むようになってどのくらいですか？」

「二か月半よ」ファインスタインは何とかかすかにほほえみ、ヴァンスの手を取った。「結婚する前にふたりで住める場所がほしかったの。ここは一緒に暮らす初めての家よ」

2

「被害者の家は最上階」エレベーター乗り場まで戻りながら、イヴはピーボディに言った。「さっきのふたりは被害者もその妻も知っているとは思えない。この建物に住むようになってまだ二か月半だし、八階分離れているし、二十歳以上若い」

「それに、ここは被害者の住居のひとつに過ぎません」ピーボディがさらに言った。「だから、いつもここにいるわけじゃないです」

「それでも、現にここで殺されたわ。家族がこの建物にいるかどうか確かめるわよ」

エレベーターで上がっていく。

「犯人は女性、もしくは自分を女性であるとわれわれに思わせたがっています」ピーボディが言った。「残されたメッセージの内容が事実なら、犯人は被害者が浮気をして裏切った相手か、レイプした相手です。でも……引き締まった体つきの被害者とはいえ、車に――間違いなく使っています――乗せたり降ろしたり、歩道に横たえたりするには腕力が必要です。彼女には――彼女だとして――パートナーがいたはずです」

「その可能性はかなり高い。彼は両手首に索痕《さっこん》があり、両腕を頭上に上げた状態で縛られていたはず。そこにある程度の体重がかかっていたのは確かよ。そんなふうに彼を持ち上げるには、よほど力があるか、滑車を使うかしなければ無理。彼を降ろして台車のようなものに乗せ、傾斜のあるところを押していって車に乗せ、また車から降ろして運ぶ。大変な作業だけど、それをすべてやろうと思った者がいるということ。被害者がニューヨークのどこに住んでいて、いつそこにいるのか、犯人たちは間違いなく知っていた。見たところ、防御創はなかったわ」

最上階には全部で六戸あり、それぞれが広い造りになっている。マッケンロイ家のアパートメントは北東の角部屋で、入口は幅の広い両開きの扉だ。

防犯カメラ、掌紋照合装置《パーム・プレート》、カードキーの読み取り機、頑丈な錠前。

イヴはブザーを押した。

〝マッケンロイ家は現在、来客を受け付けておりません。あなたのお名前、ご訪問の目的、ご連絡先をお残しください。ありがとうございます〟

イヴは警察バッジを掲げた。「ダラス、警部補、イヴと、ピーボディ、捜査官、ディリアの訪問目的は、警察職務。今、在宅している人がいれば誰でもかまわない。話をさせてもらいたい」

〝身分を確認するのでしばらくお待ちください〟

バッジがスキャンされるのを待ち、さらに一分後、錠の外れる音がした。

邸内ドロイドが左側の扉を開けた。ダークスーツを着た立ち姿が、建物と同じように堂々としている。がっちりした体つきを見て、ボディーガードも兼ねているのだろうとイヴは思った。ドロイドは気味が悪いほど落ち着いた青い目でイヴとピーボディを見ながら、上品で格式高い英国風アクセントで告げた。

「申し訳ありませんが、警部補、捜査官、ミスター・マッケンロイは所用でお出かけになり、まだお戻りではありません。ミズ・マッケンロイとお子さんたちは春休みの旅行中で、五日後に戻られる予定です。今、私がお力になれることはございますか？」

「あるわ、ミズ・マッケンロイの居場所と連絡先を教えて」

「重ねて申し訳ありませんが、それはお伝えできない情報です」

「もう伝えられるわよ。ミスター・マッケンロイが用事を終わらせて戻ることはないわ。死体安置所《モルグ》へ向かっているから」

落ち着いた目が一瞬、揺らめいた。予想外の展開に対処している。

「それはとても残念なことです」

「そんなところね。入らせてもらうわ」

「はい、どうぞ、お入りください」

ドロイドは一歩下がり、ふたりがなかに入ると扉を閉めた。

ゆったりしたホワイエの先は広々としたリビングスペースだった。天井まで届く窓の向こうに見えるハドソン川が朝日を受けて銀色に光っている。

リビングエリアには横長の低い暖炉があって、その上の壁にスクリーンがはめこまれている。落ち着いたブルーとグリーンの高級家具が並び、都市風景の絵画や、凝った装飾のフレームに入れた家族写真がところどころに飾られ、部屋中がきちんと整っている。

「ミスター・マッケンロイが家を出たのは何時？」

「ゆうべの九時十八分です」

「どこへ行ったの？」

「その情報は持ち合わせておりません」

「出かけたときはひとりだった？」

「はい」

「そのときの彼の服装は？」

ふたたび目を揺らめかせ、ドロイドは記憶装置を探索した。

「ヴィンセンティの黒のズボンに、ボックスクラブの明るいブルーのセーター、これはシルクとカシミアの混紡です。レオナルドの黒い革ジャケット、ボルドウィンの黒革のローファー、同じく黒革のベルトです」

細部まで記憶できるドロイドはときとしてかなり便利なものだ、とイヴは思った。

「奥さんと子どもたちはいつニューヨークを発ったの？」

「二日前の午前八時です。アーバン・ライド・カーサービスの車が迎えに来て、ミズ・マッケンロイとお子さんたち、それから家庭教師を乗せて、シャトルの乗り場へ向かいました。そこからタヒチへ飛んで、サウス・シーズ・リゾート・アンド・スパに滞在し、ビーチではパラダイスという貸別荘で休暇を過ごされています」

ほんとうにとても便利だ、とイヴは思った。「家族が不在中、ミスター・マッケンロイはお客を招いてもてなしていた？」

「その情報は得ていません。通常、私はミスター・マッケンロイが出かけるときに電源を切られ、私の手が必要なときにまた電源を入れられます」

「玄関に防犯カメラがあるわね。記録映像のディスクがほしいわ」

「承知しました。セキュリティのコントロールパッドはキッチンのすぐ裏にあります」

「取ってきて、ピーボディ。ミズ・マッケンロイの連絡先を」

さっきとは違い、ドロイドはためらわずにすらすら答えた。イヴが訊いた。「タヒチは今何時？」

ドロイドはまばたきをした。「タヒチの現地時刻は午前〇時三十三分です」

「まったく馬鹿げてる」イヴが吐き出すように言った。

「理解できません」

「わたしもできない。現場捜査チームを呼んで邸内を調べさせ、電子捜査課《EDD》に電子機器をすべて持ち帰らせるわよ。この家に他にドロイドや、人や、それ以外の家事スタッフがいる？」

「床掃除などの家事作業をする小型の用具ドロイドがいくつかあります。子どもたちの家庭教師もいますが、先ほどお話ししたとおり、彼女は現在、ミズ・マッケンロイと休暇中です。ミスター・マッケンロイのニューヨークの業務補佐係《アドミン》やビジネススタッフはよくここへ呼び出されますが、いずれにしても、ミスター・マッケンロイはニューヨークに滞在中は毎日、ミッドタウンのローク・タワー・ビルで仕事をしています」

「ふーん。また質問を思いついたら連絡するわ。何か見つけた、ピーボディ？」パートナーが戻ってくると、イヴは訊いた。

「彼はドロイドの証言どおりの時刻に、ドロイドの証言どおりの服装で出かけています。われわれが来るまで、訪問者はいません。映像は七十二時間で上書きされていますが、一般的な設定と言えます。ＥＤＤなら以前の映像も復元できます」

「マクナブに連絡して、それから、遺留物採取班をこちらへ向かわせて」

イヴは主寝室へ向かった。室内は他の部屋よりさらに淡くて上品な色合いで統一され、ここにも趣のある絵画が飾られている。ベッドのヘッドボードはクジャクが羽根を広げているような扇形だが、同じように淡く上品な色合いの布製の各種カバーは落ち着いたピーチカラーで、ふわふわのベッドカバーはやや濃い目の同系色、洒落《しゃれ》た装飾の枕カバーはさらに濃い目の同系色だ。

しかし、いかにも場違いなのは、寝室の中央の三脚に設置されている全方位ビデオカメラだった。

調べてみると、音声でコントロールできるように設定されていて、今のところ映像は何も保存されていない。

イヴは部屋から出てドロイドに声をかけた。「上がってきて」

「承知しました」

ドロイドは階段を上り、イヴについて寝室に入ってきた。イヴはビデオカメラのほうを身振りで示した。「これはいつもここにあるの？」

「いいえ。この装置は見たことがありません」

「ここで？　それとも、この家で？」

「家のどこでも見たことがありません、警部補」

「オーケイ、行っていいわ。待機していて」

磨き上げた白目細工《ピューター》のテーブルがベッドの両脇にあり、抽斗《ひきだし》を開けると左右それぞれに電子書籍リーダーがあったので、EDD用にタグを付けた。窓側のテーブルの抽斗にはコンドームが、バスルームに近いほうの抽斗には爪やすりとハンドローションが入っていた。

性具も媚薬《びやく》も見当たらない。

興味深い。

イヴは好奇心にかられてベッドカバーをめくり、手のひらでシーツに触れてから身をかがめ、匂いをかいだ。ぱりっとした洗い立てのシーツは、かすかにラベンダーの香りがした。

部屋を出て、ドロイドのところへ戻った。「主寝室のシーツ。交換したのはいつ？」

「昨日の朝。午前十時です」

「ミスター・マッケンロイに指示されたの？　それとも、いつものこと？」

「ミスター・マッケンロイがひとりでこちらに滞在していらっしゃるとき、シーツは毎日、交換します」

「家族が一緒のときは？」

「週に二度です」

「昨日の朝、交換したシーツはどこ？」

「クリーニングに出しました」

「残念。ピーボディ、主寝室から調べるわよ」

「マクナブはこちらへ向かっています。遺留物採取班は二十分ほどで到着するはずです。あら」イヴと主寝室に足を踏み入れ、ビデオカメラを見てピーボディは声をあげた。

「そう、全方位ビデオカメラ。寝室で、音声コントロールできるようにセットされてる。妻が一緒のとき、シーツを取り替えるのは週に二度で、妻がいないときは毎日」

ピーボディは口をゆがめた。「妻と寝ているベッドでつまみ食いをして、その行為を記録していたってことですか？」

「わたしもそう思ってる。それと、どこかに性具を隠してるに決まってる。クローゼットから探しはじめて。わたしは彼の奥さんと話さないと」

まずホテルに連絡して、ジーナ・マッケンロイと娘たちとフランシス・アーリーが宿泊中であることと、チェックインとチェックアウトの日を確認した。

それから、ドロイドに教えられた番号に連絡して、最も近しい家族の死を知らせる心構えをした。

ジーナは三度目の呼び出し音で応じた。映像はブロックされ、眠そうな声が聞こえた。

「はい、もしもし？」

「ジーナ・マッケンロイさんですか？」

「ええ、そうですが」

「ニューヨーク市警察治安本部《NYPSD》のイヴ・ダラス警部補です」

「なんですって？　まあ、大変！」張りつめた声がして映像がオンになり、起き抜けでしどけない姿の美しい女性が見えた。茶色の髪は乱れ、青い目が不安げだ。「強盗に入られたの？」

「違います。ミセス・マッケンロイ、残念ながら、ご主人が亡くなられたことをお知らせしなければなりません。今朝早く、遺体が発見されました。ほんとうにお気の毒なことです」

「何？　何ですって？　何を言っているの？　ありえないわ。ナイジェルとは今日の午後、こちらの時間の午後に、話をしたのよ。そ、そ、そちらでは夜だったでしょうけど。何かの間違いよ」

「残念ですが、ミセス・マッケンロイ、間違いではありません。ご主人は今朝早く、午前三時ごろに亡くなり、身元は正式に確認されました」

「でも、そんなのありえない。強盗じゃないって、あなたは言ったわ。その時間なら、ナイジェルは家にいて、寝てるはずよ」

「お宅の邸内ドロイドの証言と、アパートメントに設置された防犯カメラの映像によると、ご主人はゆうべ九時少し過ぎに、西九一丁目の自宅から出かけていらっしゃいます。そして、今から少し前に――」いま、むごたらしい詳細を伝える必要はない。「遺体が発見されました。ほんとうに、お気の毒なことです」

「でも……」混乱と、露骨な不快感と、ただひたすら信じがたい思いが衝撃に変わり、やがて深い悲しみへと変化していった。「何があったの？　ナイジェルに何があったの？　事故だったの？」

「いいえ、ミセス・マッケンロイ。ご主人は殺されました」

「殺された？　殺されたの？　そんな馬鹿なこと！」甲高い声をあげてから、はっとわれに返ったようだ。片手で口を押さえた。「どんなふうに？　誰に？　なぜ？」

「ミズ・マッケンロイ、すぐにニューヨークへ戻られるのがよいかと思います。われわれは捜査を始めたばかりです。今、あなたの代わりに話せる方がいますか?」

「あの、いいえ……ええと、待って」

画面がぼやけ、ジーナはリンクを手にしたまま寝室を離れたようだった。リビングエリアの大胆なトロピカルカラーと、ガラス越しに差し込む月明かりの断片と、パステルピンクのペディキュアを塗った細いつま先が見えた。

「フランシー!」ひそめた鋭い声が震えている。涙がこみ上げたのだろう、とイヴは思った。「大変なの、フランシー、助けて」

「起きていますよ、起きています!」ぱっと照明がついた。「具合が悪いんですか、ハニー?」

ジーナはベッドにいる女性にリンクを押しつけて座りこみ、わっと泣き出したに違いない。五十歳くらいの混合人種の女性の憤慨した顔が画面いっぱいに映った。浅黒い顔の、はしばみ色の目がめらめらと燃えているようだ。「どなたなの?」

「イヴ・ダラス警部補です。ニューヨーク市警察――」

「あら、まさか! 本を読んだし、映画も観たわ。ダラスは確か……」女性は目をぱちぱちさせてから、もっとよく見ようと手で目をこすった。「大変。何があったの? 誰が死んだんです？」

そう言いながら体勢を変えると、がっちりした体を包んでいる濃いピンク色のスリープシャツの胸でユニコーンが跳ねているのが見えた。「さあさあ、ジーナ、さあ。お水を持ってきてあげましょうね。わたしが対処しますから、いいわね？　何があったんです？」また強い調子で訊《き》きながら、別の部屋に移動しているようだ。

「ナイジェル・マッケンロイは亡くなりました。今朝早く、殺されました」

「何てこと。どんなふうに――いいえ、そんなことはどうでもいいわ」

イヴが画面で見るかぎり、女性はキッチンのようなところで氷とソーダ水をグラスに入れたようだった。「彼女はわたしを必要としています。お嬢さんたちもです。この件はわたしとあなたで何とかしなければ。彼女たちは彼を愛していました。こちらのことはわたしが対処します。できるだけ早く、みんなでニューヨークへ戻ります。事件はアパートメントで起こったんですか？」

「いいえ」

「わかりました。手配ができたらすぐに、アパートメントへ戻ります」

「あなたのお名前を教えてください」

「フランシー――フランシス」と、言い直した。「フランシス・アーリーです。お嬢さんたちに勉強を教えています。ジーナのようすを見に行かないと」

「ニューヨークに着いたら連絡してください」

「ジーナがするでしょう。子どもたちのためにも、そのころにはもう落ち着いているはずですから。今は、わたしが面倒をみなければ」

リンクが切れると、イヴは気持ちを切り換え、フランシス・アーリーについて簡単に調べた。

「家庭教師」声に出して読みながら、クローゼットというよりも夫婦の化粧室のような部屋に入っていく。「フランシス・アーリーは、一度結婚して離婚し、子どもはいない。五十六歳、生まれ育ったニューヨークの公立学校で二十二年間、教鞭《きょうべん》を執《と》った。マッケンロイ家で働くようになって七年になり、最初は姉、現在は姉妹の家庭教師。家族が旅行するときは同行する。ふだんはここに住み、一家がニューヨークに滞在中は姉の家に泊まる。一家のロンドンの家にも部屋があり、他の国の住まいにも部屋がある。一度、元夫から暴行罪で訴えられたが、取り下げられている。ちゃんとした人物のようね」

「ここにあるのは、夫妻の高級な衣類だけですね。それと、最高級のメイクとボディケア用品。あと、金庫があります」

イヴはじっと見て、開けられそうだと思った。たまたま彼女の夫で、とても腕のいい

(元)泥棒からやり方を教わっていた。「中身は宝石類だと思う」イヴは告げた。「たぶん、妻がコードを知っているから、夫は妻に見られたくないものはここにはしまわないわね。共同スペースだから。調べを続けて。わたしはナイジェルの自宅オフィスを見てくる」

廊下を歩いていたイヴは、娘たちふたりの寝室と思われる部屋に気づいた。ピンクと白とフリルだらけで、女の子らしい姉妹のようだ。部屋の一角に机が向き合って置かれ、おもちゃやゲームが並んでいるスペースもあった。

三つ目の寝室が家庭教師用らしい。ベッドカバーは明るい花模様で、派手な色使いが好みのようだ。クローゼットをのぞくと、どの服も明るくて鮮やかな色だった。

壁の一方には、さまざまな子どもの絵を飾った大きな額が掛けられ、窓辺のテーブルには三面のフォトフレームが立ててあった。女の子たちや、家族と家庭教師が一緒に映った写真が入っている。

家庭教師はナイジェルの妻を名前で呼んでいた――心配なときはハニーとまで。子どもたちの絵、写真。家族の一員なのだろう、とイヴは思った。家族の一員として住んでいるなら、いろいろ知っているに違いない。

またフランシス・アーリーと話がしたい。

さらに家のなかを進んでいくと、子どもたちの教室兼プレイルームのような部屋と、いわゆる居間と思われる部屋、きちんとしたダイニングルーム、マッケンロイのオフィスがあった。

妻専用のオフィスや個室はない、とイヴは気づいた。しかし、マッケンロイの仕事用スペースは何から何まで上等だ。眺め、デスク、椅子、ソファ、絵画、データ通信システム。すべて最高級品だ。彼のような立場の金持ちにぴったりだ。

メモブックを見つけたが、コードでロックされていた。仕事用のコンピュータもロックされていた。通信機器も同じだった。

自宅でさえ警戒を怠らない男だ。

デスクの抽斗もすべて鍵がかかり、こちらもロックされていた。

クローゼットさえ、カードをかざしてコードを打ち込まなければ開けられない。

イヴはここから始めた。

捜査キットを開けてロークにもらった道具を取り出し、仕事に取りかかる。

遺留物採取班がアパートメントに入ってきて、ピーボディから指示を受けるのが聞こえた。無視する。

開けてみせる、とイヴは思った。つまらないメモキューブと仕事の記録ディスクしか保管していないクローゼットを、マッケンロイがこれだけ厳重にロックするはずがない。

十分後、イヴはあまりのじれったさに、あきらめて扉を蹴破る寸前だった。しかし、そんなことをしたらみずから警察に出頭するはめになる。

マクナブのうれしそうな声がした。「やあ、シーボディ《ナイスボディ》！」イヴはそれまでの二倍、頑張りはじめた。

こんなに長々と作業をしたあげく、このしゃくに障《さわ》る任務をEDDのオタクに手渡し、恥をかくのだけは絶対にいやだ。

マクナブのエアブーツの跳ねるような足音が近づいてきて、イヴは歯を食いしばった。

「どうも、警部補《LT》」

「電子機器を調べ始めて」イヴは命じた。「ファイルを開けられるものはここで開けて、ざっと目を通して、タグを付けて運んで。クソ、クソ、クソッ！　さっさと開きなさいよ！　ファイルを開けられないものはそのままEDDへ運んで」

「了解。あの、それってめちゃくちゃすごいコード読み取り機《リーダー》ですね。TTS－5ですか？」

「知るわけないでしょ？　わたしに息を吹きかけないで」

「手順はすべて終わってるみたいだけど――」

イヴは、狂犬さえ後ずさりしそうな声を喉の奥から絞り出した。しかし、マクナブはさらに身を寄せてくる。

パッドが緑色に明滅し、マクナブはイヴの肩に軽く拳《こぶし》を当てた。「すごい」

「そういうこと」イヴは言い、捜査用のマスターキーをかざして残りのロックを解除した。

マクナブならわたしの半分の時間もかからず開けていただろう、と思った。ロークだったら？　たぶん、アイルランド風の魅力だけですり抜けただろう。

でも、わたしはやり遂げた。

扉を開けると、メモキューブと、記録用ディスクと、他にオフィスに必要な備品がきちんと保管されていた。寝室にあったビデオカメラ用と思われるケースもあった。

さらに、鍵のかかった戸棚があった。「まったくもう。宝石だらけの王冠でも保管してるの？」

「これは鍵だけで開くやつだ」マクナブが言った。「こじ開けられますよ」

「所有物を壊すのはだめ」捜査キットから錠前用のピック（これもロークからもらった）を取り出した。錠前のほうが電子ロックより得意なイヴは、五分もかからず戸棚を開けた。

イヴが扉を開けるなり、マクナブは低く口笛を吹いた。「わーお。変態の棚だ」

「やっぱりね」

「この人、アダルトグッズ店をオープンできたかもね」プルトニウムを注入したような紫色のバギーパンツにはいくつもポケットがあり、マクナブはそのふたつに両手を突っ込んだ。

確かに、と思いながら、イヴは戸棚の中身に目をこらした。パッド付きの手枷《てかせ》、バイブレーター、オイルとローション類、コックリング、乳首締付け具《クランプ》、くすぐり棒《ティックラー》、シルクの紐《ひも》、目隠し、コンドーム、興奮剤ステイアップ、羽根、ジェル。

イヴが身振りで示した先には、睡眠導入剤《ロヒプノール》とはっきり記された瓶があった。他にも、ラビットと記された瓶、娼婦《ホアー》というラベルの小さめの瓶もある。

「ろくでなし野郎。携帯用の小瓶もあるわ。小瓶を持ってクラブへ行って、獲物の女性を物色する。女性をここへ連れてきて、望みどおりにする。レディ・ジャスティスの詩は嘘じゃなかった」

「詩？」

「とにかく調べないと。電子機器を頼むわ、マクナブ」

「了解」マクナブは一歩下がった。きれいな顔の痩《や》せた若者で、長い金髪を後ろでひとつにまとめていて、銀の輪っかをいくつもつけているせいで一方の耳たぶが垂れ下がっている。

「大人のおもちゃは、まあ、そういうもんでしょう。みんなが楽しんでいるなら害はないし、違法でもない。でも、薬物は最悪です」

「そして、彼も最悪ということになる」

しかし、彼が何をしようと、どんな人間だろうと、イヴは彼のために捜査をすることになる。

イヴは部屋を出て、遺留物採取班の責任者と話をしてから、ピーボディにざっと状況を説明した。

「彼のニューヨークの業務補佐係《アドミン》に会うわよ。それがいちばん手っ取り早いでしょ。彼の性格や、スケジュールや友人関係、他にも女性をひっかけていたなら、その相手について知るにはね」

「ランス・ポーですね」イヴと一緒に部屋を出ながら、ピーボディは手のひらサイズ《パーム》のPCの画面を読み上げた。「三十八歳、混合人種の男性で、ウェストレー・シュップと結婚して五年。ニューヨーク支店に勤務してまもなく十一年で、四年前から被害者の業務補佐係です。被害者のアパートメントはすごく素敵でしたね」エレベーターで階下へ向かいながらピーボディが言った。

「そう、見た目はね。洗練されていて、静かで、高級感にあふれてる。彼は自分のデスクに妻と子どもたちの写真を飾りながら、そこから三メートルも離れていない鍵のかかった戸棚にずらりと性具を並べ、睡眠導入剤と、ラビットと、ホアーの瓶を保管していた。素敵が聞いてあきれるわ」

「じゃ、妻のベッドで妻を裏切っていただけじゃないんですね。レイプドラッグを使っていたとは」

「持っていて――使いかけの瓶もあったわ――使わなかったとはとても信じられない。ゆうべ、彼がどこへ向かったのか、誰に――誰かいたとして――会いに行ったのか、業務補佐係が知っているかどうか、確かめるわよ」

建物から外に出たとたん、ニューヨークの活気に思いきりもみくちゃにされる。広告用飛行船がバタバタと飛び交い、通りにひしめく車がうなりをあげ、通行人が押し寄せてくる。歩道に横たわっていた遺体は消え、そこにあった痕跡もない。

建物のなかはまた別の話だ。イヴの命令を受けて、制服警官は聞き込みを始め、遺留物採取班は被害者の家じゅうを調べ、EDDのオタクたちはありとあらゆる電子機器を調べて、家族それぞれがどんな文書を残し、リンクで何を話し、どんなデータを入力し、何の写真を保管したかを探る。

死によって秘密が暴かれる。

イヴが運転席につくと、ピーボディが業務補佐係の住所を告げた。「被害者の奥さんと子どもたちには、つらい帰宅の途になりますね」

「そうね。彼女は知っていたの?」イヴは疑問を口にした。「鍵のかかった戸棚に夫が何をしまっているか、ひょっとしたら知らなかったかもしれないけど、浮気に気づかないなんてあり得る？　予備にあれだけのコンドームやジェルを——それも配偶者と共有している寝室の戸棚に——そろえている男が、常習的に浮気をしてないわけがない。妻が気づかないなんてある？」

「ひたすら信じる女性っているし、とにかく隠すのがうまい男もいます」

イヴは首を振った。「そこまでうまい男はいないわよ」

車を発進させ、うなりをあげる車列をこじ開けるようにして合流した。

ポーと夫は、ミッドタウンにあるギリシャ料理店の上階に住んでいた。ポーがその気になれば仕事場まで無理なく歩ける距離だ、とイヴは計算した。通りに面したドアのブザーを鳴らすと、数秒後、インターホン越しにはつらつとした声がした。「はーい、よお！」

「ニューヨーク市警察治安本部のダラス警部補とピーボディ捜査官です。ミスター・ポーにお話があります」

「ああ、そう、ロークはもうここでベーグルを食べてるよ。きみだろ、キャリー？」

「ダラス警部補よ。あなたはランス・ポー？」

「そうだけど。ちょっと、ほんとうに？」

「ほんとうに。家に入りたいんだけど」

他の誰かに話しかける声と笑い声が聞こえた。「イヴ・ダラスだって言ってるんだ。キャリーに決まってる」

しかし、ブザーが鳴り、錠がカチャリとはずれた。

狭苦しい玄関のスペースに、幅の狭いエレベーターがあったが、たとえポーが何十階に住んでいようと、イヴは乗らなかっただろう。同じくらい幅の狭い階段もあった。

階段を上っていくと、上のほうで扉の開く音がした。「しゃべり方は超かっこよかったよ、キャリー、でも——」

戸口に現れた男性が絶句した。

身長は百七十センチちょっとで、痩せて引き締まった体つきのアジア系混合人種だ。三十八歳より若く見え、スマートなメタリックブルーのスーツを着て、赤と青の水玉模様のネクタイを締めている。真っ黒な髪は短くてカーリーなドレッドスタイルで、毛先を金色に染めている。

毛先とほとんど同じ金色の目が大きく見開かれた。

「嘘だろ！　嘘だ、ウェス！　まさかのイヴ・ダラスだ」

「ふざけるなよ、ランス」もうひとり、男性が出てきた。いかついスキンヘッドで、肌は黒く、色あせたジーンズと長袖の赤いTシャツを着ている。まばたきをしてから、ポーの肩に手を置いて言った。「ぶったまげた」

男性はまたまばたきをして、黒っぽい目を不安げに曇らせた。「ちくしょう、誰か死んだんだ」

「ああ。なんてことだ。誰か死んだんですか？」

「なかに入っていいですか？」

「ママ。ママが――」

「お母さんじゃありません、ミスター・ポー、他のご家族でもありません。あなたの上司の件で、うかがいました」

「シルビアが？」ポーは腕を伸ばし、パートナーの手を握った。

「いいえ、ナイジェル・マッケンロイです」

「ミスター・マッケンロイが亡くなった？」

「なかに入りたいのですが」

「ああ、すみません、すみません」ポーは一歩後ろに下がった。「どうぞ、入ってください。僕――僕たち――とにかく、驚いてしまって。おふたりの大ファンなんです。本や映画だけじゃなくて、もちろん、そっちも超すばらしいけど。ずっと追いかけています。あなたたちもロークも――彼のことも大好きです――警察の仕事も、ファッションも、カメラの前でインタビューを受けるときの非情な感じとか、すべてすばらしいから。とにかく――」

「ひとりでしゃべってるよ、ハニー」シュップがポーをそっと脇へやり、手を伸ばしてイヴ、ピーボディの順に握手をした。「どうぞ、座ってください。あなたたちのお気に召すようなコーヒーはないですが――」

「おかまいなく」

リビングスペースはこぢんまりしていたが、マッケンロイのところよりずっと居心地がよくてほっとできる、とイヴは感じた。背もたれの高い濃紺のソファが一方の壁際に置かれ、その上にニューヨークの街の一風変わった鉛筆画が飾られている。ソファに向き合う形で、大胆な色とりどりの縞《しま》模様の安楽イスが二脚ある。さらに何人か座れるように、詰め物をした合成皮革のベンチもあり、左のカーブした廊下の先は、洒落た小さなキッチンと食事をするスペースだ。

「連絡して、代理の教師を頼みます。美術を教えていて、フットボールのコーチもしているんです」シュップが説明した。「高校で。お茶を淹《い》れてこようか、ランス？」

「ありがとう。ええと、その……事故じゃなかったんですよね。さっき言ったとおり、僕たちはファンだから、あなたがたが殺人課の警官だと知っています。強盗ですか？」

ポーはそう言いながら椅子のほうに手のひらを向け、イヴは一方の椅子に、ピーボディはもう一方の椅子に座り、ポーはソファに腰を下ろした。

「いいえ。あなたはミスター・マッケンロイの業務補佐係でしたね?」

「ええ。はい。彼はあちこち飛び回っていて、彼がニューヨークにいない間、それは実際、一年の半分くらいですが、こちらのことはシルビア・ブラントが取り仕切っています。つまり、ミスター・マッケンロイとパートナーたちはすべてを管理していますが、彼がこちらにいないとき、シルビアは船の船長のような立場です」

「それはこちらでやります。彼女に伝えるべきですか?」

「もちろん。すべて知っています。ミスター・マッケンロイのスケジュールを知っていますか?」

「もちろん。すべて知っています。今朝は十時から、〈グランジ・ユナイテッド〉のニューヨークオフィスで、営業担当のバイスプレジデントの最有力候補者と会うことになっています。十一時には――」

「昨日の予定は?」

「そうでした、すみません」

ポーが名前と時刻と目的をコンピュータのようによどみなく言っている間に、シュップが彼のために美しいカップに淹れた紅茶を運んできた。カップと花のような香りから、イヴはマイラを思い出した。

警察部門でトップのプロファイラーで精神分析医のマイラとは、近々、このケースについてじっくり話すことになるだろう。

「では、夕食をとりながらのミーティングや、夜の約束はなかったんですね？」

「ええ、彼は六時ちょっと前にオフィスでの仕事を終えました。奥さんとお子さんたちは春休みをタヒチで過ごしています。ああ、どうしよう、ウェス、あのかわいい子たちがかわいそうだ」

シュップはポーの空いているほうの手を取り、ぎゅっと握った。「何があったのか、話してもらえますか？」

「ミスター・マッケンロイは今朝早く、亡くなりました。これまでに得た証拠によると、彼は午後九時少し過ぎに自宅を出ました。別の場所で殺され、自宅の外に遺棄されたと思われます」

イヴはふたりの証言者の反応を見た。「犯人はミスター・マッケンロイが……ないがしろにしたかもしれない女性か、そういった女性を装おうとしている者だとも考えられます」

ポーはパートナーと顔を見合わせた。

「そう聞いても、驚かないようですね」イヴは言った。「理由を聞かせてください」

3

「きみはいつも言っていたね」ポーがつぶやいた。

「とにかくそんなふうに見えたんです。そういう——女好きというか、いけ好かないタイプの女好きの——雰囲気でした」シュップはイヴに言った。「僕は二、三度しか会ったことはありませんが、そういう雰囲気でした。おふたりに話してごらん、ランス」

「ええと、漠然とそう思ったというか、観察した印象がそうなんです。でも、彼が下働きのスタッフふたりにちょっかいを出したことは、はっきりとした事実として知っています。一方の女性が人事部《HR》に苦情を言ったら、チャンチャン。彼女はいなくなりました。彼が解雇したという噂《うわさ》でした。それで、シルビアは——彼はつねに彼女に敬意を示していましたが……あの、彼女は年上だし、彼がちょっとでも彼女にそんなそぶりを見せたら、とっちめていたでしょう。とにかく、シルビアはその件で彼を叱りつけ、告訴すると脅しました。ふたりはすごい剣幕で言い合っていました。一年ほど前のことです。彼はひどく腹を立てていました……はたで見ていてわかりましたが、自分の会社という池では釣りをしなくなりました。意味がわかるでしょうか」

「わかります。どうしてシルビアは訴えなかったんでしょう?」

「それは、おもに彼の奥さんと子どもたちのためだと思います。彼が態度を改めなければ、彼女は訴えていたかもしれません。でも……」

「あなたは彼を裏切っているわけじゃありませんよ、ミスター・ポー」ピーボディが横から言った。「彼が亡くなることになった原因のほとんどは、本人の行動や習慣にあります。その死をもたらしたのは誰なのか、ご家族は知る必要があり、あなたがわたしたちに話すことが役に立つんです」

「彼のことは好きじゃなかった」ポーが不意に言った。「でも、仕事や、シルビアや、ほかの同僚たちのことは大好きでした。いずれにしても、彼はこっちには一年の半分もいなかったし。僕にはよくしてくれて、それは間違いないです」

「きみはよくやったよ、ハニー。最高の業務補佐係のひとりだ」

「買いかぶりすぎだよ」ポーはなんとかほほえんだ。「僕はこの仕事が得意で、この仕事が大好きなんです。彼、ミスター・マッケンロイはとにかく、いい夫ではなかったような気がします。娘さんたちを愛していたのは、疑う余地のない事実です。彼なりに奥さんのことも愛していたんだと思います。でも、ウェスが言っていたような雰囲気がありました。それで、あの、ヤッてきたぞ、という顔をして、朝、出社してくることもしょっちゅうでした。家族がニューヨークにいないときです。そんな表情を隠そうともしませんでした」

「彼は誰かに脅されていませんでしたか?」

「痛い目に遭《あ》うぞ、とかですか? ありません。彼の個人的な回線やメールを通して脅されていたら、私にはわかりませんが。正直に言って、そういうことはなかったと思います。いつも変わらず……気取っていて、満足げでしたから。唯一、腹を立てているのを見たのが、シルビアとやり合っていたあのときです。誓って言いますが、彼女は人を傷つけるようなことは絶対にしません。社会的な制裁を加える可能性はあったし、彼女ならほんとうにやるとわかっていたから、彼は手を引いたんだと思います」

「彼が仕事の後によく行っていた店を知っていますか?」

「ええ、まあ」ポーはどう見ても居心地が悪そうに体の向きを変えた。「いろいろなものをつねに整理整頓しておくのも——彼がニューヨークにいるときも、いないときも——仕事のうちです。クラブには、専用ブースやVIPブースを利用した場合、ちょっとした装身具やアメニティグッズをくれるところがあります。彼はそんな品をデスクの抽斗にしまっていました」

「覚えていたら、店の名前を教えてください」

「〈ローラの隠れ家〉、〈シーカーズ〉、〈ディス・プレース〉、〈フェルナンドス〉。私の知るかぎりで、いつも行っていたのはこういった店です。グッズをもらっていない店も他にあるかもしれません」

「とても役に立つ情報です」

「私は何をするべきなんでしょう」ポーは両手を上げて、そのまま体を抱きしめるように自分の両肘をつかんだ。「仕事に出かけるべきですか?」

「ミスター・マッケンロイの電子機器はすべて警察に持ち帰って調べます」

「彼はプライベートで使う二台目のリンクを持っていて、デスクの左のいちばん上の抽斗にしまって鍵をかけています——いました。私は触れることはできませんでしたが、彼がいつもとは違うリンクで話しているのを何回か見ました。それから、ええと、オフィスに着替えも置いていました。たまに、前の日に着ていた服をクリーニングに出すように頼まれました。それで、仕事を終えてから職場で着替えたんだな、とわかるわけです」

「彼は職場に女性を連れ込んでいたでしょうか?」

「それは絶対にないと思います。ビルの警備員や、清掃サービルのスタッフもいますから。

ホテル代の領収書を私から経理に提出することがありました。それは決まって、ミセス・マッケンロイがニューヨークにいるときでした。彼がどういう人間かはわかっていました」ポーはカップのなかを見つめた。「でも、上司でしたから」

「ミスター・ポー、職場まで車で送りましょうか？　わたしたちの次の行き先なんです」

ポーはイヴを見て、それからシュップを見た。「そうするべきかな？　乗せてもらったほうがいい？」

「それどころか、ミスター・ポー」ピーボディが言った。「一緒に行ってオフィスを案内していただけたら、わたしたちは助かります」

やるべきことと方向性を示され、ポーの顔に安堵の色が広がった。「オーケイ、では、そうします」

「僕も一緒に行こう」シュップが落ち着いた目でイヴを見た。「ランスが一緒に働いている人たちは僕も知っているし、なかには友だちもおおぜいいる」

目つきに劣らず性格も落ち着いた人物だと感じていたイヴは、うなずいた。「助かります。すぐに出かけられますか？」

「はい、もちろん。たぶんね」ポーは歩いていって、扉のそばの肩掛けかばんを手にとると、斜めがけにした。「ありがとう、ウェス」

「いいんだ」

階下の車に乗りこむと、シュップがため息をついた。「状況を考えると、こんなことは言うべきじゃないんだろうが、ダラスとピーボディと一緒に車に乗るなんてめちゃくちゃかっこいいな」

「イヴ専用車《DLE》にね」ポーは何とか弱々しくほほえんだ。「たとえちょっと気分が悪くても——吐きそうってほどじゃないけど」

「大丈夫ですよ」ピーボディは後ろを向き、ポーにほほえみかけた。「ショックを受けたんですから、自然なことです。DLEに乗ったからには、しっかりつかまっていたほうがいいですよ」

ピーボディがそう言っている間に、イヴは車を発進させて通りに飛び出し、のろのろ走る市内横断大型《マキシ》バスを迂回《うかい》し、信号が赤に変わる寸前に猛スピードで交差点を曲がった。

すでに交差点に飛び出そうとしていた数人の通行人が、敵意むき出しの顔を向けてきた。

「ひゃあ」シュップは小さく声をあげ、ポーの手を握った。

イヴはラピッド・キャブ二台の間をぎりぎりですり抜け、死にたがっているとしか思えないメッセンジャーの自転車を矢のように追い抜いて、ローク・インダストリーズの本社が入っている鋼鉄製タワーの地下駐車場へ飛び込んでいった。

セキュリティ・スキャナーがブーッと鳴って車を通し、DLEのために確保された駐車スペースのある階とその区画を物憂げな声で告げた。

ポーの家を出て数分後には、イヴは駐車スペースに車を入れていた。

ポーは「ワーオ」と声をあげ、実のところ、小さく笑いもした。「映画よりいい」

「わたしの気持ちがわかったはずです」ピーボディがポーに言った。

「まあそうですね。うちの会社は二十二階です。カードを使って、直接、上がっていけます」

わたしも上がれるけれど、と思ったものの、イヴはうなずいた。「それはいいわね。まずミスター・マッケンロイのオフィスを見てから、ミズ・ブラントと話がしたいわ。あなたが話してくれた女性ふたりの名前も調べないと。ミスター・マッケンロイにハラスメントを受けたことを、あなたが知っているふたりよ」

「ええと、それは……名前はわかりますが、それを言うのはちょっと……ジャスミンのことは——ジャスミン・クワークです——あまりよく知らないし。長くここで働いていたわけではありません。働きはじめて三週間くらいでやめてしまいました。レア・レスターも勤めたのは長くはなくて、たぶん、三か月くらいです。彼女は黙って去りはしませんでした。それで、何があったかシルビアの耳に入ったんです。たぶん、そういうことだったと思います。

レアとジャスミンはほとんど同じころに退社しました」

ポーはカードをかざしてエレベーターに乗った。「ふたりがいまどこにいるか知らないけれど、シルビアは知っているかもしれません」

「オーケイ」

ロークのビルらしく、エレベーターはなめらかに動きだし、ポーのあとにイヴがさらにカードをかざしたことで高速で上昇した。

扉が開くと、パーフェクト・プレースメントのこぢんまりした上品なロビーがあった。待合エリアに置かれた椅子の深い茶色が、淡いゴールドの壁の色によく映えている。弓なりの社名ロゴが壁に描かれ、その手前の同じ弓なりの受付カウンターには、黒い服を着た男女が座っていた。

「おはよう、ランス」女性のほうがポーを見てほほえみ、イヤピースをタップした。「あら、ウェストレー、久しぶりね」

「やあ、シルビアはいる?」

「いないことがある?」イヴとピーボディに視線を移すと、女性の笑みが揺らいだ。「何かあったの?」

「彼女と話をしなければならないので」イヴが言った。

「まっすぐ奥へ行くけど、いいかな?」

ポーは返事を待たずに、ガラスの扉へ向かった。扉がほとんど聞こえないような音とともに開くと同時に、受付係が言った。「彼女に知らせておくわ」

入るとすぐにパーティションで区切られたブースが並んでいて、すでに働きバチたちがデスクに向かっていた。通りの屋台コーヒーと安いペストリーの匂いが立ち上っている。角を曲がるとオフィスがいくつか並んでいて、ドアが開いている部屋も開いていない部屋もあった。さらに角を曲がると、大きめのオフィスがいくつか続き、さっきよりファッショナブルな眺めのなかで、キーボードを叩く音やリンクの着信音が響いていた。

そんなファッショナブルなオフィスの外で、ポーは立ち止まった。

スポーツ選手のような体つきで肩幅のがっちりした女性がデスクの向こうに座り、目にもとまらぬ速さでキーボードを打っている。仕事に夢中で顔も上げない。

「ちょっと待って、ランス。できるだけ早くこれを送らないといけないの」

「シルビア――」

「あと十秒」まだ指を躍らせながらシルビアはつぶやいた。手を止めて、小鳥のようなきらきらした黒い目をさっとスクリーンに走らせる。「送信」と命じて、椅子の背に体をあずけ、視線を上げた。「おはよう、ウェス。さて、何かあった?」

イヴは警察バッジを示した。「扉を閉めさせてもらいます」

シルビアは背中をぴんと伸ばした。「それは穏やかじゃないわね。バッジをもっとよく見せていただける?」

イヴは応じて一歩前に出ると、バッジを差し出した。ショートカットの黒髪におしゃれな銀色のメッシュを入れたシルビアは、バッジをじっと見た。「驚いた。ナイジェルが殺されたなんて」

「すばらしい読みです、ミズ・ブラント」

「オフィスに殺人課の警官がふたり来て、ナイジェルの業務補佐係とその夫も一緒なのよ。朝の挨拶《あいさつ》をしにきたとは思わないわ。それに、実際、五分前にナイジェルに連絡を取ろうとしたけれど、何の反応もなくて、Vメール《ボイス》さえ返ってこなかったから。座って、ランス」

そう言いながらシルビアは立ち上がり、ランスに近づいて一方の腕でハグするようにして椅子まで導いた。「顔色が悪いわ。みなさんもどうぞ掛けて。ちょっと頭を整理する時間をちょうだい」

「とてもうまく整理できていますよ」イヴが言った。

「それが仕事ですから。何があったんです? いつ? なぜ? なぜ、について分析するのは――事故や強盗じゃなければ――むずかしくないけれど」

「理由を聞かせてください」イヴが先を促した。

「ナイジェルは、美しくて聡明《そうめい》な妻と、かわいらしい子どもがふたりいる成功したビジネスマンで、裕福に暮らし、好きなだけ旅行ができたけれど、あそこをパンツにしまっておけない男だったから。彼が食い物にしてもてあそんだ女性の夫か、恋人か、兄弟か、父親がいずれ彼の頭をたたき割らなければ、食い物にされた本人がやるはずよ。彼にもそう告げて、まだ一年もたっていないわ」

「それで、あなたは、ミズ・ブラント？　彼はあなたを利用し、もてあそびましたか？」

シルビアは大声で吠《ほ》えるように笑った。「よく見てちょうだい」両腕を広げた。腕だけでではなく全身がたくましい。「わたしは六十三歳で、ごつくて、グラマーじゃない。りりしいいい女性だと言ってくれる人ならいるかもしれない。セクシーとか、若いとか、無邪気とか――誰もそうは言ってくれないわ」

「あなたは美しいと思うよ」シュップが言い、シルビアをほほえませた。

「そういうことを言ってくれるから、あなたを私のものにしてやるわって、ランスに言ったのよ。それはないわ、警部補、ナイジェルはそういう面でわたしに興味はなかった。加えて、わたしは会社にとってとんでもなく大事な存在なの。彼が狙ったのは、若くて、グラマーで、たいていは影響力のない女性。まだ一年もたっていないわ。彼がこのオフィスという池で釣りをしてるとわかって、訴えるとか、ここをやめるとか、奥さんに――彼女のことは大好きよ――話をするとか言って、彼を脅したのは」

「でも、何もしなかった」

シルビアは初めて不安そうなそぶりを見せ、指で眉間をつまんだ。「ええ、何もしなかったのは、彼がこの森で狩りをするのをやめ、彼が手を出したとわたしが知っている女性ふたりにそれなりの示談金を払ったからよ。彼はわたしをクビにできたでしょうけど――理由がないから簡単ではなかったはずだけれど――詰まるところ、わたしはここでは大事な人間で、やめさせられるとなれば大騒ぎをするに違いない。彼はよく知っていたのよ」

シルビアは言葉を切ってため息をつき、立ち上がった。「ＶＩＰコーヒーを飲んで一休みするわ。一息つかずにはいられないし、それはみなさんも同じだと思う」

そう言って部屋の奥まったところまで歩いていって、オートシェフ《AC》をプログラムした。

「これから何を訊かれるかはわかっているけれど、それに答える前にすべてを話すわ。わたしはナイジェルのビジネスセンスに最大級の敬意を払っていた。まわりを引っ張ってとてもいい会社を作り上げることができる人で、スキルも、決断力も、創造性も、先見の明もある。彼のそういう面と、人材を適材適所に配置できるすばらしいセンスは高く評価していたわ」

シルビアはコーヒーを各自に渡し、クリームと砂糖の代用品をのせたトレイを持ってきた。「わたしの知るかぎりでは、彼はすばらしい父親で、子どもたちも、ほんとうに心から慕っていたわ。奥さんのジーナは……彼女ほどおおらかで聡明な女性が、彼の所業を知らなかったとはとても思えない。でも、けっして馬鹿じゃないわたしだって、一年前まで知らなかったんだから。彼女は彼を心底愛している——愛していた——と信じているわ。そんな愛情を引き出せる人は尊敬に値すると思うの。でも、それ以外の彼は軽蔑《けいべつ》に値するわね。最終的にわたしに訴えてきた女性はふたりとも、彼が立場を利用して強要したと言っていたし、ひとりは何か飲まされて眠っている間にレイプされたと断言していたわ。わたしが食ってかかったら、もちろん、彼は否定したけれど、嘘よ。わたしにはわかった。その後、要求された示談金の額も受け入れたのだから」

「率直にお話しいただいて感謝します。ゆうべ、どこにいらしたか教えていただけますか？詳しく言うと、午後九時から午前四時の間です」

「いや、でも、警部補、それは——」

「シーッ」シルビアはポーに向かって人差し指を振った。「彼女は知る必要があるのよ。わたしはナイジェルが帰ってすぐにオフィスを出て、夫と、上の息子と彼のフィアンセと〈オーパ〉で食事をしたわ。七時に予約を入れていた。店を出たのは十時ごろだと思う。レイとわたしはタクシーで家に帰った。ふたりとも十二時にはベッドに入って眠り、今朝は六時四十五分ごろに家を出てジムに行き、八時四十分には出社していたわね。自宅には防犯カメラが設置されているわ。ゆうべ、帰ってきたレイとわたしと、今朝、家を出るわたしが映っているはず。ナイジェルはいろんな面で卑劣な男だったけれど、子どもたちのことを思うと胸が張り裂けそうよ。父親を亡くしたんだもの。わたしがどう感じていようと、あの子たちにはパパが必要よ」

「わかりました。ジャスミン・クワークとレア・レスターは、セクハラを受けたとあなたに訴え、示談金を受け取った女性、ということでよろしいですか?」ダラスは訊いた。

「ええ、そうよ」

「すみません、シルビア、僕は――」

「馬鹿言わないで、ランス、これは殺人事件の捜査なの。あなたは真実を伝え、知っていることを話せばいい。わたしは彼に、ふたりにはそれぞれ十万USドル払って、全額をきっちり支払ったら、それ以降、ふたりには接触しないように要求したわ。そのどちらかでも守られなかったら、わたしが対処することになっていた。女性たちはふたりともこの条件に同意したわ。そうじゃなければ、また違う話になっていたでしょう。ふたりはとにかく会社をやめたがっていたわ」

「レイプにたいして十万ドルというのは、少ないように思えますが」イヴが言った。

シルビアは唇を結んだ。「わたしもそう思うわ。でも、ふたりとも証明できなかったのよ。ふたりがふたりとも、絶対の確信を持ってさえいなかった。とくにジャスミンは自分がすすんで行為に加わったような気がして罪悪感があり、忘れたがっていた。彼女は家族の誰かがいるシカゴに引っ越したわ。レアは腹を立てていた、当然よ。でも、わたしに詳細を伝えることは拒んだ。彼女はわたしの知っているかぎりでは、まだニューヨークにいて、国際的な金融機関で働いているわ。ナイジェル以外の共同経営者や、警察にまで訴えるべきだったかもしれないけれど、わたしは女性ふたりから話を聞いただけだったし、ふたりとも前に進みたがっていたから」

シルビアは鼻梁《びりょう》をつまんだ。「その時点でふたりにとって最良だと思ったことをやったつもりよ。でも、わからない。よくわからないわ」

「この会社の彼の所有分を相続するのは誰か、ご存じですか？」

「あの……奥さんと娘さんたちだと思うわ。正直なところ、よくわからないけれど。ジーナと子どもたちは旅行中よ。ああ、なんてひどい話」

「彼がセクハラをしていた女性を他に知っていますか？」

「レアとジャスミンのことを知って、他にもっといるんじゃないかと疑ったわ。でも、いなかった。誰もわたしに言いに来なかったし、警察への訴えもなかった。その後、わたしは何があっても見逃すまい、聞き逃すまいと気をつけていた、これはほんとうよ。またオフィスのスタッフにちょっかいを出したらわたしが行動を起こすと、ナイジェルはわかっていたのだと思うわ」

「わかりました、ミズ・ブラント。これから彼のオフィスを調べる必要があり、彼の電子機器はどんなものであれ、EDDに運ばなければなりません」

「ああ、クライアントのファイルが。極秘データなのに」シルビアはぎゅっと目を閉じた。「おたがいの時間が節約できるように、それはわたしが話を通しておきます。でも、わたしたちの身を守るためにも令状を取っていただきたい。共同経営者たちに連絡をしなければ」

「警察としても、彼らと話をしなければなりません」

「そうでしょうね。お望みなら、リンクかホロ映像で会議ができるように手配します。ひとりもニューヨークにはいませんから。わたしがどう感じていようと、警部補、ナイジェルはわたしを雇っていた人物で、彼の家族は大好きですから、オフィスで働く全員が全面的にあなたに協力するよう取り計らいます。彼の家族には決着が必要です。彼らからナイジェルを奪ったのは誰なのか、あなたがたが見つけなければ決着は得られません」

「会議の件は、のちほど連絡します。お時間を割いてご協力いただき、ありがとうございました、ミズ・ブラント。ミスター・ポーにミスター・マッケンロイのオフィスを案内してもらいます。電子機器の移送はEDDが手配します。わたしは令状を手に入れます」

シルビアだけ残して廊下を進んでいくと、マッケンロイのオフィスの立派な両開きのドアがあった。

後から加えたらしいポーのオフィスも併せて、広さはブラントのオフィスの二倍はありそうだ。独立したバスルームや、娯楽用の小部屋、オートシェフ、冷蔵庫、バーもある。さらにすばらしいのは街を一望できる景観だ。

「彼の個人的なファイルや、鍵のかかった抽斗のパスコードは知らないんです」ポーが説明を始めた。

「それはこちらで対処するわ」

「業務関連のファイルや、メールなどはお見せできます。お役に立つならコードをお知らせします」

「助かります。ピーボディ、レオに連絡して令状を請求して、それからEDDにも連絡を」

「了解です」

「データの説明も必要なら、僕が……」

「今のところ、オフィスに入れてもらっただけで充分よ。あなたのオフィスの電子機器も見せてもらうことになるわ」

「参ったな。必要なら立ち上げますよ」

「ありがとう。立ち上げたら、休憩を取ったらどう？　あなたが必要になったら声をかけるから」

「彼は忙しいほうがいいんだ」シュップが言った。

「そう、そうなんです。ウェスは僕のことをわかっています。きっとシルビアの手伝いができると思うので、忙しくしながら、あなたがたの邪魔にならないようにしています」

「そうしてください。あなたのおかげでほんとうに助かりました、ミスター・ポー。あなたとミスター・シュップ、おふたりとも」

「どうしても現実とは思えない」ポーはつぶやき、手際よくマッケンロイのオフィスのコンピュータと、メモブックと、スケジュールブックを立ち上げた。「最初からずっと、現実感がない。そのうち実感するんだろうけど」

同じように自分のオフィスの電子機器を立ち上げるため、ポーが移動すると、イヴは鍵のかかった抽斗に目を留めた。鳴り出したリンクを取り出して、ショートメールを読む。

〝僕に会いに上がっておいで。被害者のデータを見せてあげられるよ〟

もちろん、彼には可能だろう、とイヴは思った。ロークなら、わたしが建物に入るのとほぼ同時にそれを知り、亡くなったテナントのCEOに関して集められるデータはもうすべて集めているはずだ。

立ち寄ってみる価値はある。

〝まだ下で少しやるべきこと――ピッキングも含む――あり。終わったら上がっていく〟

〝ピッキングに手伝いが必要？〟

たぶん、と思ったものの、返事は違った。

〝馬鹿にしないで〟

これはもうプライドの問題だ。イヴは気持ちを静めて、作業に取りかかった。

「令状は準備中です」ピーボディがイヴに告げた。「マクナブはこちらに向かっています。

彼の報告では、マッケンロイがアパートメントに戻ったのは夜中の十二時ごろだそうです――おとといの夜の話です。しかも、ひとりではなかった、と」

抽斗を見つめていたイヴは、ちらっと視線を上げた。「女性と一緒だった?」

「ふたりです。赤毛がふたりで、マクナブによると、ふたりともひどく酔っ払っているようだった、と。お酒に酔っていたか、ハイになっていたか、その両方か。〇四〇〇時ごろに出ていったときも、ほぼ同じ状態だったらしいです」

「妻がいない時間を一分として無駄にしなかったというわけね」

とくに驚かず、イヴはまったく思いどおりにならない抽斗にまた立ち向かった。

「あの男はペニスで考えるペニス野郎だったんですね。とにかく、EDDは自宅とここから回収した機器を輸送する車を手配したそうです」

「イヤなやつ」

「は?」

「あなたじゃなくて。この鍵よ。開いたと思ったのに。二重にロックされてる」

好奇心にかられ、ピーボディが見にきた。「デスクの抽斗を二重にロックですか?　よほどいいものが入っているんでしょう」

「もう予想はついてる」すでに背筋に汗の最初のしずくが落ちるのを感じていた。「わたしの首に息を吹きかけてないで、ポーの機器を見にあっちへ行きなさいよ」

「行きますけど、マクナブはこちらへ向かっていて、彼ならそれも……」

低いうなり声を耳にして、ピーボディは急いでポーのオフィスへ向かった。

うなじからまた汗が噴き出した。イヴはそれが腹立たしくてならない。こんな抽斗、開けられるに決まってる。絶対に開けてやる。

とんでもないものをしまっているはずだ。イヴは懸命に取り組みながら推理した。まず、妻がオフィスを引っかき回すことはありえない。そして、業務補佐係はとびきり信用できる。しかも、自分はボスであり、そんな自分が鍵をかけてしまっているものをわざわざ盗もうとする者がいるはずはない。

死んでしまった今、読みはすべて外れた。

「くそったれ」

「そんなに大変なのか?」

イヴが視線を上げると、彼がいた。

予想するべきだった。

戸口にロークが立っていた。長身で引き締まった体をいかにもビジネス界の支配者らしいスーツ――黒にならないぎりぎりの濃いチャコールグレー――に包んでいる。パンをスライスできそうなくらいぱりっとしたシャツは限りなく淡いグレーで、巧みに結ばれたネクタイは標準的なグレーの地にワインカラーの細いラインが入っている。

つややかにうねる豊かな黒髪に囲まれた顔は、天使のキスで形作られたかのようだ――わずかに混じる悪魔っぽさが、さらにその魅力を増している。ありえないくらい青い目がイヴだけを見てほほえんだ。

言葉ににじむアイルランド風のアクセントは、ロークという完成品の仕上げにほかならない。

イヴはさっと人差し指でロークを指した。「いいえ」きっぱりと言う。

ロークは戸口の枠に寄りかかり、のんびりと待った。

彼が来てしまったので――しかも、彼ならいとも簡単に抽斗を開けてしまうとわかっているから――イヴはますます躍起になった。そして、吹き出した汗が背筋を伝って流れ落ちたころ、ついに、腹立たしいロックを破ることができた。

「開いた」

「よくやったね、警部補」

「二重にロックされていたわ」

「ほんとうかい？」ロークは両眉を上げ、オフィスに入ってきた。「ヘッドハンティング会社のボスが、それほど秘密にしたがっていたものは何だい？」

「警察の管轄よ」

ロークはただほほえんで前かがみになり、完璧に彫りつけられたような唇でイヴの頭のてっぺんをかすめた。

「その警察の管轄のなかに僕が握っているデータも含まれるかもしれない。よければ見せてあげるよ。メディアではまだ、彼の死に関するめぼしい情報はいっさい公表されていないが、ここにきみがいるからには殺人なんだろう」

「殺人よ、ひどい殺し」イヴは抽斗からリンク二台と、メモブックと、ディスクを何枚か取り出した。「扉を閉めて、超一流《エース》さん」

ロークは歩いていくと扉を閉め、業務補佐係のオフィスにつながる戸口で立ち止まった。

「おはよう、ピーボディ」

「どうも、ローク！」

ロークはイヴのそばに戻り、腰でデスクに寄りかかった。「カーロからきみに、データのコピーが送られる」有能で信頼できる業務補佐係の名前をあげ、説明を始めた。「とりあえず、僕から話せることを言うと、マッケンロイと共同経営者たちがここをニューヨーク本部にして六年になる。賃貸は五年契約、最初の契約更新をして一年目で、家賃もそれ以外の料金も、きちんと期限内に支払われている。うちのITサービスとメンテナンスに加え、ビルの清掃サービス――夜間だ――も利用している。内装は自分たちでデザイナーを手配したが、うちの観葉植物のケアサービスを利用し、花屋やベーカリーなどの配達サービスもたびたび利用してもらっている」

「彼を知っていた?」

「知らなかったが、なんとなく噂は耳にしていた」

「どんな噂?」

「ゴルフやテニス、ヨット、セックスを楽しんでいた、と。そういった趣味で出かけるときの相手は、いつも奥さんとはかぎらなかったらしい。楽しむときはつねに最高級のクラブを選んだ。一時間くれたら、彼がスーツや靴をどこでオーダーし、どこで装身具その他を買っていたか教えられるよ」

ロークはオフィスのなかをぐるりとながめた。「オフィスの装飾は控えめかもしれないが、本人はそうではなかった」

「浮気をしていることは秘密じゃなかったの?」

「もっぱらそういう評判だった。だが彼の人材マッチングは神業ものだという別の評判もあって、ささいなことは大目に見られがちだった。要するに、クライアントを優先して奥さんのほうはささいなことと見なされた、ということだ」

「それに異議を唱えた人がいたようね」

「それで彼は殺されたのか？」

「これまでの証拠を見ると、そうみたい。異議を唱える誰かが、今朝早く、局部を切断され、睾丸を抜かれた彼の裸の遺体を、自宅の目の前に放置していったのよ」

「なるほど」ロークは穏やかに言った。「かなり冷酷な異議の唱え方と言えそうだな」

「確かに。その誰かさんはたっぷり時間をかけてマッケンロイに、彼女が——おそらく彼女よ——彼の道楽を快く思っていないことを伝えた。これまでの証拠によると、その道楽には、狙った女性たちの飲み物に薬を混入することも含まれていて、被害者には彼の仕事上の部下もいる」

「へえ、そうなのか」ロークは立ち上がり、景色をながめた。「となると、さ、さ、さいな、こ、ことというのは当てはまらないのでは？　きみは彼の妻が怪しいと？」

「それは考えられないわ。少なくとも直接的には」配偶者を調べなければならない、とイヴは思った。いつだってそうだ。「妻と子どもふたりはタヒチにいるわ。夫が亡くなったと妻に知らせる前に、それは確認した。彼女はこちらへ向かっているところよ。これをやった犯人——妻が共犯者という可能性はある——は詩のようなメッセージを残し、それには〝レディ・ジャスティス〟と署名があった」

「詩。そして、詩的な署名」ロークは振り向いてイヴを見た。「興味をそそられる」

「そうでしょうね」リンクとメモブックはパスコードでロックされている、とイヴはすでに判断していた。そして、ここに彼がいる。

「シールド加工して」イヴは捜査キットから缶を取り出した。「これを開けてくれるわよね?」

ロークはあきらめ顔でじっと缶を見た。「とにかくこいつは嫌いだが、役に立つなら仕方ない」

リンクもメモブックも、しゃくに障るほど短時間で開けられた。イヴはまずメモブックから確認した。

「ここには妻と娘たちそれぞれのスケジュールが入力されている。旅行とか、音楽のレッスンとかいろいろ、遊びの約束まである。遊ぶのを約束するって何？　子どもって、ただ遊ぶものじゃないの?」

「何とも言えないな。でも、見たところ、彼は子育てにしっかりかかわっている父親であり、誠実な――この方面ではね――夫だったのか、あるいは、家族のスケジュールをしっかり把握することで、自分が誰かと遊びの約束をする日時を見つけられたということか」

イヴもまったく同じように考えていた。「両方かもしれない。彼のスケジュールもある。家族との予定と、仕事の予定。それと、これは不埒な遊びの約束。でしょ？　見て、日付と時間とクラブ――それとも、バーなのか、その手の店なのか――の店名が記されている。これはニューヨーク、これはロンドン、パリ、シカゴ、ニューLA、ほかにもいろいろ。すべて丁寧に記録している」

ロークはイヴの肩に手を置いて、身を乗り出した。「ありとあらゆる店に行ってるな。スケジュールを見るかぎり、日をあけずに同じ店に行くのは避けているようだ。しかし、出かけた日と店の数から見て、この男は重度の依存症だな」

「女性のファーストネーム――ファーストネームだけね――が二つとか、三つも記されている日もある。こうしてきちんと記録するのが好きなのね。驚いた、薬を飲ませたときはここに書きこんでる。どんな薬で、そのあとどこへ連れていったかも。金を払ったときはそれも」

「レディ・ジャスティスの言うことにも一理あるかもしれない」ロークが言った。

「人殺しに一理も何もないし、正義でもないわよ」イヴはメモブックを閉じた。「マクナブが電子機器を探るためにこちらへ向かっているから、ここはもう大丈夫よ」

「僕はもう役に立たない、か」

扉は閉まっていて、ピーボディも忙しくしているので、イヴは立ち上がり、ロークの唇に唇をつけた。「あなたはいつだって役に立つけれど、わたしには行くべき場所があって、あれこれ質問をしなければならない人たちがいる。カーロから送られるデータも楽しみだし、それにも目を通さないと」

「では、役立たずの僕はどこかよそで有能さを証明してくるから、今夜また会おう」ロークはディスクをちらりと見た。「彼はレイプのようすを記録したかもしれないと思っているのかい？　そういうのをレイプと言うんだろうがね」

「記録していても驚かない。寝室にカメラを準備していたから。全方位ビデオカメラを三脚に設置して、音声で撮影が始まるようセッティング済みだった。ディスクは回収して、署《セントラル》で観るつもり。手伝ってくれてありがとう」

「僕が手伝わなくても、きみは残りを解除していただろう。僕のおまわりさんをよろしく」ロークは言い添え、大きな声でピーボディに挨拶をして部屋を出ていった。

そう、残りも解除していただろう。でも、たぶん、まだ格闘中だったはずだ。

4

ロークが出ていくのと入れ替えに、ピーボディが続き部屋から戻ってきた。

「ざっと確認しただけですが」と、報告を始めた。「とくに見るべきものはありません。仕事に必要な資料と、スケジュール表、アドレス帳、それ以外も業務補佐係の電子機器に入っていそうなものばかりです。プライベートのスケジュール表とアドレス帳は別個になっています。それはすべて、ＥＤＤがわかるようにフラグを付けておきました」

「それでいいわ。被害者はプライベートの記録を、あなたの言い方だと、別個にしてた。私が見つけたそのスケジュール表を見ると、いくつものクラブを定期的に訪れていたのがわかったし、女性のファーストネームと日付、使った薬の種類、薬を飲ませてから連れていった場所もメモに残されているわ」

ピーボディの子犬のような目が感情のないビー玉に変わった。「驚いた、とんでもないゲス野郎ですね」

「そう、でも、わたしたちはそのゲス野郎のために捜査をすることになる。もっと噂が聞けるかどうか、ここのスタッフと話をするわよ。それから、標的にされたふたりと話ができるように手配しないと。この二、三か月の間にクワークがニューヨークに来ていないかどうかも調べる。共同経営者たちの移動についてもチェックするわよ」

オフィスの捜査が終わるころ、イヴはブラントの言っていたことは正しいと確信していた。マッケンロイはブラントに詰め寄られ、社内の女性に手を出すのをやめていた。

ピーボディとエレベーターで駐車場へ向かいながら、イヴは言った。「マッケンロイに不適切な振る舞いをされたと認めた——というか、主張している——女性がもうひとりいる。一年ほど前のことよ。彼女の記憶によると。でも、その後、ぴたりと何もしてこなくなったらしい」

「シルビア・ブラントの最後通告ですね」

「時期的にはぴったりよ。彼が言い寄るのをやめたから、彼女は報告しなかった。少なくとも、彼女はそう言っている。彼女について調べて、ピーボディ、とりあえず、彼女は容疑者のリストに入れておく。そして、別の池もよく調べないと。クライアントよ」

「そうですね。おや、この勤め口がほしいって？　僕が個人的にあなたにその資格があるかどうか再検討しましょう、って感じでしょうか。ゲス野郎め」ふたりはエレベーターを降りて、車に向かった。

イヴはリスト・ユニットを確認しながら運転席に座った。「共同経営者からの聞き取りはふたりで手分けしてやるとして、まず、レア・レスターと話をするわよ。彼女の勤務先の住所を入力して」

ピーボディは計器盤のコンピュータをプログラムした。「一足先にアリー・パーカーについてざっと調べました——彼が言い寄るのをやめたので報告しなかった女性です。犯罪歴はなく、すぐに結果の出る一次レベルの調べでは経済状況の変化もありません。新卒でパ《P》ーフェクト・プ《P》レースメントに入社して、管理補佐係として勤めて一年半ほどです。タイミングは合っていますよね？　彼女が入社直後、オフィスにやってきたマッケンロイはかわい子ちゃんがいるぞ、と目をつけてちょっかいを出した。彼がさらに言い寄る前に、あるいはかわい子ちゃんがどう反応しようか本気で決める前に、ブラントに非難され、彼はどこかよそで相手を見つけることにした、というわけです」

「そうね、それから、マッケンロイのメモブックにアリーという名はなかった。でも、彼女は容疑者リストに残しておく。次に調べるのは、リストに名前のある全員について、マッケンロイが通っていたクラブで支払いをしていないかどうかよ。彼を殺害した者はそのクラブで彼を拾っているから、彼女は――あるいは、彼女に見せかけている彼は――最初、マッケンロイにこっそりつきまとっていたと思う」

走る車のなかでピーボディは書き込みをしていた。「会社の上司にちょっかいを出された女性たちが示談金を受け取って退社した理由は、なんとなくわかりますけど……ボスとか上司にお尻をつかまれたら、あなたならどうしますか?」

「警官になった最初の年、ある二級捜査官にロッカールームに連れこまれ、ロッカーに背中を押しつけられて、片方の手で胸を、もう片方で股間をつかまれたことがある。わたしは殺人課に配属され、フィーニーの下で働きはじめたばかりで、その捜査官と長時間、外回りの仕事をしたあとだった。夜中の二時ごろ、わたしが着替えをしているところにそいつがやってきた。体の大きないやな野郎で、やつなりの手ほどきを新人だったわたしにしてやろうと思ったみたい」

「びっくりです、ダラス! フィーニーに報告したんですか?」

「その必要はなかったわ。わたしがクソ野郎の鼻を折って、タマを押しつぶしてると、フィーニーが騒ぎを聞きつけてやってきた。ムカツク捜査官は大声を張り上げ、わたしが急に怒りだして襲いかかってきた、訴えてやる、と言い出した。そいつがまくし立てている間、わたしは考えていた。わたしは殺人課に配属されてまだ数週間の新人で、この男は金バッジだから、わたしはおしまいだ。誰が信じてくれるだろう。こいつは鼻血を出していて、わたしはそうじゃない。わたしがそんなふうに考え、ムカツク野郎がまくし立てていると、フィーニーはやつの腹にパンチをくらわせた。やつはばったり倒れこんだわ」

「ひゃー」

不思議だ、とイヴは気づいた。これまで思い出しもしなかった出来事なのに、今はまるで昨日のことのようにありありと思い出せる。「わたしはほとんど半裸状態で、サポートタンクトップの肩紐はちぎれていた。フィーニーは振り返ってわたしを見た――片方の靴でムカツク野郎の胸を踏みつけたまま、わたしを見た。まっすぐわたしの顔を、顔だけを見て、何があったのか話してくれと言ったから、話したわ。すると、彼はシャツを着て彼のオフィスで待つように言った。わたしは言われたとおりにしたけど、そのときになって猛烈に腹が立ってきた」

そうだった、とイヴは思った。まるで昨日のことのようだ。

「わたしは、何よりも殺人課から離れたくなくて、これから人事にクレームを入れられるのか、クビになるのか、そうじゃなければ、フィーニー警部補が、すべて終わった話だからと一笑に付して、わたしにも同じように考えろ、とにかく忘れろと言うのか、わからなかった」

イヴはピーボディを見た。「結局、何だろうとわたしは受け入れざるをえないだろうって思っていた。自尊心より警察バッジのほうが必要だからよ」

「わかります」ピーボディはつぶやいた。「手に取るようにわかります」

「そのうちフィーニーがオフィスに入ってきて、ファイルキャビネットから汚らしいウィスキーのボトルを引っ張り出すと、コーヒーマグふたつに注《つ》いでから、座れとわたしに言った。それから、きみが正式な報告書を提出することが必要で、何が何でも今回の出来事についてマイラに話さなければならないと告げた。わたしは、冗談じゃない、絶対にやりたくないと言ったけれど、彼は聞く耳を持たなかった。そして、この件について僕は黙っている、さもないと、きみが痛い目に遭うかもしれないから。でも、きみは最後までこの仕事をやり抜かなければならないし、僕はずっと味方になる、ムカツク捜査官は早期退職することになるだろう、と言ってくれた。僕の部下には、絶対に、誰にも指一本触れさせない、と。それから、一気に飲め、耐えろ。ろくでなしのタマを蹴り上げなければならないのはこれが最後じゃないからな、とも言ったわ」

「フィーニーが大好きです」ピーボディはうるんだ目でまばたきをした。「心の底から」

「そうね」ダウンタウンに入り、レア・レスターの勤め先、ユニバーサル・ファイナンシャルが入っている光り輝くタワーが見えた。「大事なのは」駐車スペースを探し始めながらイヴは言った。「フィーニーがわたしのために立ち上がってくれなかったら、わたしは殺人課に残るために、呑まなければならないことを呑んでいただろう、っていうこと。クソ野郎のタマに蹴りは入れられても、フィーニーの支えがなければ、それ以外にろくなことはできなかったと思う。本物の警官とは何か、本物のボスとは何か、あの晩、フィーニーは見せてくれた。つまるところ、本物の人間とは何か、っていうことだと思う」

イヴがいきなり垂直推進ボタンを押すと、ピーボディはポメラニアン犬のような甲高い声で叫んだ。車はビュンと車列を横切り、ゆらゆらと揺れながら駐車スポットにおさまった。

「成功」

「次はもう少し慎重に」ピーボディは辛うじてそう絞り出した。歩道に降り立ち、顔を上げてため息をつく。「ほんとうに春、って感じがし始めました。帰りに露店の花屋に寄って、ラッパスイセンをたくさん買います。そうだ、大部屋用《ブルペン》にも買っていかないと！」

「買っていって、食べられるように下ごしらえするのね」

角まで歩いていって通りを渡らなければならなかったが、ピーボディはピンクのブーツで弾むように歩いていく。「春の味がするに決まっています」

「食べたらわかるわよ」

同時に通りを渡ったおおぜいの通行人が、少しだけ春を感じられることに、うれしがっているのかそうでないのかは、よくわからなかった。大部分は急いでいて気づいてもいないのだろう。

光り輝く大きなビルの正面には爆発にも耐えうるガラス製の扉があり、広いロビーの床はタイル貼りで、セキュリティは厳重だった。イヴは不必要なやりとりを避けて警察バッジを取り出し、三人いた警備員のひとりに差し出した。「何階だった、ピーボディ?」

「六十二階のユニバーサル・ファイナンシャルです」

「武器はこちらで保管します」

「いいえ」また不必要なやりとりを避け、イヴはただ言った。「バッジをスキャンして、通しなさい。わたしたちはNYPSDの仕事で来ているのよ」

警備員は不機嫌そうに薄い唇をゆがめたが、バッジをスキャンして身元を確認した。「どうしても武器を携行するというなら、付き添いをつけなければなりません」

「わたしが同行するわ、ジム」女性の警備員がセキュリティ用の仕切り席から出てきて、ロビーの反対側にあるエレベーター乗り場を示した。「ジムは融通がきかないところがあるの」声の聞こえないところまで行くと、女性警備員が言った。「悪く思わないで」

「オーケイ」

女性警備員は自分のカードをかざして、イヴとピーボディとエレベーターに乗り込むと、続いて乗ろうとした人に向かって片手を上げた。「すみません、次のエレベーターをお待ちください」

扉が閉まると、ふたたびカードをかざした。「直行にするわ」と、説明した。「そうじゃないと、今の時間だと六十二階に上がるまでに二十分かかるかもしれないから」

「ありがとう」

「いいのよ、わたしたちはみんな、とにかく人の安全を守ってるわけだから。それはそうと、わたしにも警官の知り合いがいるの。あの、まだ会ったばかりなんだけど、あなたと同じ管轄よ、警部補。ダナ・シェルビー」

「シェルビー巡査はいい警官よ」

「よかったら、ロンダがよろしく言ってたって伝えて。六十二階よ」警備員は告げ、扉が開くとエレベーターを降りた。「ユニバーサルのセキュリティに引き継ぎだけするわ」

ロンダはカウンターに近づき、受付係のひとりと言葉を交わした。グレーと黒で統一された洒落た待合エリアにも、腰を下ろして忙しそうにノートパソコンを操作している者がいる。ほかにも、いかにも影響力のありそうなスーツ姿の男女が、さまざまな扉からさっそうと出入りしていた。

高価な香水や本物の革など、あたりには特権階級の匂いがぷんぷんしている。

一分もしないうちに、スキンヘッドで四角張った顎の、黒いスーツ姿の男性が横手の扉から姿を現し、ちらりとイヴとピーボディを見てからロンダに近づいた。

「あとは引き受けた。ありがとう、ロンダ」

「どういたしまして、ニック」ロンダがイヴとピーボディに小さく敬礼をしてエレベーターのほうへ戻ると、男がふたりに近づいてきた。

「ニック・フォレスト、ユニバーサルの警備部長です。どんなご用でしょう？」

「レア・レスターと話をさせて」

フォレストはうなずき、カウンターのほうを向いた。「ミズ・レスターはオフィスに？」

「確認します、ミスター・フォレスト。はい、在室しています。リンクを使用中で、〝取り込み中〟のサインが出ています」

「では、連絡して邪魔するのはやめて」フォレストは穏やかに言い、別の扉を身振りで示した。「ミズ・レスターのオフィスへ案内します。何か厄介事でも、警部補？」

「いいえ。ミズ・レスターは、捜査の進展に役立つ情報を持っている可能性があります」

オフィスはほど近く、レアは仕切り部屋を脱出して次のレベルに出世したようだ、とイヴは気づいた。オフィスの扉は閉まっていて、〝取り込み中〟の赤いライトが点滅している。

フォレストはそれを無視して、一度だけ強くノックするなり扉を開けた。

デスクに向かっていた女性が、リンクに映らないようにしながら鋭く人差し指を立てた。その間も落ち着き払った口調で会話を続けている。「もちろんです、ミスター・ヘンリー、それは重々承知しています。では、予定どおり明日、今回のすべての件についてお話し合いをさせていただくのを楽しみにしております」

終わらない会話を聞き流しながら、イヴはオフィスのなかを見回した。セントラルのイヴのオフィスより狭いが、窓はかなり大きい。よけいな飾りは一切ない――感心だ、とイヴは思った。

「お会いするのを楽しみにしていますし、ユニバーサル・ファイナンシャル・ファミリーの一員として、当社のサービスをご紹介するチャンスをいただき、ほんとうにありがとうございます」

リンクを切ったとたん、プロに徹していた丁寧な口調が罵声《ばせい》に変わった。「なんなのよ！　部屋の前の表示を見たでしょう？　アブナー・ヘンリーとこうして対面で話ができるように、何週間も苦労してきたっていうのに」

「ダラス警部補とピーボディ捜査官だ」そう言うなり、フォレストはオフィスを出ていって扉を閉めた。

イヴはすかさず警察バッジを差し出した。「NYPSDから来ました、ミズ・レスター。

少しお時間をいただきます」

「警官?」苛立《いらだ》ちが戸惑いに変わった次の瞬間、レアは突然、パニックになり、矢継ぎ早に訊いた。「父か母? 兄? いったい何が——」

「ご家族とは関係ありません」

「フランキー」レアは一方の手で心臓のあたりを押さえ、また腰を下ろした。「ああ、どうしよう」

「フランキーも無関係です」イヴは言った。「ナイジェル・マッケンロイの件でお邪魔しました」

レアの顔にみるみる赤みが戻った。美しいというより魅力的な顔だ、とイヴは思った。目鼻立ちに品があり、唇は落ち着いた珊瑚《さんご》色に丁寧に塗られている。目つきが変わり、透き通った淡いブルーの目が氷河のように冷ややかになった。

「わたしはマッケンロイとも彼の会社ともいっさい関係がないし、言うこともないわ。あの会社をやめて一年以上たつし。失礼ですが、わたしはもう——」

「ナイジェル・マッケンロイは亡くなりました」

冷ややかな目に何かがきらめき、レアは椅子の背に体をあずけて、ふーっと息を吐き出した。金色のハイライトを入れてきれいに整えた赤毛を、一方の手でかき上げる。「死んだ?

そう言われても……驚いた。どう思うかって?」レアはつぶやいた。「どう思ってるかなんて、わからないわよ。気の毒とは思わない」きっぱりと言った。「気の毒と思わないのは、罪じゃないわ」

ずばり切り込むべきだ、とイヴは思った。「ゆうべ、九時から今朝の四時まで、どこにいたか教えていただけますか?」

「何で……勘弁してよ、彼は殺されたの? 彼は殺され、あなたたちはわたしを調べてる」レアは一瞬目を閉じ、デスクから小さな赤いボールを取り上げてきつく握りはじめた。「何をやっても、たどってくるのよね。誰かが彼を殺し、彼は調べられる。そして、わたしがたどられ、調べられる」

「どこにいましたか?」

「ええと……八時ごろから夜中の十二時くらいまで、フランクリンと一緒だったわ。彼とはデートするようになったばかりよ。〈ラスコー〉で食事をして、〈ブルーノート〉で生演奏を聴いた。彼が家まで歩いて送ってくれて――それが彼のやり方で、いつも家まで送ってくれるの――帰ったのは十二時ごろ。それから寝たわ、ひとりで。それがわたしのやり方なんだけど、そろそろ変えようかなと思ってる。今朝は、八時ごろ家を出てここに来たわ」

レアはボールを置いて立ち上がり、窓のほうに体を向けた。「彼は死に、わたしは気の毒とは思わない。彼は最低の人間だった。あなたはもう知ってる、つまり、わたしがそう考える理由を知っているはず。そうじゃないと、ここに来るわけないから。わたしは怯《おび》えるべきなんだと思う。あなたがここに来て、わたしは怯えるべき？」レアは振り向いた。「いいえ、そんなことはない。わたしはただ頭にきてるわ。やっと頭から押し出したことをすべて思い出させられたから」

レアはまた椅子に座った。「シルビアと話したんでしょうね。ミズ・ブラントよ」

「ミスター・マッケンロイがあなたや他の女性従業員にしたとされている振る舞いは、承知しています」

「したとされている」ほんのつかの間、レアの目がどんよりした。そして、すぐに冷ややかな怒りとともに燃え上がった。「そうね、したとされているんでしょう。わたしたち、ジャスミンとわたしは金を受け取り、立ち去った。だから、いつまでたっても〝したとされている〟んでしょう。金を受け取ってなくても、結局は同じだったんじゃない？　はっきり覚えていないことを証明できるわけないでしょう？」

そのことならイヴはわかりすぎるほどわかっていたし、それにともなう無力感も知っていた。しかし、それは考えないようにして仕事を続けた。「あなたはミズ・ブラントに、ミスター・マッケンロイから性的暴行やセクハラを受けたと話をしました」

「レイプされたのよ。わかってる。わかってるけど、証明できないのよ。シルビアはわたしを——わたしたちを——わたしとジャスミンを信じて、やめさせてくれた。わたしたちはお金を受け取ったわ。報酬とか、賠償金とか、賄賂《わいろ》とか、言い方はいろいろあるでしょう。知ったことじゃないわ。あれは何だったかって？　わたしたちがまた立ち上がって、夜にまた眠れるようになり、次のちゃんとした仕事を得るまでの助けになるものよ。それを彼に払わせた」

イヴは怒りをぶちまけられるのは気にならなかった。怒りは多くを語ってくれる。

「ミズ・クワークとは連絡を取っていますか？」

「彼女はシカゴに引っ越したわ。ここにはいられなかった。あちらに家族がいるのよ。前ほどではないけれど、連絡は取っているわ。しばらくは同じサポートグループに通っていたの。わたしは彼女に説得されて行くようになった。助けになった気はするわ。他の人も不幸だと知れば慰められるって言うし。わたしは会社を辞めた」レアはふたたび言い、腰を下ろした。「彼が払った金なんて彼にとって痛くもかゆくもない額だとわかっていたけれど」

「金を受け取って会社を辞めろと、ミズ・ブラントに強要されたんですか？」

「いいえ。彼女は厄介なことになってもかまわないと言ってくれたわ。わたしたちがそれを望まなかった」

「なぜです?」

「彼はビデオを持っていたから。わたしたち、このことはシルビアに言っていなかったの——とにかく……そこまで話す心の準備ができていなかった。彼はわたしたちふたりのビデオを持っていたの——一緒には映っていないわよ」レアはすぐに言い添えた。「わたしのビデオの話をしたら、ジャスミンも話してくれたわ」

ピーボディがやさしく、穏やかに訊いた。「今は話せますか?」

「ええ。そこの壁は乗り越えたから。あの晩、目が覚めたら彼の家の彼のベッドにいた。どうやってそこへ行ったか覚えていないわ。何ひとつはっきりとは覚えていないの。でも、あんなふうに彼の家についていくことは絶対にないとわかっていた。その前に彼にはっきり断っていたし、上司に報告するとまで言ったわ。それなのに、裸で彼のベッドに? 目が覚めて、気分が悪くて、何が何だかわからなくて、屈辱感でいっぱいでいると、彼はビデオの再生を始めていた。その部屋で彼とセックスをしているわたしが映っていた」

レアは顔をそむけた——涙をこらえているわけではない、とイヴは気づいた。怒りを抑えているのだ。

「わたしはいやがっていないどころか、積極的に見えた。いやがっていて積極的でもなかったと言うつもりなら人生を滅茶苦茶にしてやる、と彼は言った。弁護士も金もビデオもある。この業界では二度とまともな仕事につけなくしてやる、どこへ行ってもだ、とね。それから、服を着て出ていけと言われたわ。その日の午後、奥さんが帰ってくるから、って。警察へ行くべきだったって言えばいいじゃない」レアは嚙《か》みつくように言い、ついに目に涙を浮かべた。「でも、彼はビデオを持っていたのよ」

「ミズ・レスター」ピーボディは、イヴが彼女の心の声だと思っている声で言った。「あなたが何をするべきだったか伝えるために、わたしたちはここへ来たわけではありません。彼は力を持っていて、それはあのときだけではなかったんです」

「彼はわたしを打ちのめし、わたしは何もしなかった」

「それは違います」ピーボディは訂正した。「管理者《スーパーバイザー》のところへ行きました」

「すぐにではなかったわ。何というのか、とにかく胸におさめて、なかったことにできると思っていた。彼がロンドンに戻り、顔を見ないですむようになればなおさらね。でも、ある日、トイレに行ったらジャスミンがいたの。吐いていたわ。彼女のことをよく知らなかったけれど、苦しそうだったから、水を持ってきましょうかとか、家まで送りましょうかとか、何かそんなことを言ったと思う。そうしたら、彼女はいきなりすべてを打ち明けてきたの。会社をやめて、いなくならなければならない。マッケンロイとセックスをしたけど、覚えてさえいない、って。吐きながら自分を責めつづけていて、どうやら彼は彼女にも同じことをしたらしいと気づいたわ。わたしの話も聞いてもらったけれど、今思えば彼女を利用してしまったかもしれない。わたしに話をさせてくれて、それを聞きながら、彼女はほんとうに具合が悪そうで震えていた。ふたりでシルビアのところへ行ったのは、そのときよ」

「あなたがたは助け合ったのだと思います。利用したというのは当てはまりません。支え合ったんです」

「そうかもしれない。わかっているのは、わたしは忘れようとしていて、もうすぐ忘れられそうだったこと。そして、ろくでなしが死に、わたしは容疑者になった。弁護士を雇うべきみたいね」

「弁護士が必要ですか？」イヴが訊いた。

レアは、耐えがたい、うんざりだと言いたげな目でイヴを見た。「そうしたら、また最初からすべて思い出して、誰かに伝えなければならないわね」

「フランキーのフルネームと連絡先が必要になります。ゆうべ、あなたが証言どおりの場所にいたかどうか確認する必要があるので。彼には、型どおりの手続きで、いくつか確認作業をしているだけだと伝えます」

「彼はマッケンロイのことを知っているわ。あの朝以来、わたしはまだセックスをする気分になれないの――その、前はセックスが好きだったのに。フランキーとセックスしたかったんだけど、まだ……早かったみたい。それで、できない理由を彼に話したの。彼は待ってくれている。フランク・カルヴィンディトよ。ヴァンガード出版の編集者なの。ほんとうに、すごくすばらしい人よ」

「オーケイ。マッケンロイの寝室で目が覚める前、最後に覚えていることを話してもらえますか?」

「ええ、いいわよ。百万回も記憶をたどったわ。呼ばれてオフィスへ行ったら、あのろくでなし野郎はわたしに謝ったの。きみの態度を読み違えて不適切なことをしていたと気づいた、きみはすでにチームの大切なメンバーだ、と言っていた。しきりにお世辞を言われ、わたしは受け入れたわ。あそこで働くのが大好きだったから、受け入れた。仕事の話を始めたとき、彼はコーヒーを出してきた。彼と一緒に歩いて外に出た記憶がかすかにある。そのころにはもう、会社にはほとんど誰もいなかったと思うわ。お酒を飲んだときみたいにふわふわした気分だったのを覚えているけど、いやな感じじゃないの、わかる? 解き放たれた感じ。一緒に車の後部座席に座ったら、彼が体を触ってきたんだけど、気にしなかった。そのうち、何か飲み物を渡されて、そして……何も覚えていない。そのあとのことはとにかく覚えていないの。ところどころ——夢で見るみたいに——短い場面は頭に残っているけれど、すべてあいまいだった」

「わかりました」イヴは立ち上がった。「お時間を割いてご協力いただき、感謝します」

「これでおしまい？」

「今のところは終わりです。あなたからお聞きしたことを確認します。裏付けが取れ、あなたが彼を殺していないのであれば、何も心配することはありません」

レアは唇をゆがめ、無理やりほほえんだ。「ま、いいニュースよね」

イヴは体の動きを止め、レアと目が合うまで待った。「警官として言わせてください。彼があなたにしたことはレイプです。彼はあなたに薬を飲ませ、レイプして、さらに脅した。どこから見ても、どう考えても、責められるべきは彼です。あなたではありません。それに、あなたは彼がほかの人にも同じことをしたと気づいて、立ち上がりました」

「わたしは……」レアは言葉に詰まり、ごくりと喉を鳴らした。「ありがとう。ほんとうに。ジャスミンはシカゴにいるけど、あなたたちは彼女にも今と同じことをすべてやるのね。やさしくしてあげてくれる？　彼女はつねに頭のどこかで、自分が引き起こしたことじゃないかと半分くらいは思っていて、いつも少し怯えているの。あんなことをした直後に、彼は彼女に昇進をもちかけたっていうから馬鹿にするにもほどがあるわ。どれだけ苦痛をあたえれば気が済むのよ」

「ジャスミンへの対応、覚えておきます」イヴは扉まで歩いていって立ち止まった。「いまもサポートグループに通っているんですか？」

「わたし？　通ってはいないわ。フランキーと本気で付き合うようになって、男性を好ましく感じられるんだって気づいて、だんだん足が遠のいてる。ジャスミンはシカゴのグループに通っているのよ。彼女は一生の付き合いになるかも」

「名前はあるんですか？　そのグループには？」

「ウィメン・フォー・ウィメン。名前と同じで馬鹿みたいなところだと思っていたけど、実際、助けられたわ。次のミーティングにはちょっと顔を出すかも」レアは小さくほほえんだ。「そっと背中を押してもらうためにね」

虚空を見つめて赤いボールを強く握りしめているレアを残して、ふたりはその場を離れた。

「彼女は率直に話していたように見えました」エレベーターで降りながら、ピーボディが言った。

「そうね、だけど、裏を取るわよ。モルグへ向かう途中、あなたをセントラルで降ろすわ」

「そうしてもらえると、すごく助かります」

「あなたは、恋人といたっていうレスターの話の裏を取ること。ジャスミン・クワークに連絡して、話を聞いて真偽を確かめること。それから、マッケンロイの妻との面談を手配して、ＥＤＤが電子機器を分析して得た新たな情報をすべて手に入れること。報告書を書いたら、わたしとホイットニーとマイラにコピーを送ること。捜査に必要な情報を入手して、マッケンロイのすべての住まいとオフィスの所在地を突き止めること」

「世界中にあります」

「そのとおり。サポートグループについて何が調べられるか確認すること」

「サポートグループですか？」

「ミスター・マイラの従兄弟《いとこ》を覚えている？　女性被害者たちの陰謀が復讐《ふくしゆう》殺人に転じた事件。今回のが同じような事件ということもあり得るから、グループも調べるわよ。ポーのファイルからマッケンロイが使った配車サービスの会社を探して、運転手と連絡を取って。マッケンロイがレスターをオフィスから自宅まで連れていくのに、わざわざタクシーを使うわけがない。だから、ゆうべも、彼が女性を物色するつもりでクラブへ出かけたなら、公共交通機関は使っていないわ、たぶん」

「モルグで、どこかを切断された遺体を見るほうが簡単に思えてきました」

「警部補になりなさい。そうしたら采配《さいはい》を振れる」イヴはさっと縁石に車を寄せた。「降りて」

「とりあえず、これで通りでドッグを食べてから署に戻れます」ピーボディは車から降りてまっすぐ屋台へ向かい、イヴはまわりを押しのけるようにして車の流れに戻った。

車を進めながら、頭のなかで疑問をまとめていく。

ひとりだけでマッケンロイを誘惑して動けなくさせて、いまだ特定できていない場所へ運び、痛めつけて、体の一部を切断し、殺害してから、遺体を自宅まで運んで遺棄するのは可能？

不可能ではないが、何らかの協力者がいた可能性が高いだろう。

もしかして、マッケンロイはほぼ間違いなくセックスが目当てで自発的に自宅を出て、いまだ特定できていない場所へ向かったのか？　その場所で犯人は彼を動けなくさせ、あれこれやってから遺体を遺棄現場まで運んだ？　だったら、ひとりで犯行を行った可能性は高まるが……。

モルグの白いトンネルを進んでいる間、イヴは別の複数のシナリオを考えていた。どのシナリオにも共通している点がひとつあり、それは殺人も、そのやり方も、殺す対象も、すべて細部まで計画されていた、ということだ。

検死局長の劇場に続く両開きのドアを抜けると、モリスはカウンターのスツールに座り、ソイチップスをぼりぼり食べながらコンピュータのスクリーンに目をこらしていた。

解剖用の透明の保護ケープをまだ身につけ、その下は暗い青灰色のしゃれたスーツに、まったく同じ色の襟の尖《とが》ったシャツを着ている。暖かみのあるアプリコット色のネクタイを結び、それとまったく同じ色の紐を、長い三つ編みにした黒髪に編み込んでいる。

モリスはスツールをくるりと回転させて、ほほえんだ。「過ごしやすいいい日だね。われらがピーボディはどこだい？」

「セントラルよ。裏を取ったりとか、その他いろいろやっているはず」イヴが近づくと、スチール製の台にはまだモリスにYの字に切り開かれたままのマッケンロイが横たわっていた。「悲惨な終わり方だったわね」

「長々と痛みにさいなまれるひどい最期だ」

「薬毒物検査の結果はもう出た？」

「今、届いたところだ」モリスは立ち上がり、まずクーラーボックスに近づいて、ペプシのチューブを二本取り出した。一本をイヴに放り、自分のチューブを開けた。

「ありがとう」

「ここにいるのは奉仕するためだからね。不幸なミスター・マッケンロイからは、かなりドライなマティーニに混入された睡眠導入剤《ロヒプノール》が検出された。ほかにも俗にブラックアウトと呼ばれるドラッグを服用した形跡もあった。このふたつの薬物の化学作用、あるいは影響は、拷問が始まる前に小さくなっていただろう」

「被害者の飲み物に睡眠導入剤を混入させて――誘い込むときの手よ――動けなくさせるのは、犯人が望む場所へ連れていくため。睡眠導入剤を混入？　犯人は当然の報いと考えたんでしょうね。立て続けにレイプをした彼が好んだやり口のひとつだったから」

「ほう、つまり、ひどい男がひどい最期を迎えた、と。両手首の縛られた痕《あと》から見て――ここだが、見えるかい？」

「ええ、はっきりと」

「きみが現場で推理したように、被害者は両手首を縛られ、両腕を頭上に引き上げられていた。体重に引っ張られて拘束具が肉に食い込み、肩甲骨《けんこうこつ》あたりの腱《けん》や、腕や肩にもかなりの負担がかかっていた。これも見てわかるだろうが、防御創はない。身の守りようがなかったのだろう。顔の傷は、重い棍棒《サップ》や電流棒によるものだ。胴体や背中、両脚にも同じような傷がある。傷跡を見ると、棒で叩いたり突いたり、鞭《むち》のように打ったりしたようだ。すべて痛みをあたえて苦しめるためだ。これだけひどい火傷になっているから、電圧はかなり高かっただろう」

いつものように、モリスは顕微鏡型ゴーグルをふたつ手にした。「傷の範囲から考えて、拷問は三時間から四時間続いたと思われる。意識を失っては取り戻すの繰り返しだったはずだ。鼻孔から、微量の気付け薬《アラート》が検出された」

「気絶した男を痛めつけても面白くない」

「確かにね。生殖器が鋭い刃物で、きわめて手際よく切断されたとき、彼はまだ生きていた」

「医学的なトレーニングを受けているとか？　使われたのはメス？」

「訓練を受けた者、あるいは開業医の経験がある者の可能性はある。とにかく、腕は確かだ。しかし、使用された刃物はメスではなかっただろう。刃の中央にかすかなふくらみのあるナイフを探すことになるはずだ。ここを見て」

モリスはゴーグルをつけて遺体のほうへ身を乗り出し、イヴも同じようにした。

「ためらった形跡はない」モリスは指摘した。「いったん止めてまた始める、ということはないが、ペニスの根元を切るときにわずかに刃筋がそれている」モリスは一方の手を振って、切る真似をした。

「持ち上げて、切り取る」

「簡単に言うと、そうだ。刃物は殺す道具であり、装飾的な意味合いもあった、と私は考えている。おそらく儀式の道具だろう」

「儀式的というのがぴったりね。同じやり方でタマも切り取っている。何も残してやらない、という感じ」

「レイプ魔への罰だ。きみは、彼の被害に遭《あ》った者か被害者の関係者が犯人だとにらんでいるようだね」

「そっちに傾いているわ。詩を読んだ?」

「読んだ。レディ・ジャスティス。諺《ことわざ》にあるように、さげすまれた女の怒りほど恐ろしいものは地獄にもない、ということだ、結局のところ」

「地獄があるなら、彼は今ごろそこで焼かれていて、その怒りがどれほどすさまじいものか思い知らされているかも」

イヴはゴーグルをはずして脇に置いた。「意見を聞かせて。女性ひとりでこれができたと思う?」

モリスはじっと考えながらペプシを飲んだ。「被害者は大男ではなく、長身だが痩せている。力があって、充分に強い意志があれば、イエスだ、可能性はある」

「両手首を縛って吊り下げるのよ。滑車を使ったとか」

「そう、それから、乗り物に運び入れたり、そこから出したりするのに、手押し車と傾斜台もあれば。かなりの重労働だが……怒り狂う女性ならやれるかもしれない」

「そうね」だが、イヴは性器が切り取られた部分を指さした。「怒り狂う女性はふつう、こんなに緻密《ちみつ》にやらないと思う。ペプシをありがとう」

「どういたしまして。浴びられる間に日差しを楽しむといい」

「そうね、そうする」そう言いながらモルグを出た。

モリスは遺体を見下ろした。「さてと、ナイジェル、そろそろ体を閉じるつもりだが、どう思う？」

5

ブルペンに足を踏み入れれたイヴは、ジェンキンソンの本日のネクタイを見て角膜を焦がされた。彼も春の訪れを祝っているらしく、ピーボディと同じラッパスイセン（こちらは硫酸で煎《せん》じたような色だ）が金星の緑の芝生に群生している図柄だ。

イヴはたじろぎ、目を背けて身を守った。

「ピーボディ、わたしのオフィスへ」

オフィスに入ると、まだ視界のあちこちに蛍光イエローが広がっていたが、オートシェフ《AC》に直行した。

ようやく本物のコーヒーが飲める。

「報告書は書き終わり、送信済みです」ピーボディはイヴに言い、子犬のような目をしてACのほうを見た。

「おねだりはいいから、コーヒーを淹れなさい」

「ありがとうございます！　ジャスミン・クワークと話をしました。それで、いま、報告書の追加分を書いていました。調べましたが、彼女が移動した記録はなく、ゆうべは中部標準《C》時《T》の六時まで職場のミーティングに参加していたと裏付けをとりました。その後、彼女と、家族ぐるみの付き合いがある友人でルームメイトの二人で、彼女の弟の誕生日パーティにCTの八時から十一時まで参加し、これも裏がとれました。パーティのあと、彼女とルームメイトは高架鉄道を使い、アパートメントに戻りました」

　ピーボディはコーヒーを一口飲み、ため息をついた。

「彼女はまったく興奮することもなく、見た目はレスターより動揺していましたが、マッケンロイとの出来事を彼女なりに語ってくれました。パターンは同じですが、レイプされたときは彼の妻がニューヨークにいたので、目が覚めたらブレーク・ホテルの部屋にひとりでいたと言っていました。彼が置いていったビデオディスクがあったそうです。セックスビデオです」

「たいしたすけこましね」

「ほんとうに。レスターのアリバイは証明され、EDDの捜査もはかどっています。マッケンロイがふだん使っている配車サービスにも問い合わせました。ゆうべ、彼が利用した記録はありません」

「じゃ、女性をあさりに行くときに使う別のリンクを持っていたのよ。そっちのを使って配車サービスを予約していた。マクナブに調べさせて」

「わかりました。ミズ・マッケンロイはあと一時間くらいで戻るはずです。彼女に連絡しました。と言っても、話していたのはほとんど家庭教師です。彼女は——夫を失ったほうですが——一刻も早くわたしたちと話がしたいそうですが、子どもたちから離れるわけにはいかず、かと言って話を聞かれたくもない。なので、今夜、子どもたちが寝る九時以降に自宅に来てくれないかと言っていました」

「わかった。行ってみる」わたし専属の民間人コンサルタントと一緒に。「事件ボードと事件ブックを作らないと。あなたはマッケンロイのデスクの抽斗にあったディスクとメモブックを証拠課から取ってきて。そこに記録されている女性のファーストネームと合致するスタッフやクライアントがいないかどうか調べてみて。被害者の共同経営者の聞き取りは、ふたりで手分けするわよ」

「わかりました」

イヴは腰を下ろして、ピーボディの報告書と、遺留物採取班とモリスの予備報告書をスクリーンに呼び出しながら、ロークにショートメールを送った。

〝被害者の妻を二一〇〇時以降（彼女の希望で）聴取する必要あり。リッチで魅力的な男が一緒にいたらいいな。興味ある？〟

報告書を次々と走り読みして、自分のメモを呼び出してさらに書き込み、事件ブックにまとめはじめる。事件ボードをセッティングしようと立ち上がると、リンクが鳴ってショートメールの返信が届いた。

〝七時半に〈ナリーズ・パブ〉で会おう。西八四丁目、コロンバスとアムステルダムの間。リッチで魅力的な男がまず夕飯をおごるよ〟

ナリーズ・パブか、とイヴは思った。まあ、少なくとも高級ではなさそうだ。

〝了解〟

事件ボードの情報を最新にすると、じっくり検討して考えるためにコーヒーをプログラムした。ピーボディがドスドスと足音を響かせ、証拠品ボックスを持って戻ってきた。

「マクナブがやりました」ピーボディが言った。「デスクの抽斗にあった個人用リンクから何度も連絡している相手を見つけたんです。最後に連絡したのは、昨日の午後五時十二分。二分間の会話で、オリバー・プリンツという者が十一時十五分にマッケンロイの住所にリムジンで迎えに行く、という内容です」

「そして、わたしもやりました」ピーボディはさらに言い、イヴのデスクに箱を置いて片手を上げ、空中にチェックマークを描いた。「プリンツはマッケンローがふだん使っているアーバン・ライドの運転手だと確認しました」

「じゃ、プリンツは会社を通さずに仕事をしていたということね」彼のＩＤ写真をプリントアウトして事件ボードに貼ることにする。「彼と話をしないと。署に出頭させて。事件の目撃者かもしれないと伝えて、呼び出して」

イヴは証拠品の箱の封を切った。「扉を閉めて」

「ディスクを調べるんですね」

「そう、ところどころね。だから扉を閉めて」

ピーボディはうなずき、部屋を出て扉を閉めた。

イヴはディスクの一枚をユニットに挿入して、再生を命じた。

マッケンロイの寝室がスクリーンに現れた。上掛けはきちんと折り返されている。男性の声のあと、女性の声がした。

「違う、こっちだ」そう声がして、マッケンロイがスクリーンに現れた。二十代後半の赤毛の女性が彼に抱きついて、体をこすりつけた。

「どこでも。どこへでも行くわ」

マッケンロイは彼女の両手首を握り、もっとカメラによく映るように体の向きを変えた。

「何がほしいんだ、ジェシカ?」

「あなたよ。あなたがほしいの」

「何よりも?」

「そう、そうよ! ナイジェル、お願い。待ちきれないわ」

「ブロードムーア社の地位よりも?」

「何よりも」

「じゃあ、証明してくれ。私のために服を脱いで」

女性はシンプルな黒いドレス姿で、幅の広いシルバーのベルトでアクセントをつけ、ピンヒールのシルバーの靴を履いていた。体を震わせ、震える両手でドレスを脱いで、ブラジャーとパンティだけになる。

「そのまま」

マッケンロイがカメラに映らない場所に消えた。女性はなおも震えながら、震える両手で自分の体をまさぐり、触ってほしいと懇願している。

マッケンロイがワインを注いだグラスをふたつ持って、戻ってきた。「飲み物を」

「ワインなんかいらない、あなただけでいい。ああ、もう、ナイジェル、お願いだから」

「飲むんだ」

これにも薬を混入させている。赤毛が従うのを見ながらイヴは思った。

「今はそのくらいにして」マッケンロイは彼女のグラスを脇に置いた。「ひざまずいて、ジェシカ。私が先だ。私を楽しませたいんだろう?」

ジェシカはひざまずき、マッケンロイのズボンを下ろした。フェラチオをさせながら、マッケンロイはワインを飲んでいる。

イヴは三十分、見続けた。マッケンロイにベッドへ誘《いざな》われる間も、彼をほしがって泣いているジェシカ。きみは冒険好きかな、ベッドポストに縛ってもいいかいと、それはそれは丁寧に尋ねるマッケンロイ。すべてにイエスと答え、さらにもっととねだるジェシカ。

終わり近くまでスキップすると、マッケンロイがローブ姿で立っていた。シャワーを浴びた直後らしい。青ざめた顔でとろんとした目のジェシカはベッドに大の字になっている。

「服を着て、帰りなさい」

「何？　気分があまりよくないの。なんだか……」

「もうきみに用はない。角でタクシーを拾うか、地下鉄の駅まで歩いていってくれ」

「わたし、どこにいるのかわからない」ジェシカはあたりを見回した。まだ夢のなかにいるようだ。しかし、立ち上がって、ふらつき、つまずきながら服を着た。「角で」

「そうだ」マッケンロイは彼女の腕を取った。「エレベーターに乗って、まっすぐ駐車場まで降りていく――わかったな」

「駐車場」

「そこから外に出て、左に曲がって角まで歩き、タクシーを拾う。きみはブロードムーアでも大活躍できるだろう、ジェシカ。才能があるからね」

「ブロードムーア」

録画は終了した。数秒後、別のシーンが始まった。同じ寝室、同じ配置だ。別の赤毛。

イヴは再生を停止させた。

やつには好みのタイプがある。

立ち上がり、コーヒーをプログラムしかけたが、冷たいミネラルウォーターに変えた。

扉を開ける。ディスクをすべて観るには数時間はかかりそうだった。

メモブックを確認すると、ジェシカは三か所、ジェシーとジェスはそれぞれ一か所に、記載があった。

パーフェクト《P》・プレースメント《P》のファイルを呼び出して、ブロードムーアとジェシカを検索する。

ブロードムーアは高級キッチンとバスルームの設計と内装が専門の会社で、アッパーイーストサイドに本社があり、去年の秋、PPを通じて、マーケティング幹部としてジェシカ・オールデンを雇っていた。

オールデンについて最初の調べを終えかけたころ、ピーボディが戻ってきた。「プリンツが出頭します」

「いいわね。マッケンロイには好みのタイプがある。赤毛に目がない」

「クワークは黒髪です」

「一年前のID写真は黒髪じゃなかった。赤毛よ。ディスクに映っていたのは、赤毛のジェシカ・オールデン。彼は急がず、たっぷり時間をかけて撮影していた。女性に懇願されるのが好きで、終わればさっさと家から追い出す主義みたい。わたしの知るかぎりでは、彼女に二度、ドラッグを飲ませ、寝室に連れこんでからは、彼女のやりたいようにさせていた。彼女を署に呼んで」

「わかりました。あの……会議室を予約してディスクを何枚か持っていけば、わたしも調べられますけど」

「やってちょうだい。マッケンロイが相手の名を呼んだり、会社名や職種を口にしたら書き留めて、照合し、つながりを突き止めて。それがなければ、顔認識もやってみる。ざっと流して見るのよ」イヴはさらに言った。「パターンが変わらないかぎり、彼がやることを見ていても意味はない。彼に不利な証拠は必要ないわ――死んでいるんだから。必要なのは彼の被害者を特定することだけ。さあ、取りかかって」

イヴは証拠がしまわれている箱のほうに手のひらを向けた。「一枚のディスクに複数の映像が入ってるわ。プリンツが出頭するまで続けるわよ。その次はジェシカ・オールデン。この方法がうまくいけば、殺人の容疑者としておおぜいのレイプ被害者と話をすることになるから、覚悟していて」

イヴはあと二、三枚見ようと決めて、また扉を閉めてコーヒーを淹れにいった。ピーボディに忠告したようにざっと流して見て、あとふたりの身元を突き止め、ひとりを顔認識にかけることにした。

オフィスの扉をノックする音がして、ビデオを消した。

捜査官としては新顔のトゥルーハートが廊下に立っていた。「お邪魔してすみません、警部補、オリバー・プリンツが出頭しました」

「わかった。取調室に案内して、ピーボディに知らせてくれる？　わたしもすぐに行くわ」

「わかりました。ええと、扉を閉めたほうがいいですか？」

「いいえ、開けたままでいい」

ディスクを証拠品の箱に戻し、見終えたものにタグを付けてふたたび封をして、自分の名前の頭文字を記す。ファイルをまとめて抱え、ブルペンを抜けていった。

「彼は取調室Bにいます、警部補。ピーボディも向かっているところです」

「ありがとう、捜査官」

イヴは化粧室に寄り、冷たい水で顔を濡らしながら一息ついた。しばらくじっと立ったまま、かすかな吐き気が去るのを待つ。

取調室の扉の外にピーボディがいた。「彼は容疑者じゃないわよ」と、説明を始める。「でも、マッケンロイの忌まわしい趣味に手を貸していたかもしれない。そうだとわかれば、その件で逮捕することになる。でも、彼から聞き出すのは、もちろん、ゆうべマッケンロイをどこへ運んだかということ」

「厳しくやっていいですか？　あのディスクを見たらもう……」

「あなた中心で進めて」

「ほんとうに？」

「あきれた、ピーボディ、これは聴取で、いい子だったご褒美のアイスクリームじゃないのよ。いいからやりなさい」イヴはパートナーにファイルを押しつけ、扉を開けた。

「ミスター・プリンツ」ピーボディは穏やかにうなずいて、始めた。「迅速に出頭していただき、感謝します」

「どういうことかわかりません。犯罪を目撃した覚えもないので」

ピーボディはふたたびうなずき、腰を下ろした。

見栄えのいいリムジン運転手だ、とイヴは思った。四十代半ばくらいで、品があって身だしなみもいい。組み合わせた両手をテーブルに置いて、おとなしそうな顔には何の表情も浮かんでいない。

「わたしはピーボディ捜査官で、こちらはダラス警部補です。この聴取は記録します」

「聴——記録？」

「はい」ピーボディはきっぱりと歯切れよく、事務的に言った。「記録開始。ダラス、警部補イヴ、そして、ピーボディ、捜査官ディィリアは、プリンツ、オリバーとともに取調室にいる。あなたの常連客のひとりが亡くなったことを知っていますか？」

「何ですって？」無表情だった顔にショックの色が浮かんだ。「誰ですか？」

「マスコミの報道を見たり聞いたりしないのですか、ミスター・プリンツ?」

「もちろん、します。でも、一日中、お客さんを乗せて走っていますから。ああ、何ということだ、ミズ・キンダーですか? 近ごろは、めっきり弱っていたから」

「いいえ。ナイジェル・マッケンロイです」

プリンツの顔は紙のように真っ白になった。「ミスター・マッケンロイが亡くなった?」

「朝早い時間に殺害されたんです」ピーボディは相変わらずきっぱりした口調で訂正した。「あなたが、会社に内緒で彼を自宅まで迎えにいった何時間かあと、ということになるでしょう」

「そ——そんな——何てことだ」

「午後九時から午前四時までの間にどこにいたか、話していただけますか、ミスター・プリンツ?」

「ええと——あの——」プリンツは車を止めるように片手を上げた。「それはクラブのなかで起こったのですか? 今日は迎えは必要ないと、彼からショートメールがありました。いつもは……」

「いつもは、何ですか?」ピーボディが強い口調で訊いた。責めるような声に変わっている。「嘘《うそ》をつこうと考えただけでも、複数のレイプ行為を幇助《ほうじょ》した容疑で留置場に放り込みますよ」

「何の行為ですって？」ショックのあまり、プリンツの目は見開かれていた。「レ、レイプだって？　馬鹿げてる」

「どこにいましたか、プリンツ。言わなければ、あなたの権利を読み上げ、すぐさま真剣かつ重要な取り調べを開始します」

「九時十五分ごろかその前後、彼の自宅がある建物の前で彼を乗せました。そして、〈ディス・プレース〉――クラブの名前です――まで乗せました。そこまで乗せていって彼を降ろし、私は自宅に戻りました。戻る準備ができたら連絡するとおっしゃっていましたが、ショートメールで必要ないと伝えられました。私は妻と子どもふたりと一緒に家にいました。その夜はずっと家にいました。誰かをレイプしたことなど生まれてこのかた一度もありません！　私は家族を大事にする人間です。娘もひとりいるんです」

「では、マッケンロイが女性たちに薬を飲ませ、レイプしている間、あなたは傍観していたんですか？」

「何を言っているのかまったくわかりません」プリンツがネクタイを緩める手は震えている。「神に誓って言いますが、何をおっしゃってるのかさっぱりわかりません」

「ミスター・マッケンロイと女性をクラブへ迎えに行き、彼の自宅かブレーク・ホテルへ運んだのは何回?」

「わかりません」プリンツは何度かあえぐように息をした。「何度もです。何度もありましたが、彼はレイプなどしていなかった。そうだとしても、私は傍観なんてしていません! 彼女たちは少し酔っていたかもしれないが、それは私の知ったことではありません。彼は奥さんを裏切っていて、それは決していいことではないけれど、それも私には関係のないことです」

「あなたが雇い主を裏切ることは、あなたに関係がある?」

プリンツは真っ赤になり、少し身をすくめさえした。「会社を通さずに仕事をするのは正しくはありません。やっている運転手は多いが、だからといって正しいことにはなりません。ミスター・マッケンロイは上客で、チップもはずんでくれたし、それに……口がうまかった。私の娘は二年後には大学へ進学しますから、その授業料も……」

ピーボディは厳しい表情のまま、ブヨを追い払うようにさっと手を振り、言い訳をさえぎった。「あなたはいくらもらって、彼が女性に乱暴を働いている間、見て見ぬふりをしていたんですか?」

「そんなことは絶対にしていません。決して! 彼は女性を連れて出てきました。いつも違う女性と、違うクラブから出てきた。でも、彼女たちは楽しそうにしていたんです。彼は、無理やり女性を車に乗せたり、降ろしたり、一緒に建物に入っていったりしたわけではありません。いつも女性たちは彼に、その、まとわりついていました」

ピーボディはなおも冷ややかな目でプリンツを見つめた。「その後、ミスター・マッケンロイがことを終えてから、あなたはその楽しそうな女性たちを自宅に送ったり、別の場所に乗せて行ったりしましたか?」

「いいえ。それは一度もありません。いいですか、彼がクラブへ行くとき、わたしは一晩で五百ドル受け取っていました。ちょっと行ったり来たりするだけですから、法外な報酬です。でも、彼が誰かを傷つけていて、それを見て見ぬ振りをするようなことは、その十倍もらってもできません。私の車に彼と一緒に乗ってきたどの女性だろうと、絶対にあり得ません。ふたりは一緒に乗ってきました。私はずっとプライバシースクリーンを下ろしていましたが、それは彼が望んだからです。それでも、彼女たちは進んで車に乗ってきて、彼が連れていった場所に着くと進んで降りていきました」

ようやくイヴが言った。「クラブの他に、彼が妻以外の女性とどこかに行くときに、迎えに行ったり送っていったりしたことはある?」

「あります、もちろん、レストランや彼のオフィスです。でも、そういうときも記録が残っている以外は同じです。彼女たちは進んで車に乗り、降りました。彼が誰かに強要するところは、神に誓って、一度も、絶対に見たことがありません。いつもとても紳士的でした」

「そして、女性はいつも少し酔っていた？」

「あの……そうだったかもしれません。人を乗せて走るのが私の仕事です。ちょっと酔っていたり、ぐでんぐでんに酔っ払っていたりする人も多い。そんなお客様を望まれる場所へ安全に送り届けるのが、私の仕事です。プロの運転手として働くようになって十二年たちます。どうぞ私の記録を見てください。苦情をいただいたことは一度もありません。ミスター・マッケンロイは今回のことを私に依頼し、これはふたりの間だけのことにしようとおっしゃいました。間違ったことですし、それで私は仕事を失うかもしれませんが、私がやったのはそれだけです」

イヴは椅子の背に体をあずけて、ちらりとピーボディを見た。「オーケイ、ミスター・プリンツ、あなたならきちんと個人的に記録をつけているはずよね。それを調べて、あなたが会社に内緒でマッケンロイを車に乗せた日時と行き先をすべて知らせて」

「わかりました。はい、それはできます」

とても協力的でひどく動揺したプリンツを帰らせると、イヴは一方の眉を上げてピーボディを見た。

「わたしは彼を信じます。全面的に」ピーボディはさらに言った。「彼が見ていたのはどこにでもある光景なんです。クラブで遊んで少し酔っ払い、すっかりたがが外れた男女が、セックスしまくるぞとばかりにどこかへ向かう、という」

「プリンツが犯した誤りもよくあるものよね。確かに規則違反だけど、それで誰が損害を受ける？　わたしだってお金は必要よ。ともかく、彼は人殺しじゃないし、レイプ擁護者でもない。それと、あっちの件は？」

ピーボディはぽかんとして訊いた。「あっちの件？」

「どうしてマッケンロイは、予定どおり、プリンツにクラブまで迎えにくるように連絡しなかったの？　それが彼のパターンだったのに」

「あ、その件ですね。犯人が彼に歩いて行くように言いくるめたとか？　あるいは、犯人に足があったか」

「後者になるでしょうね——歩けばより多くの人に目撃される。どうして目撃される可能性を高める必要がある？　パターンよ、ピーボディ、マッケンロイはどうしてパターンを崩したの？　主導権を握ることが何より大事なときに、自分でコントロールできる車と運転手を放棄したのはなぜ？」

「たぶん、犯人とは知り合いで、信用したんでしょう。プリンツにショートメールが届いたのは夜中の十二時ちょっと前ですから、マッケンロイはもう体を動かせなくなっていて、犯人がショートメールを送ったのかもしれません。そうなると……」

「これは入念に計画されていたのよ。彼女は――犯人はそのうち女性だと判明するわ――主導権を握り、自分で決めた場所へマッケンロイを運ばなければならなかった。マッケンロイはどうやって女性たちを車に乗せて、目的地まで連れていった？」

「薬を飲ませました。犯人はクラブで彼に薬を飲ませたんですね。逆をついて、彼の方法でやった」

「睡眠導入剤を飲ませたのよ」イヴは同意した。「目的地へ向かう途中、さらに薬を飲ませた――モリスが薬毒物検査の結果を受け取っていたわ。ジェシカ・オールデンと話をしてから、〈ディス・プレース〉を調べるわよ。運がよければ、犯人の人相がわかるかもしれない」

「いくらか運に恵まれたみたいです」コミュニケーターを確認しながらピーボディが言った。「たった今、オールデンが到着しました」

「部屋を予約して。先に行って、彼女をそこへ呼んで」

「フィジーを買っていきます」ピーボディが立ち上がった。「冷たいものはいかがですか？」

「ペプシがいいわね。オールデンにも好きなものを渡して。友好的に始めるつもりよ」

イヴはプリンツから聞きだした新たな情報のプリントアウトをファイルに挟み、自分が記したメモと、目を通したビデオが記録されていた時間とを突き合わせた。オールデンは去年の九月、アッパーウェストにあるレストラン、〈ラ・キュイジーヌ〉に九時半に迎えに来た車に乗っていた。

ナイジェルは、転職とレイプの候補者を食事に連れていき、何かを少量、飲み物に混入して、彼女と店を出てリムジンに乗り込み、自宅に向かう途中、さらに少量の薬を飲み物に混ぜた。ロビーに入り、エレベーターでペントハウスまで上がり、寝室へ向かうと、そこにはすでにビデオカメラが設置してあった。

イヴが椅子の背に体をあずけると、マジックミラーに映った自分の顔が視界に入った。

やや顔色が悪いかもしれない、と認めたが、夜明け前からこの事件にかかわっているのだ。ランチに何か軽くつまむことさえ忘れていた。いや、食べたら胃がむかむかしそうで心配だったのだ、と思い直した。

克服してみせる、とイヴは誓った。同じような罠にはもう落ちない。古い傷がまたうずきはじめたり、過去の記憶のせいで判断力や客観性を鈍らせたりはしない。

わたしにはやるべき仕事がある。

扉が開いたとき、イヴはファイルを開いて中身を見直している振りをした。オールデンが部屋に入ってピーボディが扉を閉めると、ファイルを閉じた。

体の曲線が美しい赤毛の女性は、淡いブルーの上等なスーツを着て、足首が折れそうなほどヒールの高い花模様の靴を履き、少し迷惑そうな表情を浮かべていた。

「警部補、ミズ・オールデンです」

ジェシカはいきなり椅子に座り、テーブルの上にあった炭酸水のチューブを軽く指で叩いた。「こんなところへ来るはめになって、一日が台無しよ。ナイジェル・マッケンロイのニュースは聞いたし、ショックを受けてる。でも、パーフェクト・プレースメントを通じて転職した人全員と話すなんて、無理でしょ」

そう来るなら、あまり友好的にはなれないかもしれない、とイヴは思い、ピーボディから手渡されたペプシの蓋《ふた》を開けた。「そう、全員じゃないわ。マッケンロイの死を望む理由があるかもしれない人たちだけよ」

「いったいなぜ、わたしが彼の死を望むっていうの？ ろくに知らない人よ。わたしはPPにヘッドハンティングされたけど、やりとりをしたのは主にシルビア・ブラントよ。マッケンロイとはせいぜい三、四回しか会っていないと思う」

イヴは薄ら笑いを浮かべて言った。「去年の九月十八日には、彼と会うよりもっとすごいことをしたはずよ」

「何ですって？」

「〈ラ・キュイジーヌ〉で食事、と言えば思い当たるかしら？」

それを聞いたとたん、ジェシカは眉をひそめた。眉の下の、金を散らしたような茶色の目が一瞬、うつろになった。「何ですって？　ああ、そうね」先ほどまでの少し迷惑そうな表情が戻った。「そうだったわ、去年の九月ね。わたしは、ブロードムーアの今のポジションに採用される候補者ふたりのうちのひとりだったの。ニューヨークにいた彼、マッケンロイが、そのポジションにふさわしいのはどちらか判断するからと、ふたりでビジネス・ディナーをしたわ。ビジネス・ディナーよ」ジェシカは繰り返し、左手で右腕を上下にさすった。

「それで、ビジネス・ディナーのあと、あなたは彼と一緒に彼の自宅へ行った」

「行くわけないでしょ！」みるみる頬が真っ赤になった。「まさか、わたしがいい職を得たくて男と寝たって言っているの？　そんなのでたらめだし、侮辱よ。わたしは一生懸命に働いて、仕事でここまでの地位にたどり着いた。誰とでも寝たり、出世のためにセックスを利用したりするわけないわ。それに、彼は既婚者で子どももいるのよ。わたしには真剣に付き合っている人がいたし」

「ビジネス・ディナーのあと、何をしたの？」

「ええと……ええと、角まで歩いていったわ」ジェシカは慌ててぐいっと炭酸水の蓋を開けた。「角まで歩いていって、タクシーを停《と》めて、家に帰ったわ。その夜以来、ナイジェル・マッケンロイとは会ったこともしゃべったこともない。家に帰ってから……」

「角まで歩く前、最後に覚えているのはどんなこと？　わたしを見て」イヴはぴしゃりと言った。「最後に覚えていること」

「ええと……いい気分じゃなかったわ。ぴりぴりしていた、それだけよ。わたしにとって相当なキャリアアップの話だったから神経が過敏になっていた。何か月も前の話よ」チューブの蓋を開けたときと同様に、慌てて一気に言った。「そんな細かいことまでいちいち覚えているわけないでしょう？」

「あなたは何も覚えていないのよ」イヴは訂正したが、その口調は穏やかになっていた。「レストランを出たことさえ、はっきりとは覚えていない。マッケンロイが待たせていたリムジンに乗ったことも覚えていない」

「乗っていないわ」そう答える声は震えていた。「プロフェッショナルとしてあってはならないことよ。タクシーを拾って家に帰ったわ」

「それは、問題の件のあとのことよ」さらに穏やかな声で言った。「彼にそうしろと言われたから。ジェシカ、あなたはおおぜいのうちのひとりだったの」

どんな感じかわかる、とイヴは思った。あえて考えないようにすること、乗り切るためにすべてをなかったことにするのがどんなことか。その記憶がどっとよみがえって一気に壁が崩れ、まるで雪崩《なだれ》のように胸に落ちてくるのがどんな感じか、わたしは知っている。

「あなたが何を言っているのか、わからないわ」

イヴはピーボディのほうへ体を傾け、耳元でささやいた。「都合がつけばマイラを、無理なら、彼女がレイプカウンセラーとして推薦する人を誰でもいいから連れてきて」

ピーボディは立ち上がり、足早に部屋から出ていった。

「彼はあなたに薬を飲ませたのよ」イヴは早口で言った。すぐに言ってしまったほうがいい。「あなたはプロにあるまじきことをしていないし、何も悪いことはしていない。彼に薬を飲まされたのであって、あなたは何もしていないの。彼はほかの女性たちにも同じことをしていた」

「あなたが言っているのは……彼がわたしに薬を飲ませてレイプしたっていうこと？　いいえ、そんなことはない、だったら、覚えているはずよ！」驚くほどの激しさで、ジェシカは言い張った。「だったら覚えてる。そして、あの野郎を訴えてる。警察に行ってるはず。だから――」

イヴは立ち上がり、テーブルを回ってジェシカの隣に座った。「彼に薬を飲まされたから、何ひとつはっきりとは覚えていなくて、ところどころ覚えていた部分もあえて考えないようにしていたの」

「レイプと引き替えに、彼はわたしに今のポジションをあたえたと言うの？」

「いいえ、そんなことは言っていない。あなたはあなたの能力で、そのポジションをつかんでいたわ。その件とレイプは関係がない。かろうじて覚えていた断片を、あなたは不安の現れだとか、奇妙な夢だと思い込もうとしたはず」

「部屋があって、小鳥たちがいるのよ——椅子から飛び立ってキーキー鳴きながら部屋のなかを飛び回っている。誰かがわたしのなかにいて、わたしには小鳥たちを止められないの。わたしは止めたくもないいんだけど、同じようにキーキー叫んでいるの」

ジェシカはイヴの手を握った。「今朝、報道を聞いていたら彼が死んだと言っていて、わたし……ほんの一瞬、よかったと思った。とんでもないことよ。でも、わたしは覚えていないし、何もはっきり言えないの」

イヴはビデオを思い浮かべた。今はだめだ、と判断する。「他の女性たちとも話をしたわ。彼は他の女性たちにも同じことをしていた。彼にはパターンがあったのよ、ジェシカ。その晩のことを、誰かに話した？　気分が悪くなったとか、タクシーを拾って家に帰ったとか」

「いいえ、チャドにさえ話していないわ。食事中に具合が悪くなっておかしなことをしてしまったような気がして、恥ずかしくて。ほんとうに覚えていないの。食べたものが悪かったのか、神経過敏になったせいだと思った。チャドにはとてもうまくいったと伝えたけれど、ツキが悪くなるから詳しくは話したくないと言ったわ。嘘をついたの。初めて彼に嘘をついたわ」

ジェシカはぎゅっと強く目を閉じた。

「その後、彼にそれ以外の話はしたわ。わたしたち、一緒に暮らすことになっていたの。それで、ふたりで住めるように広い家を探していた。でも、あの晩以来、わたし、彼に触れられたくなくなったの。彼の声にも匂いにも耐えられなくなった。触れられると、我慢できなくて押しのけた。わたしたち、それまで分かち合っていたものを失ったのよ」

ジェシカはしゃべりながら泣きはじめ、静かに涙を流しながら言葉を絞り出していた。

「職場が変わったから、仕事に集中しなきゃならないのよと彼に言ったわ。胸が張り裂けそうだと彼は言った。わたし、どうすればいいの？」

「回復への一歩を踏み出しましょう」ピーボディが戻ってきて、イヴはそちらを見た。

「マイラが」ピーボディはそれだけ言い、イヴはうなずいた。

「署には力になってくれる人がいるわ」

「お連れしましょう」ピーボディはジェシカに手を差し出した。「一緒に来てください」

「わたし、声に出して言わないと」苦しそうに何度か息を吸い込み、ジェシカは顔の涙をぬぐった。「わたしはレイプされた。ナイジェル・マッケンロイはわたしをレイプした。なんだか吐きそうよ」

「行く途中で、化粧室に寄りましょう。さあ、あなたのお水を持って行きましょうね」

ピーボディはイヴが感心する思いやりのこもった手際のよさで、ジェシカの腰にするりと腕をまわして、一緒に部屋を出ていった。

自分も少し吐き気を催して、イヴは立ち上がった。オフィスに戻りたい、と思った。十分間だけ扉を閉めてデスクに突っ伏し、ただじっと息をしていたい。

ブルペンを横切っていると、デスクに向かっていたサンチャゴがいきなり立ち上がった。

「あの、ボス、カーマイケルと自分からあなたに説明したいことがあります」サンチャゴはイヴの顔を見て、ためらいながら言った。「大丈夫ですか?」

「大丈夫。オフィスへいらっしゃい」

「あとでもいいです」

「今でいいわ。来て。わたしから説明したいこともあるし」

イヴは自分のオフィスに入り、またコーヒーを淹れて、自分の仕事をした。

6

〈ディス・プレース〉は建前上は八時から開店するが、九時前に到着した客はすべてダサい客という扱いになる。それでも、イヴは主要なスタッフに開店前に話が聞けるように手配していた。

「扉のなかに入れたとしても」ピーボディが言った。「こういうクラブではドリンク代どころかカバーチャージも払えませんでした」

「じゃ、どっちも払わずにすんでラッキーね」イヴは防犯スキャナーに警察バッジをかざした。

鍵が外れて、扉がさっと開いた。

扉を開けた男性は百九十センチ以上はありそうで、かかしのようなやせた体形をニューヨークらしい黒いスーツに包んでいる。頭の左半分はそり上げて、血を流している心臓のタトゥーを誇らしげに入れ、右半分は真っ白な髪を定規で測ってそろえたかのようにまっすぐ肩に下ろしている。

目はグリーンレーザーの色で、前歯の一本が銀色に光り、爪は体にぴったりしたスーツと同じく、真っ黒に塗っている。

「ご婦人がた《レディース》」フルートを奏でるように呼びかける。「〈ディス・プレース〉へようこそ」

「警部補よ」イヴは言った。「こっちは捜査官」

「いずれにしても、ようこそいらっしゃいました」

男性は一歩下がり、なかに入るように身振りで促した。「私はマキシム・スノー、あなたがたのホストであり、ここの支配人です。おふたりにとってもっとも役に立ちそうな者を集めておきました」

最大級の協力態勢だ、とイヴは思った。ロークが所有していない店にしては。

すでに調べてあった。

「感謝します」

「とんでもない。ミスター・マッケンロイはときどきいらしてくださるお得意様で、大事なお客様でしたから、こんな忌まわしい罪を犯した者をあなたがたが逮捕するためなら、できることは何でもします」

スノーはどうぞこちらへとふたりに示した。明るい照明の下、床が輝いている。ゆうべの馬鹿騒ぎの間に飲み物や体液がこぼれたとしても、その痕跡《こんせき》さえない。テーブルもブース席もぴかぴかで、プライバシー・シールドは引き上げられ、その向こうに並ぶ丸いジェル・シートが見える。

室内の空気もきれいに保たれている。

「お店をいつも清潔にしてるのね、ミスター・スノー」

「できる限りのことをしています。もちろん、〈ディス・プレース〉がほんとうに輝くのは夜です。コートをお預かりしましょうか？」

「結構よ」イヴが言った。

スノーに案内されて、集められたスタッフが座っているテーブルに近づいていった。

「何かお飲み物をお持ちしましょうか？　コーヒー、ラテ、炭酸水もありますが？」

「結構よ」ピーボディが注文をする前に、イヴはもう一度言った。

「それでは、私から紹介させていただきます。こちらはNYPSDのダラス警部補とピーボディ捜査官。うちからは、給仕長のティー・デカーロ、ドアマンのエドマンド・ミィ、そして、ゆうべ、ミスター・マッケンロイが予約されたプライバシー・ブースがあるフロアのバーテンダーふたり、リッピー・レースとウィン・グレゴールです。どうぞ、お座りください」

変化に富んだ奇妙なグループだった。のっぽの都会派かかしはスノー。デカーロは細かく縮れた金髪をだんごにしたしかめ面で、よく引き締まった小柄な体にくたびれたスエットの上下を着ている。隣のミィの肌は砂金色で、タトゥーを入れた肩はラインバッカーのようにたくましく、ぴったりした黒いタンクトップを着ている。バーテンダーふたりは並んで座っていた。レースは若くて美しい黒人女性で、うしろでひとつにまとめたカーリーヘアが爆発したように広がり、ランニング用タンクトップとショーツから鍛えられた手足が伸びている。グレゴールはそれ以上にきれいな男性で、アイシャドーをぼかして長いまつげをさらに長く見せ、それが美しさに磨きをかけている。

「集まっていただいて感謝します」イヴがしゃべり始めると、デカーロがふんと鼻を鳴らした。

「だめだよ、ティー」明らかに愛情をこめて、スノーがデカーロの手をさすった。「行儀よくして」

「警官は好きじゃないのよ」スノーのフルートの音色を思わせる声とは正反対の、アレルギー性鼻炎の霧笛のような声だ。「警察がそう言うからって、休みの日に仕事に来なきゃならないなんて。警官は嫌い」

「ティー、人が死んだんだ」

「人は毎日死んでるでしょ？　殺される人だって毎日いる。じゃなきゃ、このふたりは失業よ」

それは反論できない、とイヴは思った。

「こちらに仕事をさせてくれたらあなたも休日に戻れるわ。仲良くやっていかない？」イヴは提案した。「ナイジェル・マッケンロイを知っていたわね？」

「知ってたとは言ってないでしょ？　彼はあたしみたいなのには目もくれない。リッピーみたいなのはじっくり見るけど、白人好きよ。白くて赤毛の女の子」

「彼が女性と、赤毛の女性といるところを見た？」

「給仕を求められないかぎり、人を見るのは仕事じゃないけど、あたしだって目が見えないわけじゃない、でしょう？　彼はいつもＶＩＰブースを予約して席の端末から注文していた。理由があって給仕係に注文するときは、まあまあのチップもくれたわ。やってくると店内を歩き回り、目をつけた相手にドリンクをおごったり、話しかけたりする。そのうち、女性をブースに連れ込んで、しばらくすると、その女性は彼について店を出ていく」

「ゆうべ、彼が一緒に店を出ていった女性を見た？」

「赤毛よ」デカーロは肩をすくめた。「いつもどおり。片付けなきゃいけないからブースに行ったけど、チップは置いてなかった」

「彼が店を出るところを見た？」

「ちらっとね。ＶＩＰブースにはウェイティング・リストがあって、すぐに次のお客さんが使えるようにしなきゃならなかったから」

「どちらが主導権を握っていた？　マッケンロイか一緒にいた女性か、どっち？　見たんでしょ」イヴは彼女の記憶を引き出そうとした。「あなたは意識してた。気にして見てたはずよ。彼がブースに女性を連れてきたら、そう長くはいない。一杯、ひょっとしたら二杯飲んだら店を出るんじゃない？」

「まあね。いつもとは逆で、女性のほうが彼をリードしてるみたいだった。でも、店を出たとき、彼は生きていたしバリバリ元気だった。そのあと起こったことはあたしにはわからない」

「彼女の特徴を言える？」

「赤毛で、巨乳」

「背が高いか低いか、白人か混合人種か？」

「気にしてなかったから。気にするわけないでしょ？」

「ふたりは何時ごろ店を出た？　あなたは何時にブースを片付けた？」

「やめてよ、覚えてるわけないでしょう?」

「それなら調べられます」スノーが言った。「少し時間をいただければ」

「調べてみて。あなたは入口の担当ね」イヴはミィに言った。

「そうです、マダム」

「警部補よ。マッケンロイは何時に店に来た?」

「彼はオートパスを持っているんです——だから、リストに名前がある。はっきりした時間はわからないけど、早かったな。たぶん九時は過ぎてたけど、十時にはなってない。それは間違いないね」

「彼が女性と一緒に出ていくのを見た?」

「ティーと同じで、ちらっと見たって感じかなあ。彼の車が止まっていなかったから、そっちは思わず二度見たよ。車が止まって、彼が店から出てくるっていうのがいつもパターンだったけど、車は来ていなくて、彼と赤毛の女性は、止まっていた別の車まで歩いていった」

「どんな車?」

「リムジンじゃなかった。タウンカーっぽかったけど、注意して見ていたわけじゃないから。忙しかったし、帰っていくお客には、店に入ろうとしているお客ほど関心を払わないものでね」

「その女性はどんな人だった?」

「すてきだったと思う。赤毛がふさふさしてて、ええと、そう、いい体をしてたな。ああいうタイプが店にいるのは商売にプラスだから店に入れる。しかも、なんと、彼女は二百ドルも握らせてくれたんだ。たぶん、フランス人だと思う。彼女を店に入れたら、ええと、メルシーって言ったんだ」

「ゆうべより前に、彼女を見たことがある?」

「ないと思うけど、はっきりは言えないなあ」

「警察の人相書作成係に協力してもらえるかしら?」

「いいけど、問題は、俺が毎晩のように超イカした女性を数え切れないほど見てるってことだ。その女性を覚えているのは、フランス語と二百ドルのせい。金は受け取ったが、そうでなくとも彼女なら店に入れたよ」

女はミスをしたのか? イヴは考えた。それとも、わざと?

「彼女が店に来たのは何時?」

「十時半ごろって言いたいところだが、はっきりはわからない。ふたりが夜中の十二時より前に店を出たのは確かだね。俺が十二時から休憩で、ブリックと持ち場を交替することになっていたから。彼と一緒に出てきた女性を見て、二百ドルも出したのにゆっくりしていかないんだなと思ったが、ほしかったものを手に入れたんだろうと想像した」

ミィは幅の広い肩をすくめ、ふと体の動きを止めると眉をひそめて考えた。「そうだ、今こうして考えると、ミスター・マッケンロイはちょっと酔っ払ってるみたいだったな」

「なぜ？」

「ええと、彼が店を出るときは──いつも見てるわけじゃない──一緒に出てきた女性の体に腕をまわしていて、女性はほろ酔い加減っていうのかな？　そういう感じだった。今回はその逆に見えたよ」

このドアマンは自分で気づいている以上によく見ている、とイヴは判断した。「あなたには警察の人相書作成係に協力してもらうわ。ピーボディ、スノーに入口の防犯カメラの映像を、ええと、二十一時半から零時まで調べてもらって」

ピーボディが立ち上がりかけると、スノーが戻ってきた。

「あなたが知りたがっていたことがわかりました。ミスター・マッケンロイは十一時五十三分に支払いをしました。注文は、九時二十九分にバーカウンターで──きみの持ち場だ、リッピー──マティーニを一杯と、十時十五分にライム入りのスパークリングウォーターを一杯。十一時二十六分にマティーニを二杯、ブースから端末でオーダーしています」

「ありがとう。ピーボディ捜査官に入口の防犯カメラの映像を見せて、コピーを取ってくれると、ありがたいわ」

「もちろんです。一緒にいらしてください、捜査官。ほんとうにお飲み物をお持ちしなくてよろしいですか？　コーヒーでも？」

「あの、ノーファット・ラテをいただきたいです」

イヴはふたりを無視してレースをじっと見た。「マッケンロイから言い寄られたことはある？」

「ないっていうか、そう、ないわ。まあ、ちょっとからかったりとかはあっても、本気じゃなかった。ティーが言っていたとおり。彼は白人の若い子、グラマーな赤毛が好きなの」

「僕とリップが同じ持ち場にいるとき、彼はバーカウンターに来るとかならずリップに注文をしたよ。彼女のほうに行列ができていてもね。失礼、口を挟んじゃった」グレゴールが言った。

「いいのよ。じゃ、ミスター・グレゴールよりあなたのほうが、彼と接する機会があった」

「そういうことになるわね。他のバーカウンターで注文をするときも、彼は女性バーテンダーを選んでいた。仲間内で冗談っぽく話のネタにしてたわ。わたしは、ゆうべ、彼が誰かと一緒のところは見ていないわ。カウンターに来て、ドリンクを二度――マティーニと、そのあとはスパークリングウォーター――注文したとき以外、彼の姿はまったく見なかった。でも……それって、彼のいつもの動きと言っていいと思う。来店して、さっきティーが言ったみたいに、歩き回って、飲み物を注文する。そのあと、ブースからドリンクを二つとか、たまに三つとか端末からオーダーして、会計をするのよ。ゆうべ、フランス人女性にドリンクを作った覚えはないわ」

「あなたは？」イヴはグレゴールに訊《き》いた。

「ないな。スウェーデンから来たブロンド二人組と、東京から来たカップルとしゃべったけど、ひとりで来てるフランス人女性とはないな。ゆうべはしゃべっていない」

「彼はたまに女性に飲み物をおごっていた？　バーカウンターで？」

「もちろん。たまにね。彼はチップをはずんでくれるから、覚えてる。毎週とか店に来なくてもね。何週間も顔を見ないと思っていたら、ふらりとやって来る。でも、覚えてるよ」

「彼がカウンターで女性にドリンクをおごったとき、女性の振る舞いが変わったようなことはない？」

「どういう意味かよくわからないな」

「彼に飲み物をおごられたあと、女性が酔っ払ったみたいに見えたとか、彼とふたりきりになりたがっているようだとか？」

「ちょっと待ってよ、待って」デカーロがテーブルを手のひらで叩いた。「彼が飲み物に何か混ぜたって言おうとしてる？」

「ええ、そうよ」

「まさか。驚いた！」レースはグレゴールの手を握った。「彼がそんなことをするところ、わたしは見たことがないわ。絶対に。ウィン、何てことなの！」

「あまりショックを受けていないみたいですね、ミスター・グレゴール」

グレゴールはイヴを見て首を振り、ふーっと息を吐き出した。「僕も見たことはない、でも……何て言うか、あの人は格好がいいし、いい服を着ているけど、映画スターほどじゃないだろ？　だから、あの人が店に来るたび、かならず女性とうまくやれるのはいったいなんでなんだって、ずっと思ってた。ひとり選んで、ブース席につれていって、あとでティーや他の給仕係や、誰かが言ってるのを聞く。また女性と一緒に店を出ていったわよ、ってね。これまで考えたこともなかったけど……言われてみれば納得がいく」

「人のことをそんなふうに言うもんじゃないわ」デカーロが反論した。「それって警官がやることよ。人の悪いことばかり言うんだから」

「マッケンロイに薬を飲まされてレイプされたと、多数の女性の証言があるのよ。ここは、彼が女性をあさる場所の一つだった」

デカーロの怒りに満ちたしかめ面がみるみる崩れた。「そういうことがないように、わたしたちが目を光らせることになっているのに。誰かがひどいことをされないように、わたしたちが見ていなければならないのに」

「彼はうまかったのよ」イヴはデカーロに言った。「ここでは、というか他のクラブや、女性をひっかけた他の場所でもそうなんだけど、あたえる薬の量を抑えていた。必要最低限の量にね」

「わたしは見たことがない」デカーロはつぶやいた。「彼がそんなことをするなんて、思ったこともなかった……。上品なアクセントでしゃべっていたし。すごく魅力的な人でしょう？　もちろん、遊び人だとは思ったけれど、こんなことをするなんて。スノー！」支配人がピーボディと戻ってくると、デカーロはテーブルを押しのけるようにして立ち上がった。「あのろくでなし野郎がわたしの目と鼻の先で、女性たちの飲み物に睡眠薬を混ぜて飲ませていたって、この人が言うの」

「何だって？」スノーは長くて薄い手をデカーロの肩に置いて、レーザー光線のような視線をイヴに向けた。「その証拠はあるんですか？」

「ええ、あるけれど、われわれはミズ・デカーロやこちらのほかのスタッフが、彼と共謀した、あるいは、共謀していると言っているわけではないのよ。今のところ、ミスター・マッケンロイはこうした行為をひとりで行っていたと考えているわ」

「ウィン、頼まれてほしい。私のオフィスからティーに鎮静剤を持ってきてくれ。さあ、座って」スノーはデカーロをそっと椅子に座らせた。「これはきみの落ち度じゃない」

「見ていなかった。ちゃんと目があるっていうのに、クソッ。何に目を光らせるべきかはわかっているのよ。でも、見ていなかった」

「彼はプライバシー・ブースを使っていたわ」イヴは説明した。「やり方がうまかったし、慎重だった。多くのクラブやレストランにせっせと足を運び、同じパターンを繰り返していた。われわれが知るかぎり、見た者はいないわ。気づいて目を留めたとしても、少し酔っているかもしれない女性が、自分の意志で男性と一緒に店を出るところよ」

「今は思い返せる。わかっていて思い返すと、見えてくる」デカーロはぼそっと言った。

「あのクソ野郎め」

「俺も同じだ」ミィが肩を怒らせた。「知っていると見えてくる。事情を知った今、思い返すと……ゆうべは、逆だったな」

「その女性が彼の飲み物に何か混ぜたってこと?」デカーロがまたしかめ面をした。「よくやったわね、彼女。ざまあみろ」

「彼の飲み物に何かを混ぜた何者かは、おそらくその後、彼を殺した」イヴは指摘した。

「われわれふたりの仕事は、その女性を探してきっちり裁きを受けさせることよ」

デカーロはまたふんと鼻を鳴らした。「だから警官は嫌いなのよ」

ふたりで店から外に出ると、イヴは入口の防犯カメラを見上げた。「映像は使えそう？」

「入口のカメラに映っていましたが、彼女も馬鹿じゃありません」ピーボディが答えた。「顔ははっきり見えません。髪が豊かで、すばらしい体をしています。身長と体重は鑑定できるでしょうし、思うに、ヤンシーが映像とドアマンの証言から、使える人相書を仕上げてくれるはずです」

「その手配をしてから、いちばんいい画像のコピーをわたしのユニットに送って。あと二、三軒、クラブに寄って、少しでも手がかりがないか調べてみる。オールデンが薬を飲まされたレストランにも寄るわよ」

イヴは時刻を確認した。「それが終わったら、あなたは帰りなさい。電子捜査課《EDD》が何か見つけていたら、すぐにわたしに知らせて」

ピーボディを自由の身にすると、イヴはロークが選んだパブの近くで駐車場を探した。二階の駐車スペースに車を停めると、軽やかに階段を下りて通りに立ち、おおぜいの通行人に混ざって半ブロック歩いた。

パブの外には細長いテーブルが三つあり、そのひとつをロークが予約していた。外で過ごすにはまだ少し肌寒いと思っていたが、テーブルヒーターのおかげで快適だ。早く着いたのでブラックコーヒーを注文し、メモを読み直して、新たな情報を書き込むのに没頭した。

「まだせっせとお仕事中だね」ロークが向かいの椅子にするりと座った。

「手がかりがたくさんあると、それだけつなぎ合わせなければいけないものも多くなるから。どうして〈ディス・プレース〉はあなたのじゃないの?」

「たまたまだが、僕のだよ」

「そうじゃない、この場所《ディス・プレース》じゃなくて、〈ディス・プレース〉というクラブ」

ロークはイヴにほほえみかけた。「僕のにしてほしい?」

「そうでもないわ。おしゃれで上品なところがなんとなくあなたのお店っぽいなと思っただけ。それ以外に二軒、あなたのお店に寄ったわ——どちらも上品だった」

ロークはまたイヴにほほえみかけたが、同時にじっと顔を観察されていることにイヴは気づいた。「疲れた顔をしてるのは、長い一日だったから。それだけよ」

「まだ終わらないんだろう。ビールを一パイント飲んで、何か食べないと」

「わたしはコーヒーだけでいい」

「間違いなく一日中ほぼずっと、コーヒーしか飲んでいないんだろう。きみのビールはハーフパイントにすればいい。それだけなら影響はないだろう。そのあとはフィッシュ・アンド・チップスがおすすめだ。ここのはとびきりうまいんだ」

ビールを飲めばぴりぴりした気持ちが少しは静まるかもしれない、とイヴは思った。フィッシュ・アンド・チップスは悪くない。「オーケイ、それならよさそう」

ロークが注文をしている間に、イヴはノート類をしまった。さりげなくロークに手を握られたとたん、イヴが今日ずっと築いていた揺るぎない壁が、粉々に崩れた。

「わたしには、彼の趣味みたいに見えるの。もちろんあれは病気よ。あんな大きなリスクを――私生活でも、仕事でも――負ったり、あれだけ女性を支配したがったり、あんなふうに女性を利用して満足を得たりするなんて、病気に決まっている。でも、彼はそれをまるで……まるで趣味みたいに、自分になくてはならない趣味みたいにやってるの。みんなが、よくわからないけど、ゴルフとか物作りとか、そういうことをする感じでやっていた。彼が生きていて、わたしが彼を逮捕して取調室に放り込んだら、彼は趣味でやっていたって言ったに決まってる。賭《か》けてもいい」

「それを知り、理解するのがきみの仕事だ、警部補。彼を殺した犯人を見つけるのもね」彼の目が、ありえないほど青い目がまっすぐイヴの目をのぞき込んだ。そして、すべてを理解した。「彼が利用した女性たちに感情移入しても、きみのやることは何一つ変わらない」

「感情移入すれば客観性を失うわ」

「そんなのナンセンスだよ。感じたり、共感したり、理解したりするのが仕事の一部じゃないなら、どうしてドロイドが捜査していないんだ？」

イヴが眉をひそめて考えていると、給仕係がビールを運んできた。「でも、善悪には境界線があって、その境界線があいまいになってしまう事件もある」

「きみのバランス感覚はすばらしいよ」

「すっごく頭にきてるわ。彼は権力やお金を使って女性を虐待して屈辱をあたえ、好きなだけ楽しみながら、何年も罰せられずにいた。そのせいで、何者かが自分が正義の裁きを下す者になろうと決めたことにも腹が立つ。命を奪うことが、ある種の英雄的行動だという考えを持つ者がいるのも腹立たしい。彼女は――犯人は女性かそれとも複数の女性だといずれわかるはず――彼を痛めつけ、殺して、それを正義と呼んだのよ」

くたくたに疲れ果てているはずのイヴの目が険《けわ》しくなり、警官らしい冷静さに満ちた。

「そんなの正義じゃないわよ、ふざけんな。彼はもう正義の届かないところにいるわけでしょう？　数時間苦しんだけど、もう解放されてる。ほんとうの正義が成されていたら、檻《おり》に放り込まれて、何年にもわたって権力も金も自由も奪ってやれたのに」

ロークは耳を傾け、うなずき、ビールを飲んだ。「それほど前じゃないが、きみのような警官に会う前、僕もその犯人のほうが正しいと思う時期があった」

「知ってるわ」イヴは小声で言い、眉をひそめて自分のビールを見つめた。

「今はきみの側に傾いているという事実に驚いてしまう自分がいるが、僕がそう思っていたのは間違いない。それから、僕のおまわりさんのことはよく知っているから、他のどんなことがきみの頭のなかに渦巻いているかもわかるし、そんな悩みは捨ててしまうべきだってこともわかっている。なぜなら、きみと犯人はまるで違うから」

イヴは反論しようとして思い直し、はぐらかすために、ただ肩をすくめてからビールを飲んだ。

けれども、自分のおまわりさんであり、妻であり、自分の女であるイヴを知っているロークはさらに言った。

「きみは恐怖のなかに突き落とされた子どもで、自分の命を救うためにある人物の命を奪った。そのことでほんとうに長いあいだ苦しみ抜いた」

「人の命を奪う選択をするのがどんなものか、わたしは知ってる」

その瞬間、彼の胸の奥に一気に怒りがこみ上げた。しかしそれは彼女が必要としているものではない。ロークは怒りをぐっと抑え込んで、事務的な声で言った。

「それもまたナンセンスだ。計画や計算をして選択したのではなく、ましてや衝動的な選択でもない。その瞬間の、生きるか死ぬかの選択だったんだ。子どものときの自分をいたわってやるんだ、イヴ、そして、きみがどんな被害者のためにも立ち上がるように、子どもだったきみのために立ち上がれ」

「あれが正当防衛だってことはわかってる。あなたの言うとおりだとわかってるわ」

「そうやって葛藤《かっとう》することがなかったら、きみは今のような警官にも女性にもなっていなかっただろう。僕はいまのきみという女性を、どうにかなりそうなほど愛している。たとえ警官でもね」

イヴはほほえみかけたのをやめて、ため息をついた。「くそっ、くそっ。カップルがこっちにやってくる――男性は四十代半ば、ベージュのジャケット、身長百八十センチくらい、体重約七十キロ。ふたりにここで待つように言って。彼の財布を取り戻してくるから」

そう言うなり、イヴは低い壁を飛び越えて歩道に降り立ち、歩行者の間を縫って進み、素早く角へ向かっていたスリを追って走った。

イヴは男の肩を軽く叩いた。「ついてないわね」そう言ったとたん、男がくるっと振り向き、すぐに前を向いて走りだそうとしたので、イヴはさりげなく一方の足を突き出して、男をつまずかせた。男はぶざまに歩道に這《は》いつくばり、コートがはためいた。

「ついてないわね」イヴはもう一度言い、男の両腕を背中にまわして引き上げ、素早く拘束具をはめた。「ぶつかったときにうまいこと盗んだわね」

男は声を張り上げた。「助けて！　助けて！」イヴはあきれて目玉をまわし、警察バッジを取り出した。通行人がふたりを避け、二叉《ふたまた》に分かれる川のようにVの字に流れていく。男が体をよじってもがくので――拘束具をはめたままでも逃げたいらしい――ブーツで尻を押さえつけたまま、制服警官に連絡した。

その場にけりを付けて戻ると、ロークはカップルを自分のテーブルに座らせてアイリッシュコーヒーをふるまっていた。「警部補、こちらはマークとジーニーのホーチャウご夫妻だ。トレドからいらした。ニューヨークには結婚十五周年のお祝いでみえているそうだ」

「オーケイ」イヴが話しはじめた。「ミスター・ホーチャウ――」

「まったく何も感じませんでした！　どうやって財布を抜いたんだろう」

「それが仕事だから、と彼なら答えるでしょうね。お手数ですが、所持品を引き取るには十五分署まで行ってもらわなければなりません。あの男は、他にも何点か盗んでいたので。警官が車でお送りして、手続きをお手伝いします」

「まあ、何てこと！」泡立つようなブロンドのジーニーが大きな目をさらに丸くしてイヴを見た。

「ご不便をかけてすみません」

「いいえ、とんでもない！　わたしたち、気づきさえしなかったんだし、ねえ、マーク？

ただ歩いていただけで、そうしたら……。どんなにお礼をしてもお礼しきれません。助かりました！」

縁石に寄ってくるパトロールカーに視線を向ける。「警察の車に乗るのね。子どもたちに話すのが楽しみだわ」

マークは少し笑って立ち上がり、ロークに手を差し出した。「ほんとうにありがとうございました。ありがとう、警部補」イヴにも手を差し出す。「『ジ・アイコーヴ・アジェンダ』はとても楽しませてもらいました。ダラスとロークに助けられることになるとは、びっくりですよ」

「子どもたちに話すのが楽しみだわ」ジーニーはふたたび言った。

イヴはそばまで一緒に行って、ふたりがパトロールカーに乗るのを見届け、時間節約のため、また壁を飛び越えた。椅子に座ると同時に、給仕係が二杯目の半パイントのビールを目の前に置いた。

「さっきのはぬるくなっていたから」ロークが言った。「きみはろくに口をつけていなかったし」

「オーケイ」イヴは今度こそ口をつけた。そして、ほほえんだ。「気分がよくなったわ」

ロークが笑みを返した。「そうだと思った」

7

胃が満たされて気分も落ち着き、イヴはロークとマッケンロイ家のペントハウスへ向かった。

「それで、夫を亡くした彼女にどう接するつもりかな?」ロークはイヴに訊いた。

「彼女の雰囲気を感じ取りたいのよ、あと、家庭教師のもね。ピーボディの印象だと、家庭教師は子どもたちだけじゃなくて彼女の面倒も見ているみたい。何年も前からマッケンロイ家で働いているわ。ちゃんとした人らしいけど、ふたりともよほどの馬鹿じゃないかぎり、ナイジェル・マッケンロイが日常的に浮気をしてたことくらいは気づいていないとおかしいわよ」

「いろんな理由があって、見て見ぬふりをする配偶者もいるんだ」

「いるでしょうね」イヴは刺すような目をロークに向けた。「わたしなら、裸にしてベッドに縛り付けて、蜂蜜をたっぷり塗りつけたペニスを紐で縛って蝶結びにして、壺に集めたヒアリを振りかける。でも、そんなことをするのはわたしだけよね」イヴが言うと、エレベーターの扉が開いた。

「すごくきみらしい」

「それから、わたしはどこでもいいから、人がタンゴを踊ってるところへ高飛びする。そして、踊るの」

「そういうことなら、アルゼンチンだろうな」

「オーケイ。じゃ、そこにする。見て見ぬふりをするのは、意気地なしか、馬鹿か、"何がどうなろうとかまわない人"よね」

「きみはどれでもない」

「あなたもね」

「確かに。僕なら、きみの事件ブックからやり方をならい、僕のすてきな妻の浮気相手に試してみるかもしれない。あと、知られるかぎりの宇宙にあるコーヒー豆をすべて買い占めて、燃やす。豆を収穫した樹も全部焼き払う」

「悪趣味」思ったままを言った。「悪趣味で、非人道的」

「まあね、やるのは僕だけだろう」ロークはイヴの手を取って指の関節にキスをしてから、マッケンロイのペントハウスのブザーを押した。

「今の話のあとに言うのは妙だろうが、僕たちがこんなふたりでよかった」

〝マッケンロイ家の者は、どなたともお会いできません。この困難な時期にあたり、家族のプライバシーをご考慮ください〟

コンピュータ音声のメッセージのあと、イヴは警察バッジを掲げた。「ダラス、警部補イヴ。同行者は民間人のコンサルタント、ローク。面会の約束あり」

〝少々お待ちください〟

バッジがスキャンされ、身元が確認されるのを待つ。すぐにドアが開いた。現れたのがフランシス・アーリーだと、リンクの画面とID写真で見ていたイヴにはわかった。混合人種で、五十代半ばのがっしりとした魅力的な女性だ。フランシスははしばみ色の疲れ切った目でじっとイヴを見てから、一歩下がった。

「警部補、ミズ・マッケンロイはまだ子どもたちを寝かしつけています。なかに入って、彼女が階下《した》へ降りてくるまでお待ちください」

かすかに遺留物採取班が使ったパウダーの匂いがしたが、リビングエリアは徹底的に掃除されて、警察が捜査した痕跡はまったく見当たらない。

「おふたりが見えたことはミズ・マッケンロイに伝えました。無理もありませんが、子どもたちが動揺していまして、眠るまで、彼女はそばにいるそうです。お待ちになる間に、何かお持ちしましょうか?」

「お気遣いなく。あなたとミズ・マッケンロイに必要以上にお時間を取らせないためにも、先にあなたのお話からうかがいたいのですが」

「わたしから……わかりました。そうですね。どうぞ、おかけください。わたしも少し動揺していることはご理解ください」

「わかりました。あなたがたは親しい間柄ですか、あなたとミスター・マッケンロイです」

フランシスは腰を下ろし、肩の少し上までの長さに切りそろえた濃い茶色の髪をなでた。明るいピンク色のマニキュアがきらきら光り、白いシャツに黒いパンツという地味な服装とは不釣り合いだ、とイヴは思った。

「マッケンロイ家に勤めて八年になります。女の子たちの家庭教師をしたり、ふたりのお世話の手伝いをしたりしています。子どもたちとジーナ――ミズ・マッケンロイのことです

――と一緒に旅行もします」

「ミスター・マッケンロイとは親しい間柄ですか？」イヴは質問を繰り返した。

フランシスは両手を広げた。「わたしたちは家族なんです」

質問には答えていないが、イヴが知りたいことは伝わった。

「あなたと、奥さんと、子どもたちが休暇でタヒチにいるとき、ミスター・マッケンロイはニューヨークにいました。これはいつものことですか？」

「仕事と出張の日程によっては、ミスター・マッケンロイが休暇の途中から家族に合流することもよくありました。ひとりで旅行されることもありました。わたしが家庭教師として雇われたのは、女の子たち――わたしが来たとき、ブリーンは教育を受けるにはまだちょっと小さすぎたけれど――が旅行中も勉強を続けられるように、という思いからです。いちばん多いのはニューヨークとロンドンの行き来ですが、ミスター・マッケンロイの長期の旅行に同行することもありました」

「しないときもあった」イヴは指摘した。「つまり、ミスター・マッケンロイはニューヨークでもロンドンでもパリでも、仕事があって出張するどこだろうと、家族を同行しないことも多かったか、ということです」

「そうですね」フランシスは爪をきれいなピンク色に塗った手を組み合わせ、膝に置いた。

「ミスター・マッケンロイの仕事柄、そういうこともありました。女の子たちは旅慣れたものです。加えて言わせていただければ、ミスター・マッケンロイは娘さんたちを溺愛《できあい》していました。とてもタイトなスケジュールをやりくりして一緒に過ごしていたし、誕生日やクリスマスなどには出張に同行させていました。愛情豊かでマメな父親でした」

「愛情豊かでマメな配偶者でしたか?」

フランシスは姿勢を変え、しばらくじっとしてからイヴの目をまっすぐ見つめた。「結婚生活についてはミズ・マッケンロイと話されたほうがいいと思います」

「あなたはさっき、家族だとおっしゃったので訊いているんです。マッケンロイ夫妻の結婚生活をどう見ていたのか、あなたの考えを聞かせてください」

「雇い主やその家族について、噂《うわさ》話をするつもりはありません」

「これは殺人事件の捜査で、噂話ではありません。マッケンロイが結婚生活の他に、常習的に多くの性的な……関係を持っていたと、あなたは気づいていた」

フランシスの顔から表情は消え、組み合わせた両手の関節が白くなった。「ひとりぼっちだったわたしに家族をあたえてくれた人について、醜悪なことを言えと強要するんですね」

「殺された男性のほんとうの姿を語って、捜査の力になってほしいとお願いしているんです。あなたの雇い主を殺害し、あなたが無条件に好意を抱いている女性から配偶者を奪い、あなたが世話をしている子どもたちから父親を奪った犯人を捜すのに手を貸してほしいんです」

フランシスのはしばみ色の目が涙でうるんだ。「ふたりのプライベートは、当事者たちのなかだけにとどめておくべきです」

「もうプライベートとは言えないわ。彼はおおぜいの女性をレイプしたとある人物から断言され、拷問を受け、殺されたのよ」

フランシスの一方の手が跳ね上がり、口に触れた。「レイプなんて、そんな恐ろしいことは誰がやっても許されないけれど、どんなにひどいことを言われても、彼は弁解もできないんですよ」

「レイプについては裏付けが取れているわ、ミズ・アーリー。たいへんな数よ。彼は記録をつけていたの」

「何てこと、何てこと」フランシスは立ち上がり、両手で顔を覆って幅の広い窓まで歩いていった。また戻ってきて、階段のほうを見る。「わたしは……そんな人のもとで働き、一緒に住み、ともに休暇を過ごしていたって言うの」

「あなたは彼の不貞を知っていた。直接、証拠は見ていなくても、彼の妻から打ち明けられたかもしれない」

「その推理は大きな大きな間違いよ。不義を容認するつもりはないけれど、わたしには関係のないことでしょうし、実際に関係ないと思う。夫と妻の問題で、ふたりで対処すればいい。対処しなくてもいい。でも、レイプはそんなふうには……。その女性たちが嘘をついているのかもしれないわ」

フランシスはくるりと振り向いた。「お金がほしくて嘘をついている可能性もある」

「彼は記録をつけていたの」イヴはもう一度言った。「彼には決まった手順があり、女性のタイプも決まっていた。オフィスの鍵のかかった棚から、レイプドラッグも押収したわ」

フランシスはまた両手を組み合わせた。指の関節は骨のように真っ白のままだ。「つまり、あなたが言っているのは……ああ、あなたが嘘をついてたりしたら、警察バッジを取り上げるわよ。ナイジェルが女性たちに薬を飲ませ、レイプしたと言っているのね。そんなことを知ったら、彼女は、ジーナは壊れてしまうわ。すでにボロボロになっているのに、そんなことを……。彼女には言わないで。彼女は彼を愛していたし、彼はもうやめたと信じていたの。不貞をやめたと。以前に裏切られて、今回こそ間違いないと信じて、すごく喜んでいたのよ」

「彼女に知らせないわけにはいかないわ。それに、おおぜいの女性が被害に遭っているから、マスコミに報道されるのは避けられない」

「わたしに何を知らせないですって?」

階段の最上段にジーナ・マッケンロイが立ち、一方の手で磨き上げられた手すりを握って、もう一方で心臓のあたりを押さえていた。ストンとしたラインのシンプルな黒いワンピースを着ている。死を悼む黒が、繊細な美しさをいっそう引き立てていた。後ろで団子にまとめた落ち着いた茶色の髪も、長い首も、華奢《きゃしゃ》な体つきも、何もかもがはかなげだ。泣きすぎて淡いブルーの目は腫《は》れ、何も塗っていない唇が震えている。

唯一、明るいのはネイルの色で、燃え立つようなどぎつい赤だ。

「子どもたちは?」フランシスが訊いた。

「眠っているわ。やっと寝てくれた」ジーナは階段を降りようとしてよろめいた。

ロークが立ち上がって階段を上り、ジーナの腕を取った。「手をお貸ししましょう」

「何もほんとうのことに思えないのよ。一歩足を踏み出したら、そのままこの世からこぼれ落ちてしまいそう」

「ほんとうにお気の毒なことです」ロークは言い、ジーナを椅子まで導いた。「お水を持ってきましょうか?」

「あの——フランシー、お願いできる?」

「お茶を淹《い》れましょう」フランシスはポケットから小さなリモコンを取り出した。「今日一日、あなたはろくに食べていないものね」元の口調に変わっている。ジーナは息を吸って吐くことさえ、教えてやらなければできないように見える。

賢明なやり方だ、とイヴは思った。

ドロイドがやってくると、フランシスは紅茶を淹れるように指示した。「わたしもいただきたいから、ポットで。お客様も……召し上がるでしょうし」

「さっき何か……」ジーナはぼんやりとあたりを見回し、やがてイヴをじっと見た。「どなただったか、忘れてしまったわ」

「ダラス警部補です。ミズ・マッケンロイ――」

「ああ、そうね、そうだったわ。娘たちから映画を観たいって、しつこく、ほんとうにしつこく言われて、あのクローンの話の、それでわたしが試しに観てみたの。あの子たちにはまだ暴力的過ぎるし、こわがると思ったわ。まだ小さいから。できるだけそういうことには触れさせたくなかった――でも、こんなことに。ああ、こんなことになってしまって」

「大事な方を亡くされ、お気の毒なことです、ミズ・マッケンロイ、今はおつらい時期だとわかっていますが、いくつか質問をしなければなりません」

「わたしには何もわからない。わからないのに、答えられるわけがないわ。父親はどこへ行ったのかと、娘たちは何度も何度も訊いてくるの。どうして帰ってこられないの？　どうして死ななければならなかったの？　病気だったの？　どこかから落ちたの？　でも、わたしには答えられない。あの子たちに何て言えばいいの？」

「それはあなたが考えることです」

「でも、わたしもわからないのよ。警察の話だと、誰かに……でも、どうして誰かが彼を傷つけるのか、わからない。強盗だったの？　それは――」

「物取りが動機ではないと考えています」はっきり言わなければ、とイヴが思っていると、紅茶を載せたカートを押してドロイドがやってきた。引き延ばしても痛みが長引くだけだ。

「ご主人は、現在はまだ特定できていない場所で殺害され、遺体はこの建物の外まで運ばれて放置されていました。亡くなられた日の夜、ご主人が行かれた場所を確かめました。午後九時十八分ごろ、この建物を出てリムジンに乗り、〈ディス・プレース〉というクラブへ行きました。この店にはあらかじめＶＩＰブースを予約していました。他からは見えないブース席です」

「それは――仕事で誰かに会うためよ」ジーナの声は震え、すがるような目がイヴに同意を求めていた。

「いいえ、仕事のミーティングではありません。確認したところ、ミスター・マッケンロイは女性を誘って性的行為をするため、この〈ディス・プレース〉や他の店に頻繁に出かけていました」

「それは事実じゃないわ」ジーナの頬骨のあたりが、みるみる真っ赤に染まった。「夫を、子どもたちの父親を中傷するのは許さない。絶対に許さない」

見えていない、とイヴは思った。意識的に、そして、やむにやまれず見ていないのだ。

「証拠があります。捜査の結果もあり、彼が何をどこでしたのかは裏付けが取れています。相手が誰なのか、すでにわかっているケースもたくさんあります。あなたはご主人の性癖に気づいていた、ミズ・マッケンロイ。今、ご主人を守ろうとすれば犯人を守ることになります。ご主人を殺した者を見つけて、その人物に裁きを受けさせるのがわたしの仕事であり、わたしの義務です」

「あなたの義務なんてどうでもいいわ」頬の赤みが増し、声が甲高くなっていく。「あなたは、自分の義務のために人の信用を貶《おとし》めるの？　家庭を壊すの？」

「あなたの夫は楽しみのために女性をひっかけていた」イヴは語気を強めた。「おもちゃみたいにもてあそんでいた。薬を飲ませ、多くの場合、あなたのベッドに連れこみ、セックスしているところを録画して専用ライブラリーに保管していた。彼女たちを辱《はずかし》め、法的措置をとらせないように。それに気づいていなかったの？」

「でたらめばかり！」ジーナは吐き出すように言った。怯えた目をした毒蛇のようだ。「嘘つき」

「ジーナ」ロークが穏やかに声をかけた。それと同時に、フランシスは駆け寄ってジーナの椅子の手すりに座り、一方の腕をジーナの体にまわした。「今はどうしようもなくつらいだろうし、次々と耳にするのは、とてつもなくショックなことばかりでしょう。誰かが、ねじれた正義感からあなたの夫を殺害し、事実上、復讐を果たしたのです。警部補の目的は正義を成すことです。彼の味方になって、あなたや子どもたちから彼を奪った犯人を見つけてくれますよ」

「この人、彼のことをとてもひどく言うのよ」

「あなたは彼を心から愛していたわ。だからこそ、彼が不実であればより苦しく、つらくなる。それでも、あなたはわかっていたじゃない。ずっと彼はあなたと子どもたちを愛していたと」

「彼はわたしたちを愛していたわ！ 愛していた！」ジーナは涙を流し、フランシスの胸に顔を埋《うず》めた。「彼は完璧じゃなかった。完璧な人なんてどこにもいないわ。弱点があっても、それを治そうと闘ったの。わたしと子どもたちのために闘った。そして、やめたのよ。もうやめたって、彼はわたしに誓ったの」

「少しお茶を飲んで」フランシスはジーナの体をそっと離して、カップを手に取り、差し出した。「さあ、泣くのはやめてお茶を飲んで」

「彼はとても魅力的だった。女性を引きつけてしまうの」ジーナは言われたとおりに紅茶を飲み、ティッシュペーパーで涙をぬぐった。「欠点のせいで、彼はときどき……くじけてしまう。それを恥じて、必死にもがいていた。でも、去年、彼は改めてわたしに誓って、それを守っていた。そう断言していたわ。それに、彼は薬なんて一切使ったことはないし、違法ドラッグにも決して手を出さなかった。女性にたいしてそんなものを使う必要はなかったの。女性を引きつける何かがあったから」

イヴはとりあえず言わせておいた。「結婚生活のそうした側面について、誰かに話したことがありますか？　ご主人がくじけたときの苦しい胸の内とかを」

「誰にも話していないわ。フランシーだけよ」言い直して、フランシスに手をさしのべ、手を握った。「彼女は家族だし、実の母親以上の存在よ」

「他には？　友だちやセラピストやドクターには？」

「これはわたしたちの問題であって、他の人には関係がなかった。今でもそうよ。彼がそういうことをしたと言うつもりなら、つまり、女性に違法ドラッグを飲ませてわたしの家に連れ込んでいたと言うなら、名誉毀損《きそん》であなたを訴える。聞こえてる？　あなたの上司のところへ行って、クビにさせるから」

イヴはジーナの怒りとその背後に潜む恐怖をどんどん吐き出させた。いつも穏やかに、辛抱強く、義務を遂行するとはかぎらないのだ。

穏やかと辛抱強くのどちらか一方だって、めったにできることじゃない。

「ビデオを一本、ご覧にいれましょうか？　彼はグラマーな赤毛が好みだった。違法なレイプドラッグをオフィスに鍵をかけて厳重に隠していた。あなたの同意のあるなしにかかわらず、彼はあなたにも使ったことがある？」

まずショックにうちのめされ、すでに青ざめていたジーナの顔が真っ白になった。しかし、目だけは険しくなった。「よくもそんなことが言えるわね？」

「返事になっていないわ」

「使わなかったわ。夫はわたしを愛していた。どうして彼との思い出をめちゃくちゃにしようとするの？」

「誰かが彼の習慣と日課を知り、それを利用して彼をおびき出し、死にいたらしめた。あなたが誰にも話していないなら、他の誰かが話したか、あるいは彼がもてあそんだ女性のひとりが彼のことを調べたかして、復讐を果たした。あなたがわたしに嘘をついたり、捜査につながる情報を隠したりすれば、捜査妨害になる。彼が性的服従を求めて違法ドラッグを使用するのを知っていたなら、それを否定すれば、捜査妨害に当たる。あなたがドラッグを使っていようといまいとね」

「あなたは嘘つきよ。野心に目がくらみ、善良で家族を大事にする父親の評判を傷つけて、なんとか出世しようとしてるんだわ」怒りのあまり、赤みの戻った顔で、ジーナは勢いよく立ち上がった。「わたしの家から出ていって。あなたをこの捜査からはずしてやるわ。さもなければ、NYPSDをクビにしてやる」

「ジーナ」フランシスが話しかけようとしたが、ジーナは首を振った。

「この人たちを追い出して。追い出してよ」そう繰り返して階段まで行くと、全速力で駆け上っていった。

「ほんとうにごめんなさい」フランシスが両手を擦るように合わせた。「いつもの彼女ではないんです。無理もないけれど。わたしから彼女に話をしますが、彼女が今回のことは何も知らなかったのは、わたしが保証します。彼はほんとうに思いやりがあって、彼女や子どもたちを愛していたんです」

「でも、あなたは知っていた」

「違法ドラッグのことは知りませんでした。ほんとうです。ジーナはわたしにとって娘のようで、子どもたちは血のつながった孫も同然です。知っていたら彼女に話していたでしょう。何かしら、方法を見つけたはずです。彼が気持ちを入れ替えて誠実になったと、わたしも信じようとしたけれど、そうではない兆候はありました。それを見て見ぬふりをしたのは、ジーナと子どもたちが幸せそうだったからです」

フランシスは言葉を切り、指先で両目を押さえてから、だらんと指を下ろした。「ためらいも疑いもなく、これは言えます。彼女は自分が知っていることを正直に話していました。夫を心から信じていたし、他の女性たちのことはわたし以外には話していないでしょう。そう思わなければやっていけなかったから、彼を信じたんです、警部補」

フランシスは立ち上がった。「彼女と話をします。わたしにできることをします」

「もう一つ質問させてください。ミスター・マッケンロイのことを他の誰かに話しましたか?」

「ジーナがわたしに話したことは何であろうと、わたしたちふたりだけの秘密です。過去に、彼は何度もジーナの信頼を裏切りました。わたしは裏切らないし、裏切れません。これからもそれは変わりません」

「お時間をいただき、ありがとうございました」

「彼女は彼に会いたがると思います」ふたりを玄関まで送っていきながら、フランシスは言った。「明日ではなくても、近いうちに。会わせてあげるべきだと思います」

「手配します」

イヴは廊下に出て、エレベーターに向かって歩きだした。「彼女に厳しかったと言わないで」

「そうだなあ、厳しかったが、きみは知る必要があったわけだろう？」

イヴはエレベーターの呼び出しボタンを押した。「知るって、何を？」

「彼がやっていたことを彼女が知っていたかどうか、彼女が実際にかかわっていたか、知っていても黙認していたか。知っていて、ついに堪忍袋の緒が切れて、彼の殺害に手を貸したかどうか。あるいは、彼女のために殺してくれたかもしれない誰かの肩に顔を埋めて、ただ泣いていたかどうか」

イヴは何も言わずエレベーターに乗り込み、両手をポケットに突っ込んだ。

「そして、きみはもう知っている」ロークは話を締めくくり、駐車場の階へ、と指示した。

「だから、自分の仕事をしたことで自分に厳しくするのはやめていい」

イヴはちらりとロークを見た。「彼女のこと、なでたりさすったりしていたわね」

「確かに、気の毒に思ってね――きみと同じだ。でも、厳しく接するのは僕の仕事じゃない。彼女は、幸せなときでも誰か頼る人が必要なタイプだろうと思った。だから、辛いときはもちろんそうした人が必要だ。家庭教師という母親代わりはいても、彼女は男性からの影響をより受けるように思えた。間違っているだろうか？」

「いいえ」イヴは息を吐き出した。「百パーセント正しいわ。だからあなたはビジネス宇宙の帝王なのよ。人を見抜くのが早いし、正確よね。繰り返し不貞を働く人と、愛ゆえに、ある程度の愛ゆえに暮らしている、とするわよね。もちろん、愛はあるかもしれないけど、一緒にいるのは、本当のところ、必要に迫られていたり、不安だったり、ほかに何をすればいいのかわからない、という理由だったりするのよ。彼女のその感じ、すごくよくわかる」

「話を聞いて、きみは彼女が彼の死にかかわっていると疑ってはいない」

「配偶者を見ないのは、しっかり厳しく見ないのは愚かよ。でも、犯人である可能性はかぎりなく低いと思う。ドラッグのことは知らなかったでしょうね。彼がまだ不貞を働いているのはなんとなくわかっていたけれど、考えないようにしていた。でも、ドラッグのことは知らなかった。ショックを受けた次の瞬間、すごい剣幕でまくしたてたけど、彼女はそれが事実だとわかったのよ」

「きみの言うとおりだと思う」ロークは先に車まで行き、なめらかな動きで運転席に座った。そして、イヴに顔を向けた。「だから、あんなに強く否定したんだ。それがほんとうなら、彼女は彼を愛していて、すばらしい男性と一緒に暮らしているのだということをもう信じられなくなる。彼は不実なだけではなく、レイプ常習者で、ご都合主義者だった。しかも、餌食《えじき》にした女性たちを彼女の家の、彼女のベッドに連れ込んでいた。そんなことをどうやって受け入れられる？　それが事実だと受け止めて、どうやって、父親はすばらしい人だったと娘たちに言いつづけられる？」

骨の髄《ずい》まで疲れ果て、イヴは天を仰ぐようにしてシートに頭をもたせかけた。「今のところ、彼女は自分が望むことしか受け入れられない、というわけね」

「彼女はきみを追及するだろう」ロークはそう言うと、車を駐車場から出した。「彼女の世界が土台から揺るがされては、そうしないわけにいかないんだ」

「たぶんね。対処するわ」

「きみならうまくやるだろう」ロークは口をつぐみ、イヴに考えさせていた。やがて、邸《やしき》の門に近づいた。「さっき冗談で、相手が浮気をしたときにどうするか言い合っただろう――そういう方面での創造性となると、僕はいつだってきみに歯が立たない。でも、実際、僕たちは絶対に浮気はしない。誠実であり続ける理由は愛のほかにもある。たがいを尊敬する気持ちとそれぞれの自尊心だ。それが僕たちを固く結びつけている」

「知ってるわ。それでも、あなたがつまみ食いをしたら、もっともっと創造的になれる」

「それも知ってる」

ロークはイヴを見てにこっと笑い、車は門の間を抜けていった。

邸は高くそびえ、四方に広がり、窓には明かりがきらめいている。ガラスのように澄み切った空の下、大小さまざまな塔がそびえ立ち、四月の肌寒い夜が広がっている。

わが家だ、とイヴは思った。これはもう単に彼が建てた邸ではなく、わが家だ。どうやったらわが家になるのか、それをふたりで学んだからだ。

「ここに住みはじめたころ、長くは続かないだろうと思ったわ。あなたが気づくと思った。しまった、彼女と一緒になるなんて、何を考えていたんだ？　って。そうじゃなければ、あなたがわたしの仕事や勤務時間のことで文句を言いはじめて、わたしが〝ビジネス界の皇帝の妻〟でいることについて文句を言いはじめて、すべてだめになると思った」

ロークが邸の正面に車を停めると、イヴは彼のほうに体を向けて身を乗り出し、両手で顔を挟んだ。キスをする。「それが間違っていて、ほんとによかった」

「今の僕、過去の僕、僕がやったことを受け入れられずに、きみが出ていってしまうんじゃないかと思ったこともある。そうだね、それが間違っていて、ほんとによかった」

車を降りると、ロークはイヴに近づいて手を取った。「ところが、猫を見て、きみはどこへも行かないとわかった」

「猫を見て？」

「きみはここへギャラハッドを連れてきて、これは僕にとっていい兆しだと思った」

「あなたに押しつけたかっただけかも」

「違うね」ロークはさらりと言い、イヴと一緒に邸に入った。

イヴは肩をすくめるようにしてコートを脱いで放り、階段の親柱に引っかけ、ロークは脱いだコートをクローゼットのなかに吊した。イヴはそのまま、広くて静かなホワイエに立っていた。

「どうしたんだい？」

「サマーセットがずるずるずるずるっと視界に現れるのを待っているだけ」

ロークはあきれたように目玉をまわし、階段を上りはじめた。イヴと執事が嫌みを言い合うのには慣れっこだった。「ふたりとも遅くなる、食事は外でしてくる、と彼には伝えていたからね。夜になって冷えてきたから暖炉に火を入れよう。きみは事件ボードとブックの準備をしたいはずだ」

「ええ、それと、マッケンロイのほかのビデオも見なければ。女性たちの身元を確認して、調べて、話を聞かないと。ロンドンの警察にも彼のオフィスと現地の住まいを調べるように依頼したわ。だから、ビデオのコピーがきっと届くはず」

ふたりはイヴのオフィスに入り、ロークが暖炉に近づいて、弱い火で燃えるように指示した。イヴの寝椅子で大の字になっていた猫はずんぐりした体で寝返りを打ち、伸びをした。

「彼の共同経営者たちとはまだ話をしていないのかい？」

「明日する予定」

ギャラハッドが椅子から飛び降りて、足の間をすり抜けるように歩きはじめたので、イヴは身をかがめて体をなでてやった。

「わたしがニューヨーク以外のところに住んでいて、あの男を殺すことになったら、捜査をかく乱するためにニューヨークで実行するかもしれない。だから、移動の記録もチェックしないと」

「きみが準備さえしてくれたら、僕がチェックしようか?」平等なご都合主義の猫、ギャラハッドはのんびりとロークに近づき、しっかりとなでてもらうまで足にまとわりついた。

「僕もいくつか片付けることがあるから、手伝いが必要になったら声をかけてくれ」

「そうするわ、ありがとう」

ロークが続き部屋のオフィスへ向かうと、イヴはポットのコーヒーをプログラムした。大きなマグにコーヒーを注《つ》ぎ、事件ボードの準備を始める。

コーヒーを飲み、ボードの情報を調整しながら、ギャラハッドがまた大の字になっている寝椅子のほうを見た。

「ねえ、彼はわかっていたのよ——びっくりなんてもんじゃないわ。わたしは、きみを彼に押しつけるつもりなんかなかった。わたしたちにわが家ができると思っていた。きみのほうが早くなじんだわね」

ボードとブックの情報を最新にしてから腰を下ろし、ロンドンから送られてきたファイルを開いた。とても優秀な警部が詳しいメモを添付してくれていた。警部はマッケンロイが利用したホテルを特定し、マッケンロイがメモブック（ロンドンのメモブックも現地のオフィスにしまって鍵をかけていた）に列挙していたクラブのスタッフから聞き取りをしていた。

違法ドラッグと電子機器もすべて押収してあった。

パターンは同じだった。

さらに、ラヴィナ・スマイス警部はビデオを十二本見て、女性たちを顔認識にかけていた。

おかげでイヴは、内容の濃い報告書に加えて、調べるべき女性たちの名前のリストを手にできた。スマイスのメモは次のように締めくくられていた。

ナイジェル・マッケンロイはニューヨークで殺害されましたが、ロンドンで起きた違法ドラッグの保持と使用、強姦《ごうかん》、恐喝、誘拐についてはすべて、容疑者死亡のまま、現在、こちらで捜査中です。上記の捜査にかかわるすべての関係者からの聞き取りを手配し、それぞれの報告書を随時、コピーしてお送りいたします。ニューヨークの捜査で得られた情報はどんなものでも、共有していただけますようお願いいたします。

「かしこまりました、スマイス警部」尊敬の念を抱きつつメモを書き、報告書に添付してロンドンに送信した。

スマイスから送られたID写真をプリントアウトして（全員、赤毛だ）、ボードに〝ロンドン〟と見出しをつけた箇所に留めた。

隣のオフィスへ行くと、ロークがコンピュータに向かって、風変わりな図式に微妙な変更を加えていた。

「ロンドンから十二名の名前が届いたから、必要なら言って」

ロークがイヴに視線を向けた。「ずいぶん早いね」

「ロンドンで調べてくれたの。スマイス警部という人がいて、彼女の真意を読むなら、遺体があるのはそちらだけれど、こちらにも被害者の女性がおおぜいいて、彼女たちは容疑者の可能性もあるわけだけれど、被害者であるのは変わらない。彼女たちに正義が成されるのを見届ける、ということだと思う。だから、重要だと思われるデータは共有する。パリやほかの都市でも、同じレベルの協力が得られるかもしれないわ」

「こっちはもうすぐ終わるから――」

「どうしてわかるの?」

ロークはただほほえんだ。「ほんとうに知りたいかい?」

イヴは壁のスクリーンに映し出された線や、曲線や、細かい書き込みや数字を見た。「ぜんぜん知りたくない」

「そうか。データを送ってくれたら、移動の記録を調べるよ」

「それならたぶん、スマイスがやってくれるだろうけど――」

「今、ロンドンは真夜中だから、彼女が朝、起きたときに、情報が得られるようにしておこう」

「わたしは、訳のわからない時差のことは考えない。ID写真を送るわ」

自分のデスクに戻って、まずID写真を送り、さらにコーヒーを注いでから、マッケンロイのオフィスにあったビデオをまた再生した。

今回はホテルの部屋で、あらかじめ予約されていたらしく、すでにカメラが設置されていた。またしても赤毛の女性で、それは驚くにはあたらないが、イヴの見たところ、女性は二十歳になったかならないかくらいで、高い声でクスクスと笑っていた。音楽をかけて踊るように命じたとき、マッケンロイは彼女をローワンと呼んだ。

イヴはビデオを一旦停止して、女性の顔を拡大表示させた。

「コンピュータ、女性対象者の顔認識をせよ。ビデオの再生再開」


〝作業中〟


重要な会話があるかもしれないので、ダンスとストリップの場面も見つづけた。マッケンロイがグラスのワインに小型容器から何かを入れて彼女に差し出すと、その時刻を書き留めた。

ワインをぐいと飲むと、クスクス笑って楽しそうだったのが終わり、女性は切ないうめき声をあげてマッケンロイに抱きついた。マッケンロイが女性をベッドに放り込んでのしかかると、スクリーンを分割表示に切り換えた。

イヴはローワン・ローゼンバーグの若くて美しい顔をじっと見た。二十一歳で、計算すると、二十一歳の誕生日を迎えてわずか二週間後に、レイプされていた。ジュリアード音楽院の学生で、この二年間はニューヨークに住んでいるが、もともとはバーモント州の出身だ。

最後のほうまでざっと見て、マッケンロイがローワンに服を着るように、さらに、いい子だからもう帰るようにと告げると、イヴはふたたび画面に集中した。ローワンは疲れたようすで、混乱しているように見えたが、きらきら光るセクシーなクラブ・ドレスを身をくねらせながら着た。ここから出て（ホテルから離れさせるつもりだ）地下鉄に乗り、クラブに戻るよう説明された彼女は、うつろな目をしてうなずいている。

ローワンがよろめきながら出ていくと、マッケンロイはリンクを手にした。

「ジーナにショートメールを。やあ、ダーリン！　退屈な会議からもうすぐ逃げ出せそうだ。一時間以内に戻れると思う。キッチンで真夜中の軽食を楽しもう。腹ぺこだよ！　またあとで」

マッケンロイは脇にリンクを置いて、にやにやしながらカメラのほうをちらりと見た。

「カメラ、録画終了」

イヴは次のビデオの再生を開始した。

ロークが部屋に入ってくるまでに六本のビデオを見て、被害者の身元を特定した。

イヴの顔を見てから、ロークはワインキャビネットに近づいて扉を開けた。

「仕事中よ」

ロークは何も言わず、ただボトルを開けて、二つのグラスにワインを注いだ。

「あと何本見なければならない？」

「たくさん」

ロークはイヴのワインをコマンドセンターに置いた。「きみに言われたデータはもう用意できた。きみが見るべきビデオの何本か、僕が引き受けて顔認識とかいろいろやろうか？」

「それはダメ。正しいことじゃないわ」イヴはあきらめてワインを手にした。「たとえあなたでも、一般人に見せるべきじゃない。この女性たちとそのプライバシーは見せられない。まあね、もうかなりプライバシーを侵害されてはいるけど。でも、正しいことじゃないわ」

ロークはうなずき、事件ボードのほうを向いた。「僕は何をすればいい？」

「彼は女性たちに屈辱をあたえている」イヴはワインをぐっと飲んだ。「忌まわしい性的満足感だけで頂点に達しているわけじゃなくて、屈辱をあたえて興奮している」

「もちろん、そうだろう。性的に満たされるだけなら、プロを雇えるし、雇っていただろう。要求を満たしてくれる公認コンパニオンを雇えるんだ。でも、それだと相手の女性とは対等な立場で、パートナー同士みたいなものだ」

ロークは振り返ってイヴを見た。「僕は何をすればいい？」ふたたび訊いた。

「わたしが身元を特定した六人を調べてほしい。移動した記録、勤め先、ひとり暮らしなのか、配偶者や同居人がいるのか。さらに一段階掘り下げて、襲われた日以降に、診察――身体や精神の不調から――を受けた人がいないかどうかも調べてちょうだい。あれはれっきとした攻撃よ」

「そう、攻撃だ」

「犯人は誰かと一緒にやったはず」イヴは独り言のように言った。「女性がひとりでこんなことをやってのけるのは、ほぼ不可能。まず、車に乗せている——誰が運転していたの？　まさかフルオート車を信用して、利用した？　彼の遺体を自宅の前まで連れ帰り、車から歩道へ降ろしてるわ。すべてひとりでやった？　わたしはそうは思わない。彼女が親しいのは誰——ほかの被害者か、姉や妹、配偶者、父親、兄か弟？　彼女が信頼してる人よね」

「それを頭に置いて、彼女たちを調べる。データを送ってくれ」

「ローク」どう言えばいいのかわからず、イヴはため息をついた。「感謝してるわ」

そして、ワインを脇に置き、次のビデオを再生した。

イヴが仕事をしているころ、レディ・ジャスティスも仕事をしていた。

やつは浮気男だった。彼女はそう思い、ふたたび自分の姿を確認した。今回はつんつんと立ったショートヘアのウィッグを選んでいた。ハニーブロンドで、毛先はサファイアブルーだ。目は毛先と同じ色で、へそがちらちら見える丈のスキンスーツも同じブルーだ。肌はたっぷり時間をかけて、豊潤なモカ《モカ・リシュ》と呼ばれる色に染めた。前歯を目立たせる器具をつけて、クリームで唇をふっくらさせてから反逆の赤《レベリアス・レッド》に塗った。ブーツは厚底で、ヒールは外科用メスのように細い。

タデウスは背の高い女が好きだった、と思い出す。

一瞬、体の動きを止め、少し座らずにはいられなかった。名前を思い出すだけでも、強烈な怒りがこみあげてくる。落ち着きを取り戻すと、車を正面に回すようにドロイドに命じた。出かける前に、愛するお祖母様《グランド》のようすをモニターで確認する。

医療ドロイドに見守られ、ぐっすり眠っていた。

タデウス・ペティグリューのリンクに侵入するのは簡単だった。唯一厄介だったのは、予定が狂ったことだった。彼が同居しているあばずれ女が一日早く出かけたので、浮気男が今夜のために娼婦を予約したのだ。予定されていた明日の夜ではない。

それでも、自分の予定を変えて、すでに彼が支払いを済ませていた娼婦《しょうふ》をキャンセルして身代わりになることなど造作もない。

車に乗っているあいだ、手が少し震えていたかもしれないが、失敗はしないだろう。きちんとやり遂げられると、すでに証明したではないか？

ドロイドに命じて正面玄関の前で車を降りた。何があろうと習慣を変えないタデウスは、防犯カメラのスイッチを切っているだろう――万が一、同居中のあばずれ女にチェックされたときのために。

詮索《せんさく》好きな隣人たちは、わたしが見せたいものを見ることになるだろう。

ブラウンストーンを貼った高級住宅の玄関に彼が出てくると、心臓がドキドキと高鳴った。

「こんばんは、タデウス」わざとしゃがれた声で猫が喉《のど》を鳴らすように言う。「アンジェリクです」

片手を差しだし、タデウスがそれを握ってほほえむと(ああ、なんてチャーミング)、手のひらのミニ注入器で彼の手のひらに薬を送り込んだ。

「どうぞ、なかに入って」

「ありがとう」彼の顔が弛緩《しかん》するのがわかった。「でも、車を待たせているの。一緒に行きましょう。あなたのためにものすごい夜を計画したのよ」

「きみと一緒に?」タデウスはそのまま言った。

「ドアを閉めて、タデウス」

彼は言われるまま、一緒に車まで歩いてきた。車に乗り込み、ドロイドの運転でアップタウンへ向かう間、あらかじめ薬を混入したワインをタデウスに渡した。「飲み干して! あなたのお気に入りの赤よ」

「ありがとう。なんだかちょっと妙な気分だ」

「ワインを飲めば直るわ」グラスを押し上げて、口に近づける。

タデウスの目に力がなくなると、彼女は自分を抑えられなくなった。タデウスを自分のほうへ引き寄せて口にキスをし、彼の手に胸をなでられて、体をのけぞらせた。

そして、薬が完全に効いてくると、彼をやさしく抱きしめた。

8

きみは眠らなくては、と言いたかったが、ロークはイヴがしたいようにさせた。とにかく疲れ果てるまでやらせたほうがいいだろうと思った。睡魔が襲ってくれば、静かに眠れるだろうから。

ロークはイヴから送られた名前の人物を特定して、犯人であると立証されないかどうか調べつづけた。

学生、OL、シェフ、アシスタント、専門技術者もいた。

既婚者も、独身もいる。市内に居住している者も、そうでない者もいる。

二十一歳のローワン・ローゼンバーグが最年少で、三十六歳のエミリー・グローマンが最年長だ。

今のところは、とロークは付け加えた。

イヴからさらに四人の名前が送られてきて、その調べも終わると、立ち上がってイヴのようすを見に行った。

イヴは猫を膝に置いてコマンドセンターに座り、事件ボードを見つめていた。

「休憩してるの」イヴはロークに言った。「最後に名前を送った人がいるでしょう？　彼がことを済ますと、彼女の薬が切れはじめたのよ。彼女が泣き出すと、彼はまた薬を飲ませた。とにかく無理やり飲み込ませたの。そして、服を着るように命じてから、素敵な夜を過ごしたが、パーティはもう終わったから帰らなければならない、って言い続けた。それから、どこへ行ったらタクシーが拾えるか教えた。頭も体もフラフラになってる彼女を、どうやって家から出したかは、カメラが切られたからわからない」

「シシリー・フリーマン？」

「そうよ」

「彼女の専門はＩＴ関連で、調べたところによると、十六か月前にパーフェクト・プレースメントを通じてウィンザー・ホテルズに転職した。その職についてほどなく、セラピストに予約を入れている。二十五歳。同性愛者だ」

「彼にとって彼女たちはみんな、単なる肉体で、その意志をくじいて、利用して、屈辱をあたえるべき存在なのよ。今夜はもうこれ以上は耐えられない」

「そうだね。もう眠らないと」

「フリーマン」イヴは言い、膝から猫を落として立ち上がった。「彼女は薬が切れかけていたし、治療も受けている。他の女性たちより記憶があるかもしれない。覚えているからこそ、復讐を望んだかも」

「あり得るね」ロークはイヴの体をエレベーターのほうへ向け、導いていった。「彼女は百六十二センチで、五十二キロ。間違いなく助けが必要だっただろう」ロークはイヴの頭のてっぺんにキスをした。「ふたりで鎮静剤《スーザー》を分けないか?」一緒に寝室に入りながら、ロークが持ちかけた。

猫がふたりに続いて駆け込んできてジャンプし、ずんぐりした体でどさりとベッドに着地した。

「スーザーのこと、考えていたわ」イヴはロークのほうを向いて、体を寄せた。「でも、そういうのじゃないの」

ロークは両腕でイヴの体を包みこんだ。「ダーリン・イヴ。きみはもうくたくただろう」

「もうくたくたを通り越してるわ。でも、セックスが本来はどんなものなのか、実感しておきたいのよ。大切にセックスすればどんなものなのかを知りたい。あなたにも見せてあげたい」唇でロークの唇をかすめる。「あなたにも見せてあげたい」

ロークはイヴのこめかみにキスをすると、照明を薄暗くして、暖炉に火を点《つ》けるように命じた。ほの暗いなかで、体を少し引いて、イヴの目を見つめながら武器用ハーネスをはずした。

僕たちは癒《い》やし合える。そう思いながらロークはハーネスを脇に置いた。僕も、この贈物を彼女に劣らず必要としているのかもしれない。

ロークは自分のオフィスですでにスーツの上着を脱ぎ、ネクタイをはずしていたから、イヴはシャツのボタンをはずされながら、彼のシャツのボタンをはずした。ふたりのシャツが床に滑り落ち、ロークはイヴを回りこむように進んでベッドに導いた。

ベッドにそっと座らせて、ブーツを脱がせる。

イヴが両手を差し伸べてロークを引き寄せると、猫が迷惑そうなうなり声をあげ、ベッドの反対側に寄って、床に飛び降りた。

それを見て、イヴは声をあげて笑い、ロークに身をすり寄せた。ふたりの唇が重なる。

ゆっくりと、穏やかに、このひとときを引き延ばし、優しさを染みこませながら、キスを深めていく。

その感触とロークをじっくりと味わいながら、イヴは考えていた。ロークと出会う前のつらくて暗い日々を、自分はどうやって耐えてきたのだろう、と。支えてくれる腕と、合わせた胸に伝わる鼓動と、絶えず変わらぬ光を照らしてくれる彼がいるからこそ、暗い思いからもつらい日々からも、かならず抜け出す道を見いだせるのだ。

イヴはロークの心臓のあたりに手を置いて、考えた。これ。これよ、これ。彼がこのハートを毎日あたえてくれるとわかって、世界は変わった。

たがいのキスに夢中になり、溺《おぼ》れながら、イヴは指先で彼の顔の形をたどり、匂いを吸い込んだ。

これよ、とふたたび思う。これが大事なのだ。これがふたりを結びつける。輝かせる。

そして、この世の醜いものをすべてを締め出すのだ。

暖炉の火がパチパチとはじけ、ベッドがため息のような音をたてる。ロークはイヴのサポートタンクトップを脱がせて、体の長いラインと控えめなカーブを両手でたどった。

さらに、顎の尖ったラインと、先端の浅いくぼみを唇でたどり、しっかりした喉のラインを滑り下りて、脈打つ部分を探し当てる。

どこに触れ、どんなふうに触れれば、その脈が速く、強くなるかロークは知っていた。脈が速まり、彼女の指先に髪をまさぐられながら、イヴの胸に密《ひそ》やかなキスを繰り返す。

半分夢見心地で、イヴは彼の名をささやき、差し出されるやさしさに身をゆだねていた。さらに両手で彼の体じゅうをなぞりながら、自分のやさしさも伝える。

柔らかな層をいくつも重ねるように欲望がかきたてられ、湧き上がる興奮の光をチリチリ走らせる。

ロークが体の向きを変えると、ふたりの目が合い、イヴは体を密着させた。両手で彼の顔を包み込むと、彼が滑り込んできた。

あまりにも自然で原始的な喜びが、日の光に温められた川のように押し寄せてくる。

ロークが顔を寄せるとふたりの口が重なり、指先が組み合わさる。イヴに溺れながら、ロークはアイルランド語で何かささやいた。ふたり一緒に快感の波に揺られながら、彼の心から流れ出した言葉だ。

たとえ意味は届かなくても、言葉は強く響きつづける。

ロークはそれを体でも伝え、イヴも体で応《こた》えた。

やがて、イヴが体を丸めて寄り添ってきて、彼女のウエストのくびれにふわふわの塊《かたまり》の猫がすり寄り、ロークは彼女がうとうとするのを感じた。

「さあ、愛する人《アグロー》」ロークはささやいた。「今夜は静かな夢だけ見るんだよ」

イヴが眠りの世界に引き込まれるころ、レディ・ジャスティスは悲鳴が弱まるのを待っていた。いずれにしても、ことを急ぐつもりはなかった。

ブーツを履いた足を広げて立ち、一方の手を腰に当て、もう一方に持った電流棒でコツコツと床を突く。仮面《マスク》の奥の目が光った。

「今はもうそんな大物でもないみたいね、タデウス？」

身を震わせ、嚙《か》んだ舌から流れた血を口からしたたらせ、タデウスは顔を上げた。

「どうしてこんなことをするんだ？　なぜだ？」

「なぜ？　それはねえ」首をかしげて、人差し指でとんとんと頰を叩く。「わたしにはできるから。あなたはこうされて当然だからよ！」

電流棒で切りつけるように腹を打ち、タデウスが痙攣《けいれん》して、裸の体が跳ね上がってかしぐのを見つめる。「すごく頑張ってシックスパックを維持してるのね、タデウス？　あなたの娼婦たちみんなとやるには、ちゃんと体形を保っていなければねえ」

汗と血が顔面を流れ、小便が両脚を伝って落ちる。「頼むからやめてくれ。お願いだ。金ならそっちの好きなだけ払える。金はある。たくさんあるんだ。金なら――」

「そうなの？」怒りが野火のような勢いで体じゅうに広がった。「そのお金をいったいどこで手に入れたのよ、人をだまして、嘘ばかりついてる、このクソ泥棒野郎」

金切り声で叫ぶように言い、電流棒で何度も何度も殴りつける。タデウスの悲鳴はもう人間のものとは思えず、やがて、突然、半狂乱のむせび泣きに変わった。

彼女はその場から離れ、気持ちを静めざるをえなかった。怒りにまかせてやってはならない、と自分に言い聞かせる。熱い怒りではなく、冷静な正義に基づいてやるべきだ。

「認めなさい。自分は役立たずだと認めなさい。嘘つきだと認めなさい。浮気男だと。あなたを愛し、信頼していた妻を裏切り、金を奪ったと。今は、愛を誓ったあばずれ女を裏切っていると認めなさい」

彼女はタデウスの顔をぐいと引き上げた。「全部認めたら、やめてあげる。解放してあげる」

「何でもやる」頭がぐらりと傾くのを見て、彼女はからかうように電流棒で軽くタデウスを打った。

「言いなさい。認めるのよ！」

「認める！」

「何を、タデウス？　ちゃんと、きちんと全部言いなさい」

「私は――何を言えばいいのか、教えてくれ。頼む、何でもやる」

「私は役立たずだと言いなさい」

「私は役立たずだ」

頭がまたぐらりと傾き、彼女は電流棒で力いっぱい頬を殴った。空気を引き裂くような悲鳴が響く。

彼女は気にもとめない。

「私は浮気男だと言いなさい」

「私は浮気男です」

蚊の鳴くような小さな声で、もごもごと不明瞭に言うのを聞いて、彼女はうれしくなった。

「嘘つきです」

「そう、そうだ、嘘つきだ」急に激しく咳《せ》き込み、ぜいぜいとあえぎだす。「頼む、水をくれ。どうか、お願いだ」

「泥棒です。そう言いなさい、言うのよ！」勝利の雄叫《おたけ》びのように声を張り上げる。「おまえは泥棒よ。浮気者で、嘘つきの泥棒で、妻から金を盗み、その金であばずれ女と暮らしている、って言いなさい」

「妻――妻から金を盗んだ」

「彼女を裏切り、嘘をつき、金を盗み、ゴミのように彼女を捨てた、って。全部言いなさい！」

つっかえながら、泣きながらも、なんとかすべてを言う。

ぐったりとぶら下がり、半分気を失ったタデウスを置いて、彼女はまたその場から離れた。バケツとナイフを持って戻ってくる。

「さあ、彼女の名前を言いなさい。あなたが裏切った女性の名前を」

「ダーラ」タデウスはつぶやいた。腫れあがった目を開ける。「頼む、放してくれ。解放すると言ったはずだ」

「言ったわ、違う？　彼女の名前をもう一度言って。大きな声で、はっきりと」

「ダーラ」

彼女はタデウスにほほえみかけた。「さあ、わたしを見て。よく見るのよ。いいことを教えてあげるわ、タデウス。わたし、嘘をついたの」

彼女はナイフを使った。


コミュニケーターが鳴り、イヴは驚いて飛び起きた。手探りでコミュニケーターを探す間に、ロークが十パーセントの照明を指示する。

「映像をブロック。ダラス」

〝急行せよ、ダラス、警部補イヴ。体の一部を切断された成人男性の遺体をヴァンダム・ストリート二六番で発見、先の殺人とつながりがあると思われる。巡査が現場で待機中〟

「了解。すぐに向かう。ピーボディ、捜査官ディリアに連絡を。ダラス、以上」

イヴはベッドから飛び出した。「くそっくそっくそ」

起こされて不満そうな猫を残したまま、バスルームまでダッシュして、シャワーに飛び込む。三十秒後、シャワーから出て、ロークからコーヒーマグを受け取って、またシャワーに戻る。

「僕も一緒に行こう」

「その必要はないし――」

「一緒に行く」

反論するのはやめて乾燥チューブに入り、熱い風が渦巻くなかでコーヒーをごくりと飲んだ。

クローゼットへ急ぎ、適当に服をつかんだ。いちばん楽なので、いつも黒になる。

イヴが武器ハーネスを身につけるのとほぼ同時に、ロークがベルトのバックルを留めた
――黒のジーンズに青みがかったグレーの薄いセーターを合わせて、なんとか品よくまとめている。

「僕が運転するから、きみはヴァンダム・ストリート二六番の住人を調べるといい」

イヴはここでも反論はしなかった。足早に部屋を出ていくと、ギャラハッドは左右の色が違う目でふたりをにらみつけてから、あくびをして寝返りを打ち、また眠りはじめた。

イヴは急いで階段を降りながら検索をはじめ、コートをつかむなり外に出た。

「タデウス・ペティグリューとマーセラ・ホロヴィッツという人物が住んでる——一戸建て住宅よ。被害者がここの住人なら、生年月日から考えて、このタデウスという男ね。この家の所有者よ」

ロークはすでにリモートでイヴの車をガレージから出しており、ふたりが暗くて寒い外を歩いていると、車が近づいてきてゆっくりと止まった。

ロークは運転席に座り、ダッシュボードのオートシェフにブラックコーヒーをふたり分オーダーした。イヴがまたコーヒーを飲んでいるあいだに、ロークは門に向かって猛スピードで車を進め、門が開くのを待たずに、垂直推進に切り換えた。

「マッケンロイとのつながりが——プライベートでも仕事上でも——あるかどうかチェックしているところ。つながっていれば、彼女は二日でふたり殺したことになる。仕事が早いわね。早い」

「自宅の前に体の一部を切断された男性の遺体が残されていたんだろう？　かもしれない

な」

「ええ、そうよね。マッケンロイのロンドンのオフィスにひとり、ペティグリューという名字の人がいるけど、名前はミリアムで、見たところ、このタデウスとのつながりはないわ。タデウスは弁護士で、モーゼス・バークシャー・ローガン・アンド・ペティグリュー法律事務所の共同経営者だった。財務関係とか、不動産関連とか、そのあたりの法律が専門みたい。離婚していて、子どもはいない。元妻はアッパーイーストに住んでる」

イヴは検索を続けた。「被害者はペティグリューじゃないかも」

「かもしれないな」ロークはまた言った。

「とにかく行って、見てみないと。ヴァンダム・ストリート。閑静な住宅地よね。アッパーミドルクラス。ペティグリューがそんな場所に家を持てたのは、法律事務所から相当な年収を得ていたから。それと、思いがけないギフトを手にしたから……離婚したのと同じ時期にね。財産分与？　千五百六十万ドルははした金じゃないわ」

イヴは、とりあえずその件は今は考えないことにした。犯罪現場には、仮説も偏見も持たずに足を踏み入れるほうがいい。

ロークがパトロールカーの後ろに車を停め、イヴは現場の警官たちがバリケードを築いているいることに気づいた。車を降りると同時に、ピーボディがマクナブを後ろに引き連れ、角からドスドスと歩いてきた。

　イヴは警察バッジを掲げ、規制線のテープをくぐり抜けた。

「わたしのパートナーと電子捜査課《EDD》の捜査官よ」イヴは身振りで示しながら、じっと遺体を見た。「報告を、巡査」

「三時四十三分に九一一を受け、三時四十五分に現場に到着しました、警部補。自分のパートナーは通報者が自宅に戻るのに付き添っています。犬を連れ帰るためです。彼は犬の散歩中、遺体を発見しました。われわれは現場を保存して通報者を保護し、この家のベルを鳴らしてドアをノックしました。応答はありませんでした。通報者は、遺体はここの住人かもしれないが、百パーセント確実ではないと言っています。通報者の名前はプレストン・ディシルヴァです」

「ピーボディ」イヴは近づいてきたパートナーに声をかけた。「九一一への通報者から話を聞いて」

「マーキー巡査が通報者と一緒にいます、捜査官」制服警官がピーボディに告げた。「連れていた子犬がすごく興奮していたので、通報者のヴァンダム・ストリート二二番の自宅まで付き添っていきました」

「わかったわ」ピーボディは遺体を見下ろしてから、イヴを見た。「二日でふたりですね」

間違いない、とイヴは思い、ロークから捜査キットを受け取った。しゃがんで、まずは被害者の身元を調べはじめた。思ったとおりだった。

「被害者はヴァンダム・ストリート二六番に住むペティグリュー、タデウスと確認。マクナブ、ローク、自宅に入ってなかを確認して。防犯カメラの映像もチェックして。建物の外にカメラがあるから。被害者は女性と同居している。ホロヴィッツ、マーセラ。彼女がいたら、その場にとどめて。彼女がなかにいて息をしているかどうかだけ知らせて」

　ふたりが建物に向かっていくと、イヴは現場捜査に集中した。

「遺体には、多数のひどい火傷《やけど》と、みみず腫れ、裂傷、挫傷《ざしょう》が見られる。両手首の傷から、拘束されていたと思われる。腕は左右とも肩関節が脱臼しているように見える。検死官《ME》の確認が必要。死因《COD》は性器の切断による失血と思われる。マッケンロイに比べてこの被害者にたいする暴力性は増しているが、傷つけた方法はまったく同じに見える。マッケンロイのときと同様、詩のようなメッセージが遺体に留められている」

　この男はすべてを持ちながら、さらにほしがり、
　娼婦と遊んであばずれ女を裏切った。
　肉欲と嘘と強欲にまみれて生き、

金とセックスと権力の追求を信条とした。
ついに最後の審判が下り、
彼には自分以外に責めるべき者はいない。
レディ・ジャスティス

イヴは捜査キットから証拠品保管袋を取り出し、遺体からメッセージをはずして袋にしまい、封印した。

格子縞《こうしじま》のエアブーツを履いたマクナブが急いで家から出てきた。「建物内の安全を確認しました、LT。なかには誰もいないけど、誰かが主寝室に客を迎えるつもりだったみたいです。暖炉に火が燃えて、ベッドカバーは折り返されてて、ワインのボトルとグラスがふたつと、ええと、ベッドの横に性具がいくつか並べてありました」

「シールド加工してる？」

「もちろん」

「遺体をひっくり返すから手を貸して」

マクナブは近づいて、手伝った。「邸内ドロイドがあったけど、一九〇〇時ごろから電源が切られていました。その一時間くらいあとに、防犯カメラも切られていました。ロークがいまも見ているけど、一二〇〇時以降は何も映っていません。マジか」ふたりで遺体を返してうつ伏せにさせると、マクナブはつぶやいた。「誰かをめちゃくちゃ怒らせたんだな」

「犯人はマッケンロイのときよりひどいことをしてる。電流棒をアナルに挿入してるわ。最初のときはそこまでやっていなかった。そして、休みなく打ち据えている。一気にエスカレートしている」

イヴは捜査キットを手に取り、立ち上がった。「ピーボディを待っていてくれる？　遺体運搬車と遺留物採取班をふたりで手配して。わたしは家のなかを見たいから」

「セキュリティの制御装置は一階の奥のほう、キッチンの裏にあります。ドロイドの保管場所もそこです」

イヴはうなずき、家に向かって歩きだした。いい家だ、と思った。正面にブラウンストーンが貼られた三階建てで、手入れも行き届いている。セキュリティ設備は最新鋭だ。

正面扉がこじ開けられた形跡はなかった。入口で争った形跡もない、と玄関に足を踏み入れて思う。細長い玄関スペースの左の壁添いには、繊細な造りのテーブルがあって、その上のほっそりした花瓶に生花が活けてある。

「被害者は体格のいい男性」記録のために声に出して言った。「彼くらいの背格好でたくましい男性が、ここで誰かともみあいになったり殴り合ったりしたら、痕跡が残るはず」

さらに家の奥へ進む——廊下の右にも左にも部屋がある。右手の豪華なリビングスペースには、いかにも女性っぽくふわふわしたものがたくさんあった。クッションが山ほどあって、さらに花が飾られ、見るからに埃《ほこり》がたまりそうなこまごましたものも並べられている。廊下の左側の部屋には大きな壁掛けスクリーンと、造り付けのバーカウンターがあり、やや男性っぽい雰囲気だ。

「取っ組み合った形跡はなく、一見したところ、強盗が入った痕跡もない」

きちんとしたダイニングルームとこぢんまりした居間のような部屋もあったが、日常的に使われているようには見えなかった。

実験室のように真っ白で、光り輝くシルバーが目立つキッチンに入ると、ロークがいて、イヴにはサマーセットそっくりに見えるドロイドを調べていた。白髪で、顔は痩《や》せこけ、黒いスーツを着ている。

ロークがちらりとイヴを見た。「誰かが手を加えたかどうかだけ見ていたんだが、どうやらそれはなさそうだ。よければ、スイッチを入れられるよ」

「やってみて」

ロークは手動でスイッチを入れた。まるで生きているようにドロイドの黒っぽい目が輝いた。

「バッジをスキャンして」イヴは命じた。「これは警察の捜査よ」

「邸内に入るには、加えて令状も必要です」

「いいえ、必要ない。タデウス・ペティグリューが亡くなって、家の外に横たわっている場合は必要ないわ」

「わかりました。それは不運なことでした」

「そうね、彼も間違いなく同じ気持ちでしょうね。あなたが最後にミスター・ペティグリューに会ったり話をしたりしたのはいつ？」

「ミスター・ペティグリューは、今夜、私からのサービスの提供を十九時十三分に停止させました」

「それはいつものこと？」

「たまにあることです。ミスター・ペティグリューは十八時二十五分から十八時五十八分まで軽い夕食を召し上がり、キッチンとダイニングエリアの掃除が終わったら電源を切るようにと、私に命じました」

「彼はひとりだった？」

「はい」

「マーセラ・ホロヴィッツはどこ？」

「ミズ・ホロヴィッツは今朝、十時十八分に家を出て、三日間の旅行に出かけました。お母様とお姉様とお友だちと一緒に、ヒルトンヘッド・アイランドのウォーターズ・エッジ・リゾート・アンド・スパに滞在しています」

「もともと旅行に行く予定だったの？」

「当初、ミズ・ホロヴィッツは、明日発つ予定でしたが、もう一泊することになったのです」

「彼女の連絡先が知りたい」

イヴはさらに続けた。「ミスター・ペティグリューは今夜、誰に会うことになっていたの？」

「今日は夕方も夜も、予定表に約束はなかったと思います」

「防犯カメラの電源が切られているのはなぜ？」

「知りません」

ドロイドは便利かもしれないけれど、これっぽっちも役に立たないこともある、とイヴは思った。

「ミズ・ホロヴィッツが旅行中、ミスター・ペティグリューが他の女性をもてなしたことはある？」

「知りません」

「今夜、自分の電源を切る前に、ワインのボトルとグラスを主寝室に運んだ?」

「運んでいません」

行き止まりだ、とイヴは判断した。「電源を切っていいわ」

「防犯カメラの映像を遡って再生した」ドロイドの電源が切れると、ロークが言った。「午後五時二十分、ペティグリューはひとりで帰宅した。それ以前は、女性――ホロヴィッツだと思う――が午前十時に家を出てから、動きはまったくなかった。女性が出かけるとき、ドロイドがスーツケースを持って一緒に出ていった。そして、数分後、手ぶらで戻ってきた。ペティグリューは午前九時ちょっと前に家を出た。彼とミズ・ホロヴィッツが出発前の熱烈なキスを交わす姿が、画面の中央にしっかりとらえられていた」

「オーケイ。わたしは階上《うえ》の寝室へ行くわ。あなたは邸内リンクをチェックして、彼が誰かとしゃべっていないか、誰かを自宅へ招いていないか確認して」

「それなら、寝室からでもできる」ロークは家の奥の階段をイヴと一緒に上った。「彼が性的関係を結ぶために誰かを待っていたのは明らかだが、寝室のようすを見るかぎり、そっちでは満足しないまま死んでいったようだ。少なくとも、ここでは」

イヴは主寝室に入っていった。ピンクとブルーの洪水《こうずい》と、ごてごてと飾りの多いあれこれが目に飛び込んできた。同じく装飾過多で、蓋のないカゴのようなものに、大量のクッションがしまってある。四隅に金色の細い柱がある大きなベッドは、カバーがきっちり折り返してあった。感動するほど種類が豊富な性具も、きちんとベッド脇のテーブルに並べてある。シッティングエリアの金色のテーブルに白ワインのボトル（コルクは抜いてあるが、中身は減っていない）とグラスがふたつ置いてある。青い暖炉の小さな炎が丸くつながって、かすかな音をたてている。

　男性用の黒いシルクのガウンが、ベッドの足元のほうにさりげなく置いてあった。

「この夜のためにあれこれ計画していたみたい」イヴが言った。「そして、どうなったか。これは予想だけど、彼が予期していた誰か――あるいは、予期はしていなかったけれど招き入れた誰か――が何もしないまま彼を連れ出した。たぶん、玄関ですぐ、彼にこっそり何か飲ませたか、ここまで上がってきて、彼がワインを注ぐ前に何か飲ませたか。でも、階下《した》でしょうね、きっと。彼をここから階下まで運んで、さらに外に連れ出すのは大変でしょう？　そのうえそこから車に乗せて、何時間も拷問する場所まで連れていくのよ」

「今日、そうしたことは、邸内リンクを使っては話されていなかった」ロークがイヴに言った。「ホロヴィッツを迎えに来た配車サービスへの確認と、彼女の母親――マムと呼んでいたからね――との会話だけだ。着替えながらスピーカーで話していた。スパで受ける施術とかその他もろもろに関するおしゃべりだ。とても楽しそうだった」

「そう。じゃ、彼を殺した犯人は彼がひとりになるのを知っていた。彼の知人か、彼のスケジュールを知っている者。ホロヴィッツのスケジュールもね」

ピーボディがドタドタと階段を上がってくる音がして、イヴは振り向いた。

「通報者の話は確かだと思います」ピーボディが報告をはじめた。「彼と奥さんは──子どもがふたりいます──子犬を飼いはじめたばかりだそうです。それがめちゃかわなんです！とにかく、今日は彼が散歩、自宅トレーニングの一環なんですけど、それに連れていく番でした。彼によると、眠くて、半分眠りながら歩いていたら、子犬が急に興奮しはじめて、リールをいっぱいに引っ張って吠《ほ》えたり、くんくん鼻を鳴らしたりしたそうです」

「遺体の臭《にお》いがしたのね」

「そうなんです」ピーボディが同意した。「それで、子犬を抱き上げようとしたら、遺体が見えたそうです。警察に通報して、警官が到着するまで歩道の離れたところにいたと言っていました。彼はペティグリューもホロヴィッツも知らないそうです。というか、よくは知らない、と。近くを通りかかったら、手を振ったり会釈したりするぐらいだったそうです。それから、マーキー巡査が近所の聞き込み中に別の目撃者を見つけました。九時ごろ、ペティグリューが女性と車に乗り込むのをはっきり見たと言っているそうです」

「赤毛の女性?」

「いいえ。彼女の話によると、茶色かひょっとしたらブロンドのショートヘアで、毛先が黒っぽかったそうです。青か紫か、黒かもしれない、と」ピーボディは肩をすくめた。しっかりと認識していなかったり覚えていなかったりする目撃者もいるということはイヴもわかっている。「あたりは暗かったし、しっかり見ていたわけではないので」

「でも、ペティグリューと女性は見えた?」

「ペティグリューかどうか、はっきりはわからないそうです。百パーセントではない、と。外を見たとき、彼はもう半分車に乗り込んでいたそうなので。でも、車は――黒か、ひょっとしたらダークブルーか、ダークグレーだったらしいです――家の真ん前に停まっていたそうです」

「彼女と話をする。じゃなくて、あなたがその目撃者と話をしに行って、マーキーより話を聞き出せるかどうか試してみて。わたしは被害者の同居人に連絡するから」

「やってみます」

「彼はホームオフィスを持っているはず。たまたまあなたはここにいるから」イヴはロークに言った。「捜査を手伝ってくれてもいいわ。彼もマッケンロイみたいに、秘密を隠しているかもしれない」

「秘密を探るのは大好きだ」

イヴは椅子に座り、二日続けて女性を起こして悪い知らせを告げることになった。

「うーん、何？　もしもし？」

「マーセラ・ホロヴィッツさんですか？」

「そうだけど、何？　誰なの？」

「ミズ・ホロヴィッツ、NYPSDのダラス警部補です。今、どこにいらっしゃいますか？」

「これって冗談か何か？　今はベッドにいるわよ。どういうこと？　今って、何よ、朝の六時じゃないの、冗談じゃない。誰なのよ、本気なの？　ホテルの責任者に連絡するわよ」

「ミズ・ホロヴィッツ」イヴはスクリーンに向けて警察バッジを掲げた。マーセラからの映像はブロックされていて見えなかったが、彼女にはバッジがはっきり見えるはずだ。「残念ながら、タデウス・ペティグリューさんが亡くなったことをお知らせしなければなりません。大事な方を亡くされ、お気の毒です」

「そんなひどいことをよく言えるわね。映像ブロックを解除」

豊かなブロンドを乱した女性が安眠マスクをはぎ取り、イヴをにらみつけた。

「いいこと？　あなたね――」

「ミズ・ホロヴィッツ」イヴはふたたびバッジを掲げた。「今、あなたがミスター・ペティグリューと同居されているお宅にいます。わたしはこの件の主任捜査官です。そして、正式にミスター・ペティグリューの遺体を確認しました。重ねて、お気の毒なことです」

「そんなの信じない！」

しかし、彼女は信じたとイヴは思った。ショックを受けた目を見ればわかる。光沢のある赤いシャツ風の寝間着を着た女性は上掛けをはねのけ、ベッドから飛び出した。スクリーンの映像を激しく上下させて、寝室から駆け出し、照明オンと命じ、母親を探して叫んでいる。

「驚いた、マーシ！」ピンク色のパジャマ姿の女性がベッドに上半身を起こした。「いったい何が――」

「警官だって言う人が、タッドが死んだって言うのよ。ママ！」

「リンクを貸しなさい！　誰なの？」

「マダム、わたしはNYPSDのダラス警部補です。残念ですがお伝えしなければなりません。ミスター・ペティグリューは今朝早く、殺害されました」

「そんなの嘘よ、ママ！」

「落ち着いて、スウィートハート。お姉さんとクラウディアを起こしてらっしゃい。さあ、行きなさい」

マーセラは泣きながら駆け出し、スクリーンから消えた。

「彼はどうやって?」

「すみません、今はまだそれはお伝えすることができません。お名前を教えてください」

「ボンディータ・ロスチャイルドです」

「ミズ・ロスチャイルド、できるだけ早く、娘さんとニューヨークへ戻られるのがよいかと思います」

「タッドが殺されたと言ったわね。亡くなった、ではなく殺害された、と。事故だったの? そのくらいは言えるはずよ」

娘よりはるかに落ち着いている、とイヴは思った。「いいえ、事故ではありません。わたしは殺人課の所属です」

「ああ、なんてこと」興奮した声とむせび泣きがうねるように部屋に近づいてきて、ボンディータがそちらを見た。「わかったわ、すぐにそちらへ戻ります。もう切って、娘を落ち着かせないと」

「ニューヨークへ戻る手配がついたら、本署のイヴ・ダラス警部補までご連絡ください」

「ええ、わかったわ。行かないと。マーシ――」

ボンディータは通信を切った。

イヴはリンクをしまい、しばらくクローゼットを調べ、それより長い時間をかけてふたりのクローゼットそれぞれにあった装身具用金庫を開けた。とくに複雑な仕組みの金庫ではなかったが、いい練習になると思った。結局、たいしたものは見つからないとしても。

金庫には装身具とリスト・ユニットとわずかな現金がしまってあった。

ホームオフィスへ移動すると、ロークが男性的な趣のあるワークステーションに向かっていた。

女性的なところはまったく感じない、とイヴは思った。ここにもバー（小さい）があり、昼寝するには小さすぎる革張りのソファはポートワイン色だ。男っぽいデスクに配置されたデータ通信機器にも余計な装飾はない。

ウォールスクリーンと椅子が二脚あり、壁には絵画ではなく学位記と賞状が飾られていた。

「いいことを教えてあげよう」ロークが切り出した。

「秘密？」

「これから伝えることはそうだ。彼は〈ディスクレション〉という会社と定期的ではないが、それに近い取引があった。公認《L》コンパニオン《C》の仲介会社だ。一、二か月ごとに予約をして、支払いをしている。一緒に暮らしている女性が知っていてもおかしくはないが、先ほどの様子からしてまずそれはないだろう。さらに」イヴに何か言う隙をあたえず、ロークは続けた。「ゆうべもLCを予約していて、支払いも済ませていた。ところが、キャンセル料を差し引いた払い戻しを受けている。二日前に支払いをして、昨日の午後、キャンセルしたんだ」

「キャンセルしたの?」

「EDDに詳しく調べてもらうべきだが、僕がちょっと探ってみた感じを言わせてもらっていいかな? 彼のアカウントはハッキングされていた」

「それなら辻褄《つじつま》が合うわね。理解できる」イヴはつぶやき、部屋のなかをうろつきながらその事実を頭に入れた。「犯人が彼のシステムに侵入していたのなら、ホロヴィッツが旅行をすることも、彼のところにコンパニオンが来ることも知っていたってこと。彼がLCを予約する日を待ち構えて、キャンセルして、自分が代わりに来る。女性が来るのを待っていたなら、すんなりドアを開けるに決まってるでしょう? ワインもベッドも準備して、夜の計画もしっかり立てていたんだから」

イヴはくるりと振り向いた。「そのハッカーの居所は突き止められる?」

「たぶん。特定できるのはハッキングを行った場所で、ちょっとややこしい作業になる。やったのはかなり知識のある者だろう。僕だったら、未登録のポータブル・コンピュータを使って、遠く離れたところからやる。それでも、特定してみる価値はあるだろう」

「そうね、やってみて」

「もう一つちょっとしたことがあって、これは秘密ではないが、かなり驚くと思う」ロークはイヴが関心を自分に向けてくるまで待った。「彼は二年前に千五百数十万ドルを受け取っていただろう？　あれは僕から渡った金だ」

イヴは体の動きをぴたりと止め、ロークを見つめた。「何て？　彼を知っていたって、なぜ言わなかったの？」

「知らない――知らなかったからだ」ロークは肩をすくめて立ち上がった。「いつものことだが、二年前にある小さな会社を買収した。吸収合併のような形だったし、弁護士や仲介業者を介してのことだった。彼のファイルを調べるまで、まったくぴんとこなかった。〈データ・ポイント〉という会社だ。個人会社で、ドロイドや複雑な電子機器を製造している」

ロークの顔に苛立ちの色が浮かんだ。それが、細部に至るまで百パーセント完璧にやれなかったときの表情だと、イヴは知っている。

「この件はすべて残らず確認しなければ」ロークは続けた。「しかし、データ・ポイントの代理人が僕の弁護士のひとりに連絡してきて、同社が売却先を探していると伝えてきたのはかろうじて覚えている。調べてみると、経営は盤石で買収額も適正だと思った。お買い得とさえ言えるかもしれなかった。売却の理由は経営陣の離婚だったと思うが、勘違いかもしれない。確認してみよう。だが要するに、ローク・インダストリーズはその会社を手に入れ、会社とその資産を吸収したということだ」

話が複雑になった、とイヴは思った。好都合にもなった。とりあえず、利点を生かして、面倒なところはあとで考えよう。

「会ったことはあるの――死体になった人や、元妻に？」

「僕はこういった合併には直接はかかわらない。小規模なものにはね」

イヴは目を細めた。「千五百万ドルは小規模なの？」

「実際は、二千二百万ドルだ。元妻が七百万ドルを得たようだが、手続きは弁護士や代理人を通じて行われた。つまり、そう、うちの会社の全体からすればわずかなものだからね。手堅い経営の会社だが、競争相手でもなく、大がかりな取引でもなかった」

「その件について、わたしに教えられることは何でも教えて。メッセージは強欲に触れていた。彼は元妻の二倍の金を得ているから、それが動機の一部かもしれない。セックスと強欲と権力。LCを利用してたからセックスは当てはまる――たぶん、元妻を捨ててホロヴィッツに走ったんでしょ。お金の件で、強欲も当てはまる。残るのは権力ね」

イヴはリスト・ユニットを見た。「元妻と話をしてみるわ。たたき起こすことになるでしょうね。いきなり起こされたら、誰でもつい本音を口にするわ。ピーボディをつかまえて、一緒にやってみる。あなたには誰かを迎えに寄こす?」

「自分でなんとかするから大丈夫だ。このままオフィスへ行って、詳しいことを調べるかもしれない。調べたくてたまらなくなっているからね」

「調べてみて、わかったことを教えてね」

ロークはイヴのところまで歩いていって、引き寄せてキスをした。「教えるとも。きみも、われらがピーボディも、車のACを使って何か食べるんだよ」

イヴははっと思いついて振り返り、ワークステーションを見た。「マクナブを階上に呼んだった。電子機器の移送を手配してもらわないと」そして、眉をひそめた。「あなたはオフィス向きの服装じゃないけど」

「たまたまだが、オフィスにスーツを一、二着、置いてるんだ。僕のおまわりさんをよろしく。彼女にもちゃんと食べさせてあげてくれ」

「はい、はい」イヴは扉に向かって歩きかけ、振り向いた。「いい知らせよ。オフィスへ向かう前に、金庫を探していいわよ――わたしはもう寝室で装身具用の金庫を見つけたわ。でも、ほかにもまだあるかもしれないから。なかにもっといい情報があるわよ、きっと」

「それはすごく面白そうだ」

9

イヴは玄関から出ようとしたところで、ちょうど入ってきたピーボディをつかまえた。

「車のなかで話を聞かせて」

「オーケイ、どこへ行くんですか?」

「被害者の元妻と話をしに行くわ。いくつか情報を仕入れたのよ。あなたの話を聞かせてくれたら、わたしのも話す」

「オーケイ、コーヒーを淹れていいですか?」

「ふたり分ね」ロークの言葉が耳の奥で響いた。いらつくけど逃げられない。「それと、食べ物も何かあれば。ピタパンとかそういうもの」

混乱して、ピーボディは二度まばたきをした。「食べ物がほしいんですか?」

「いいから、簡単なものをプログラムして、話を聞かせて」

何か食べられると思うとうれしくてたまらないピーボディは、イヴに話をしながらメニューをじっくりと見た。

「目撃者は協力的でしたが、しっかりとは見ていませんでした。たまたま窓を閉めようとしたときに外を見ただけで――新鮮な空気を入れようと思って開けていたのを、ひんやりしてきたから閉めたそうです。そのときに車が見えて、乗り込んでいるのはペティグリューだと思ったらしいんですが、一瞬見ただけだったと。女性のほうは――すべて、たぶんということです――背が高めで、すごく魅力的な体形だったそうです。そう思ったのは、彼女が襟ぐりがとても深くて体にぴったりした服を着ていたからだとか。髪は短くて、ダークブロンドか茶色で毛先が黒っぽかった。たぶんパープルか黒だろうと」

「ヤンシーと人相書を作ってもらえば？」

「してもいいと言っていましたが、ほんとうに窓を閉めて、まわれ右をして部屋を出ただけだ、と。車のことも確かではないと言っています。とにかく黒っぽいとしか言えないと言うので、ちょっと訊いてみたんですよ、ダラス。そうしたら、とにかく曖昧《あいまい》なんです。コンパクトカーじゃないけど、リムジンでもない。あれこれ家事をしていたので、時間も百パーセント確かではないけれど、子どもがベッドに入っていたので、九時は過ぎていただろう。寝る時間は九時と決めていて、閉めたのは子どもの部屋の窓だそうです。窓を閉めて、子どもにおやすみと言い、部屋を出た、と」

誰もがみんな、細かなことを覚えているわけではない、とイヴは思った。得られる情報で何とかしなければ。

「ヤンシーが最初の殺人に関するスケッチが描けたかどうか確かめてみる。それを今回の目撃者に見せたら、なにか思い出すかもしれないし」

「さっきも言いましたが、彼女は協力的です。通りを挟んだすぐそこで殺人があったわけですから、怯えてもいます。あなたが得た情報というのは？」

「被害者の同居人は、母親と姉と友人とスパリゾートに滞在中だった──その全員でやったなら話は別だけれど、彼女はやっていないわね。彼女が企《たくら》んで計画を立て、しかもマッケンロイも手にかけたとはとても思えない。でも、彼女のことも調べるわよ」

ピーボディがダッシュボードに内蔵されたACをプログラムするのを、イヴはちらりと目で追った。「彼女たちはニューヨークに戻ってくるわ。それから、ペティグリューはLCを雇うのが好きで二、三週間置きに呼んでいたのがわかったの。しかも、今夜も呼ぶつもりで予約していた」

「やりましたね、すごい情報です。体にぴったりした襟ぐりの深い服を着ていたのはLCかもしれません」ピーボディはさらに言った。「あるいは、LCのように見せかけたかった誰かです」

「後者だと思う。もっとすごい情報もあって、ロークによると、ペティグリューのシステムは誰かに侵入されていたらしくて、LCの派遣は予約時刻の二、三時間前にキャンセルされていたって」

「すごい情報の二連発ですね。オムレツをはさんだピタパンです」ピーボディはぱりっとした小ぶりのパンをイヴに渡した。「卵とチーズとベーコンです」

「いいわね」つかんで一口食べた。オーケイ、すごくおいしい。「マッケンロイの妻とペティグリューの同居人が取引してやったのかもしれない。それぞれの相手を殺すのよ。そういう事件を捜査したこともあるわ。でも、今回のはちょっと違うかもしれない。誰が車を運転していた？」イヴはさらに言い、またピタパンをかじった。「フルオート運転に頼るなんて危険すぎるから、誰かが運転していたはずよ。遺体を運ぶ者もいただろうし、拷問にかけるには外に音が漏れない秘密の場所もあったはず」

「それと、ハッキングです」ピーボディがもぐもぐ嚙む合間に言った。「ハッキングのやり方も知っていなければなりません。そのために誰か雇えば、関係者がひとり増えるわけだから。リスクが増えますよね？」

「すごく個人的な事情にかかわる事件よ」車列の間を縫って車を進めながら、イヴはごくりとコーヒーを飲んだ。「犯行の対象もわかりやすい。狙われたのは、不貞を働いた男たち。マッケンロイのケースでは、これにレイプが加わる。今回の男はセックスの相手を雇っている。ふたりともそのセックスを自宅に持ち込んでいる。マッケンロイの場合、女性に薬を飲ませて屈辱をあたえた。ペティグリューは強欲だった。離婚に際して会社を売却して得た金を、不当に多くせしめた。夫婦で同等の持ち分だったはずなのに――詳細はロークから連絡が入るはずよ。その会社を買ったのが彼なの」

ピーボディはもう少しでピタパンを喉に詰まらせるところだった。「何ですって？　彼は被害者を知っていたんですか？」

「そうじゃないけど、彼が詳しいことを調べてくれるわ」

「すごい情報はみんなあなたたちがもっていきますね」ピーボディが不満げに言った。

「マッケンロイとペティグリューはきっとどこかでつながっている。どこで重なっているのか、それを探さないと。犯人はどうやってターゲットを選んだか？　どうやって、ふたりが不貞行為をしていると知ったの？　大事なことよ」イヴはつぶやいた。「それがふたりの共通点だから。犯人はマッケンロイの被害者のひとりかもしれないけど、そうなると、今回は？　被害者だとはかぎらない。その点について、マイラの助言がほしい」

「段取りをします。二打数二安打ですよ、ダラス。犯人はハットトリックを狙ってるかもしれません」

「もう次のターゲットを選んでいるかも」イヴは同意した。「その男の弱点を知って、それを利用する。彼は結婚しているか、離婚しているか、浮気が本気になっているかもしれない」

犯人は相手の弱点を知っている。わかっている。しかし、それが手がかりになるとは思えない。

「次のターゲットには裏切る相手がいるはず。被害者はふたりとも異性愛者だった」イヴは推測した。「それは犯人にとって大事なこと？　同性と不貞行為をする者も、犯人は同じように見るのか？　これはマイラへの質問ね」

「犯人は間違いなく魅力的な外見の人物です」ピーボディは言い、謎を解こうと考えながらピタパンを飲み込んだ――おいしい！「あるいは、魅力的に見せることができる。マッケンロイが餌食にしていたのはとても魅力的な外見の女性ばかりです。みんな赤毛でした――たぶん、犯人も赤毛で、ペティグリューのときはウィッグをかぶった。あるいは、どちらのときもウィッグをかぶっていたのかも。あなたが言ったとおり、犯人は人に見られない秘密の場所を所有しているか、そこを利用できる立場で、移動手段も持っているはずです。少なくともひとり、信頼して手伝ってくれる人がいる。運転と遺体の移動です。最低でもひとりはいます」

「そのうちのひとりは、ロークを感心させるほどのハッキングの腕がある」イヴは指先でハンドルを軽く叩きながら、赤信号でブレーキを踏んだ。「あの詩のようなメッセージ。あれは劇場的な効果を意識してるわよね？　それから、自分が正義を成しているのを示したいという欲求。彼らはこうされて当然で、理由はこうだ、と」

イヴはアクセルを踏み、車の流れに乗った。「これは個人的な事情にかかわる犯罪。犯人は被害者たちを知っているか、彼らのひとりを知っている。あるいは、知っているのはリストに名前があるうちのひとりで、彼にはまだ手を出していない。でも、犯人に怒りの火をつけた男、犯人なりの十字軍運動を始める動機になった男はいる。犯人は、ペティグリューに注視し、素早く動いた――ホロヴィッツの出発が一日早まり、彼が昨晩のLCの予約をしたら、すぐに対処した。すべて準備を整えて、いつでも動ける状態だった」

「ええ、まずいですよ、もう次の準備を整えてます。すでにやっていなければですが」

「まだやってない」イヴは突き放すように言って車線を変え、よたよたと進む大型バス《マキシ》を追い越してからラピッド・キャブの前に割り込んだ。「わからないけど、やっていたら、何て言うか、自分がやったことを形にして残しているはず。しかも、やり方はエスカレートしている。のめり込んでいるのよ」

積み上げたレンガのように分厚くて手強《てごわ》い渋滞をさらにかいくぐり、アッパーイーストサイドへ向けて車を走らせる。「スプリング・セール実施中！　これが新たな流行の最先端！」と連呼する、宣伝用飛行船のやかましいアナウンスを何とか無視するうちに、金持ちと特権階級の人たちが暮らすカーネギーヒルにたどり着いた。犬の散歩用に人を雇い、若い外国人留学生のオーペア（家事や保育をする代わりに滞在先の家族から報酬をもらう留学制度）を受け入れ、お抱え運転手が当たり前の世界を進んでいき、警備ステーションの鉄製ゲートに車をつけた。

ゲート越しに見ると、歩道から目と鼻の先に大きな邸宅が建っていた。外壁は白いライムストーンで、窓は縦に細長く、バルコニーにはフリルのような装飾があって、正面に威厳のある円柱が並んでいる。

「わあ。ダラス宮殿とは違いますね」ピーボディが言った。「でも、美しくて立派です。会社を売って、うまくやったに違いありません」

「彼女の祖母の家よ。元妻は祖母と暮らしているの」

〝キャラハン家は〟と、防犯コンピュータの音声が流れた。〝この時間、訪問客を受け入れていません〟

「ＮＹＰＳＤのダラス警部補、ピーボディ捜査官。警察の捜査のため、ダーラ・ペティグリューと話をする必要がある」

警察バッジを掲げて、スキャンされるのを待った。

〝現在、ミズ・ペティグリューに面会はできません〟

「面会させないなら令状を持って戻ってくるし、そのときは本署で話を聞くことになるわよ。バッジをスキャンして」

赤い光が照射され、バッジがスキャンされた。

〝ミズ・ペティグリューにあなたがたの来訪を知らせます、ダラス、警部補、イヴ。ゆっくりとゲートを抜けてきてください〟

かすかなブーンという音とともにゲートが左右に開いた。

イヴの運転する車はゲートを抜けて、円柱の並ぶ広々とした正面入口の前に停《と》まった。

「祖母というのは誰ですか?」車を降りながら、ピーボディは訊いた。「この家は超豪華ですけど」

「ちょっとした女優らしい。エロイーズ・キャラハン」

ピーボディは驚きのあまり、ぴたりと体の動きを止めた。「エロイーズ・キャラハン！　あの、エロイーズ・キャラハンですか？」

「ここに住んでるキャラハンよ」よくわからないうえに興味もなく、イヴは上部がアーチ形になった両開きの扉に近づいて、ベルを鳴らした。

「驚いた、ダラス、エロイーズ・キャラハンはちょっとした女優なんかじゃありません。伝説の女優ですよ」ピーボディはわくわくして、思わず片方の手で胸を押さえた。「オスカーとかトニーとかエミーとか、その他なんだって山のように獲《と》っています。それから、筋金入りの活動家でもありました。影響力を利用して、父母専業者法や銃規制法の制定を目指し、先頭に立って行動していました。わたしのおばあちゃんは、なんと、彼女と一緒にデモ行進をしたことがあるんです。おばあちゃんの話によると、彼女は大統領選に立候補するようにまわりに勧められたのに――」

ドアが開いて、ピーボディは言葉を切った。

女性ドロイドだ。イヴは一瞬の間を置いて気づいた。三十代半ばの女性に似せてデザインされたドロイドは、きわめてよくできていた。髪と目は黒っぽく、ほっそりとして魅力的だ。

「警部補、捜査官、どうぞお入りください」

驚くほど高い天井の、広々としたホワイエに足を踏み入れる。頭上には氷がしたたるような細長いクリスタルで作られた、巨大なシャンデリアが吊ってある。

つややかなアンティーク家具（長いテーブルや派手な椅子）や絵画（淡い色使いの伸びやかな水彩画）を見て、イヴはロークが感心しそうだと思った。

「ミズ・ペティグリューはまもなく降りてまいります。コートをお預かりいたしましょうか？」

「結構です、ありがとう」

「応接室にご案内いたしますので、そちらでお待ちください」

天井がアーチ形をした幅広の廊下がホワイエから延びて、それぞれの部屋につながっている。応接室は広くて椅子も多く、五十人は座れそうだとイヴは思った。ここにもアンティーク家具が配されて水彩画が掛けられ、あちこちに生花が飾られている。

彫刻を施した細い柱で挟まれた暖炉では、小さく火が燃えていた。天然木材の重厚なマントルピースの上を見ると、イヴにはさっきのドロイドの設定年齢より十歳ほど若く見える女性と、それよりたぶん四、五歳年上の男性の肖像画が飾られていた。

驚くほど美しいふたりは立ち姿で、男性が背後から女性の腰に両腕をまわし、その手に女性が手を重ねている。白いドレスを着た女性は花嫁だ、とイヴは気づいた。ドレスは足首までの丈で、流れるようなシンプルなラインが美しい。肩に下ろした豊かな金髪がゆるく波打ち、頭に花の冠をつけている。女性は頭を少し後ろに傾けて、男性の肩に寄りかかっていた。男性の黒いスーツが、白いドレスとのコントラストでいっそう黒く見える。

うっとりするほど美しいふたりはたとえようもなく幸せそうで、ほほえみながら遠くを見つめている。

「ミズ・ペティグリューとご一緒にコーヒーはいかがでしょうか?」ドロイドが尋ねた。

「ええ。いただきます」

「どうぞおかけください。すぐに戻ってまいります」

ピーボディはドロイドが立ち去るのを待って、静かに息をついた。「あの肖像画に描かれているのが彼女ですよ。エロイーズ・キャラハンです。ああ、信じられないくらい華やかですよね? 一緒にいるのはブラッドリー・ストーンです。壮大なラブストーリーがあったんです。彼も役者で、ふたりは撮影セットで出会い、愛を育みました。そして、結婚してふたりの子どもに恵まれました。結婚生活は十二年か十五年くらい続いたと思います」

事件に関係のない情報にイヴはまるで興味がなかった。しかし、ひょっとして関係が……。「ラブストーリーがだめになったの?」

「まあ、そういうことですね、彼が亡くなってしまったので。どこか南部のほうでロケをしていて、撮影中のことだったと思います。ある男が、おそらく、エキストラのひとりだったのですが、セットに本物の銃を持ち込み、乱射したんです。現場には何人か子どもがいて、彼は――ブラッドリー・ストーンです――そのうちのひとりを安全なところへ押しやって、銃弾を受けてしまいました」

「ヒーローでした」

イヴが振り向くと、アーチ形の戸口に女性が立っていた。「祖母は再婚はしませんでした」女性はそう言って部屋に入ってきて、片手を差し出した。「ダーラ・ペティグリューです。お待たせして申し訳ありません。人前に出られるような格好をしていなかったので」

今は出られる格好だ。黒いパンツに明るいグレーのセーターを着ている。茶色い髪をクリップで留め、背中に垂らしているがやや乱れている。軽くメイクしていてもなお、顔はまだ少し青白く、疲れているようだ。

「気にしないでください。ダラス警部補です。こちらはパートナーのピーボディ捜査官です」

「はい、よく存じています。おふたりに会えなかったと知ったら、祖母はがっかりするでしょう。『ジ・アイコーヴ・アジェンダ』は、去年の映画では祖母のいちばんのお気に入りでした。授賞式にも出席したがっていましたが、具合が悪かったんです。どうぞ、おかけになって、お話を――あら、ちょうどよかった」

ダーラはしゃがれた声で小さく笑うと、ドロイドがトレイを手にして部屋に入ってきた。

「コーヒーです。ありがとう、アリエル、置いていってちょうだい。おふたりともコーヒーがお好きなことは知っています。わたしも映画を観ているので。一度だけじゃありませんよ」そう言い添えて腰を下ろし、コーヒーを注ぎはじめた。「お祖母様《グランド》と一緒に過ごすことがとても多いので。グランドは冬に肺炎にかかってしまい、それがなかなか回復しなくて。まだ元気がなくて、できるだけ体を休める必要があるんです」

「早く完治されますように」ピーボディが横から言った。「あらゆる面でお祖母様の作品はすばらしいです。実は、イースト・ワシントンで最初のスタンドアップ抗議行動があったとき、わたしの祖母はお祖母様と一緒にデモ行進をしたんです。ええと、あのころはまだDCだったと思いますが」

「そうなんですか？　それを聞いたら祖母はきっと喜ぶわ」ダーラはイヴにブラックコーヒーを渡し、ピーボディのにはミルクと砂糖を入れ、自分のには少量のクリームを足した。

「さて。アリエルの話では、捜査のことでわたしにお話をされたいとか。正直言って、どきどきしているけれど、早く知りたい気持ちもあります。わたしは、何か面倒なことになっているのかしら？」

イヴは質問には答えず、真正面から切りこんだ。「あなたはタデウス・ペティグリューと結婚されていました」

一瞬、苦悩のようなものが目にちらついたあと、ダーラは唇を引き締めた。「はい、そうです。二年前に離婚しました」

「円満にですか？」

「そうでもありません。ほんとうに、円満な離婚なんてものがあるのかしら？　結婚生活は十一年で、付き合った時期を含めると十三年です。不運な十三年だったと思います」

「離婚は彼の意向ですか？」

「はい。わたしには気詰まりな話題ですし、警部補、プライベートな問題です」口元も目も声もすべてこわばっていた。「どうしてそんなことを尋ねられるのか、想像もつきませんけれど」

「ミスター・ペティグリューは亡くなりました」

「何ですって？」すべての表情が消え去ったように、ダーラの顔がうつろになった。「そんなこと、まさか――。何ですって？」

「今朝早く、殺されました。ゆうべの九時から今朝の午前四時まで、あなたがどこにいらしたか立証できますか？」

「どこに――。何?」ダーラの持っていたコーヒーカップが激しく震え、ピーボディは手を伸ばしてそれを引き取った。

「ゆうべの九時から今朝の四時までどこにいらしたか、立証できますか?」

「タデウス」ダーラは両手で口を押さえ、体を前後に揺らしはじめた。「タデウス。確かなの? ないわ、ない、ありえない。何かの間違いに決まっている」

「間違いではありません」

「でも、どうして? ないわ、ない。どうして彼が死ぬの?」

「殺害されたんです」

ダーラの両手がだらりと下がり、椅子の座部の縁をつかんだ。「何てこと。何てこと。あの女よ。あの女でしょう?」

「どの女ですか?」

「彼がわたしを捨てて付き合った女に決まっているでしょう」ダーラは勢いよく立ち上がろうとしてふらつき、また座った。顔が死人のように真っ白だ。「マーセラ・ホロヴィッツよ」

「彼が亡くなった時刻にミズ・ホロヴィッツは街を離れていて、それは裏づけが取れています。あなたがどこにいたかを立証したいんです、ミズ・ペティグリュー」

「わたしが彼を傷つけると思うの、殺すと思うの? 彼を愛していたわ」ダーラは片手を心臓のあたりに押しつけていた。「いろいろあったけれど、彼を愛していた。愛するのは生涯《しょうがい》で彼だけよ」

目に涙をためて、肖像画を見上げている。「その点では、わたしはグランドに似ているの。わたしたちはふたりとも、ひとりの相手を永遠に愛しつづけるのよ。どういうことなの？　そんな恐ろしいことが、どうやってタデウスの身に起こったの？」

ダーラの青い顔とショックに満ちた目をじっと見つめて、イヴはさらに訊いた。「あなたがいた場所です、ミズ・ペティグリュー」

「ここよ。ここにいたわ」ダーラはぎこちない手つきでコーヒーのトレイからナプキンを取り上げ、あふれる涙を抑えた。「わたしはめったに出かけないの。祖母の具合が悪いと言ったでしょう。祖母の介護をしているのはもっぱらわたしなのよ」

「誰かと一緒でしたか？」

「グランドと一緒だったわ、もちろん。日中担当の看護師《ナース》が帰ったのが五時。グランドが少しずつよくなってきて、彼女はとても喜んでいるの。昨日の午後、三人で少し散歩をして、そのあと、ナースに手伝ってもらって祖母はお風呂に入ったわ。わたしには考えられない、とにかく考えられないわ。ああ、タデウス」

「それで、ナースが帰ったあとは」イヴが先を促した。

「六時ごろ、ふたりで夕食を取った、と思う。グランドはもう疲れたと言っていて——すぐに疲れてしまうのよ。ずっと行動的な人だったから、それが歯がゆいらしい。八時ごろにはベッドに連れていって、一緒に映画を観たわ。グランドは観ながらうとうとしていたけれど、わたしは一緒に座って、最後まで観ていた。それから、自分の部屋に戻って本を読んだわ。ベッドのそばにインターホンがあって、祖母が落ち着かなかったり具合が悪かったりしたら聞こえるようにしてあるの。祖母のようすを確認してから、ベッドに入ったわ。十二時にはなっていなかったと思う。それから、たぶん三時ごろ、目が覚めたの。理由はわからない。祖母の声がしたのかと思ったけれど、ようすを見に行ったら、何でもなかった。眠っていたわ。だから、ベッドに戻ったの。祖母とドナルー——ナースよ——と散歩をしたあと、外には出ていないわ。タデウス……」ダーラはつぶやき、その目に涙があふれた。「とにかく信じられない。夜中に目を覚ましたのは、何か感じたから……。どうかしてる、馬鹿げてるとわかってるけれど、目が覚めて何かがおかしいと感じたの。グランドのせいだと思ったのに。タデウス……」

ダーラはゆっくり立ち上がった。「申し訳ないけれど、ちょっと失礼させてください。ほんの少しだけ」そう言って、部屋からすぐに出ていった。

「ああ。よほどショックだったんですね」

「そう思うの？」イヴは冷たく、嘲笑《あざわら》うように言った。「長い時間をともにしたのに、若い女に心変わりした男に捨てられ、共同で所有していた会社を――離婚と同様、たぶん、望んでいなかったのに――売られて、その金の大部分を取られたのよ。それでもまだ、彼にロマンチックな思いを持ちつづけているの？」

「まあ、それはないでしょうね」ピーボディは認めた。「でも、過去にしがみつく人っています。元どおりになれるかもしれないって期待しつづけるんでしょう。たとえば、ロークが同じような馬鹿げたことをしたとして、あなただって彼への思いは断ち切れないと思うんです」

「たぶん、そうね。でも、それ以前に彼の体の皮をはいで、油で揚げて、オオカミに食べさせてるはず」

「おっと」ピーボディはまたコーヒーを飲んだ。「ただただ絶望する人もいます。それでも……」

壁のパネルが開いて女性が姿を現し、ピーボディは言葉を切った。

エロイーズ・キャラハンはもう絵のなかの光り輝く若い花嫁ではないが、いい年の取り方をしていた。髪はまだブロンドで――たっぷり手をかけているだろう、とイヴは思った――美しさのまだ残る顔のまわりで波打っている。体形にも、シャンデリアと同じ青い目にも美は宿っていた。

見た目は弱々しく、顔も少し青ざめていたが、それをなるべく見せないように、うまく化粧を施し、流れるようなラインの優美な黒いパンツとローズピンクのチュニックを身につけていた。

ピーボディはさっと立ち上がり、しどろもどろに言った。「あ、あの、ミズ・キャラハン」

「ピーボディ捜査官」シルクのようにつややかな声で、やさしく、穏やかに言い、エロイーズはゆっくりと部屋を横切ってきた。「何てうれしいことでしょう！　アリエルがお客様だと言って、それで、やっと、どなたなのか教えてくれたの。わたくしは大ファンなのよ！　イヴ・ダラス。ああ、どうしましょう」まずピーボディの手を握り、イヴの手を握ってから、椅子に身を沈めた。

「わたくしの愛する街のために、おふたりがなさってくれることすべてに感謝します。わたくしは夫を失ったあと、この街へ来て仕事に没頭したんです」エロイーズは肖像画に目を向けた。「ふたりともきれいだったでしょう？　街とその活気に背中を押されて走りつづけ、この世界へ、ブラッドリーとわたくしが愛した仕事へと戻ることができたのよ」

「あの……わたしのおばあちゃんはあなたと一緒にデモ行進をしたんです」ピーボディがいきなり言った。

「あら？　そうなの？　おばあちゃんのお名前は？」

「ジョシー・マクナマラです」

「まさか！　ジョシーですって？」エロイーズはうれしそうに笑い、両手を打ち合わせた。

「ジョシーなの、ほんとうに？　何て不思議なこと！　びっくりだわ。ジョシーのことは、はっきりと、ほんとうにはっきりと覚えているわ。とんでもなくせっかちな人だった。お元気なんでしょうね」

「はい、いまもせっかちです」

「そうでしょうとも」エロイーズはまた張りのある笑い声を響かせた。「ああ、あのころはほんとうに楽しかったわ。エルがよろしく言っていたって、ジョシーに伝えてちょうだいね。ああ、ほんとうに楽しかった」エロイーズは繰り返した。「世の中をほんの少しだけれど変えたの、ほんとうよ！　それはブラックコーヒー？」イヴに尋ねた。

「はい」

「よかったら、ほんの少しだけ……」

イヴは戸惑いながらエロイーズにカップを渡した。

「最近、ダーラはわたくしがカフェインをあまり摂《と》らないように厳しく見張っているのよ。ジュース、薬、水、ジュース、薬、水の繰り返し」美しい目をくりくりさせて、エロイーズはコーヒーを少し飲み、うれしそうにため息をついた。「味わいたかったのはこれよ」もう一口飲んでから、カップをイヴに返した。「わたくしたちだけの秘密よ」そう言いながら、青いクリスタルのような目を輝かせた。

「もちろんです」

「あの子はほんとうによく世話をしてくれるの――自分の時間がほとんどなくなるくらいに。わたくしはこのところずっと体の調子がよくないの。病気になってもすぐまた元気になれるような年齢ではもうなくなっているのね。正直言って、それに腹が立ってしかたがないわ」またため息をつく。「それはともかく、今日、ニューヨークの警官がうちにやってきた理由を話してくれるかしら?」

イヴが答える前に、エロイーズが通路のほうに目を向けた。年齢を重ねても聴力は衰えていないようだ。足音を聞いて、エロイーズはにっこりした。「おっと、見つかってしまったみたい」

落ち着きを取り戻したダーラが部屋に入ってきた。しかし、赤く泣き腫らした目には悲しみが宿っている。年を重ねても、エロイーズの目は衰えていなかった。

「ダーラ!」立ち上がったエロイーズがかすかによろめき、イヴはさっと近づくと彼女を支えた。「どうしたの? スウィーティ、何があったの?」

「ああ、グランド」落ち着きは跡形もなく消え、また目から涙があふれ出した。「タデウスなの。彼が亡くなったって。タデウスが亡くなったの」

「亡くなった?」エロイーズが広げた両腕のなかにダーラが飛び込んだ。「ああ、かわいそうな子。よしよし。さあ、お座りなさい」エロイーズはダーラをソファに連れていき並んで座り、一方の腕を体にまわした。「ほんとうに残念だわ、ダーラ。ほんとうに」

エロイーズはダーラをなでたりさすったりしながら、イヴのほうを見た。「まったく、今朝のわたくしはどうかしてるわ。あなたがたは殺人課だもの。そういうことだと気づくべきだったのに、おふたりに会えてとにかくうれしくて、それ以上のことを考えずにいたんだわ」

「グランドは休まないと」ダーラが言い聞かせはじめた。「興奮してはいけないわ」

「わたくしは平気、何の問題もなく元気よ。だから、心配するのはやめて。あなたに鎮静剤を持ってきてもらいましょう」

「いいえ、いらないわ、しっかり受け止めないと。乗り越えなければ。ああ、グランド、誰かがタデウスを殺したのよ」

「わかっているわ。わかっている。一緒に乗り越えましょう。いったいどうしてそんなことになったの?」エロイーズがイヴに訊いた。

「いま、捜査しているところです。お話しできることだけお伝えすると、彼はゆうべの午後九時ごろ、身元不明の女性と一緒に出かけました。その数時間後、彼の遺体が自宅前で発見されました」

「前？」エロイーズは眉をひそめ、隣のダーラをさらに引き寄せた。「外なの？　自宅内ではなく、前と言ったわね」

頭もさえている、とイヴは判断した。「そのとおりです」

エロイーズは何か言おうとしたが、まだ隣でダーラが現実を受け止めようと苦しんでいるのを感じて、考え直したようだった。「彼は女性と同居していたわ。でも、もちろん、それはご存じよね。マーセラのことも知っているでしょう。つまり、一緒だった女性は彼女ではないの？」

「それも、そのとおりです。ミズ・ホロヴィッツはその時間、街から離れていて、何人かの女性と一緒でした。彼女とはこれから直接話をして確認しますが」

「わたくしたちに何かできることはあるかしら？」

「ミズ・ペティグリューが午後九時から午前四時までどこにいたか、立証する必要があります」

ダーラはなんとか冷静を保とうとしつつも、泣きじゃくりながら言った。「わたしがタデウスを傷つけたと思っているのね」

「まあ、馬鹿を言わないで。あなたは動揺しているけれど、頭はまだ動いているでしょう。この人たちはあなたへの疑いをなくすために知る必要があるの。あなたは彼と結婚していたわ、そして――この方たちも知っているはず――彼はあなたを捨ててマーセラのもとに走ったのよ」

エロイーズはさらに強くダーラを抱きしめた。

「ダーラはここにいましたよ」エロイーズはまっすぐイヴの目を見ながら、きっぱり言った。「ふたりで映画を観ていたんです。残念ながらわたくしは途中で眠ってしまったの――ほんとうに、疲れやすくなってしまって。でも、ゆうべはふたりでゆっくり過ごしていたわ。ようすを見に来てくれたわね」エロイーズはダーラに言った。「はっきりした時間はわからないし、半分眠っていたけれど、あなたが額に手を当てて熱がないかどうか確認してくれたのは覚えているわ。もう何週間も熱は出ていないわね」

エロイーズはダーラの手をぎゅっと握った。「ダーラはわたくしの願いを聞き入れて、離婚のごたごたの間にここへ越してきて、一緒に暮らすことになったの。タデウスと彼の裏切りのせいで、深く傷ついていたわ」

「ほんとうに力になってくれたわね、グランド」まるで苦悩を絵に描いたように、ダーラは祖母の肩に顔を押しつけた。「おかげでわたしは乗り越えることができた」

「わたくしたちは助け合ったのよ」やさしさの消えた声で言い、エロイーズはふたたびイヴに視線を移した。

芯《しん》の強い、気骨のある女性そのものだ、とイヴは思った。

「それだけじゃないわ、ダーラは自分の会社を持っていたの。苦労して立ち上げた会社だったのに、彼はダーラの公正な取り分をだまし取り、離婚するのだから売るべきだと言い張ったのよ」

「あなたが作った会社なのに、ミズ・ペティグリュー、どうして彼が売却を強要できたんですか？」

まだエロイーズの手を握ったまま、ダーラは濡《ぬ》れた目をぬぐった。「グランドは勘違いしているんです」ダーラはため息交じりに言った。「わたしはたまに馬鹿なことをするのよ。彼に過半数の株式を贈与したわ。税金対策とか、不動産の権利とかのためだと言われてね。わたしはそれを信じたし、彼のことも信じていた。彼がその過半数の株式を利用して、会社の預金を引き出していたことは手遅れになるまで気づかなかった。売却に同意しなければ会社が倒産するところまできていたの。そうなれば、わたしも破産してしまう。それに、正直言って、彼と闘う気力もなかったわ。でも、グランドに助けられて乗り越えることができたのよ。何度も強く言われて、最終的にサポートグループにも参加するようになって、そこのみんなにも助けられたわ」

例のあれだ、とイヴは思った。「何というサポートグループですか?」

「ウィメン・フォー・ウィメン。通ってみたら、わたしはひとりじゃないってわかったの。愛して信じた人に裏切られただけで、自分が愚かだったわけじゃないとわかった。もう何月も参加していないのは、乗り越えたから。わたしは立ち直ったのよ!」

「そして、わたくしが病気になっても、あなたは一緒にいてくれたわ」ダーラをなでながらエロイーズはやさしく言った。「またあそこへ行って、元気を取り戻さなければね、スウィーティ。つらく悲しいとき、女性はみんな、周囲で支えてくれる女性が必要なの」

「そうかもしれない。そうね、行ってみようかしら」

「そのグループでは」イヴが言った。「結婚生活や離婚に関する問題、込み入った話を仲間と分かち合うんですか?」

ダーラは泣き腫らして赤くなった目を伏せた。「ええ、それが大事なの。分かち合うことが。そうした問題の当事者だけが参加できるプライベートな集まりよ――それを承知のうえで参加するからこそ思い切って話そうという気にもなれるし、開放的にもなれるわ。みんな、ファーストネームしか使わないのよ」

「会合でジャスミンとかレアという女性と一緒になったことはありますか?」

ダーラは肩をすくめた。「それは――それは秘密だから。いたかいないかを言うのは、いけないことに思えるわ」

「それが捜査の役に立つかもしれないんです」

「どんなふうに役に立つか、わたしにはわからないし――」

「どう役に立つかを知るのは、あなたの仕事じゃないわ」エロイーズが横から、まだやさしいけれどきっぱりした口調で言った。「それは彼女たちの仕事よ、スウィーティ」

ダーラはため息をついた。「やっぱりいけないことに思えるけれど、イエスよ。レアもジャスミンも、少なくともしばらくはグループにいたわ。さっきも言ったとおり、わたしはもう何か月も顔を出していないけれど、ふたりとも、わたしがまだ参加しているころに来なくなったと思う。それがどう役に立つの? それがタデウスとどう関係するの?」

「それを見つけるんです。お時間を作ってご協力いただき、ありがとうございました」

「警部補」イヴとピーボディが立ち上がると、ダーラが言った。「わたしたちはもう結婚していないけれど……容疑者を見つけたら知らせてくれる? 誰がタデウスを殺したかわかったら、知らせてくれますか?」

「お知らせできる情報はすべてお伝えします」

「ありがとう。そこまでお送りしましょう」

「わたくしがお送りするわ」エロイーズも立ち上がった。「少しは動かなければいけないわ、そうでしょう？　それに、お腹がぺこぺこなのよ、ダーラ。あなたは戻って、朝食の支度ができているかどうか確かめてくれないかしら？」

「もちろんよ！　お腹がすいているなんて、とてもうれしいわ。グランドは最近、あまり食欲がなかったから」ダーラは説明した。「犯人が見つかってほしいわ。一刻も早く」

ダーラは部屋を出ていき、エロイーズはゆっくりと歩きだした。

「何か言いたいことがあるんですね」イヴが訊《き》いた。

「あなたはとても鋭いわね。実は、ふたつあるのよ」ふたりの先に立ってホワイエに足を踏み入れ、エロイーズは言った。「まず、彼が亡くなってもわたくしは気の毒とは思わないけれど、それはわたくし個人の感情よ。ダーラはかわいそうだと思うわ。動揺しているし、これからも悲しむでしょうし。もうひとつは質問なの。さっきあなたは、彼が誰かと出かけて、数時間後に遺体が……自宅の外に放置されていたとおっしゃったわね。この二週間ほど、体調はよくなったけれど、まだ万全ではないから、わたくしは朝から晩までスクリーンを見続けていたのよ。それで、この事件は、タデウスは、アパートメントビルの外に放置されていた男性の――名前は思い出せないわ――状況と似ているのかしら？」

イヴはすぐさま返事をした。「類似点はあります」

「ああ、何てこと。あの子にはできるだけニュースを見せないようにしなければ。知ったら壊れてしまうわ。犯人を見つけてちょうだい」エロイーズはピーボディ、イヴの順番に握手をした。「こんなことをしている犯人を見つけてちょうだい。そして、もっと楽しい状況でまたお会いできるといいわね」

10

「わたしがエロイーズ・キャラハンに会ったって言ったら、おばあちゃんは大喜《フリップ》びすると思います」

「もちろん、その宙返《フリップ》りが、このエクササイズのいちばんのポイントよね」

「とりあえず、そういうのはやめてください」ピーボディはさらりと言い、イヴと一緒に車に乗りこんだ。「ダーラ・ペティグリューのアリバイは当てにならないし、彼女には動機があります」

「同意見」

「その一方で、彼女の悲しみ方は本物に思えました。祖母への献身的な愛情もです」

「それも同意見」

ピーボディは考えこみながら振り返って邸を見た。「彼女が、もしかしたら何時間も、お祖母さんをひとりにして放っておくとはとても考えられません。長引いた病気からやっと回復しているところなんですよ」

車を発進させながら、イヴはちらりとバックミラーに目をやった。「豪邸よね。おばあちゃんのようすを見守りながら、男をなぶり殺しにできるような、防音設備のばっちり整った秘密の部屋なんていくらでもあるわよ。違いない」

ピーボディは両方の眉を上げた。「彼女ならやれると？」

「容疑者候補のひとりよ」

「ほんとうに彼女が、マッケンロイと元夫を痛めつけ、体の一部を切り取って殺すと思いますか？　九十何歳かのお祖母さんが同じ屋根の下で眠っているんですよ？」

「誰もがそう思うからこそ、とてもいい隠《かく》れ蓑《みの》になるの。彼女は容疑者候補のひとりよ」イヴは繰り返した。「しかも彼女の名前はリストの上位にある。わたしたちが尋ねる前に、彼女がサポートグループのことを持ち出したのも興味深いわ」

「そのグループが怪しいと思うんですか？」ピーボディは困惑し、体の向きを変えてイヴの横顔を見つめた。パートナーのことはよくわかっていた。自分には感じられない何かを感じ取ったのだろう。「でも、彼女はどれだけお祖母さんに助けられたかを話していて、そのうちのひとつが、サポートグループへの参加を勧めてくれたことだって」

「怪しいとはかぎらないけれど、都合がよすぎるわ。わたしたちにとっても好都合よ。これで点がつながったんだから。サポートグループのメンバーのひとりか複数人が、男性ふたりを殺した可能性は高い。グループを主催している女性を見つけるわよ」

「もう調べています。ウェブサイトがありますね」ピーボディは言い、ＰＰＣを操作した。「名前や連絡先の記載はありません――匿名で運営する方針なんでしょう。運営目的らしきものがあります。〝ウィメン・フォー・ウィメンは、女性が女性を、批判することなくサポートを提供します。離婚、不貞、死別、ハラスメント、レイプ、鬱《うつ》状態、社会復帰など、あらゆる困難を乗り越えるため、たがいに支え合います。わたしたちのグループは、女性が日々の生活で直面する問題に、独自の視点で取り組みます。誰かに話を聞いてほしくなったら、いつでもご連絡ください〟」

ピーボディは画面をさらにスクロールした。「グループを指導しているのは免許を取得したセラピストで、ご要望があれば、シェルターや弁護士やリハビリ施設のご紹介もいたします、って書いてあります。マクナブからちょっとやり方を教えてもらったので」ピーボディはイヴに言った。「ＩＰと名前と住所を探れるかどうか試してみますね」

「その前に、会合をしている場所の住所を入れて。行ってみるから」

ピーボディは住所をセットして両肩をまわすと、キーボードを打ちはじめた。

イヴはピーボディには話しかけず、ダウンタウンに向けて車を走らせながら、自分でもあれこれ考えはじめた。

大邸宅だった、と思い出す。ガレージがあったから車もあっただろう。とても秘密めいた住まいだった。彼女が犯人である可能性は高い。

その一方で、祖母はか弱くて、元気とは言いがたかった。重い病気から回復しかけている女性に見えた。確認しておいても損はないだろう。肺炎が嘘《うそ》ではないと確認するだけでいい。

これが嘘である可能性は低い。そうなると、献身的な孫娘が、弱って元気のない祖母をひとり置いて、どれだけ時間がかかるかわからないが、ターゲットを誘い込んだり、人目につかない邸宅に運んだりするというのは考えにくくなる。

それでも、自分を裏切った元夫の死をあそこまで悲しむだろうか。

日中担当の看護師がいる、とダーラは言っていた。おそらく、夜間担当の看護師も雇っていて、自分がどこかで忙しくしている間、祖母を看てもらっていたのだろう。たぶん、記録には残さずに。

「やったぜ、見てください!」ピーボディはシートで弾みながら一方の拳《こぶし》を突き上げた。

「突き止めました。IPの登録者はケンドラ・ズーラ。ちょっと待って、住所もわかります。へえ、会合する場所から二ブロックしか離れていません。もう、そっちに向かっていますよ」

「よくやったわ」

「ありがとうございます。彼女について調べてほしいですか？」

「どうだと思う？」

「もちろんイエスですよね。えっ、まだ二十一歳ですよ。ニューヨーク大学《NYU》の学生です。両親は同居していたが、結婚はしていなかった。父親はアフリカのケニヤ在住。きょうだいはいません。母親は同じ住所に住んでいます。ナタリア・ズーラ」

「母親がグループを主催して、娘がサイトを作った」と、イヴは推測した。「母親を調べて」

「ナタリア・ズーラ、四十四歳で、そう、認可を受けたセラピストです。免許を得たのは二〇五六年。女性と子どもを専門として開業しています。開業場所の住所は自宅と同じようです」

「だったら、彼女は簡単に見つかるはずね」

住所を頼りに行ってみると、マンハッタン北部のノーホーのはずれに、間口の狭い二世帯住宅が建っていた。正面入口のドアが濃いブルーに塗られている。歩道から低いステップを上がると、狭い板床に大胆なストライプ模様の植木鉢が置かれ、土から何か緑色のものが突き出ていた。

防犯設備は整っている。そう思いながらイヴはドアベルを鳴らした。女性の声、コンピュータ音声ではない声が応じた。「何のご用ですか？」

「NYPSDのダラス警部補とピーボディ捜査官です。ナタリア・ズーラさんにお話があります」

イヴが言い終える前にドアが勢いよく開いて、走ってきたのか、現れた女性は荒い息をしていた。「ケンドラ」

「われわれの知るかぎり、その方は無事です。伺ったのは別の件です」

「ああ、よかった」女性は心臓のあたりに片手を当てた。「娘のケンドラは、ゆうべ、友だちのところに泊まっていて。心配していたんです、すみません。身分証明書《ID》を見せていただけますか？」

イヴは警察バッジを取り出し、それをじっと見ている女性をじっくりと見た。

背が高く、均整の取れた体格だが、漆黒の肌を覆い隠すのはむずかしいだろう。目撃者たちによると、容疑者は黒人ではない。頬骨がダイヤモンドカットしたようにとがっていて、大きな目は黒っぽく、黒い髪を数十本の細い三つ編みにして肩に垂らしている。

シンプルで仕立てのいい濃紺のスーツに、センスのいい靴、ぱりっとした白いシャツを着ている。

「ありがとうございます。どうぞお入りください。お話はわたしのオフィスで伺います」

「わかりました」

かすかに訛《なま》りがあるが、声はよく響き、発音もはっきりしている。ふたりの先に立って廊下を歩き、入っていった部屋には小さなデスクと、淡いグレーの大きめの椅子が二脚と、濃紺のソファがあった。壁に飾られた数々の絵にはすべて花が描かれ、草原や、静かな森や、曲がりくねった川のほとりで美しく咲いている。

「どうぞ、おかけください。お茶をお持ちしましょうか?」

「おかまいなく、ありがとうございます」

ナタリアはデスクの向こうに回って座り、デスクの上で両手を組み合わせた。「どんなお話でしょうか?」

「あなたはウィメン・フォー・ウィメンというサポートグループを運営されていますね」

「そうですが、それは秘密事項です。グループの参加者すべての秘密は保証されています」

「男性がふたり、殺されました、ミズ・ズーラ。あなたのグループはこのふたりと関連があります」

ナタリアは拳で殴られたかのように、さっと体を引いて背もたれに体をあずけた。「でも、それはありえません。グループに男性はいませんから。女性だけのグループです」

「ふたりを殺したのは女性です」

「ああ」ナタリアは一瞬、目を閉じた。「これは断言できますが、わたしたちのグループは援助や理解してあげること、ロールモデルを提供することで、参加者の心の平穏や回復、安定を目指しています。暴力を助長したり認めたりすることは一切ありません」

「そうかもしれませんが、関連があるんです。亡くなった男性はふたりとも、あなたのグループに参加していた女性たちと関係がありました。その女性たちはこの男性たちとの間であったことが原因で、あなたのグループに参加したんです」

黒っぽい目が不安そうに翳《かげ》った。「わかりました。でも、その男性たちはほかの関連が原因で、一緒に殺されたに違いないわ」

「一緒ではありません。ナイジェル・マッケンロイはおとといの夜に殺害されました」

「それはニュースで聞いたわ。知っている名前ではないけれど、その人が殺されたのは聞きました」

「タデウス・ペティグリューがゆうべ、同じ方法で殺害されました」

「あの……恐ろしい話だけれど、わからないわ。その男性ふたりは、互いに面識がないということなの?」

「いま、確かめられる限りでは、面識はありません。マッケンロイのオフィスで働いていた女性ふたりが、彼に薬を飲まされてレイプされたと証言しました。女性はふたりとも、あなたのグループに参加していました。ペティグリューの元妻によると、彼は妻を捨てて別の女性のもとに走っただけではなく、金銭面でも彼女をだまし、それで彼女はあなたのグループに参加することになったということでした」

「でも……」ナタリアは片手を上げて、喉元に触れた。「その女性たちが何らかの形で協力して殺人を犯すなんて、信じられないわ」

彼女は冷静さを失わず、落ち着いている、とイヴは思った。しかし、表情からは不安がますます募っているのがわかる。

「証拠を見るかぎり、ふたり以上がかかわっていると思われます。その人物を特定して止めなければ、間違いなく、さらに男性が殺され続けます」

「わたしにどうしろと？」

「この三年間に、あなたのグループの会合に参加した女性たちの名前が必要です」

「でも、それはできないわ」

「わたしたちは警察ですし、今後、令状を手に入れます」

「いいえ、そうじゃなくて、文字どおり、できないという意味よ。秘密の保護以前に、わたしは彼女たちのファーストネームしか知らないし、その名前も、ほんとうの名前を使っていない人は多いかもしれない。会合でのやりとりは記録していないわ。ここは単なる場所、安全な場所なの。必要なときに女性たちが足を運べて、言うべきことを言えて、批判されない場所なんです」

「メモを取ってるはずです。誰が来て、その人が何を必要として、過去に何があったのか、メモを取らなければ忘れてしまうでしょう」

「メモは取っています、そう、ファーストネームだけを添えて」深みのある澄んだ目でイヴの目を見つめたまま、ナタリアは両方の手のひらを上に向けた。「どうぞご理解ください。力になりたくても、あなたの言うとおりにしてしまったら、彼女たちは誰もわたしを信じてくれなくなる」

「わかりました。令状を出されたら、わたしには法に従う以外に道はないけれど」

「ピーボディ、ヤンシーがマッケンロイの目撃者から話を聞いて、人相書を完成させたかどうか確認して」

「申し訳ありませんが、令状がなければ、あなたが望むものをお渡しするわけにはいかないわ」ナタリアは続けた。「また誰か亡くなったら、わたしも責任を感じるでしょう。それでも、わたしの元へ来る女性たちは傷つき、怯え、打ちのめされ、絶望しているの。殴られてぼろぼろになっても、殴られるのは自分が悪いからだと思っているのよ。捨てられて、自分には何が足りないのだろうと悩んでいる女性たちなの。わたしもそんなひとりだったわ」

「ゆうべの九時から今朝の四時まで、あなたがどこにいたか教えていただけると助かります」

「わかったわ。わたしも関係者だものね」まだ冷静で落ち着いたまま、ナタリアは一息ついた。「ゆうべは男性と一緒だったわ。名前はジョー・フォン。いい人だと思うけれど、わたしは前に判断を誤っているから。でも、付き合いはじめて数か月たっても、彼を選んだことが間違いだったとは思えないわ。ゆうべは、彼に食事を作ったの。彼は七時にやってきて、食事を終えてから二階に上がってずっと一緒にいたわ。娘はさっき言ったとおり、友だちの家に泊まりに行っていた。彼はあなたたちが来るちょっと前に帰ったばかりだった」

「おとといの夜は？」

「娘と一緒にいたわ。外で食事をして、映画を観に行った。帰ってきてから、十二時近くまで話をしていたわね。あの子は恋をしてるの。話を聞くかぎり、相手はいい子みたい。いい子であってほしいわ。あの子はわたしのすべてよ、警部補。誓えるわ、あの子が傷つくようなことをわたしは絶対にしない。母親が誰かの命を奪ったりしたら、あの子はひどく傷つくわ。自分を見失ってしまう」

かすかに笑みを浮かべたナタリアは、フォトフレームの角度を変えて、イヴとピーボディにかわいらしい少女の写真を見せた。目が母親にそっくりだ。

「わたしのすべてよ」ナタリアは繰り返した。「父親はこの子がまだ赤ちゃんのときに出ていってしまった。わたしは両親――ふたりとも医者なの――と一緒にアメリカへ渡ってきた。両親はわたしにも同じ道を歩ませたがっていたけれど、わたしは恋に落ちてしまって、やがて、ケンドラが生まれた。彼が出ていったときは胸が痛かったけれど、わたしにはあの子がいたわ。だから、わたしのすべてが。そのうち、ある男性が現れた。わたしは、いい人だと思ったわ。わたしたちの人生に迎え入れた。そして、美しいあの子がまだ十五歳のとき、彼があの子に……触れていたと知ったのよ。最初のうち、あの子は怖くてわたしに言えず、わたしは何も見えていなかった。でも、話を、ようやく話をしてくれると、わたしはあの子を医者のところへ連れて行ったわ。それから、警察にも連れて行った」

「その男はどうなりましたか？」

「服役中よ。まだ当分、出てこないわ。あの男はわたしの娘の姿を隠し撮りしていたの。シャワーを浴びたり、ベッドで横になったりしているところを。わたしはそばにいたのに、気づかなかった。あの男はわたしの娘を無理やり犯して、母親に何を言っても自分は否定するから彼女は信じないだろう、言ったら彼女を殺してやると言っていたそうよ。他にもいろいろ言っていたわ。でも、いまはもう刑務所にいて、あの子は無事に過ごしている。あの子はわたしを信用してくれて、わたしたちは警察を信用したわ。わたしに人を殺す力があれば、あの男を殺していたと思う」

ピーボディは立ち上がり、自分のPPCを差し出した。「この女性が誰かわかりますか？」

ナタリアは画面をじっと見て立ち上がり、もっと明るいところで見ようとPPCを窓辺へ持っていった。「とてもきれいな人だと思うけれど、知らないと思うわ。うちのグループには来ていない。来ていたらそう言うわ。それ以上のことを言うつもりはないけれど、嘘はつかない」

「あなたを信じます。これから令状を請求します。グループの人たちには、あなたの過去の話を伝えましたか？」

「もちろん」ナタリアは指輪をはめていない両手を上げた。「わたしが信頼しなければ、彼女たちに信頼してほしいとは言えないでしょう？　信頼した男は刑務所のなかだけど」

正義は成されたということだ、とイヴは思った。

「わたしのパートナーにミスター・フォンの連絡先を教えていただけたら、こちらで連絡してお話を伺います」

ナタリアはピーボディに連絡先を伝え、立ち上がった。「あなたがたが間違っていることを願うわ。犯人がわたしたちのサークルに来た人じゃないことが明らかになってほしい」

願うのは自由だ、とイヴは思った。でも、わたしは間違っていない。

イヴは次にモルグへ向かった。

「令状の発行を急《せ》かして、ピーボディ」イヴは運転しながら言った。「ファーストネームではあまり役に立たないだろうけど、ないよりはまし。それから、ペティグリューの公認《L》コンパ《C》ニオンを手配した人と話がしたい。彼に好みのタイプがあったかどうか調べるのよ」

「調べます。それから、ズーラのアリバイ立証のためにフォンに連絡を取って、彼女のアリバイが成立するかどうか確認しましょうか？」

「そうね、確認しないと。アリバイは成立するだろうけど」リンクが鳴り、イヴはダッシュボードのマイクで応じた。「ダラス」

「ボンディータ・ロスチャイルド、マーセラの母です。いま、市内に向かっているところで、一時間後には帰宅するわ」

「わかりました、ミズ・ロスチャイルド、そちらへ伺います」

「マーセラも一緒につれて帰ります。あの子をあの家にいさせたくないから」ボンディータがコブルヒルの住所を早口で言った。そうなると、川を渡ってブルックリンへ向かうことになる。

「そちらへ伺います」と、イヴは繰り返した。「九十分後くらいに」

「マーセラの辛い気持ちを配慮してやってください」ボンディータは最後にそう言い添え、通信を切った。

車を停《と》めてトンネルを歩きだすと、ピーボディは自分のリンクをチェックした。「令状を準備中です」

「大部屋《ブルペン》で手が空いている人がいないかどうか確認して。捜査官のほうがいいけど、制服組でもかまわない。彼らに手伝わせて、データも集めさせて」

モリスの部屋の扉に近づいていくと、イヴのコミュニケーターが鳴った。「今度は何?」画面を見ると、ホイットニー部長、と表示されている。「ダラスです」

「警部補。塔《タワー》へ来て、ティブル本部長と話をしてくれ」

本部長となれば思ったより面倒な話になる。「部長、わたしは今、外にいます。これからモルグに入り、現在、捜査中の一連の事件の第二被害者と思われるタデウス・ペティグリューについて、ドクター・モリスと話をするところです。九十分後には、ペティグリューの同居人からの聞き取りもする予定です」

「一三〇〇時にタワーへ出頭するように」

「わかりました」イヴはコミュニケーターをポケットに押し込んだ。「ジーナ・マッケンロイね」

「直接、上に駆け込んだんですね」ピーボディが言った。「とはいえ、われわれがホロヴィッツから話を聞く時間は取れます」

「あなたは部長に呼ばれていないわ。いずれにしても、わたしが彼女に聞き取りをしたときもいなかったしね」

「まったく」ピーボディは反抗的な表情を作った。「パートナーなんですよ。お尻が焼けちゃうような思い切ったこともやってみるべきです。わたしのお尻は、あなたのお尻と一緒にフライパンの中なんですから」

「なんだかよくわからないフライパンの中で、あなたのお尻がわたしのお尻にばんばんぶつかってくるところなんか、想像させないでよ」イヴはぶつぶつ言って両開きの扉を押し開けてなかに入り、ピーボディが鼻を鳴らして笑った。

モリスはお気に入りのブルース風のナンバーを流していた。深緑色のスーツを着ている。ネクタイと同じ明るいグレーの紐《ひも》を編み込んだ三つ編みを、後頭部で輪にして背中に垂らしている。

モリスは両手をペティグリューの切開された胸のなかに入れていた。

「〝もう一度、あの突破口から突き進め、諸君〟（シェイクスピア作『ヘンリー五世』から）。この不運な男性はもう二度と戦えないがね」

「最後の戦いでも戦えなかった」イヴが指摘した。

「そう、戦わなかった。防御創はない、前のお客より外傷は多いのに。きみの現場での推論に異議はないよ、ダラス。彼は両手首を頭上に引き上げて吊され、自分の重さで引っ張られ、もがいて負担がかかるうちに、やがて両肩が脱臼した。電流棒――マッケンロイに使われたものと寸法は同じだ――で、殴られ、焼かれ、突き入れられてもいる。最初に負った火傷から最後に負った火傷まで、少なくとも四時間は経過していると思われる」

「彼女は……ひたすら没頭していた」

「的確な表現だと思う。ある意味、没頭していなければ、同じ人間である相手に数時間にもわたって責め苦をあたえつづけることはできない。猿ぐつわをかませた形跡はないから、彼は叫んだろうし、命乞いもしただろう。死因《COD》は、性器の切断による大量の出血ということになるな。彼も、マッケンロイと同様、彼女が刃物を使ったときはまだ生きていた。私見では、マッケンロイに使われたのと同じ刃物だ」

「薬を飲まされていた？」

「前回と同じく、すぐに毒薬物検査をした。同じ成分だったよ。今回、最初の一服は被害者の手のひらから注入された」

「なるほど、そうやったのね」イヴはうなずきながら遺体の周囲をまわりはじめた。「彼はドアを開け、彼女を招き入れようとする。彼女は自己紹介して、片手を差し出す。彼女はあらかじめ手のひらに注射器を隠していた。彼には反応する時間さえなかった。彼女は待たせている車まで彼を連れて行き、確保完了」

「二服目は口から摂取している」

「たぶん、車のなかね」イヴの目に浮かんだ。そう、はっきりと。

「彼を車から降ろす」と、イヴは続けた。「目的地に着くと、車を運転していた者が、彼を建物に入れて、たぶん、彼を吊すのも手伝う」

「今のところ、前の被害者と違うところをひとつだけ見つけた」モリスはイヴに言った。

「彼のつま先を見てごらん」

　モリスはイヴとピーボディにゴーグル型顕微鏡を差し出した。ピーボディは一歩下がった。

「だいじょうぶです。ここからでもよく見えます」

　イヴはゴーグルをはめて、モリスと一緒に身をかがめた。「マッケンロイの場合、足の裏の指の付け根とかかとに擦《す》り傷や打ち身があった。電流棒で殴られたり突かれたりすると、体が揺れる。その拍子に、足の裏を床か地面に打ち付けたのだろう。しかし、今回は――」

「そう、そうよね、わかる。彼女は彼を前より少し高く吊した。つま先が床につくかつかないかの状態で、彼はなんとかつま先を伸ばして床に立とうとする。両腕や両肩にかかる負担を減らそうとする。つまり、体が揺れると、足の指先が床でこすれるのよ。足の爪に何か挟まっていた？」

「それを今話そうと思っていたんだ」モリスはほほえみながら背中を伸ばした。「そう、爪の間に挟まっていたものを取り出して、ラボに送った。繊維ではなかったから、ラグや絨《じゅう》毯《たん》ではない。織物でもない。木材でもない。おそらく、石材かコンクリートだ」

「やったわね。彼女はそこまで考えなかったのよ。とにかく彼を痛めつけたくて、そこまで考えなかった」

「人間はいくらでも残酷になりうる」モリスはゴーグルをはずして、イヴと目を合わせた。

「しかし、今回のはかなり性質《たち》が悪い。次の犯行の前に犯人が見つかればいいのだが」

「彼女は女性のサポートグループを利用して、ターゲットを選んでいるらしいんです」ピーボディがモリスに言った。

「それも残酷なやり方じゃないか？　思いやって助け合うための集まりを利用して苦痛をあたえるとは。とにかく、われわれはやるべきことをやらなければ。今日の午後には、報告書を仕上げて送るよ」

「助かるわ」

イヴは部屋を出ながらポケットからクレジットを取り出し、ピーボディに投げて渡した。

「冷たいカフェインを」

ピーボディはペプシのチューブ二本――自分にはダイエット――を買ってきた。「大丈夫ですか?」イヴが冷たいチューブを額にこすりつけたので、ピーボディは訊いた。

「ええ。軽い頭痛よ」

「鎮痛剤を持っています」

「いらないわ、そのうち治るから」

「ティブルのことが心配なんですか?」

「いいえ。わたしたちはやるべきことをしたのよ。それで彼がわたしたちを叱責するというのなら、わたしたちは叱責を受けるだけ受けてから外に出て、また自分たちの仕事をするだけ」

「いま〝わたしたち〟って言いましたよ」ピーボディはにやりと笑い、胸を張った。「お尻を焼かれる時は一緒です」

車に戻ると、イヴはすぐには車を動かそうとせず、ペプシのチューブを開けた。「ふたり目の被害者のパートナーに伝えるわよ。一緒に住んでいた男は、あなたの留守中に見知らぬ女とセックスするのが好きだった、って。そう言われて、彼女はいやな女《ビッチ》全開になるかもしれない――そうなったら、わたしたちもビッチになって攻撃するから」

「あなたの男は死んだと伝えなければならないときに、ビッチ相手にビッチな対応をするのはむずかしいですよ。しかも、男が死んだのは見知らぬ女とセックスしたせいだって、それも伝えるんですから」

「思うんだけど」イヴはペプシを飲んだ。「彼は今の相手と浮気をして、かつて妻を裏切った。それで、今の相手が彼に裏切られることはないと信じてるのが、わたしには理解できないんだけど、たいていそうなのよね。でも、彼は女性たちに薬を飲ませたり、レイプしたり、辱《はずかし》めたりしたわけじゃない。女性たちを雇っただけよ。予約係と話をして、彼がLCとの暴力的なプレイを好んだかどうか確かめるつもりだけど、寝室に準備していたものはその類《たぐい》じゃなかった。つまらないおもちゃばかり。違法ドラッグもないし、性具だけ。お金の件はある――彼は元妻をだまし、彼女が作った会社を売却して儲《もう》けた。でも、それを加えたとしても、彼はマッケンロイほど悪質じゃない」

「でも、彼女の残虐性はマッケンロイのときよりエスカレートしていた」ピーボディは話の先を続け、うなずいた。「逆のほうが納得できますよね」

「そう。どうも釈然としない。これは――不条理な考えだけど――悪事に見合った罰をあたえているわけじゃないのよ。感情の暴走、そうじゃなければ、彼女にはペティグリューに苦しんでほしい理由が他にもあるのかもしれない」

「となると、やはり元妻が怪しくなりますね」

「元妻か、彼が手を出した他の誰かか、今の相手か」イヴは選択肢を増やした。「ブルックリンへ行くわよ」

「はい、令状は準備中で」ピーボディはリンクに目をこらした。「ジェンキンソンとライネケが令状のやりとりのために待機しています。それから……ええと、〈ディスクレション〉のオフィスはブルックリンへ向かう途中にあります。ホロヴィッツと話をする前に寄る時間はありそうです」

「好都合ね。住所を入力して」

入力しながらピーボディは眉をひそめた。「令状を求められるかもしれませんよ。〈ディスクレション〉にも。どうします?」

「とりあえず行ってみる。顧客が死んでるのよ」イヴは指摘した。「あそこを切断されてね。所属してるLCは誰ひとりそんなことはやっていないと、会社としても証明したいと思うけど」

「そういう見方もあります。もしセックスするのが自分の仕事だったとしたら、すごく退屈するか、いつだっていろいろ楽しめて刺激的でわくわくするか、どっちです?」

「結局は仕事だし、やるだけのアトラクションだと思って、わたしをクレジットカードで買う人もいるでしょうね。安いLCなら通りで拾われることになるし、より高いLCなら、男たちが何を考えているかを気にかけているかのようにちゃんと会話をしなければならないのよ。工場の夜勤シフトで、キャットフードの試食をするほうがまし」

「試食しないといけないんですか、キャットフードを？　しませんよね？」

「そんなこと、わたしが知るわけないでしょう？　キャットフード工場で働いてないのにあった！」

歩道沿いに駐車スペースが見え、イヴは垂直推進ボタンを押して空中で百八十度《ワン・エイティ》回転してから、着地した。

「歩いたほうがよかったです」ピーボディはやっとの思いで言った。「数ブロックだって、喜んで歩きましたよ。ズボンもゆるくなるし。心肺だって強くなります」まだ恐ろしさに脚が震えていたので、慎重に歩道に立った。

「雨が降ってきた」イヴが気づいて言った。

「雨のなかを歩くのは、気持ちがいいです」

「雨のなかを歩いたら、濡れるわ」イヴは気をよくして、ダウンタウンにそびえるオフィスビルに入っていった。

ロビーは混み合ってはいなかったが、ビジネススーツ姿の男女が足早に行き交っていた。エレベーター乗り場へ向かう者、離れていく者。ブリーフケース、スーツ、イヤホン、テイクアウトの偽コーヒー。

イヴはまっすぐセキュリティ・デスクへ行き、警察バッジを掲げた。「〈ディスクレション〉まで」

背の低い、白髪交じりの髪の薄い男が、ふたりを一瞥した。「署名をお願いします。面会される方の所属部署も書いてください」

「行ってみないと部署はわからないわ。何階？」

「東館の十二階です」男は自分のログ・スクリーンを確認した。「オフィスの受付は一二〇〇区画です」

イヴは自分の名前を走り書きして、ピーボディが書き終えるのを待ち、東館へ向かった。

スーツ姿の男女とエレベーターに乗り込む。彼らが営業戦略について話しているのを聞き流す。他にもいろいろ聞こえてくる。経理部のジェニーの誕生日、ブレインストーミング会議、ランチミーティング。苛立たしいことにエレベーターは各階で停まり、そのたびに何人かが降りたり乗り込んだりする。

セントラルのグライドが恋しかった。

どちらを向いても、むせかえるような香水や、コロンや、偽コーヒーや、誰かの午前のおやつのマフィンや、冷や汗の匂いがする。

十二階で降りた瞬間、静寂に包まれていることにほっとした。〈ディスクレション〉のオフィスは、すりガラスの両開きドアの向こうにあって、なかはさらに静かで、イヴにはわからない、得も言われぬ、とてもいい――それでいて、そこはかとない――香りがした。

待合エリアにはデザナーズチェアが並び、そのひとつひとつにスクリーンが付けられていた。ここの画面でコンパニオンを選ぶのだろう。

女性がひとり――二十代後半で、つややかな金髪、グリーンの目は鋭く、赤いスーツを着て、胸元からわずかに黒いレースをのぞかせている――本物のアンティークか、そのみごとなレプリカのデスクに向かっていた。

コンピュータ画面を見ていた女性はくるりと椅子を回転させてふたりを見ると、ほほえんだ。「おはようございます。〈ディスクレション〉へようこそ。ご用件を伺ってよろしいでしょうか?」

イヴは警察バッジを取り出した。「責任者を」

笑みが消えた。「当社のLCは全員が許可証を得ていますし、検査も受けています」

「それはこちらの管轄ではないし、そんなことは訊いていないわ。ここの責任者と、亡くなった男性のことで話がしたいの」

「話の経緯が――お待ちください」

彼女はデスクから連絡はせず、勢いよく立ち上がると高いヒールの靴で走っていった。そのあまりのヒールの高さに、顔から転んで鼻血が出たりしないのだろうかとイヴは思った。

「ここは高級感がありますよね」ピーボディが言った。「色の使い方も、調度品も――あそこにあるのは、小型の本物のオレンジの木です。花が咲いています。なんていい香り」

なるほど、とイヴは思った。あれの香りね。

別の女性がやってきた――こちらの靴もヒールが高く、驚くほどつま先が尖《とが》っていて、レンガに穴を開けられそうだとイヴは想像した。デスクにいた若い女性よりたっぷり二十歳は年上に見え、ピーボディが「高級」と表現しそうな雰囲気をまとっている。

黒っぽいスーツのスカートは短く、飛び抜けて美しい脚が目立っている。体にぴったりしたジャケットによって、均整のとれた体形がいっそう美しく見える。キャラメル色の髪はまとめてうなじで丸くまとめている。色白の肌はつややかで、青みがかった緑の目に浮かんでいるのは好意的な好奇心だけだ。

「アラビー・クラークと申します。わたくしのオフィスでお話を伺いましょうか？」

「ええ」

彼女は身振りで示し、ふたりの先に立って幅の広い戸口を抜け、長い廊下を歩きだした。

「すみません、お名前を伺っていませんが、確か……お会いしたことがあるような気が」

「ないと思います。ダラス警部補と、ピーボディ捜査官です」

「ああ、そうでした！　はい、お会いするのはこれが初めてです」彼女は広いオフィスのほうをまた身振りで示した。「でも、わたくしは映画を観ていて、白状しますと、あなたとロークと、それから、ピーボディ捜査官がメディアに出られる度に必ず見ているんです。どうぞおかけください」

オフィスは彼女にふさわしく、クッションの厚い椅子はくすんだ金色で、ガラスのテーブルの上に、エキゾチックな花を生けたガラスの花瓶が並んでいた。美しい男女が描かれた絵画もある——官能的というより、ロマンチックな雰囲気を感じさせるものだ。つややかで大きなデスクの背後の窓には、すばらしい景色が広がっている。

「ケリーはひどく驚いていました」アラビーは腰を下ろし、見事な脚を組んだ。「彼女によると、どなたかが亡くなったとか。わたくしが知っている方でしょうか？」

「タデウス・ペティグリューです」

好奇心に満ちた愛想のいい表情が一瞬で消えた。イヴの見たところ、彼女が浮かべたのは、ショックというより、悲しみの表情だった。「ああ、まさか。ああ、なんて残念なことでしょう。あの方はもう何年もうちを利用してくださっていました」

「何年も？　どのくらいですか？」

「確認が必要ですが、少なくとも十年はご利用いただいたと思います」

ということは、最近目覚めた性癖ではなかったようだ。「今のことを含めて、あといくつか確認していただく必要があります」

アラビーは椅子の背に体をあずけた。「おふたりのおかげでただならぬ立場に追い込まれましたね。ほとんどの場合、クライアントに関する質問には、一切お答えしておりません。令状があっても、当社の法務部と連携して、回避の道を探ります」

「彼は殺されたんですよ、ミズ・クラーク」

「承知しています。他ならぬダラスとピーボディがわたくしのオフィスにいらっしゃるのですからね。令状は要求しません。法務部と少しだけ話をさせてください。〈ディスクレション〉のオーナーになって十六年ですが、こんなことが起こったのは初めてです。関係者全員が納得できるような対応ができるよう、万全を期すつもりです。しばらく時間をください」

アラビーが足早に出ていくと、イヴはうなずいた。「彼女は、わたしたちが求めるものをすべて渡してくれるわ」

「ほんとうですか？」

「ええ、彼女自身がそうしたがってる。彼のことが気に入ってたのよ――少なくとも、長年の常連客だったわけだしね。目当てのものは手に入れられる」

そして、イヴは椅子の背に体をあずけて、待った。

11

イヴの運転する車はブルックリンへ通じる橋を渡っていた。同じ方向へ向かうよどんだ川のような車列を縫い、飛び越えてもなお、あいかわらずののろのろ運転の車の列が続いている。渋滞が悪化するのは、路肩に停まった配達用トラックに、フェンダーのへこんだ乗用車、追突事故を検証する警官のパトロールカーをながめようと、首を延ばしながらスピードを落とす運転手たちがいるからだ。

イヴはそんな連中全員に、大馬鹿野郎と悪態をつき、赤色灯をつけてサイレンを鳴らし、垂直推進ボタンを押して半マイルほど飛んでいった。その間、ピーボディは命綱のように安全《チキ》棒《ンスティック》を握りしめていた。

「あいつらは血と死体が見たいわけ?」イヴがわめいた。「こんな感じ? 〝ほら、見てごらん、ハニー、事故だよ。ポップコーンを準備して〟とか」

橋を渡るとイヴは前のめりになっていた体を少し起こして、コブルヒルまでの道順を説明するコンピュータに従って運転した――ピーボディは握りしめすぎて痛む指を、曲げたり伸ばしたりした。

コブルヒルの本通りは活気があり、飲食店や小売店が立ち並び、小さな公園は、犬の散歩をしたり、子どもたちが遊び場の遊具で骨を折らないように見守ったりする人でにぎわっていた。

目的の家は三階建てで、マーセラの母親は一階に住んでおり、住居には専用の小さいテラスがついている。狭い駐車スペースもあって、今はダークブルーのタウンカーが停まっている。

イヴはその後ろに車を停めた。「目撃者がペティグリューの自宅前で見たという車の大まかな特徴にあてはまるわ。ナンバーで調べて」車を降りながら、イヴはピーボディに言った。

「ボンディータ・ロスチャイルドの名義になっています」

「一考する価値はありそうね」イヴはドアに近づき、ブザーを押した。

ドアを開けたのは、長身でほっそりとした金髪の女性だった。マーセラじゃない、とイヴは思った。でも、似ているから親類だろう。

「ダラス警部補とピーボディ捜査官です」イヴは警察バッジを差し出した。

「はい、お待ちしていました。わたしはロゼール、マーシの姉です。ほんとうに恐ろしいことになって、マーシは打ちのめされています。クラウディア――わたしたちの友だちで、旅行先でも一緒にいました――は奥でお茶を淹《い》れています。マーシがスーザーを飲もうとしないので。とにかく……すみません、わたしもどうかしているみたいで。お入りください」

玄関は広々としたリビングスペースに通じていて、しつこく雨が降りつづく外の薄暗さをはねのけるかのように照明とランプが点《つ》いていた。プライバシー・シェイドも下ろされている。

マーセラはソファに座り、チョコレートブラウンの軽い毛布を膝にかけて、母親にぴったり寄り添っていた。

ボンディータはイヴとピーボディに気づき、娘を守るように一方の腕を体にまわした。誰もが疲れ果てているようだ。

金髪の女性がもうひとりいた。背が高くグラマーで、黒くてぴったりしたパンツと流れるようなラインの白いシャツを着て、奥からトレイを持って足早にやってきた。

「わたしたちの友だちのクラウディア・ジョハンセンです。こちらは警察の方よ、クラウディア。大丈夫よ、マーシにお茶を渡して」

「さあ、飲んでちょうだい、マース」きっぱりした口調は、ベテラン教師か、決意を固めた母親か、しっかりした看護師を思わせる。「ここにいるみんなが、あなたの味方よ。あなたもお茶を飲んで、ボンディ。あなたもこっちに座って、お茶を飲んでちょうだい、ロズ。巡査さんたちも、お茶をいかがですか？」

「警部補と捜査官です」イヴは訂正した。「お茶は結構です、ありがとう。ミズ・ホロヴィッツ――」

「ここにはホロヴィッツがふたりいるので、ファーストネームで呼んでください」ロゼールが勧めた。「そのほうがわかりやすいので」

「わかりました。マーセラ、大事な方を亡くされて、お気の毒です。おつらい時期であることは承知しています」

「つらい？　つ、ら、い？」一文字ずつ発するたびに声が高くなっていく。「わたしの心境はそんなふうだと思ってるわけ？　愛する男性が亡くなったのよ！」

オーケイ、とイヴは思った。よくあるパターンになりそうだ。

マーセラが続きを始める前に、〝思いやりのピーボディ〟が本領を発揮した。「マーセラ、わたしたちは力になりたいんです。あなたの愛する人に誰がこんなことをしたかを搾り出すために、ここでやれることは何だってするつもりです。あなたには耐えがたいことでしょう。それでもあなたは、わたしたちに答えを見つけてほしいと思っているはずです。つまり、あなたの力が必要なんです。タデウスはあなたの助けを必要としています」

「タデウス！」マーセラが泣き叫んだ。

「さあ、もうやめなさい」ボンディータがマーセラを抱きしめ、前後に揺すった。「しっかりするのよ、マーセラ、じゃないと、鎮静剤を飲ませるわよ」

「感情が抑えられないのよ。どうしてこんなことが起こったの？　どうしてタッドはこんなことになったのよ？」

「それを搾り出すのがわたしたちの仕事です」イヴはマーセラに言った。「いくつかお訊きしなければならない質問があります、答えていただければ、われわれはここをおいとまして、仕事にかかれます」

「さあ、警察の方にお話しするのよ、マース」クラウディアが強く言った。「わたしたちがついているから大丈夫」

「ごめんなさい、おふたりともお座りになって」ボンディータが手を振りながら言った。

「息子と娘ふたりを夫と一緒にどうにか育て上げる間、警察の方がうちまでやってきたことなんてなかったものですから。わたしたちみんな、失礼なことばかりして」

「タッドに何があったのか知りたいの」マーセラの声が徐々に高くなっていった。「わたしには知る資格がある！」

「ミスター・ペティグリューは、ゆうべ九時ごろ、あなたと同居している家から出かけました」

「彼はずっと家にいるって言っていたわ」マーセラがさえぎるように言った。

「そうかもしれませんが、彼はその時刻に、身元不明の女性と一緒に家を出ました」

マーセラが肩を怒らせた。「そんなはずないわ！」

イヴは淡々と続けた。「彼がその身元不明の女性と家を出て、黒っぽいタウンカーに一緒に乗り込むのが目撃されています」

「でも、あなたは言ったでしょう――ママ、彼女は今朝言わなかった？――タッドを家で確認したって。殺……」

「遺体は、今朝早く、犬の散歩をしていた隣人に家の外で発見されました。鑑識の結果、死亡時刻は今朝の二時二十分です。隣人からの九一一への通報は、三時四十三分に記録されています」

「見つかるまでの間、彼はどこにいたのよ？」マーセラは強い調子で訊いた。「家に帰ってきたあと、強盗が入ってきて、彼を殺して、それから、彼を外に置いたの？」

「ミスター・ペティグリューは住居内では殺害されていません」

「どうしてわかるのよ？」

「それがわたしの仕事ですから」イヴはぴしゃりと言い返した。「女性が訪ねてきたんです。彼がドアを開けたのは、その夜のために予約していた公認《L》コンパニオン《C》だと思ったからです」

「そんなの嘘！　嘘よ、ひどい嘘。聞きたくないわ」

　マーセラが実際に両手で耳をふさぐと、イヴはまさかこんな反応をするなんてと思った。立ち上がろうとしたマーセラを母親が引き留めた。「座っていなさい、マーセラ。静かにして。証拠はあるの？」

「はい、裏付けを取りました。彼はゆうべの予約を入れていました。それが、システムに侵入されたようでキャンセルされています。犯人は、彼が予約したLCになりすましました。その後、彼女は彼に薬をあたえ、待たせていた車に乗せました。彼は別の場所に連れ去られました」

「あなたの言うことなんか信じない。そんな話、何も信じない。タッドは、絶対に、絶対にそんなことはしないわ。わたしを裏切ったりしない」

　そうなの？　とイヴは思った。あなたと浮気して、妻を裏切っていた彼なのに？

「あなたはご存じなかったようですが、公認コンパニオンの利用を仲介をする〈ディスクレション〉という会社があり、ミスター・ペティグリューは繰り返しそこを利用していたんです」

マーセラは、キャンディを食べてはダメと言われた幼児のように涙を流した。「彼は絶対にそんなことはしないわ」

「少なくとも九年、サービスを受けていたそうです」

涙が止まり、その目に反抗心が燃え上がった。「たぶん、わたしたちが恋に落ちるまではそうだったかもしれないけど――」

「亡くなるまで、数週間おきに利用しつづけていました」

「わたしの大事にしていたすべてを壊すつもりね」マーセラが突き合わせた両手の拳が、小刻みに震えていた。「おぞましいことを言って、わたしの人生をめちゃくちゃにしようとしてる。帰ってちょうだい。出ていって」

「それくらいにしなさい、マーセラ。クラウディア、マーセラをわたしの寝室へ連れていってくれる？　横になったほうがいいわ」

「そうですね。一緒に行きましょう、マース」

「彼女は嘘ばかり言ってるわ、クラウディア」

「とにかく、あちらで横になりましょう。休まなければだめよ。ほんとうにひどい日だったから」

クラウディアはマーセラを立たせると、体にしっかりと腕をまわした。

「ひどい人」マーセラは嚙みつくようにイヴに言った。

クラウディアがマーセラを連れて部屋を出ていくと、ボンディータは両手の指先で両目を押さえた。ロゼールが体を寄せて、母親の腕をさすった。

「すみません、警部補」

「もっとひどいことも言われていますから」

「わたしの前では許しません」ボンディータは目から両手を離して、娘の手を握った。「あの子は彼と愛し合っていると信じていました。すべて彼を中心にして、毎日を過ごしていたんです。さっき知ったことは、彼の死に劣らず、あの子を打ち砕くでしょう」

「彼がLCを利用していたことに気づいていましたか?」

「気づきませんでした。正直言って、彼が浮気をしたり、単にあの子に飽きたりするのでは、とは思っていました。まだ若くて、世間知らずで、そう、わがままですから。でも、あの子だけを心から愛しているようには見えました。一緒にいるふたりは幸せそうでした。その女性が、LCになりすました女性が、タデウスを殺したということですか?」

「はい」

「どうして。タデウスを殺したがる人など、まったく思いつきません」

「ほんとうに」ロゼールも同意した。「納得がいきません。今回の旅行は何週間も前から計画していました。それで、彼がマーシに黙ってサプライズで、日程を一日延ばしてくれたんです。マーシを驚かせたいからと、変更を手配するように彼に頼まれました。やりたい施術をすべて受けるには二日では足りないとマーシが文句を言っていたらしくて。ところが、満室で滞在を一日延ばすことはできなかったんです――そうしたら、キャンセルが出たと言われ、すぐに飛びつきました。マーシは飛び上がって喜んでいました」

「延長した分を予約したのはいつですか？」

「ほんの二日前です。ほんとうにぎりぎりで、クラウディアはやっとの思いで仕事をやりくりしたそうです。タッドはわたしたちのスイートルームにシャンペンと花を用意する手配までしてくれました」

「三人一緒にそのスイートルームに泊まったのですか？」

「はい、二フロアにわたっていて、ホテルでいちばんいい部屋でした。マーシが――実質的にはタデウスが――スイートルームをふんぱつしてくれたんです」

「わたしは階上《うえ》の娘のところへ行かないと」

「ボンディータ、その前に、最後にあなたの車を利用したのはいつか、教えていただけますか？」

「車？　それがどうして――ああ、なんてこと！　あなたはわたしが……。わたしはこちらにいなかったのよ！」

「重要な情報なんです」

「二日前、ボランティアの仕事に出かけるときに乗りました。そのついでに、旅行前に必要な用事も済ませました」

「他に、あなたの車を使える人は？」

「もちろん、夫です。夫も車を持っていますが、たがいの車のコードは知っています。訊かれる前に言ってしまうと、ゆうべ、夫は自宅にいました。十二時ごろ、どうしているのか確認しようと連絡して話をしました。彼は友だちを招いてポーカー・パーティを――わたしが旅行に行くとよくやるんです――楽しんでいました。最後のゲームの最中ということで、さほど長くは話しませんでした。少なくとも六人は集まっていたようですが、それはあなたのほうで確認してください」

「ありがとうございます。必要となれば、確認します。お時間をいただき、ありがとうございました」

ふたりが立ち上がるときに、ピーボディが言った。「悲しみから立ち直る手助けをする、いいグリーフ・カウンセラーを何人かご紹介できますが。マーセラの助けになるかもしれません」

「そうですね。ロゼール、マーセラのようすを見にいきたいのだけれど」

「どうぞ、行ってちょうだい。わたしが聞いておくわ。彼女は夢にも思っていなかったはずです」母親が部屋を出ていくと、ロゼールが声をひそめて言った。「マーシのことです。気づいていたら、わたしかクラウディアに話していたはずですから。たぶんママにはすぐには話さなかったでしょうが、わたしかクラウディアには話していたでしょう」

「どうしてお母様には話さないと？」イヴが訊いた。

「両親が、少なくとも最初のうちは、彼との交際にあまり賛成していなかったからです。タデウスがほとんどひとりで頑張って、ふたりを説得しました。彼はほんとうにあの子にぞっこんで、できる限り喜ばせていましたし、甘やかしているように見えました。でも、あの子よりかなり年上なうえに、バツイチだったし、両親はあの子にはもっと違った結婚と結婚相手を望んでいました」

ロゼールはいったん言葉を切り、指先で両目を押さえた。

「あの子は乗り越えます」ロゼールは言った。「今は本人もやれると思っていませんが、乗り越えます。彼に裏切られていたとはっきりすれば、忘れて先に進むでしょう。若いですから。でも、今はまだグリーフ・カウンセラーの力が必要だと思います」

　ピーボディにカウンセラーの名前を聞くと、ロゼールはふたりを玄関まで送った。イヴは自分の車へ向かう途中、タウンカーをまじまじと見た。

「これは違うわ。だってそうでしょう。家族に──そういえば、ボンディータは息子もいると話していたから、調べてみないと──家族に隠すなら、どうしてこの車を使うの？　車を使えば、家に出入りする家族が気づくはず。だから、これは犯人が使った車じゃない」

　イヴは運転席に座り、しばらくじっとしていた。首を振って考えを払うと車を発進させ、駐車スペースから出ていく。「彼女はまだ子どもよね」

「ええと」ピーボディが言った。「そうですね」

「そう、まだ大人じゃない。家族でいちばん若くて、甘やかされている。わかるでしょう、家族は彼女の世話をしてやる。たぶん、彼女はペティグリューを愛していた。少なくともそう思っていたはず。でも、お姉さんはよく見抜いているわ。彼女は乗り越えて、一歩を踏み出す。一緒に暮らしている男がLCを雇ったからといって、男性ふたりを痛めつけて、体の一部を切断して殺したりはしない。それには目的が必要よ。彼女には目的がない」

「まさにそのとおりですね」ピーボディは同意した。「あと、言わせてもらえれば、彼女は血を見たら悲鳴を上げるタイプだと思います。ペニスを切断している彼女は想像できません」

「彼女は――よくも悪くも――子どもなの。それに誰も大きなゴリラの話をしなかった」

「大きなゴリラって何ですか？」

「彼女は妻がいるペティグリューと不倫していたのよ。みんなが気を遣って彼が妻を裏切っていたことにはまったく触れない。部屋に大きなゴリラがいるのに、誰もが気づかないふりをする、みたいな感じよ」

「ああ、それは象ですね。正しくは、象が部屋にいるのに見て見ぬふり、って言うんです」

「それっておかしいでしょう。象なんか無視できるわけないし、そもそも象が入れる部屋なんてまずない。それに、そこらじゅうに糞《ふん》の山ができてしまう。気づかないふりなんかできるわけないわ」

「だからこそ、そういう言い回しができたんだと思います」

「ますます馬鹿らしい。ゴリラならそれっぽい見た目の人もいるから、見えないふりだってできるかもしれない」

そう言われれば、と考えながら、ピーボディは唇をすぼめた。「警察学校にそんな感じの男性がいました」

「ほらね。いずれにしても、みんな、その件に触れないではいるけれど、すべて承知しているというわけ。同時に、彼女がヒステリー状態を乗り越え、落ち着きを取り戻してまた先に進むことも、みんなわかっているのよ。でも、とにかくボンディータの息子のことは調べないと」

ピーボディは検索を始め、イヴは渋滞する橋の合間を縫って戻ることにした。

「彼は昨晩はポーカー・パーティに参加していました」リンクで短い会話をしたあと、ピーボディが報告した。

「やっぱりね」

「今日の午前中から立て続けに会議の予定があったので、ゆうべは十一時ごろには帰ったそうです。現在は、コネティカット州で会議に出席中です。今朝は、七時ごろに家を出た、と。彼と話をしながら調べました、ダラス。彼は容疑者では絶対ありませんね。結婚は一度――八年目です。子どもがふたり。運転免許証も車も持っていません」

急に小型車が車線変更して目の前に割り込んできて、危うく追突しそうになったのを避けながら、イヴは罵った。「免許を持ってちゃいけない連中が多すぎる」

「ニューヨークで育ち、データによると最初の子どもが生まれたあと、ホーボーケンに引っ越しています」

「彼じゃない。彼もマーセラもかかわってはいない。ふたりにあそこまでの暴力はふるえないわ。これは復讐《ヴエンデツタ》よ」

イヴは車を駐車場に入れると、運転免許証を持つべきではない多くの連中との付き合いが終わったことを、とりあえず喜んだ。

「もう一度、言うわ。ティブルと話す件だけど、あなたは入らなくていいから」

「もう一度言わせてもらいます」そろって車を降りながら、ピーボディは言い返した。「あなたのお尻がある所には、わたしのお尻もある」片手で拳を作り、ガッツポーズをした。

「叩きつぶせるものならやってみろってことです」

イヴはあきれて首を振った。

ふたりはイヴが耐えられるぎりぎりまでエレベーターに乗っていたが、ピカピカの新しい制服姿の新人警官の一団が、イヴの想像ではくじ引きでオリエンテーションを指導することになった白髪頭のベテラン警官に先導されてぞろぞろ乗り込んでくると、強引に人をかき分けて降りた。

グライドに乗り換える。「電子捜査課《EDD》に連絡して、マクナブの捜査状況を確かめて」

報告することは多ければ多いほどいい、とイヴは思った。

「集中してやっているそうです」ピーボディはリンクのスクリーンに返信を呼び出して、読んだ。「ハッキングは何度も行われています。現時点で、十六か月前まで遡《さかのぼ》れています。まだハッカーの特定には至っていません。ハッカーがひとりなのか、複数なのか、それも確認できていません」

「今のところは上出来。犯人はネットワークを通じて彼をストーキングしていたのよ」

ふたりはまたエレベーターに乗り換えると、塔《タワー》を上っていった。ティブルのオフィスは街の通りと、階下で働く警官たちのデスクのはるか上にそびえている。とは言え、ニューヨーク市警治安本部長と、ニューヨークを守る部下たちとの間にそこまでの距離がないことを、イヴは訳あって知っている。

しかし、そこまで上り詰めた者たちは、法と秩序以外にも監視すべきものがある。政治やメディアにも対応しなければならないのだ。

イヴはそんな現実を認めて、ある程度は受け入れ、たいていはこう思う。わたしの仕事じゃなくてよかったと。

イヴはティブルのオフィスの外で立ち止まった。彼の業務補佐係が向かっているワークステーションにはスクリーンがふたつあり、データ通信機器のライトがいくつもしつこく明滅し、補佐係がヘッドセットで話をしている間も、リンクの着信音が低く響いている。

「少し待ってください」補佐係は通信相手にそう言うと、イヴとピーボディのほうを向いた。「少々お待ちください、警部補、捜査官」ヘッドセットをタップする。「本部長、ダラス警部補とピーボディ捜査官がお見えです。はい」ふたたびタップする。「すぐにお入りください。お待ちです」

イヴは両開き扉の右側を開けた。

床から天井までの大きなガラスの向こうに、早春の小雨に煙るニューヨークの街が広がっていた。

部屋そのものは広く奥行きもあり、シッティングエリアに、壁にはめ込まれた巨大なスクリーン、どっしりしたデスクと、背もたれの高い来客用の椅子がある。

部屋にいる男性はふたりとも、ゆったりと座っていた。肩幅の広い大柄なホイットニー部長が、来客用の椅子に座っている。黒っぽい髪に白髪の筋が目立ち、指揮官らしい皺《しわ》の刻まれた顔には禁欲主義者を思わせる気高さが漂う。

長身で痩せたティブル本部長は、雨に濡れた街を背にデスクに向かっていた。体と同じように面長《おもなが》の顔も痩せていて、髪はかぎりなく短く刈り込んでいる。ティブルの視線がホイットニーからイヴ、ピーボディへと移動したが、その目は何の感情も表さない。

ポーカーをやらせると鬼のように強いと、イヴは聞いたことがあった。

「警部補、捜査官、掛けたまえ」

イヴは報告するのも叱責《しっせき》を受けるのも立ったままのほうがよかったが、指示に従った。

「知ってのとおり」ティブルが言った。「私は苦情をめぐって部下を呼び出すことはめったにない。しかしながら、今回の苦情は市長と私のもとへ直接寄せられ、ホイットニー部長にも相談したところ、話し合いの場を持つべきとのことで意見が一致した」

「はい」

「苦情や苦情の出所について、何も尋ねないのだな」

「はい。苦情を寄せたのはジーナ・マッケンロイで、内容は彼女の夫が殺害された事件の捜査に関することだと考えます。あるいは、もっと具体的には、殺害された原因についてだと思います」

「その原因とは?」

「ナイジェル・マッケンロイの、従業員やクライアント——他にもいます——にたいする性的ハラスメントで、裏付けも取れています。他に、ターゲットにした女性たちへの違法ドラッグの使用。あとは、複数の女性にたいするレイプ行為です。しかも、彼はこれを録画して、ニューヨークとロンドンのオフィスに隠し持っていました。その録画映像はわたしも見ました」

重々しく決然とした雰囲気のティブルはまったくの無表情だ。「反論も弁解もできない故人にたいする申し立てとしては、どれも非常に深刻なものだな」

「はい、おっしゃるとおりです。申し立てはすべて事実です。ドラッグを飲まされ、強要され、レイプされ、脅された多くの女性から宣誓陳述書を得ています。マッケンロイが暴行現場を記録した映像と音声の証拠もあります。彼が使用した違法ドラッグや、ターゲットにした女性について記録したメモブックもありますし、彼がターゲットをあさっていた現場には、事実を裏付ける目撃者もいます」

目では何も語らず、ティブルはただうなずいた。「わかった。その証拠がどれだけ確実なものかをミズ・マッケンロイに話さなかったのは、何か理由があってのことかね?」

「ですが――」ピーボディはすぐに口をつぐみ、咳払いをした。「すみません」

「何か付け加えることがあるのかね、捜査官?」

「わたしは警部補の報告書を読みました。彼女は間違いなくミズ・マッケンロイに、その時点でわれわれが集めた証拠について話しています。要するに、ティブル本部長、ミズ・マッケンロイはそれを聞きたくなかった、あるいは信じたくなかったのです。当然ですが、彼女の精神状態はかなり混乱していました」

「配偶者がなぶり殺しにされ、自宅の前に置き去りにされたら、誰もがそうなりうる」

「はい」

ティブルは見ていてもわからないほど小さくうなずき、イヴに視線を移した。「ミズ・マッケンロイによると、きみと、きみに同行した民間コンサルタントはともに彼女をとがめるような態度で、攻撃的だったそうだ。そう……」コンピュータのスクリーンをくるりと回して、タップした。「彼女を質問攻めにして、けなし」と、読み上げる。「同時に、殺されたのを夫自身のせいにするため、夫の評判をおとしめた、と」

ティブルはまたスクリーンをタップして、両手の指を組み合わせた。「彼女はきみたちがともに捜査から外されないかぎり、きみたちふたりと殺人課を訴えると脅してきている。今日いっぱいできみがクビにならなければ、市長に訴えるつもりでいる」

「失礼ですが、ティブル本部長」イヴは言った。「彼女がどんな神に訴えたところで、事実は変わりません。彼女が気づいていた、気づいていなかったにかかわらず、彼女の夫は性犯罪者でした。質問攻めにしたりけなしたりするどころか、ローク――その民間コンサルタントです――は彼女に同情して慰めていました」

ティブルは一方の眉を上げた。「ということは、きみは同情もせず、慰めようともしなかった」

「彼のほうが得意ですから。この事件の捜査に当たっては、被害者の配偶者から聞き取りをすることは絶対に必要でした。彼女がどんな形であれ夫の死にかかわっていないかどうか、あるいは何者かと共謀していないかどうかを確かめるためです。配偶者を調べないのは

――」

「大馬鹿者だ」ティブルがあとを引き継いでいった。「この件に関して、配偶者はかかわっていた、あるいは共犯者だと思うかね？」

「思いません。彼女が夫の行動に目をつぶっていたのは、彼がそんなことをするとは思いたくなかったのと、彼が自分を裏切り続けていることを受け入れたくなかったからです。今、生々しい現実を目の当たりにして、彼女はこちらに食ってかかるしかないのです」

「被害者の行いや、振る舞い、きみたちが暴いたこの事件に関するさまざまな事実から考えて、きみは本件を、先入観なく捜査し続けることができるかね？」

「本部長。そのことに疑問の余地はありません」

「よろしい。捜査を続けたまえ。ふたり目の犠牲者が出ている。きみはふたつの事件には関係があると思っているんだな」

「手口から見て、関係があります。犯人の動機という点でもです。そして、虐待やレイプや浮気の被害を受けた女性たちのサポートグループと関連がある可能性が非常に高いです。マッケンロイにレイプされた女性が何人か、それから第二の犠牲者であるタデウス・ペティグリューの元妻もこのサポートグループに参加していました」

ティブルの目が一瞬、好奇心をたたえて光った。「ということは、マッケンロイの妻はそのグループには参加していなかった、と」

「はい。現時点で、それを示唆する証拠は見つかっていません」

ティブルはイヴが気の毒になり、立つように身振りで示した。「話を続けなさい。われわれが目の前にいるこの機会に、これまでの状況を説明したまえ」

イヴは立ち上がった。「そのグループを立ち上げた女性と話をしました。彼女が事件にかかわっていると思われる事実はありません。彼女は、令状がなければメモに残した参加者の名前を明かすことはできないと言っています。グループ内ではファーストネームだけで呼び合っていますが、マッケンロイのメモブックを押収していますから、両方で名前が書かれている者を見つけられるかもしれません」

立っていられることと、すべて話せることがうれしくて、イヴは続けた。「第二の犠牲者は、〈ディスクレション〉という斡旋《あっせん》会社を通して日常的にLCを雇っていましたが、このことを彼と同居していた女性は知らなかったか、あるいは認めていなかったとわれわれは考えています。同社の責任者は、ペティグリューは数年前からの――元妻と結婚していた時期も、マーセラ・ホロヴィッツと付き合っていた時期も含みます――得意客だったと証言しています。ペティグリューが殺害された時刻に、ミズ・ホロヴィッツは他の女性三人とともに旅行中でした。夫が殺害されたこと――しかも、LCの常連客だったこと――を知らされ、事情を聞かれた際に彼女が見せたとり乱しようは、ピーボディもわたしも本物だと信じています」

「彼女はまだ若いです、本部長、部長」ピーボディが言い添えた。「そして、ミズ・マッケンロイと同じように、自分が裏切られていたことを信じたくない状態ですが、そのうち乗り越えるだろう、というのがわれわれの結論です」

「さらに、この二件の殺人は非常に冷静に考え抜かれ、計画されています。犠牲者はともに電子機器をハッキングされています。ミズ・マッケンロイとホロヴィッツの情報を見るかぎり、彼女たちに、この手のハッキングができる知識や技能があるとは思えません」

「遺体と一緒に残されていた詩についてはどうだ?」ホイットニーが初めて口を開いた。

「仰々しくも、しっかりした内容です」イヴはそう考えていた。「そして、恨みのような感情です。殺害、拷問の正当性が記されています。ペティグリューの元妻、ダーラ・ペティグリューは数年前に、ドロイドの製造とプログラミングをする会社を設立しました。彼女なら知識も技能もあるかもしれません」

「元配偶者を調べないなら」ティブルが横から言った。

「それも大馬鹿者だ」ホイットニーが後を引き継いだ。「彼女と話をしたのかね?」

「はい。ここでご報告すべきことがあります。今朝、ペティグリューの遺体の発見現場までわたしと同行した民間コンサルタントは、マクナブとともに被害者の自宅にあった電子機器を調べました。それでロークは、ペティグリューが離婚の際に売却した会社、データ・ポイントがローク・インダストリーズに買収されていたことを知りました」

「彼は被害者を知っていたのか？」ティブルが強い調子で訊いた。

「いいえ」イヴは答えた。「実際、取引は弁護士と代理人を通じて行われました。ロークとしては小規模な買収でした。ですが、ペティグリューは妻が知らないあいだに、過半数の株式を手に入れて売却を強行し、不当に大きな取り分を得ました」

「というと？」

イヴの言いたくない部分だった。「千五百万ドルほどです」

「元妻の取り分は？」

「わずか七百万ドルほどです」

「つまり、二千二百万ドル以上の買収が……小規模だと言うのか？」

きまりが悪かったが、事務的に話を続けた。「はい、ロークとしてはそのようです。ダーラ・ペティグリューからすると大金だと思います。彼は彼女を裏切っていたうえに、結婚生活を終わらせ、彼女の会社の売却を強要し、売却額の大部分を奪ったのです」

「立派な動機だ」ホイットニーが結論づけた。「犯行の機会はあったのか？」

「彼女は、大病から完全には回復していない祖母と同居しています。本人はもとより祖母も、彼女は自宅にいたと主張していますが、祖母は眠っていたことも認めています。しかし、ミズ・キャラハンはミズ・ペティグリューがその夜、ようすを見に寝室に入ってきたのを覚えていると言っています」

「エロイーズ・キャラハンです」ピーボディは黙っていられなかった。

ティブルが柄にもなくぱちぱちとまばたきをした。「エロイーズ・キャラハン？　女優の？　伝説の人じゃないか」

「そうですよね？　すみません。申し訳ありません、本部長。関係のないことでした」

「そうでもないかもしれません」イヴは訂正した。「演技力に長《た》けた伝説の人ですから。彼女も孫娘もほんとうのことを言ってるとしか思えませんでしたが、孫娘が演技の才能を受け継いでいる可能性もあります」

また一瞬、好奇心に目を光らせながら、ティブルは言った。「きみは彼女に目をつけているのか」

「裏切られた元妻、大きな邸《やしき》——他人は簡単には近づけない雰囲気ですし、人を殺すには人目につかない場所が必要です——病気の祖母、あるいは共犯者である祖母。車、運転手。われわれは彼女に注目しています」

「わかった」ティブルはうなずいた。「報告書を書いてくれ。エロイーズ・キャラハンの孫娘をしっかり見張るなら、細心の注意を払ったほうがいい。彼女は多くの人に愛されているうえに、積極的な社会活動を通じて政治的なコネクションを持っている。市長に訴えるというジーナ・マッケンロイの脅しが幼児の癇癪《かんしゃく》に思えるほどのコネだ」

「わかりました。その脅しのことですが」

「もう手は打ってあるよ、警部補」

「はい、ありがとうございます。わたしは、ロークやピーボディのように、さりげなく思いやったり慰めたりすることができません」

「そんなことはないです」ピーボディが小声で言った。

「黙ってて。さりげなくはできませんが、夫を殺されて明らかにショックを受け、悲しんでいる女性をけなすようなことは絶対にしません」

「きみの言葉を借りるなら、ダラス、そのことに疑問の余地はない。仕事に戻りなさい」

オフィスの外に出るなり、ピーボディはふーっと息をついた。「本部長がわたしたちを叱る感じは全然なかったですね」

「あなたはあの場にいもしなかったのよ。どうして叱れる?」

「パートナーですから。あなたのお尻と――」

「フライパンとお尻の馬鹿げた話はもうたくさん。そう、本部長は今回の件で、誰も叱るつもりはなかった。わたしたちを呼んだのは、市長や他の文句を言ってきた人たちに、わたしたちを叱責したという姿勢を見せるため。本部長はわたしたちと話して事実を把握する。警察関係者はミズ・マッケンロイが大切な人を失ったことを気の毒に思う。捜査関係者はみな、彼女の悲しみに同情を寄せつつも、とにかく事実を追い求め、マッケンロイを殺害した犯人を見つけて、法の裁きを受けさせろ、というわけ」

「すばらしいですね」ピーボディが言い、ふたりはエレベーターに乗った。

「本部長はあえてホイットニーが同席している部屋でわたしたちの話を聞いた。そうやって、みんなの——まったくもう、またこれを言わなくちゃならないなんて——お尻をカバーしてるってこと」

そうは言っても、先ほどのやりとりで肩のあたりが少しこわばっていたので、イヴは大きく肩を回した。「さあ、仕事をしに行くわよ」

12

ピーボディが報告書を書いているあいだ、イヴは事件ボードと事件ブックの情報を新たにした。時間を確認すると、マイラに助言をもらうまでにまだ時間があるとわかり、ブーツを履いた足をデスクに上げて、ボードをじっと見つめた。

ほかにも女性がいる、と思う。積もる話をぶちまけたり、忌まわしい出来事や心の痛みを解き放ったりしたい女性が。そして、たぶん、復讐《ふくしゅう》を遂げたい女性が。

犯人がウィメン・フォー・ウィメンという池で正義を果たすべき対象を探していたとするなら、あの池で複数の殺人者や共犯者が生まれたのだろうか？　死の契約のようなものが結ばれたのか？

あり得る、あり得るだろう。でも……。

ナタリア・ズーラ。イヴはセラピストのＩＤ写真と、大学生くらいのきれいな娘のＩＤ写真を見つめた。ふたりを見ていると、死の契約があったなどとは考えにくくなる。ズーラは女性を理解し、話に耳を傾け、忌まわしい出来事や心の痛みを解放するための時間、空間、場所を彼女たちにあたえている。

彼女自身もつらい経験をしたが、彼女は正しいやり方で正義を求めて、それを乗り越えたのだ。グループの女性たちが彼女の目と鼻の先で、殺人集団に変わったのだろうか？

とても現実的とは思えないが、今のところはその可能性を排除するわけにはいかない。

どうしても参加者の名前が知りたい、と思う。

弧を描くようにして両足を下ろすと、検事補《ADA》のシェール・レオに連絡して令状の発行を急かそうと、リンクに手を延ばした。そのとき、コンピュータの着信音が鳴った。

ヤンシー捜査官からまた人相書が届いた。短いメモも添えられている。

〝目撃者があまりちゃんと見ていないので、たいしたものは送れない。暗いところでちらりと見ただけとのことだ。目撃者はやる気があるし協力的だが、細部が語れずにいる〟

「やっぱりね」イヴは言い、女性の人相書をじっと見た。二十五歳から五十歳の間くらいで、白人か混合人種。目の色も、目鼻立ちもわからない。いちばん詳しく描かれているのが髪で、短くて、あちこちつんつん立っていて、色もわかる。

画面をふたつに分けて、クラブの目撃者から話を聞いて描いた人相書と、今送られてきた人相書を並べた。

共通点？　あると言えばあるし、ないと言えばない。一枚目の赤毛は三十代の半ばから後半くらいの白人で、非常に魅力的だ。髪はウィッグか、犯人がマッケンロイの赤毛好きを知っていて、このときのために染めたのかもしれない。

赤毛をあさっておきながら、黒髪の女性と結婚している。どういうこと？　愛かもしれない、とイヴは思った。しかし、その愛も、自らが持つ特殊な性的欲望には勝てなかったのだ。

二枚目の人相書の容疑者はウィッグに見えるが、一時的に色を変えたのかもしれない。どちらにせよ、髪は目立っていた――細かなところまで目撃者の心に刻まれたようだ。

犯人は頭がよくて、髪の色とスタイルを変えているだろうとイヴはにらんでいた。

さらに、ダーラ・ペティグリューのＩＤ写真を二枚の人相書の間に移動させた。

こちらも、似ているとも言えるし、似ていないとも言える。

ダーラは三十八歳だ――ちょうどそのくらいか、二、三歳老けて見える。特徴のない茶色の髪は長くも短くもない。少なくともＩＤ写真を見るかぎり、これといった特徴はひとつもない。

しかし、祖母に似てスタイルはとてもいい。少し笑えば目も輝くだろうし、疲れも目立たなくなるだろう。女優の祖母なら、エンハンスメントを使って最高にいい自分を引き出すコツを知り尽くしているのでは？

でも、ダーラはエンハンスメントや化粧にまったく興味がないのかもしれない。そして、そんな態度を批判する資格は自分にはないと、イヴは認めざるを得なかった。

それでも……。

ダーラ・ペティグリューには動機がある。イヴの考えでは大きな動機だ。誰にもじゃまをされない邸に入れるし、祖母からあれこれ尋ねられることもないだろう。しかも、コンピュータ関連の知識がある。

車を調べたが、彼女の名前で登録された車は見つからなかった。エロイーズは二台持っていて、一台は白のオフロードカーで、もう一台はシルバーの高級セダンだ。どちらも目撃者の話とは合わない。

とはいえ、ほかに利用できる車があるかもしれない。

いつまでたってもこれといった情報が入ってこないので、イヴはレア・レスターに連絡をした。

「ミズ・レスター、ダラス警部補です。サポートグループについて質問をさせてください」

「ねえ、話せることはすべて話したわ。とにかくもう忘れたいのに、どうして邪魔をするの？」

「ナイジェル・マッケンロイを殺した者がいるんです。訊かないわけにはいきません。グループにいたダーラという女性の印象を聞かせてほしいんです」

画面のレアの顔がぐいと迫ってきた。「前に言ったとおり、グループのなかのことは秘密だし、名前も伏せられてるのよ」

「わたしはダーラと話をしたし、ナタリアとも話をしました。彼女の印象を聞かせてください」

「正直な話、わたしは他の人たちよりかなり気持ちに余裕があった。グループに参加したのは、ジャスミンに必要だったからよ」

「ダーラを覚えていますか？」

「たぶん。うっすらとね。まあそんな感じよ。だけど、わたしは男たちにないがしろにされたかわいそうな女性を密告したりしないわ」

「私に言ったからといって、悪いことが起きるとも限りませんよ」イヴは言い返した。「あなたの言葉で彼女の潔白が証明されるかもしれません。ゆうべ、彼女の元夫が殺されたんです」

「嘘でしょ」レアは身を震わせ、両方の手のひらの付け根の部分で目を押さえた。「マッケンロイと同じじゃない」

「そうです。さあ、彼女の印象を教えてください」

「言ったでしょ。うっすらとしか覚えてないのよ。わたしはもうグループには行ってないって言ったわよね。彼女のことは、悲しげな人——たいていみんなそうよ——くらいに思っていた、打ちひしがれた感じだったわ。旦那が彼女を捨てて若い女に走って、彼女が立ち上げたビジネスを奪われたとか、そんな感じだった。わたしとしては、そんなに気の毒とは思っていなかったわ。薬を飲まされたりレイプされたりしたわけじゃなくて、捨てられただけだから」

レアはため息をついた。

「前にも言ったけど、わたしは他人より自分のことで頭がいっぱいだった。彼女はお金には不自由していないように見えたわ。元夫にひどく殴られて、子どもを連れて逃げたウ……いえ、ある女性とは大違いだった」

「どうしてお金に不自由していないと思ったんです？」

「さあね。彼女の靴とか見て思ったのよ。すごくいい靴を履いていたし、結婚指輪もまだはめていたの。あのダイヤモンドが本物なら、ちょっとした財産になりそう。見るからにお金を持ってそうに見えたってこと」

そうした細かいこと――靴でさえ――が彼女にとっては重要なのか、とイヴは思った。さらに訊いてみる。「他の女性で、彼女ととくに仲がいいとか、結びつきが強そうだとか、そんなふうに見えた人はいませんか？」

「知らないわ。だから、わたしはろくに……。彼女がグループのひとりにちょっとしたお金をあげたっていうのは聞いたけど。さっき言った、夫にひどく殴られたって人にね。ほんとうかどうか知らないけど、誰かがそう言ってたわ」

「誰？　誰が言っていたんです？　誰がお金をもらったと？　人がふたり殺されているんですよ、レア、このままでは、あなたを署に連行することになってしまう」

「冗談じゃないわよ。誰に聞いたかなんて覚えてないわ。ジャスミンだったかもしれないし、他の人だったかもしれない。お金をもらったのはウナよ。ナタリアと話す予定があるなら、彼女に訊けばわかるけど、ウナはハエだって殺さない人よ。ひどい目に遭ってしまったけれど、子どものために人生を立て直そうとしているやさしい女性なの。ダーラが彼女を助けようとしてお金を渡したなら、とてもいいことだと思うわ。わたしが知っているのはそれだけよ」

「ありがとう」

イヴはリンクを切って椅子の背に体をあずけ、ウナという名のシングルマザーをどうやって見つけ出そうかと考えた。

しかし、今はマイラのところへ行かなければならない。

オフィスを出てブルペンを横切る途中、ピーボディのデスクで立ち止まった。

「マイラのところへ行ってくる」

「今、伝えようと思っていたところですが、ロンドンの共同経営者と話をしました。なかなかつかまらなくて、ようやく連絡があったんです。彼の犯罪行為については――ドラッグを飲ませたとか、レイプとか――何も知らなかったそうです。とても受け入れられない、という雰囲気でした。マッケンロイが道を踏み外していたのは知っていたと言っていました。つまり、誰かと関係を持っていて、それがいつも赤毛の女性であることは、その共同経営者からしてみると、マッケンロイが妻を愛している証《あかし》だと思っていたそうです。黒髪の彼女に惚《ほ》れ込んで、家族を持ち、人生を築きつつも、たまに道を踏み外していた、というわけです」

ピーボディはシューッと息を吐きながら白目をむいた。「道を踏み外すだなんて言ったら、土手を歩いていてずるっと落っこちる程度のことみたいじゃないですか。とにかく、共同経営者はニューヨークへ来ていろいろな手続きをするそうです。残された奥さんのためにできることは何でもすると言っています。あなたが話をしたいなら、ニューヨークに着いてから聞き取りにも応じるそうです」

「他の共同経営者は？」

「殺人にスキャンダルも加わって騒ぎになり、その対応に苦慮しているようです。会社も損害を受けるでしょう。訴訟問題も起きそうです。腹を立てて逆に彼が訴えそうな勢いでした」

「そちらも目を離さないで。会社は関係ないし、たぶん共同経営者も無関係だろうけど、確認は怠らないようにして」

イヴはそのことを考えながらグライドに乗り、マイラのオフィスのある階へ向かった。そう、会社でもないし、共同経営者たちでもない。ペティグリューの法律事務所や共同経営者たちにも同じことが言える。

原因はすべて、あの男たちと、セックスと、レイプと、強欲にある。

マイラのドラゴンこと業務補佐係《アドミン》は持ち場にいた。自分のリスト・ユニットをじろりと見たが、時間どおりに訪れたイヴには嫌みも言えないだろう。

「許可は出ているので、入ってかまいません、警部補」

マイラはオートシェフのそばに立っていた。日に照らされたミンク色のボブヘアは、ややウェーブがかかっている。春の訪れに合わせたライラック色のきちんとしたスーツ姿で、それよりやや濃いパープルの靴はヒールが細く、ガラスの靴のように透き通っている。

小さなパープルのイヤリングを下げて、首には三連の細い鎖のネックレスをした姿は、いつもどおりひたすら完璧だ。

マイラはイヴにほほえみかけた。淡いブルーの目がやさしげだ。「お茶を淹れているところよ――そうね、あまり好きではないのはわかっているけれど、そろそろコーヒーより体にやさしいものを飲むのも悪くないわよ。夜明け前から捜査をしているんでしょう」

「犯人の女性は長い夜を過ごしたあと、早朝に殺すのが好きなんです」

「そうね、報告書を読んだわ」マイラは青いデザイナーズチェアに座るように身振りで示した。花の香りのするお茶を入れた繊細なカップをふたつ持って、近づいてくる。

「さて」カップをひとつイヴに手渡し、椅子に座って美しい脚を組んだ。「今、女性と言ったけれど、そのとおりだと思うわ。犯人は正義を追求する女性で、他の女性たちを虐待し、傷つけた男性をむごたらしいやり方で殺害し、正義を果たしたと考えているわね」

「第二の犠牲者への暴力はエスカレートしています」

「よくあるケースよ。二晩でふたりの男性を処刑――彼女はそうみなしていると思う――して、正当性を主張するだけでなく、刺激に興奮しているはず」

「彼女はペティグリューにたいして、より恨みを抱えているんでしょうか？」

「もちろん可能性はあるけれど、彼女がさらに誰かを殺したら、その可能性は低くなる。彼を最初ではなく二番目に殺した。犠牲者が増えると彼女が犯人である可能性が低くなるのは、こうしたケースでは恨みがある相手ほど、犯人は最後まで取っておく傾向があるからよ。次第に強くなって最高潮に達するクレッシェンドみたいにね」

「最後に取っておくという感覚は彼女にはないと思います。マッケンロイのときは練習のようなものだったんです。わたしにできる？　ほら、できた。じゃ、恨みのあるターゲットに取りかかるわ、と」

興味を引かれ、マイラは椅子に深く座って眉を上げた。「そう信じる理由があるのかしら？」

「ペティグリューの元妻がどうも怪しいんです」

「どんなふうに？」

「元夫が殺されたと知ったときの彼女の反応でしょうか。それが度を超えていました。離婚して二年も経つんですよ？　彼女を裏切り、あっさり捨てて若い女に走った上に、彼女をだまして、彼女が立ち上げた会社から追い出した男です。そんな男のためにおいおい泣きますか？　わたしは信じません」

「侮辱され、傷つけられても続く愛はあるわ」

「ええ、あるかもしれません。でも、これは違います」考えれば考えるほど確信は深まった。「今回は、とにかく違います。これだとはっきりした理由は言えませんが、とにかく違うんです。いちおう裏付けはありますが、アリバイもあやふやです。彼女はコンピュータの扱いに長けていて、ペティグリューのアカウントは巧みにハッキングされていたんです。部外者が近づけない大きな邸《やしき》には部屋がたくさんあり、隠れて卑劣な行為もできます」

「あなたは彼女が犯人だと思っている」

「今のところはそうです。あらゆる角度から見ていかなければなりませんが、彼女が犯人でなければ、すべての辻褄《つじつま》が合わなくなる。おかしくなってしまうんです」

「彼女の情報は引き続き伝えてちょうだい」

「そうします。それから、犯人はサポートグループとなんらかのつながりがあります。ターゲットにしたふたりの男はかつて女性にひどいことをしていて、その被害者がたまたま同じグループに参加した、というのはありえません」

「では、複数の人間がかかわっているかもしれないわね」

「以前、そういう事件を捜査しました。でも……。グループの責任者の女性は、こうした暴力協定のようなものが結ばれるのを見逃さなかっただろうと思うんです。犯人はひとりのような気がしています。仮面《マスク》をつけるのを楽しんでいる誰か、という気がしてなりません。このターゲットはこうやって誘おう、次のターゲットはこう誘おう、と。また誰かを狙うなら、その相手独自の性的欲求を刺激する姿で現れるでしょう」

「レディ・ジャスティス」マイラはさらに言った。「新たなペルソナの登場ね。独特でもある。詩のようなメッセージも残されていた。詩は、その作り手にとってとても個人的なものであることが多いわ。それでも、被害者の男性を運び出したことからしても、犯人がひとりで行動している、と自信を持って言うのはむずかしいわね」

「ひとりじゃありません。誰かが車を運転しています。パートナーかもしれないし、雇った誰かかもしれません。裏切られないと犯人が信じている者のはずですから、わたしとしては女性ではないかと思います。男性は彼女にとって裏切り者ですから」

「そうね。彼女は男性に裏切られたり虐待されたりしたことがある。裏切り行為が性的なものなら、その相手は父親か父親のような人かもしれない」マイラは一瞬、言葉を切り、イヴのようすを見ながら紅茶を飲んだ。「こういう話になると、あなたはいやな気持ちになるかしら？」

「対処できます」

「対処できるかどうかは訊いていないわ」

マイラは質問の答えを得るまであきらめない、とイヴは知っていた。だから答えて終わらせることにした。

「レイプされるのがどんなことか、自分では何もできないのがどんなことか、父親にレイプされるのがどんなことか、わたしは知っています。人を殺すのがどんなことか、残忍なやり方で殺すのがどんなことかも知っています。その記憶がよみがえっても、それを利用できます。利用するんです。生きていたときにその男たちが何をしていようと、彼らを殺した犯人を探すのがわたしの仕事です。仕事をしないと。そうじゃなければ、これだけの歳月が流れていても、リチャード・トロイを勝たせることになってしまいます」

「なにか厄介なことがあったら、わたしのところへ来るのよ」

「いまこうしてあなたのところにいます。でも、何も問題はありません」

この話題は終わりにしたかった。

「マッケンロイは略奪者でした」イヴはさらに言った。「彼を逮捕して、残りの人生を檻《おり》のなかで過ごすのを見られたら満足できたでしょう。ペティグリュー？　弱くて、強欲で、嘘つきですが、彼が物理的に誰かを傷つけた証拠はありません。ただ不貞を働いた。結婚してからも不貞を続け、その不貞相手にも不貞を働きました。いい加減な人間だと思いますが、あんな目に遭ういわれはありません。わたしは、ふたりのために闘えます」

「わかったわ。あなたが捜しているのは、分別のある目的のはっきりした殺人者だと言えると思う。女性で、少なくとも三十歳にはなっていて、もっと年長かもしれない。ターゲットを征服するまでは自分をコントロールしているわ。冷静につきまとい、調べ、計画を立て、準備をして、誘い込む。いったん彼を拘束して無防備にさせたら、まったく自分をコントロールできなくなるはずよ。何時間にもわたって被害者を肉体的に痛めつけ続ける忍耐力を持ち、すべてが他人事《ひとごと》に感じられるから、悲鳴や命乞いを無視できる。痛めつけられてる間、彼らが口をきけなくされていた証拠は見つかっていないわね」

「命乞いしたり悲鳴をあげたりするのを、聞きたかったんでしょう」

「そうだと思うわ。彼らを罰してますますやる気になり、苦しんでるのを見て満足している。性器の切断は最終段階で、文字どおり男性のシンボルを失わせている。さらに、検死官の報告書によると、彼らを食肉のように吊して放置し、失血死させているわ」

「どうして彼らを自宅へ運んだのでしょう？　遺体を完全に処理するのも可能でしょうし、遠くに――移動手段を持っていますから――運んで捨てることもできた。でも、彼女はどちらのときも時間をかけて遺体を運んで、自宅の外に放置し、詩を記した紙をよく見えるように留めた」

「発見してほしかったのでしょう、しかもすぐに。そうすれば、彼らを愛していた人に、彼らがどんな人間だったか見せられ、何をしたか伝えられるでしょう？　街の人にも、世界中の人にも、彼らは自分がやったことの報いを受けたと見せられる。罰したのは彼女。いま、自分がふたりの女性警官に追われていることに、彼女は喜びつつも、動揺していると思うわ。あなたたちの力を評価するでしょう——女性の力は彼女の精神《プシケ》にとって必須と言っていい。同じ女性として、仲間だと思っているあなたの賛意が得られないことには、不満を持つわね」

マイラはさらに続けた。「今、彼女には付き合っている男性はいないだろうし、そういう関係を求めてもいないと思うわ。女性の友だちや仲間はいるかもしれない。でも、男性は？　虐殺されるべき獣《けもの》であり、狩られるべき捕食者よ。彼女は自分がやっていることは正しいと信じているし、だからこそ危険きわまりないわ」

「彼女はまだやり終えていない」

「そうね、やり終えたとは思えないわ。今、彼女が仕事を持っているなら、ひとりでできるか、自分で働く時間を決められる仕事でしょう」

マイラは姿勢を変え、足を組み直した。「あなたが報告書に書いていたとおり、彼女には拷問を行う空間と、人に見られず彼らを連れ込める秘密の場所があるはずよ。モリスの考察も読んで、そのとおりだと思ったわ。彼女はある程度の医療技術があるか、去勢の練習をしたかどちらかね。切断面はきれいだし、正確で、とても素人がやったとは思えない。それに、儀式で用いられるような刃物が使われたということは、去勢――あなたの言葉を借りれば、男性のシンボルを失わせること――が犯人にとってはいちばん大事な任務だと、われらが検死官は信じているわね」

イヴはゆっくりうなずき、じっくり考えた。「ターゲットの物色も、おびき出すことも、なぶり殺すことさえ、彼女にとっては相手にあたえるべき罰であると同時に楽しみなんです。目的であり、大事なことは、性器を切断して取り除き、彼らがそれのない状態で死んでいくということ。そのとき彼らは男でも女でもない」

「そうね」マイラは優秀な生徒にたいするようにほほえんだ。「そのとおりよ」

「彼女は犠牲になったふたりがそれぞれ求めたイメージを、明確に示すことができました。それはゲームの一部であり、楽しみなんです」イヴはさらに言った。「彼女はマッケンロイがプライバシー・ブースにきっと誘うような、魅力的でものにできそうな赤毛の女性になったはずです。それから、家に入れてもらえるように、ペティグリュー好みの公認コンパニオンにもなった。ペティグリューの場合はあっという間だったと思います。どうも、さあ、なかに入って、そんな感じです。でも、マッケンロイのときはいちゃつきというか、言葉の前戯があったでしょう。仕事上の会話とはまったく違います。彼女は彼が探しているような女性である必要がありました。そして、ペティグリューの場合は、あっという間だったとしても、彼が期待しているような女性に見えなければならなかった」

「彼女は勉強しているのかもしれない、つまり、なりきることを」

「演技ですか？」イヴは身を乗り出した。「彼女には演技の技術や経験、才能があるんじゃないかと考えています。彼女にはターゲットがいて、それはこれまでのふたりだけではありません。誰もがペティグリューのようにあっという間にその気になるわけではないんです。選んだ男性を連れ出せる状況に持っていくため、誘惑して、おびき寄せ、その男性の特定の期待に添わなければなりません」

「それは大いにあり得るわね」マイラは同意した。「でも、彼女は自分の任務と目的は正しいと信じているわ。だから準備をする――自分を制御してるのよ。それから、誰かになる――これも準備の一部よ。彼女が練習しているのは疑いようがないわ。彼女には時間があり、場所と資金もある。たとえば、衣装を準備したり、ウィッグをかぶったり髪をセットしたりする必要があるわね。移動手段もドラッグも必要。すべてにお金がいるわ。これまでもかなり投資したはずよ」

マイラは首をかしげた。「これも、ダーラ・ペティグリューに当てはまるのかしら？」

「ええ、資金も演技の技術も――可能性がある、ということですが――当てはまります。靴です」

「靴？」

「グループの女性が、彼女はお金持ちだとわかったと言っていました。高価な靴を履いていたからです。彼女には自分の家があり、大きな邸で祖母と同居しています。祖母は大病をして療養中で、さらに、見たところ、ふたりはとても親密です。だからアリバイが弱くて、シロとは断言できないんです」

「ペティグリューには演技の経験があるのかしら？」

「そういう記録はありませんが、祖母にはあります。大物の女優なんです。エロイーズ・キャラハンは知っていますか」

「そうなの？」マイラはまた姿勢を変え、まばたきをした。「そうね、ほんとうに大物だわ。すばらしい女優で、崇拝されている。立派な活動家でもあるのよ」

「彼女はピーボディのお祖母さんを知っていて、一緒に活動もしたそうです」

マイラは小さく笑い声をあげた。「わたしは少しも驚かないわ。キャラハンは慈善活動に熱心なことでもよく知られているのよ。わたしが知っている限り、彼女が人をなぶり殺しにする事件にかかわるなんて想像もできないわ」

「直接かかわっているとはかぎりません。わたしは、孫娘が時間をかけて秘訣《ひけつ》を学んだかもしれないと感じています。演技や、メイク、服装について。あとはその——演出法までも。この事件は、詩のようなメッセージから、彼女が名乗っている名前まで、妙に芝居がかっています」

「そうね、演劇的でしゃれたところがあるわ。彼女もそんな印象？」

「いいえ。正反対です。物静かで、控えめです。なんというか、地味とさえ言えるかもしれません。でも、悲しみとショックの演技はやりすぎでした。とにかく、何か違う、という気がしました。見た目も、声も真に迫っていましたが、これは違う、と感じたんです。すべてわたしの印象ですが」イヴは肩をすくめて認めた。「彼女はどこか違うと思いました」

マイラはまた椅子に深く座りなおして、しばらく考えてから言った。「そうね、犯人はわたしがプロファイリングした年齢層に当てはまると思うわ。彼女には、財力と、動機と、人に見られない場所がある。そして、サポートグループに参加していた。あなたが彼女を容疑者とみなす理由はたくさんあるわね」

「いまのところ、彼女は最有力です。でも、推測だけで令状を取ることはできません」イヴは立ち上がり、カップを脇に置こうとして、紅茶をすべて飲んでいたことに気づいて驚いた。「お時間をいただき、ありがとうございました」

「気をつけてね。彼女は狂暴よ」マイラは言い添えた。「心のある部分が解き放たれると、狂暴になるわ」

「それは、わたしも同じです」

イヴが殺人課へ戻っているころ、ダーラはちょっとした用事で出かけていた。雨が降っていたので、日中担当の看護師と話し合ってグランドの散歩は中止した。そこで、雨を楽しみ、ぶらぶらと歩きながら買い物をして、パン屋でグランドが大好きなカンノーロ（シチリア島の伝統的スイーツ）を買い、マーケットに行って新鮮なフルーツを買うつもりだった。

家を出るときには、タデウスのことで気持ちが乱れているから、歩いて外の空気を吸って、気を紛らわせて落ち着きたいという口実を作ってきた。グランドも看護師もすぐに聞き入れて、心から思いやってくれた。グランドが好きな酸味の強い緑色のブドウを見ながら、そう思い出す。

ああ、あれは気分がよかった。

あのふたりの警官の目にはかすかに同情の色も見えた。捨てられても裏切られても、どんなに傷つけられても、まだその男性を愛し、その死を深く悲しむ女性にたいする同情だった。

そんな同情をたっぷり味わって、楽しんだ。

それでも、本物の愛と根深い憎悪がひとつの心のなかで共存できることを、あのふたりは決して理解しないだろう。

タデウスもわたしを知らなかった、と思う。長い間、同じベッドで眠り、体を重ね、信頼して尽くしてきたのに、彼は変装したわたしに気づかなかった。

体じゅうの血液が失われ、人生最後の瞬間になって初めて、仮面《マスク》をはずしたわたしに気づいたのだ。途方に暮れた顔をしていた、と愛《いと》おしく思い出す。命が流れ出る間、じっとわたしを見つめていた。

そして、わたしの名を口にした。ようやくわたしの名を尋ねるように口にしたのだ。ダーラ。死に際の最期の言葉は、わたしの名前だった。

あれは、ああ、あれは、ほんとうに甘美だった。

「失礼」

女性にもどかしげに肘で押され、ダーラははっとわれに返った。

「通りたいんですけど」

「あら！　ごめんなさい。ぼんやりしていて」ダーラは申し訳なさそうにほほえんで横によけ、ブドウとベリーを選んだ。

マーケットで買い物を終えて、外に出た。傘を開いて、少しくるくると回す。

空気より軽くなった気分だ。

歩きながら軽く鼻歌を歌い、警察とのやりとりを頭のなかで再生した。記憶では、完璧、とにかく完璧だった。ショックを受け、嘆き悲しみ、なんとか落ち着きを取り戻そうとするところも。

ほんとうに面白かった！　自分がこんなに楽しめるとは、知らなかった。

グランドが降りていたと気づいたときは、一瞬、心配したかもしれない。しかし、それさえ完璧にこなしたのだ。

やさしいお祖母様は——女優として高い評価を得ているエロイーズ・キャラハンは——いわばわたしの保証人になって、事実上、わたしと同じ話を裏付けてくれた。

それから、タデウスが死んだ後に、階段を駆け上っていってグランドのようすを確認したのは、ほんとうに賢明だった。警察もまさか、愛してやまない祖母の介護をしなければならないときに、わたしが誰かを殺すとは思いもしないだろう。

イヴ・ダラスの前で証人を演じるのは楽しかった、と認めざるを得ない。自分たちが映画のなかで役——重要な役——を演じているような気がした。ただし、わたしは監督も兼ねていた。脚本も手がけた。衣装も（少なくともわたしのものは）デザインした。

そして、次の幕の脚本ももう書き上げている。

雨のなか、果物を入れた紙袋と、パン屋の包みを持ち、家に向かって歩きながら、ダーラはほほえんだ。頭のなかで、軽くダンスのステップを踏みさえした。

これまでずっと、タデウスと一緒にいる間ずっと、わたしはひたむきに愛し、献身的に尽くしてきた。

そして、とても弱かった。

わたしは会社を立ち上げた。それも自分で！　頭と、技術と、エネルギーを使って、内容のある会社にした。世間を揺るがすようなセンセーショナルなものではなく、信頼できる充実した会社だ。

それをやり遂げたのだ。

そして、その会社を彼に取り上げられた。と同時に、自尊心を奪われた。そのあと、少なくとも自分はひとりではないことを、サポートグループから学んだ。実際、わたしは最悪のケースとはとうてい言えなかった。利用され、虐待され、裏切られた女性が、それはおおぜいいた。

今や、彼女たちにはわたしという闘士《チャンピオン》がいる。彼女たちにはレディ・ジャスティスがいるのだ。

ダーラは邸に入ってスタンドに傘を立て、上着をクローゼットにしまった。

マーケットの紙袋をキッチンまで運び、お茶を淹れるようにドロイドに指示すると、その間にフルーツの準備をして、カンノーロを美しい皿に並べた。

グランドのおやつだ。

時間を確認して思う。完璧だ。グランドはそろそろリハビリの運動を終えて、階上《うえ》の居間に落ち着くころだ。

ダーラはカートを押してエレベーターに向かった。乗り込むと、自分でけなげな笑顔だと思うものを作った。目はやや悲しげなままだ。

カートを押して部屋に入ると、エロイーズと看護師が座って、すでにスクラブル（英単語を作るゲーム）に夢中になっていた。

「カンノーロ」エロイーズは目玉をまわした。「腰のくびれがなくなってしまうわ」

「大丈夫よ、グランド。ドナルーがみっちりしごいてくれたでしょうから」

「彼女は人使いが荒いのよ」

よく笑う小柄な女性、ドナルーは首を振った。「最近では、わたしのほうがやっとの思いでついていっているんです。それにもう、得点が三倍の七文字の単語を取られてしまいました」

「それなら、ふたりともおやつの時間にしましょう」

「あなたもおかけなさい、ダーラ」

「いいえ、おふたりでどうぞ」ダーラは身をかがめて、エロイーズの頬にキスをした。「やらなければならないことが少しあるから。今のわたしは忙しくしているのがいちばんなの」

「あまり自分を追い込まないでください、ダーラ」ドナルーがアドバイスした。「なんだかお疲れのように見えます」

「心配しないで。あなたがここにいる間、横にならせてもらうかもしれない。わからないけれど。さあ、グランド、ドナルーをやっつけ過ぎないでね」

「約束はできないわ」

ダーラは笑い声をあげながらまたエレベーターに乗った。そのまま、秘密の隠し部屋まで降りていく。モニターでスクラブルゲームに気を配りながら、ドロイドが徹底的に床を掃除して、きれいに拘束具を片付けたかどうか確認した。もちろん、レディ・ジャスティスの衣装も確認した。

ドラッグの在庫も二度確認した。あと一回分は充分にあると思ったが、ドロイドを使いに出さなければならないかもしれない。グランドの体調が回復しているのはほんとうにありがたかったが、彼女の安全を守り、夜はずっと夢を見続けてもらうには、少し強めの睡眠薬が必要なのだ。

使いには、ジミーと名付けたドロイド（二十代半ばの強面《こわもて》で、右の頬に小さな傷跡がある）を行かせるつもりだった。今夜、遅くなったらディーラーのもとへ行かせ、ドラッグを買ってこさせる。

自分のかかりつけの医者が、状況が状況だけに、眠れる薬を処方してくれるかもしれない、と思った。しかし、実際、その時間がなかった。

次の幕のための、衣装を選ばなければならないのだ。

13

ブルペンに戻ったイヴは、ジェンキンソンの新たな我慢ならないネクタイに迎えられた。デスクまで来るように手招きされ、イヴは彼をにらみつけた。

「お尋ねいたしますが、どういう理由があって、NYPSDのベテラン捜査官であるいい大人が、大量のゴム製の黄色いアヒルの子が叫んでいる柄の、蛍光グリーンのネクタイなどお締めなのでしょう？」

「叫んでいるんじゃなくて、ガーガー鳴いてるんだ。で、こういうのを奇抜《ウィムジー》と言う」

「わたしなら、目にたいする凶悪な攻撃、って言うわ。ナタリア・ズーラからメモと名前を受け取った？」

「ああ、受け取った――で、彼女の娘は家にいる」イヴは立っていてジェンキンソンは座っていたが、彼は見下すようにイヴを見た。「彼女は俺のネクタイを素敵だって言ったぞ。とにかく、そう言った。ディスクはきみのデスクの上だ。チェックしてくれ」

　ジェンキンソンは親指を立て、彼のいつものパートナーのライネケがいる、自分の背後を指した。それに応じて、ライネケはズボンの片方の裾を引き上げて、蛍光グリーンの地に、黄色いゴム製のアヒルが叫んでいる靴下を見せた。

「あきれた、ふたりでコーディネートするようになったの？」

「ふたりとも、今日選んだのがたまたまこれだった」ライネケが言った。「いずれにしても、ズーラも娘も協力的だった。グループの誰かが人を殺しているかもしれないとわかり、動揺している部分もあったがね。娘は母親が折れて、メンバーについておおまかな情報を警察に話すように望んでいた。母親はどうするべきか葛藤《かっとう》していた」

「心の葛藤を解いてあげないと」

「あのふたりの絆《きずな》は固い」ジェンキンソンが横から言った。「娘が母親を説得してくれるような気がする」

「とりあえず、その言葉を信じるわ。手伝ってくれて、ありがとう」

　イヴは自分のオフィスに戻り、ディスクをセットした。

　名前と、それぞれに添えられたメモをじっくり読む。さまざまな事例があった。レイプ、虐待、精神的ないじめ、パートナーの浮気、恋人に捨てられた、だまされた、叩かれた、強要された、殴られた、馬鹿にされた、しつこく問い詰められた、など。

メモによると、メンバーの反応もさまざまだ。怒ったり、落ち込んだり、自責の念にかられたり、恥だと思ったり。多くが自暴自棄になり、自尊心を粉々に打ち砕かれていた。

ナタリアは、メンバーの女性が話したことをメモしていた。子どものこと、仕事のこと、ほかの男性との関係、友人や家族のこと、また彼らが協力的か対決姿勢を取っているかも記していた。

さらに、その女性がレイプや虐待や暴行を警察に届けたかどうか、その環境から身を遠ざけて逃れたのか、そのままとどまっているのかも記されていた。

慎重に記している、とイヴは思った。しかも、けっして相手を批判するようなところはない。彼女にも捜査に協力してもらい、この簡潔なメモをマイラに読んでもらったら役に立つのではないか。ふたりとも精神科医だ。

イヴはためらいながらも、時間をかけてマイラに短いメールを書いて、マイラから直接、彼女の話を聞いてもらうことに同意してもらえるかどうか、同意してもらえるならズーラに連絡を取る、と伝えた。

そして、興味をかきたてられながらダーラに関するメモを読んだ。

2059／11　夫が彼女と離婚して若い女性のもとへ（結婚中もこの女性と不倫関係だった）。夫は現在、この若い女性と同居中。離婚にともない、彼女が設立した会社を〝夫の要求で〟売却。夫がいつのまにか株式の過半数を手にしていたことが発覚。現在、祖母と同居中。

教養があり、明るく、経済的にも安定。

ひどく感情を傷つけられ、自分は価値がない、魅力がない、欲望の対象ではない、愚かだ、相手を苦々しい、と感じている。結婚の破綻《はたん》、信頼の崩壊、性的な裏切りにたいして、まだ悲嘆している段階。

二〇六〇年の前半に記された短いメモには、気分に改善があったかなかったか、グループの他の女性たちと気持ちを通い合わせる力が伸びたかどうかが説明されていた。

2060／3　感情的に強くなったようだが、怒りと、自分は裏切られたという思いを捨て切れていない。クループ内の女性たちと、励みになるような一定の結びつきが見られ、積極的に話を聞いたり、同情を寄せたりもしている。自分の境遇を話すとき、泣き崩れなくなったが、元夫と、彼が心変わりした女性への苦々しさは消えていない。支えになって力をあたえてくれるのは、すべて祖母だと語る。

怒りと苦々しさね、とイヴは思った。これは納得できる。そして、それは、これでもかと自分に見せつけた悲嘆とは合致しない。

2060／5　他のメンバーと話し合うことが増えて、以前より自然に支援の手を差し伸べ、思いやっている。感情も安定。グループと他の女性メンバーの支えで、また目的が見つかり、自己を再発見した。

2060／7　アパートメントを借りる足しにと、ダーラから数千ドルを送られたとウナから内密に打ち明けられた。寛大な心と、友情と、進んで手助けをする気持ちの表れ。

2060／12　クリスマス休暇時の会合に、ちょっとした贈り物を持参。とても楽しそう――体調の悪い祖母が心配だとも語っていたが。早めに帰った。

これが最後のメモだった。イヴは椅子の背に体をあずけてじっと考えた。

ふたつの解釈ができると思った。ひとつは、グループの助けや、時間の経過や、その他いろいろのおかげでダーラは悲しみの穴から抜け出し、否定的な感情を振り払って、前向きな考えに集中できるようになった。さらに、他の女性たちとの絆に支えられ、自分でも努力して豊かな日常を取り戻した。

もうひとつは、粉々になった自分を回復させる過程で、他の女性たちから裏切りや虐待の話を聞き、彼女自身が変化してねじ曲がってしまった。そして、自分をある種の闘士《チャンピオン》、〝復讐者《アベンジャー》〟と見なすようになった。

目的を見つけたのだ。

「ここにはないわ。そのどちらなのかを裏付けるものは、ここには何もない」

イヴは身の回りの品をかき集めてブルペンに戻り、ピーボディのデスクに近づいていった。

「何をしていようと、ここで切り上げるか、向から車のなかで作業して」

「どこへ行くんですか?」

「ラボへ行って、ディックヘッドのお尻に火をつけるのよ。ペティグリューの足の爪に何が挟まっていたか知りたい」

ピーボディは仕事に必要なものをかき集め、コートをつかんだ。「ジェンキンソンとライネケがズーラから受け取った名前と、マッケンロイの被害者の名前をつきあわせていました」

「それで?」イヴが尋ね、ふたりは歩き出した。

「いくつか同じ名前がありました――ファーストネームだけなので、あるだろうとは思っていました。パーフェクト・プレースメントのシルビア・ブラントに連絡して、合致した名前すべてをフルネームで教えてもらえるかどうか訊いてみるつもりでした。そこから捜査を進めます」

「目の付け所がいいわ。その線で進めて」

「わたしひとりで?」

「十人以上いたらわたしが半分やるけど、そうじゃなければ、あなたがひとりで進めて」

「結果が出ないと思っているんですね」

「出るかもしれない。もちろん、その可能性はあるわよ」イヴは言い返すと、なんとか人をかき分けて、混み合ったエレベーターに乗り込んだ。「グループ参加者で、かつマッケンロイの被害に遭《あ》った女性がふたりいるのは、すでにわかっているわ。一方で、他にもそういう女性が見つかる可能性は低いとも言える。でも、オフィスには噂《うわさ》好きな人もいるから、ふたりが辞めたあとに噂を耳にして、グループに参加した人がいるかもしれない」

「他の社員がそんな目に遭ったのを知っていたら、ふたりはその人にも話していたでしょうし」

「そのとおり。だから、突き合わせをする価値はある」

「あなたはどんな観点から捜査を進めるんですか?」

「爪に挟まっていたものがわかったら、そこからじっくり考える。グループの女性のなかには、警察に訴えた人がいる。全員じゃないし、その数はとても少ないけれど、何人かはいる。だから、そこから何か探れないか試そうと思ってる。ファーストネームと、警察に訴えられた違法行為、ズーラのメモから得られるかもしれない他の情報。ズーラはメンバーが最初に参加した日を記録しているから、ある程度は時期が絞れる。必要なら、もっと情報が得られないかどうか、ズーラを突っついてみる」

「わたしがやりましょうか?」

「実は、それはマイラに頼んでいるの。あなたはあなたの観点から捜査を進めて。ここでやってもいいし、うちに持って帰ってやってもいい」

「あなたはまだダーラ・ペティグリューに注目していますね」人を押しのけ、ようやくエレベーターを降りて、駐車場に向かいながらピーボディが言った。

「とにかく彼女には何かがあると思ってる——ズーラのメモを読んでも、その思いは変わらないわ」車に乗ると、イヴは一息ついて言った。「最初の犠牲者は強姦魔《ごうかんま》よ。不埒《ふらち》で、邪悪なろくでなし。女性に薬を飲ませ、レイプし、脅していた。ふたり目の犠牲者は妻を裏切り、結局は、その相手も裏切った男よ。LCとヤるのが好き。元妻をだまして——裏切って、とも言える——大金を巻き上げた。でも、マッケンロイみたいに不埒で邪悪、と言うほどじゃない。それなのに、なぜ、彼女のリストの二番目だったのか？　なぜ、彼にたいする拷問はより激しかったのか？」

「わかりました。犯人はダーラで、この事件は恨みによるものだと考えているんですね」ピーボディは考えはじめ、イヴは車を駐車場から出した。「でも、単なるタイミングの問題かもしれません。彼が二番目になったのは、ひとり目を殺して心の準備ができたから。拷問が激しさを増したのは、本人の性格的なものとか。間にクールダウンする期間もなかったので、なおさらです」

「的を射てるわ」イヴは認めた。「すべてに関して」

「それに、犯罪や罪や法律違反——犯人はメッセージにまで残してこだわっていますが——のレベルは関係ないのかもしれません。彼女にはすべて同じなんです」

そう言われて、イヴは眉を寄せた。「なるほどね」それでも、認めたくはなかった。「当たっているかもしれない」そう言いながら推論の穴を探し始めた。「タイミングで考えるなら、そうね、次に誰に取りかかれるか——あと、グループのなかで誰にいちばん親しみを感じているか、というのもある。誰が罰を受けるのにふさわしいか、最も正義の焼き印を押すべきなのは誰か。それも考えに加えるべきよね」

「ナタリア・ズーラが何かヒントになるようなことに気づくかもしれません。ダーラが、馬が合いそうだと感じたり、友だちになりたいと思ったのは誰か。会合以外のとき、ということもあるかもしれません。レスターによると、グループの何人かでコーヒーを飲んだり、他にもいろいろしたようですから」

「そうね。そこを調べないと。あるいは、マイラからズーラにそのあたりを訊いてもらうとか。いい観点をふたつ、立て続けにつかんだわね、ピーボディ」

「うーん」そう言ってからため息をつく。「こう考えたくはなかったですが、わたしも、なんとなくダーラ・ペティグリューが怪しく思えてきました。自分でそう思ったのか、あなたに影響を受けたのかは、わかりませんけど」

「とりあえず、いろいろな観点から調べていくわよ」

　ふたりがラボに入っていくと、白衣姿の変わり者たちが、カウンターや、作業場や、ガラス張りの部屋のなかで忙しそうに仕事をしていた。イヴはまっすぐラボの鑑識課長、ディック・ベレンスキー（ディックヘッド《いやなやつ》として知られ、あまり好かれていない）のもとへまっすぐ向かった。

ベレンスキーは背中を丸めてコンピュータにかじりついていた。後ろになでつけた薄い黒髪が、卵形の頭にぺったり張りついている。クモのような両手の指をキーボードの上に這《は》わせ、タッチスクリーンにも滑らせている。その間にも、ワークステーションのスツールを滑らせ、器具と器具の間を行ったり来たりしている。

ベレンスキーはイヴを見つけると、刺すような目つきをした。「今、調べているところだ。きみの遺体《DB》以外にも、街にはDBがある。生きてる人間で、分析が必要な者もおおぜいいる」

「数時間前にあなたに――優先事項の印《しるし》を付けて――送った物が何かを特定するのがいったいどれだけむずかしいのよ？」

「ここに届く物の半分は、優先事項の印付きだ」

確かにそうだ、とイヴは知っていたが、彼のやり口も知っていた。ベレンスキーが鑑識課長なのは、めちゃくちゃ優秀だから。ディックヘッドなのは、ちょっとしたおまけを引き出すのが好きなせいだ。

「ボックスシート、メッツ戦――六十秒以内に結果を教えてくれたらね」

「ひとりでゲームに行きたがる奴がいるか？」

「ふたり分。もうカウントは始まっているわよ」

ベレンスキーがイヴに笑みを見せると、その意味に気づいたイヴはカーッと頭に血が上った。「もう結果は出ていたのね、このチビのイタチ野郎」

「まあまあ」まだ笑ったまま、ベレンスキーはイヴに落ち着くよう両手で軽く宙を叩くように動かした。「結果が出て、それを精査しようとしていたら、きみがのしのしやってきた」

ベレンスキーはまたスツールに座ったまま移動すると、別のスクリーンに指を滑らせた。

「モリスが送ってきたのは、ペンキを塗ったコンクリートが削られたものだ」

スクリーンをタップすると、ラボの変わり者にしか翻訳できない数字と記号が大量に現れた。「そこで、コンクリートのタイプと等級、ペンキの色とブランドを分析した。最高級品だ、万能タイプだよ」

「そうだとすると、どういうことになるの?」

ベレンスキーはまた刺すような目でイヴを見て、気取った笑みを浮かべた。「いいかね、今それがわかったから、これから伝えようとしているんだ。どういうことかというと、彼は足の爪で、高級なペンキで塗られた高級なコンクリートを強くこすった。レクリエーションセンターで見るような安物や、まあまあの値段の代物じゃない——もっとカントリークラブっぽいというか。プールの周囲や、そうだな、金をかけて改装した洒落《しゃれ》た地下室や、人の出入りが多いロビーにも使われるかもしれない。高級アパートメントのキッチンやトイレとかね」

「オーケイ」洒落た地下室だ、賭《か》けてもいい、とイヴは思った。関係者以外は立ち入れない。防音設備も完備しているに違いない。「もっと情報を」

「今、調べているところだって！」もちろん、クモのような指はせわしなく動きつづけている。

「コンクリートのブランド名を教えよう。よしよし、さあ、これだ――最高級品だよ。六〇〇〇ｐｓｉ、つまり、一平方インチ当たり六〇〇〇ポンドの圧力に耐えられる、つまり、大規模な商業ビルに使われるものではないな。それだと、最低でも一〇〇〇〇ｐｓｉは必要になる。これは、たぶん住居用の建物――メゾネット型アパートメントや四階建ての住宅――か小規模ビルあたりで使われているものだろう。プールサイドやガレージの床みたいなものかもしれない。これは、ほら、出た、〈ミルドック〉社のコンクリートだ。広く出回っているものだから、これだとほとんど対象を絞れないな」

かんに障《さわ》るろくでなしかもしれないが、ベレンスキーは自分の仕事を熟知している、とイヴは思った。

「続けて」

「さらに、彼がつま先で削り取ったのは、エポキシ樹脂だ――ペンキではなくな」スクリーンに指を滑らせ、タップして、また指を滑らせる。「なるほど、なるほど。滑り止めが塗られているから、床ということになる。壁じゃない。さっきも言ったが、いい製品だ。〈クリートトシール〉社製。品番EX-六五一で、色はつや出しゴールド。防水剤も入っているから、地下室か、キッチンか、ガレージだ。プールサイドじゃないし、屋外でもない。そういったよく濡《ぬ》れるところには、これじゃなくて特殊なエポキシ樹脂を使う」

「〈ミルドック〉の六〇〇〇psiのコンクリートに、〈クリートトシール〉のつや出しゴールドのエポキシ樹脂が塗ってある――滑り止めが塗ってあって、少し防水剤も入っている」

「そうだ。表面にはへこみや傷が残っているだろう」

「了解」彼はふたり分のボックスシートに見合う仕事をした、と思った。「報告書を送ってよね」

「これはこれは、どういたしまして」ベレンスキーは去って行くイヴの背中にはそう呼びかけ、首を振ってつぶやいた。「警官ってやつは」

そして、メッツの次のホームゲームはいつだろうかと、PPCで調べた。

「この件はわたしが調べましょうか?」ピーボディがイヴに訊いた。

「わたしがやるわ。あなたは、さっき話した観点から捜査を進めて――それから、名前の突き合わせも。ここからだと、あなたをセントラルで降ろすのも自宅まで送るのも、手間は同じね。どっちで仕事を続けたい？」

「家に持って帰ってやります。そのほうが静かだし。それから、今夜はメイヴィスの家に食事をしに行くんです――仕事が入らなければ。デザートに何か作っていこうと思っています。焼き上がるのを待っている間は、考えごとをするのにいいんです」

「うまくいくなら何でもいいわ」

「ここからだったら、家まで歩いて帰れます、大丈夫です。帰る途中で、いくつか買うものもあるので。雨もほとんど降っていませんし」

「だったらいいわね。何かわかったら知らせて」

「まかせてください。うーん、春らしい小雨ですね。デザートはレモン・メレンゲパイがよさそう」

焼きながら考えるなんて、誰ができるんだろう？　イヴは車に乗り込みながら思った。しかし、どういうわけかピーボディはできるらしい。

車を運転しながら、ダッシュボードに組み込まれたコンピュータで、〈ミルドック〉のコンクリートで床を施工する――〝コンクリートを打ち込む〟という専門用語を学んだ――業者を検索した。

市内でそうした仕事をしている業者は腐るほどあることもわかった。

エポキシ樹脂でも検索したが、こちらも腐るほどあり、会社と品番を指定すると、ある程度までは絞り込めた。そこからは複合検索をして、コンクリートとエポキシ樹脂の両方を満たす会社を探した。

そして、頭のなかで思い描いた。作業工程としては、コンクリートを打ち込んでから、樹脂を塗布するだろう。あるいは、すでにある床に樹脂だけ塗布する場合もあるだろう。

ともかく、とイヴは思った。犯行現場がわかれば、実際の床と、被害者の爪に挟まっていた物を照合することができるだろう。

だが、コンクリートの床に塗布する樹脂のタイプから犯行現場を見つけるには、技量ではなく運が必要だ。

そんな思いが頭のなかをぐるぐる回っているうちに、車が邸の門を抜けたのがわかり、はっとした。考えながらお菓子を焼くというのは、イヴの場合、運転しながら仕事をすることなのだろう。

私道沿いに緑の葉がところどころに顔を出し、木々が緑色に煙っていた。冷たい雨が降ったにもかかわらず（だからこそ、だろうか）春が冬を押しのけつつあるのかもしれない。

車を停めて、持ち物をつかむ。一休みしよう、とイヴは決めていた。ジムでトレーニングをして汗をかいて、いったん頭を空《から》っぽにしてから仕事に戻ろう。

お尻に突き刺さった棒を交換する手術を勧めてやろう――サマーセットを侮辱する準備をして、玄関に足を踏み入れる。

ところが、ホワイエにぬっと立っているはずの姿はなく、居間のほうからサマーセットの声がした。間髪《かんはつ》を容《い》れず、よく知っている大笑いの声が響き、その直後に、何を言っているのかわからない楽しそうなしゃべり声が続いた。

イヴはコートを放って階段の親柱に引っかけ、段のところにファイルバッグを置いて、居間へ向かった。ひらひらしたピンクのセーターを着て、裾にピンクのレースのひだ飾りのついた青いパンツを穿《は》いたベラが、サマーセットの痩《や》せこけた膝に座っていた。弾む金色の巻き毛は、ふたつに分けて小さなポニーテールにし、虹色のゴムで結んでいる。頭のまわりにピンクのしぶきが散っているようなメイヴィスの髪は、キャンディのように明るいピンク色だ。虹の渦巻き模様のドレスは超ミニ丈で、腿《もも》まであるピンクのロングブーツの履き口にぎりぎり届いている。

かろうじて。

静かに燃える暖炉の前に座る三人は、まるで幸せな家族そのものに見えた。

ベラが金切り声をあげた――それを予期せず部屋に入ったら、イヴなら武器に手を延ばしていただろう。ベラはもがくようにしてサマーセットの膝から降りて一気に駆け出し――驚くべき幼児のスピードで――部屋を横切ってきた。

「ダス！　ダス！　ダス！」

小さなフットボール選手がタックルするように、イヴの脚に飛びついてくる。いつもなら、イヴの脚の間をくねくねとすり抜けて挨拶《あいさつ》をするギャラハッドは、ただまばたきをして、メイヴィスの椅子の肘掛けに落ち着いたままだ。

ベラがとてつもなくかわいらしい顔でイヴを見上げ、ぺちゃくちゃと話す。何を言っているかはわからなかったが、両腕を上に広げてくる意味はわかる。それを拒絶するなど考えたこともない。

抱き上げると、愛情たっぷりのべたつくキスをいくつか受け、喜びのため息まじりに長々と抱きしめられた。

いったい何を伝えているの？

ふと思いついて、イヴはベラの匂いをかいだ。「チョコレートの匂いがするわね」

ベラは頭をのけぞらせて、大声でうれしそうに笑った。

ぺちゃくちゃ、「サムシット」ぺちゃくちゃ、ぺちゃくちゃ、「クッキー」ぺちゃくちゃ、「おいしー！」ぺちゃくちゃ、「ダス」

「わかったわ」ある程度は。

ベラを床に降ろそうかと思ったが、船体に貼りついたフジツボのようにくっついている。イヴはベラの体の向きだけ変えて、メイヴィスのほうを見た。

「わたしがもうすぐ家に戻るって、よくわかったわね？」

「知らなかったよ。ベラミーナとあたしは、サマーセットに会いに寄ったんだ」

「サムシット」ベラがかぎりなく優しく言った。

「だから、めちゃくちゃラッキーだったよね」メイヴィスは続けた。「早めに、まだあたしたちがいる間にうちに帰ってきて。一休みして、こっちで一緒に座ろうよ」

仕事が、とイヴは思った。捕まえなければならない殺人犯がいる。でも、子どもはしがみついていて、メイヴィスの笑顔は太陽六個分のまぶしさで光り輝いている。幸せな罠《わな》にとらわれ、イヴはベラを抱きながら近づいていった。腰をかけると、ベラが顔をすり寄せて、また何かしゃべりだした。

聞き取れたのは、「オーク」、「ギャハッド」、ママがなんとか、パパがなんとか。おしゃべりと抱擁の合間に、ベラはイヴの武器に触れた。

「だーめ」武器はハーネスに差し込まれ、安全だったが、イヴは好奇心いっぱいの小さな手をきっぱりと外させた。

「おもちゃ！」

「いいえ、違うわ」

「ベラ、おもちゃ！」大きなブルーの目をぱちくりさせる。「お願い！」

「だめよ。おもちゃじゃないの。わたしの武器だから」

かわいらしさは消えた。大きなブルーの目が鋼《はがね》のように鋭くなった。「おもちゃ、ほしい！」

イヴの頭のなかでは、ベラの金色の巻き毛の下から小さな角が二本、突き出していた。バラ色の唇の間から、二叉《ふたまた》に分かれた舌が伸びている。

隣の椅子に座っているメイヴィスは、まるで助ける気のないようすで、紅茶のような香りがする何かを飲んでいる。

「そうやってれば、思いどおりになると思ってるの？」これはかなり怖がるはずだ、とイヴは密《ひそ》かに思った。「わたしは人を脅して稼いでるのよ、おちびさん」

「わけあう！」ベラが強い調子で言った。

「いいえ。他のことを考えなさい」とにかくベラの興味の矛先を変えたくて、イヴは片方の尻を浮かせて、ポケットから名刺を一枚、引っ張り出した。「はい。何か面倒に巻き込まれたら、連絡してください」

ベラは名刺を受け取って唇をすぼめ、眉を寄せてまじまじと見た。うなずいて、指で文字を突いた。

「ベラ、イヴ」

「そうよ。すごいわね」

またかわいらしい顔になり、まつげをぱたぱたさせる。「わたしの?」

「そう、あなたにあげる」

「気持ちをそらせる名人だね、ダラス」メイヴィスが褒めた。ベラはイヴにぴったり寄り添って、名刺に向かって何かしゃべっている。メイヴィスも澄んだブルーの目をパチクリさせ、サマーセットのほうを向いた。「あの子を奥へ連れていって、帰る前にもう一つ、例のものをあげてくれない?」

「喜んで。ベラ、キッチンへ行って、何かいいものを探してみましょうか?」

「わーい、サムシット、クッキーよ! ダス! マミー」

ベラはほとんど飛び込むような勢いで床に降りた。サマーセットがかがんで抱き上げなければ、そのまま樹に登るヘビのように、彼の痩せた体に巻き付いていただろう。

イヴの名刺を旗のように振りながら、ベラはサマーセットにしきりに話しかけていた。サマーセットは重々しくうなずき、ベラを運んでいった。「はい、もちろん、そういたしましょう」

「どうせ何を言ってるかわかってないんでしょ」

メイヴィスは幸せそうに小さくため息をついた。「あの子は、あなたとあたしにもクッキーを分けて、猫にもおやつをあげないと、って言ったんだ。今、うちではあの子に、何でも分け合おうって教えてるところなんだよ」

「そう、あなたにはわかるだろうけど、彼には無理でしょう」

「それが、彼はその名人で、ベラミーナにすっと溶け込んじゃうみたいな感じでわかるらしい。あたしたち、一、二週間に一度はここに寄って、ちょっとおしゃべりとかするんだ。彼はベラのお祖父ちゃんみたいだよ」

イヴは驚いて言葉を失い、ただメイヴィスを見つめた。

「あのさ、今日はジェイクのスタジオに行ったんだ。一緒に新作を出すことになって、それが最高にすばらしくて、それで、彼がロークに会いに行かなきゃならなくなって、だったら、ちょうどサムシットに会いに行ける、って思ったんだ」

「ローク？」

「そう、彼の名前が出たら、ベラが〝オーク、オーク〟って止まらなくなっちゃって。だから、サマーセットに連絡して、ちょっと寄ってもいいかって訊いたんだ。あんたに会えるとは思ってもいなかったけど、これはお告げかもね」

「何のお告げ?」

「あたしはもう破裂するくらい言いたくて、あんたはぞっとするかもしれないけど、あと二、三週間は黙っていようと思っていたことを、言ってもいいんだっていうお告げ」

メイヴィスはぴょんと立ち上がり、腿までのロングブーツで踊った。お腹を指さす。「アンコール!」

「どういうこと?」

メイヴィスは目玉を動かし、お腹がふくらんだようすを手で表した。「アンコール! おめでた。もう一回!」

「何? あなた……また?」

「そう!」メイヴィスは片方のつま先でくるくると三回転してから、お尻を振った。「精子、卵子、合体」今度は、ボールに何かが突き刺さり、火山のように爆発するパントマイムをした。

「もうほんとうに、言いたくて言いたくて死にそうだったんだ」メイヴィスはイヴの椅子の肘掛けにすとんと座り、イヴを力いっぱい抱きしめた。「今、二か月ちょっとだよ――ナディーンのパーティのときもワインを飲むふりだけしてたんだ。そうしないと、みんなが気づいちゃうと思って。三か月目に入るまではなんとか待つつもりだったけど、こうして、目の前にあんたがいて、あたしはもう待てないから言っちゃった。これで、今夜うちに来たときにピーボディとマクナブにも言えるし、トリーナにも言える。それから――そうだ、誰にだって言えるよ。あんたは正真正銘の永遠の親友《BFF》だから、最初じゃなくちゃだめだったんだよ。あんたがぞっとするとしてもね」

「ぞっとなんかしないわよ」メイヴィスが鼻を鳴らしたので、イヴはしぶしぶ認めた。「オーケイ、そう思うところもあったわ。でも、あなたは幸せそう。どうかしちゃったみたいに見えるけど、幸せなんだって思える」

「幸せの二乗の億兆倍だよ。レオナルドもあたしも、きょうだい同士は年が近いほうがいいと思っていて――ほら、親友みたいになれるでしょ――ベラミーナが一歳になってから子作りを再開したんだ」

メイヴィスは肘掛けから滑り降りて、イヴの椅子に割り込み、ベラに負けないくらいぴったり寄り添った。「ベルを妊娠したとき、あたしがおかしくなっちゃったのを覚えてる？　怖くてたまらなくて、ママになんかなりたくないって言って、なにもかもめちゃくちゃだったのを覚えてる？　そしたら、あんたが、すごいママになれる、百点満点のママになれるって言ってくれたんだよね？」

「なってるわ」

「なってる。あたしのムーンパイもあたしも、そういうのが得意なんだ。彼は、パパはこうじゃなきゃ、っていうのを全部持ってる。あたしはすごくラッキーだよ、ダラス。もうありがたいなんてもんじゃない」メイヴィスはイヴの肩に顔を埋《うず》め、涙を流した。「そして、あたしはホルモンの関係ですっごくハイなんだ」

「オーケイ」イヴはメイヴィスの背中をさすった。「わかったわ」

メイヴィスは落ち着きを取り戻し、ため息をついた。「ここまで来るとは思ってもみなかった。この場所っていう意味じゃないよ。そっか、この場所も含めての、ここなんだ。レオナルドみたいな超すばらしい人と、太陽と、虹と、いいものを全部合わせたみたいな娘がいる。人生のチャンスを全部ものにしてきたし、しかも次に何がくるか不安もないんだよ。めちゃくちゃありがたいよ、ダラス」

「あなたはそれだけのことをやってきたのよ」

「あんたに逮捕されたのは、あたしの身に起こったなかで最高のことだね」

「力になれてうれしいわ」

メイヴィスは泣き笑いしながら首を振った。「本気で言ってるんだよ。あれがきっかけで、あたしはここにいるんだから。とにかく、レオナルドとあたしは、ベラのときのように、あんたとロークにはそこにいてほしいと思ってる」

「そこ……」イヴは恐怖に喉《のど》を締め付けられた。「メイヴィス、聞いて――」

「そのことはまた話し合うとして、あたしはメイクを直さなきゃ。あと、たぶん、吐く。そう、まちがいなく戻しちゃう」

メイヴィスはもがくようにして立ち上がり、部屋を飛び出していった。イヴはそのまま座りつづけていた。

あそこへ、また、と思った。あれが起こったあの部屋へ。また。

「まったくもう、いったい何の罰で、こんな責め苦を受けることになるのよ?」

14

おしゃべりな幼児と妊娠したメイヴィスと話をしたら、トレーニングをして汗をかいたように、頭のなかがすっかりクリアになった。実際、階段を上ってオフィスに戻ったときは少し息が切れているような気さえした。話をしてクッキーをもらっただけなのに。

上着を放って椅子に掛け、ポット一杯分のコーヒーをプログラムした。

コマンドセンターの受信記録をチェックすると、ディックヘッドから報告書が届いていたので、ロークに野球のチケットを頼むこと、とメモをした。

ＥＤＤからも報告書が届き、ペティグリューはマッケンロイとは違い、リストを作っていなかったとわかった。オフィスのコンピュータのカレンダー（パスワードで保護された個人ファイルに保管されていた）には、公認《L》コンパニオン《C》を予約した日付と時間が記入されていた。

たいていは、LCと利用するホテルの部屋も予約していて、自宅にLCを呼ぶ予約はかなり少ない。EDDによると、その日はいずれも、ホロヴィッツの自宅のコンピュータのカレンダーで、彼女が旅行していた日と一致するという。

古いカレンダーを見ると、ダーラと結婚している間はホテルしか利用していなかった。元妻と一緒のうちは危ないことはしなかったようだ。

それはホロヴィッツのほうが楽にだませたから?

ダーラのほうが怒ると怖いと知っていたか、そうではないかと恐れていたから?

妻を怒らせると失うものが多かったから。そう思いながらイヴは事件ボードとブックの情報を最新にした。たとえば、ダーラが先に離婚を考えれば、彼を会社から追い出す道を探すかもしれないし、とにかく彼の人生をめちゃくちゃにするかもしれない。

イヴは自分のコマンドセンターに戻り、ブーツを履いた足をデスクにのせて、コーヒーを手に椅子の背に寄りかかった。

マッケンロイ――女性を次々とレイプして、食い物にする犯罪者で、生きている間にそれがわかっていれば、長い間、刑務所で過ごすことになっていただろう。

ペティグリュー――夫としてもビジネスパートナーとしてもお粗末過ぎる。意地汚くて、ご都合主義者。それでも、非合法なことをやった形跡はない。刑務所に入るようなことはやっていない。

にもかかわらず、レディ・ジャスティスにとって、ふたりは同じ運命を辿るべき男だった。

「男なんてみんな同じだ」イヴはつぶやいた。「男というのは、根絶されるべきで、災いをもたらす人種だ。このサークル――サポートグループ――から始めて、ひとりずつ消していく。それが終わったら、また狩りに出かける。そういう定めなのだ。男は敵であり、やつらを滅ぼすのがわたしの任務だ」

「おやおや、やさしく迎えてくれるじゃないか」

イヴが視線を動かすと、猫が寝返りを打って寝椅子から降り、足早にロークを迎えに向かった。

「あなたはそばに置いてあげる」イヴはロークに言った。「セックスとコーヒーはどこかで調達しないとならないから」

「それを聞いてほっとした」ロークはゆっくりと近づいてきてイヴにキスをし、同時に、彼女のコーヒーを少し飲んだ。「早く帰ってきたと聞いたよ――自分のために」

「頭のなかを整理して、ゆっくり考える時間がほしかったから。メイヴィスとおちびに会ったわ」

「それも聞いた。ふたりは元気だった？」

「おちびは賢くて、恐ろしくて、とんでもなくかわいかった。メイヴィスは妊娠してるの」

「彼女が……なんだって？」

「彼女に言わせると〝アンコール〟だって。彼女に宙返りができたら、やってたでしょうね」人差し指を空中でくるりとまわして見せた。「計画的だって――妊娠のほうよ。わたしにそれを伝えたのは、彼女たちがサマーセットに会いに来てるところへわたしが現れたのを、言ってしまいなさいというお告げとみなしたからだって。ふたりはしょっちゅうサマーセットに会いにきてるらしいわ」

「へえ、それはおめでたいね。花を贈ろう」

「あまり喜ばないほうがいいかも。彼女はわたしたちにもアンコールを期待してるから」

「アンコールって、何の……」ロークはみるみる青ざめた。「僕たちがまたあそこへ行くことだなんて言わないでくれ。つまり、彼女が――」

「次の人間を体から押し出すところ？　そうよ、彼女はそれを望んでる」

「ワインを開けよう」ロークはすかさず言った。「もうその話をする気はないし、考えるつもりもない。最初に見た光景が今でも頭にこびりついて離れないし、真夜中に急に思い出してしまうこともある」

怖がっているのは自分ひとりではないとわかってうれしくなり、イヴはロークに指摘した。「あなたでも断れないわよ」

「僕は出張しているかもしれない。なんなら地球外にね」そう言いながらロークはワインを選びにいった。「地球外へ行く予定なんて簡単に――いつ生まれるんだ?」

イヴは眉をひそめた。「知らない。訊《き》かなかったわ。何を訊けばいいのかわからないし。ナディーンのお祝いパーティのときにはもう妊娠してたって言ってたけど、そのときはまだ人に言いたくなかったらしい。わたしがまたあれをしなきゃいけないなら、相棒、あなたも同じよ」

「僕は、その話のその部分は考えてもいないから。ワインを飲むよ。さあ、もっと穏やかな話を聞かせてくれ。たとえば、殺人事件の話とか」

出産より殺人の話をするほうがはるかに落ち着ける。イヴはロークが差し出したワインを受け取った。

「大きな進展があったわ。ペティグリューは裸足の足――つま先、というか足の爪の先――で床を突いたりこすったりしていて、爪に挟まっていた物を特定できたの。次のメッツのホームゲームでボックスシートが二席必要なのは、そういうわけ」

「ディックヘッドだな」

「乗り込んでいって脅したりしつこくしたりしたいときもあれば、とにかく穏やかに済ませたいときもあるのよ」

「なるほど。手配しよう。ちょっと座らないか」暖炉に小さく火がつくように命じ、ロークはイヴを引き寄せてシッティングエリアへ向かった。「物は何だった？」

「ペンキが塗られたコンクリートよ。コンクリートの銘柄とそれから、なんていったっけ？そう、ｐｓｉとかいうのもわかってる。〈ミルドック〉社のもので、ペンキというかエポキシ樹脂の銘柄と色もわかってる。混ぜられていたものなどから判断して、壁じゃなくて床用の塗料で、屋外やプールサイドに使われるほどの防水性はない、って。おそらくガレージか、屋内のスペース。地下室とかね。わたしは地下室じゃないかと思ってる。他人が立ち入らないところよ」

妻と座ってワインを飲んでいる？ さっきのメイヴィスの件からよくリカバーできたものだ、とロークは思った。「それはすごい進展だ」

「そうなの。どちらの銘柄も広く使われていて、絞り込むのはむずかしいけれど、犯人を逮捕したあとの裏付けに使えるはず」

イヴはワインを飲み、事件ボードを見つめた。「ホロヴィッツは当てはまらないわ」

「ペティグリューの同居人？」

「そう、可能性を広げて、複数による共謀――何人かの女性が一緒になって、彼女たちをだました男たちを殺害した――と考えても、彼女は当てはまらない。ジーナ・マッケンロイのほうがまだ可能性はありそうだけど、やはり無理がある。彼女は攻撃をしかけてきたわ」イヴは続けた。「ツテを頼ってティブルと市長に抗議して、州知事に訴えると脅してきたの」

ロークはイヴの髪をそっとなでた。「それで？」

「タワーに呼び出しをくらったわ」肩をすくめる。「ティブルは政治家でもある。それが仕事だから。でも、彼は間抜けじゃない。彼とホイットニーの前で、捜査状況を話したわ。ペティグリューが元妻から巻き上げた会社をあなたが買収していた事実も含めてね。証拠も説明したり、ほかにもいろいろ。彼女の訴えには彼が手を打ってくれるって」

「間違いなくそうしてくれるだろう。会社については、もう少し詳しいことがわかった。ダーラ・ペティグリューは祖母の支援を受けて会社を始めた。その祖母は、偶然だが、かの驚くべきエロイーズ・キャラハンなんだ」

「彼女を知っているの？」

「知識としてね。彼女の作品はすごいよ。きみも、彼女の映画を観たことがある」

ロークのほうがわたしより詳しそうだ、と思った。「でしょうね」

「二、三作、一緒に見たのは間違いない。しかし、それはともかく、伝説のエロイーズは孫娘を金銭的に支援した。ダーラは大学でプログラミングと人工知能《AI》エンジニアリングを学び、大学院に進んだ。そして、ペティグリューと結婚。僕が見つけ出したデータの行間を読むかぎり、彼女は数年間は、自分の野望はなかったことにして弁護士の妻を演じていたが、やがて何かに刺激を受けて、擬人化した家事ドロイドのデザインとプログラミングと製造を行う会社を立ち上げることにした。品質第一で、手ごろな価格の商品の生産を目指す、小規模な会社だ」

「そのころは彼女の会社だった。夫にプログラミングの技術はなかったのね?」

「まったくなかったが、法務の仕事を引き受けていた――そこで、うまくやっていたんだ」ロークはさらに言った。「狡猾《こうかつ》にね。会社はそこそこの成功をおさめていた。祖母に借金を返せたし、顧客サービスのきちんとした信頼できる会社という評判も得た。前に言ったとおり、小規模だが堅実な会社だった」

「今はあなたのものね」

「そう、僕のものだ。二、三年前、ペティグリューの財務担当者が、うちの買収部門に接触してきた。当時の記録や報告書には、会社は離婚のために売りに出される、と記されている」

「そうなの?」

「そうだ。訳ありの案件だというちょっとした警告と、金額を提示してほしいと提案があった。うちの担当者は適正評価《デューデリジェンス》し、僕がそれを承認すると、すぐに穏やかな交渉が始まって、二、三週間で取引は成立した。単純かつ標準的なやりとりで、混乱も騒ぎもなかった」

「彼女に選択の余地はなかった」イヴが応じた。

「そのようだね。今も言ったとおり、書類上は単純で標準的な取引だった。彼女は署名し、彼は売却額の大部分を得た」

イヴは立ち上がり、事件ボードに近づいた。「彼はそうなるように手はずを整え、彼女は彼が公正に手続きをすると思っていた」

「そういうことだろうね。さっきも言ったが、狡猾に仕組まれていた」

「間違いないわ。それに、彼女はおそらく仕事に集中していた。雇用や、会社を軌道に乗せることに一生懸命で、法律関係のことは彼まかせだったのよ。何がどうあれ、弁護士と結婚したんだから」

イヴが歩き回り、事件ボードを見ながら考えるのをロークは見ていた。「そうではないと考えるほうがむずかしいな」

「わたしも同じ意見よ。彼女のものだったのよ。起業のアイデアも——仕事につながる教育を受けたことも——祖母の支援も、仕事も」

イヴは振り向いてロークを見た。「それから、プライドも。彼女は誇りに感じていた。祖母に借りた資金を返せたのも、なかなかのものを築いたことも誇らしかった」

「まさにすばらしいものだ」ロークは認めた。「小規模だが成長を期待できる堅実な会社だ。誇らしく思って当然だよ」

「そんな彼女を彼は裏切った。裏切って、他の女とセックスをした」イヴはダーラのＩＤ写真に人差し指を突きつけた。「それが動機のはず。でも、動機のすべてじゃないわ。だって、相手は悪趣味な性悪女よ。でも、きっかけにはなった。始まりであり、後押しね」

ロークは立ち上がってボードに近づき、写真を見つめた。「じゃあ、きみは彼女がかかわっていると確信しているのか？」

「確信まではいかないけれど、そうね、そうじゃないかと思ってる、かなり強く」イヴはまた歩きだした。「ジーナ・マッケンロイは違う。彼女は子どもがふたりいて、見たところ——たいていの人はマッケンロイをかなり嫌っているけど——彼は家ではいい父親だった。あなたは家庭教師の話を聞いていたわよね。彼女は信頼できると思った？」

「ああ、できると思ったね。きみと同じ意見で、彼女ならわかっていただろうし、ジーナが事件にかかわっていたら、それとなくほのめかしていただろうと思う」

「確かにね。じゃ、ホロヴィッツは？　彼女は若くて、言わせてもらえればちょっとおばかで、いい暮らしをしていて、それで満足している。LCの件に気づいたら、彼女なら泣いて怒って、やめるように強く言うはずよ。あるいは、実家に帰って母親に泣きつくか。男ふたりをなぶり殺しにする計画を立てる？　ないわね。しかも、彼が死んでしまえば、彼女はもうアウトよ。配偶者でも、法的に認められた同居人でもない。彼と同居していただけ。彼女には何も入ってこないわ」

「なるほど」イヴの言わんとしていることがわかり、ロークはうなずいた。「で、他には？」

「証拠を見るかぎり、ふたりともサポートグループとの直接的なつながりはないわ。犯人は会合に参加してたはず。メンバーのひとりで、みんなの話を聞いていた。ダーラよ」

「なるほどね」

「ところが、検察と裁判所はなるほどと思ってくれなくて、エロイーズ・キャラハンの自宅の捜索令状を発行してくれそうにないのよ」

「まさか、祖母が共謀したとは思っていないだろう？」

「彼女は女優でしょ？　伝説の人だってみんなが言うわ。話をしたときは、別に気になるところはなかったけれど——」

「彼女と話をした」ロークが片手を上げた。「エロイーズ・キャラハンと話をしたって？」

「ええ、だって、ほら、殺人事件の捜査だから」イヴは思わずにやりとした。「エロイーズオタクさん」

「彼女の演技の崇拝者だからといって、オタクということにはならない。少しはそうかもしれないが」穏やかにほほえんで認めた。「それを聞いたら、食事をしながら詳しい話を聞かないわけにはいかない」ロークはイヴの顎《あご》を片方の手のひらで包み、浅いくぼみを親指でなぞった。「ステーキがいいな。疲れた顔をしているよ、警部補。この二日ほど、夜もあまり眠れていないだろう」

「ステーキが食べたいわ」

ロークはイヴを引き寄せ、抱きしめた。「時間ができたら、一緒に『ただひとたびの』のエロイーズを観よう」

「いろいろ爆発する?」

ロークはほほえみながらイヴのこめかみにキスをした。「これはしないよ。美しい映画だ。贅《ぜい》をこらしていて、信じがたいほどロマンチックだよ。彼女はまだ二十代だったと思う。目が覚めるほど美しいよ。輝いている」

「かなりのオタクね」

「この作品に関してはそうかもしれない。きみは『立ち上がれ』で彼女を見たんだよ。あの作品は爆破シーンがとても多かった。都市戦争《アーバン・ウォーズ》が舞台だからね」ロークは説明しかけたが、イヴが上半身を引いて、ちょっと待って、と身振りで示した。

「あれが彼女だったの？　その映画なら覚えてる。そうよ、あの彼女だった」イヴはボードの写真をじっと見て、気づいた。「彼女、すてきだった」

「そうだったね。では、ステーキだ」ロークは繰り返した。「ワインも開けるぞ」

イヴは立ち上がり、事件ボードの写真を見つめた。映画のなかではこれより少なくとも三十歳は若かったが、いまでは彼女だとわかる。

ということは、キャラハンはどんな人間の感情も、あたかも彼女が感じているように演じられる――体現できる――のだろうか？

ロークが部屋を出ていき、戻ってくると、イヴはワインのボトルとグラスをつかんで、窓辺のテーブルまで持っていった。「その種の才能は遺伝するのか、経験で身につけるものなのか、どちらだと思う？」

「どちらもある程度はあると思うが、まったく縁のないものは身につかないだろう？」

「わからない。でも、技術は伝えられるんじゃないかと思う」

ロークはテーブルに皿を並べ、イヴはワインを開けた。

「そうか、つまり、孫娘は祖母の才能を受け継いでいるんじゃないかと？　興味深いね。そう、一族や家族で同じような分野に興味を持ったり、優れた技量に恵まれたりすることは、演技も含めていろんな方面である。しかし、選んだ専攻から判断するなら、孫娘の興味は科学や工学にあって、芸術系じゃなさそうだ」

「そうね」それでも。

ロークが選んだ付け合わせは、アスパラガス（緑色だが、なんと、イヴはかなり好きだ）と皮が赤い新ジャガをバターとハーブでローストしたもの。いずれにしても、イヴはそれにまたバターを加え（バターはいくらでも食べていい、と強く信じている）ステーキにナイフを入れた。

「オーケイ、じゃ、エロイーズの話ね。彼女は肺炎がまだ完全には治っていなくて、なんとなく顔色も悪いし弱々しく見えるけれど、ダーラが部屋にいないとき、階上からひとりで降りてきたわ」イヴはあきれたように天を仰いだ。「彼女はあの映画が好きで、わたしたち――わたしとピーボディよ――に会いたかったらしいわ」

ロークは何も言わずほほえみ、イヴが聞き取りの内容や印象を語るのを聞いていた。

「彼女を気に入ったんだね」ロークは最後に言った。

「そうだと思う」イヴは一口分の新ジャガにフォークを突き刺した。「だとしても、彼女がどんな形であれ事件にかかわっていたら、逮捕するわよ」

「きみは彼女がかかわったとは思っていない。僕のおまわりさんのことは知っているんだ」ロークはさらに言った。「彼女の名前は容疑者候補リストのかぎりなく下のほう、外れはしないぎりぎりのところにある」

「たぶん、そうね。彼女とダーラは、ほんとうに深く愛し合っているように見えたし、九十何歳かにしてはすごくきれいで、重い病気からも回復しつつある。それに、彼女はペティグリューが好きじゃないわ。彼のことをけなしはしなかった。孫娘がそばにいなければ、けなしていたんじゃないかと思うけれど。彼女は、まだ結婚指輪をはめているのよ。夫は何十年も前に亡くなっているのに」

「『ブラッドリー・ストーン』」ロークは思い出した。「彼らのラブストーリーもまた伝説になっている。伝説がほんとうなら、愛する孫娘に隠れて不貞を働き、裏切るような男は軽蔑《けいべつ》するだろう」

イヴはうなずき、フォークを振った。「だから、リストから完全には外せないのよ。ダーラをかばっているかもしれない。彼女が何にかかわっているのかはっきりとは知らないまま、かばっているのよ。さっき言ったとおり、ふたりはほんとうに愛し合い、支え合っているように見える。重い病気から完全には回復していない祖母をひとり残して、ダーラは出かける？　狩りに出かけて、エロイーズをひとりにする？　エロイーズが階上で眠っているのに、連れてきた獲物に何時間も拷問をあたえつづける?」

「レディ・ジャスティスだよ」ロークはイヴに思い出させた。「過剰なまでに信じたり求めたりすると、人はなんだって正当化してしまうものだと、きみも僕もよくわかっている」

「あなたの言うとおり」イヴは乾杯するようにワイングラスを掲げた。「まったくそのとおりよ。それでも、彼女が出かけている間にグランド――彼女はグランドと呼んでいるわ――が目を覚まして、探しにきたらどうする? なんて説明する? あら、ちょっと散歩に出かけていたの、ひとりぼっちにさせてしまったわね。とか言うわけ?」

「でも、ダーラがサポートグループに参加していたなら、エロイーズをひとりにしていたはずだ」

「そうでもないのよ。最後にグループに参加したとき――去年の十二月よ――彼女は祖母の具合が悪くて心配だと話していたって。日中は担当の看護師が来ているけれど、介護をするのは主にダーラだと、祖母も本人もそう言っていた。あと、夕方と夜中の面倒をみるのは、ドロイドだったそうよ」

イヴは考えながら食べつづけた。「混み合ったクラブ、薄暗い照明。彼女はドロイドを送り込んだの? ペティグリューがLCと向き合ったのはせいぜい二、三分だから、ドロイドと気づかなかったとか?」

「きみならどのくらいでドロイドだと気づく？」

イヴは勢いよく息を吐いた。「わたしは警官よ。ほんとうによくできたドロイドで、照明も薄暗かったらごまかされるかもしれないけど、すぐに気づくわ。ドロイドならバレても危険は少ないし、ペティグリューの場合は気づく暇もなかったかも。運転手役のドロイドもいたかもしれない。そうじゃなければ、ドロイドは一体で、少なくともターゲットの自由がきかなくなるまで自動操縦で動くドロイドだったとか。ドロイドなら、気を失った男でも死体でも、簡単に持ち上げられる」

「殺したのもドロイドかな？」

「いいえ、違うわ、それは彼女が自分でやらなければならない」血が必要なのだ、とイヴは思った。あの男たちが叫ぶのを聞かなければならない。

そして、最終的に、彼らを男にしているものを切り取らなければならない。

「確かに、彼女の知識があれば、暴力的で、人間と見間違うようなドロイドのプログラムを作れるかもしれない」イヴは考えながら言った。「たぶんね。でも、立ち会って、拷問にかけて殺すのは自分でやる必要がある。傍観者になるわけにはいかない。レディ・ジャスティスは行動しなければならないのよ」

イヴはステーキにフォークを突き刺し、目を細くした。「いい線ついてる――たぶん、近づいている。プログラミングと創造性に関して、彼女はどのくらい優秀なの？　たぶん、自分が眠っている間に、グランドを見守るドロイドのプログラムは作ったわよね。用事を中断して家に帰ったり、きれいに片付けたり――拷問の現場は汚れるわ――グランドのところへ上がっていく必要があったりしたとき、そう連絡してくれるドロイドも。医療技術をそなえたドロイドも作れるはず。巡回ドロイドや家事ドロイドやセックスドロイドを作るみたいにね」

「ドロイトにそこまで任せるだろうか」ロークが指摘した。「彼女の身に何かあったり、ダーラが外出中、彼女の具合が悪くなったりするかもしれないんだぞ」

「でも、何も悪いことは起こっていないでしょう？　あの家には家事ドロイドがいた」イヴはさらに言った。「少なくとも、一体は見たわ。ダーラのショックと悲しみは大げさだったのよ、ローク。ほんとうに大げさで、とにかくそれが怪しく思えてしょうがないの。おかしいわよ。だまされたり、お金を巻き上げられたりした男を、そんなふうに感じられる？　別れて二年間も、思いつづけられる？」

イヴはしげしげとロークを眺め、考えた。

すると、ロークがため息をついた。「その顔を見れば、何が言いたいかはわかる」

「あなたを忘れるなんて、わたしには絶対無理。あなたにそんなひどい目に遭わされたら、打ちのめされてしまう。なんとしてもあなたに代償を支払わせるけど、打ちのめされるわ」

「どうやって代償を支払わせるか、具体的な描写はないしかい？」

「あなたの遺体の残骸さえ、誰にも見つけられないわ」そう言いながらほほえむ。「でも、大事なのは、わたしは本心は見せない、ということ。悲嘆に暮れていても、まだあなたを思いつづけていても、それは誰にも見せない。あるいは、違う自分を見せる」

「とはいえ、誰もが反応や感情をコントロールできるわけではないからね」

「二年間よ。わたしはこう思う。ひとりで築いたものを奪われ、自分より若くて——ずっと若い——胸も大きい女に乗り換えられ、捨てられたときの彼への思いを、彼女は二年間、ずっと持ちつづけてきたんじゃない？　それに、グループのリーダーはメモを残している。ダーラは最悪のときを抜け出したようで、落ち着きを取り戻したとか何とかね。でも、彼女はまだ腹を立て、苦々しい思いを抱えていたのよ」

イヴは新ジャガの最後のかけらをフォークですくった。「落ち着いたのは、たぶん、計画を立てて、解決法を見いだしたから。そして、グループの女性たちとも仲良くなったとメモには書いてあった。クリスマスには贈り物を持ってきたらしい。グループのひとりには、安全な場所に住めるようにお金を渡したそうよ。彼女は見つけたのよ、つまり……」

イヴはあいまいに途切れさせ、言葉を探してワイングラスをつかんだ。「同類を。そんなところでしょ。同類を見つけて、みずからを彼女たちの闘士、復讐者に任じた。つまり、正義の探求者よ」

イヴはすっくと立ち上がってまた事件ボードに近づくと、その前を行ったり来たりした。ロークはその場を動かず、イヴの働きぶりを見て楽しんでいた。

「あとひとりかふたり、グループの誰かが彼女に加わった可能性もあるけど、わたしはそうは思わない。そんなようすは見えないわね――少なくとも今のところは。ダーラは彼女たちのためにやっている。もちろん、自分のためでもあるけど、あくまで彼女たちのためよ。だまされたり、虐待されたり、強要されたり、しつこくされて苦しんでいる女性たち。そんなみんなのため。まずは同類の面倒をみようとする」

「仕事の邪魔をするつもりはないが、彼女がグループのメンバーとつながりのある男性を殺し続けたら、捜査がグループにおよぶんじゃないか？」

「もうおよんでいるわ」イヴは同意した。「わたしたちがこんなに早く事件とグループを結びつけるとは、たぶん、彼女も予想していなかったはずよ。でも、彼女は賢い。グループのことを自分から口にする。こっちがもうグループのことを知っているかどうか、彼女は知りようもないけど、捜査の手がグループへ向かったり、誰かがグループのことを口にしたら、自分からその話を持ち出すことで、こちらの疑念を払う」

「なるほどね。獲物を選ぶのにグループを利用しながら、どうしてグループのことを自分から持ち出すと?」

ちらりと振り返ってロークを見たイヴの目は、何の感情もなく、冷静だった。警官の目そのものだ。「すべてうまく隠せたと思っているから。たいしたものだと思う。わたしには、そこを疑う理由は何もなかった。全然、まったくね。彼女はたまたま知っただけよ」

「グループには何人いるんだ?」ロークが訊いた。

「平均で十五人くらい」

「今度の会合はいつ?」

「十日後くらいね。彼女はもう次のターゲットを狙う準備をしてるはず。もうすぐよ、ほんとうにすぐ。でも、誰を、どこで、どんな理由で? それは彼女しか知らない」

イヴは首を振り、両手をポケットに突っ込んだ。「わたしが間違っているかもしれない。とにかく間違っていて、グループの他の誰かかもしれない。わたしたちがまだ話を聞いていない誰か、まだ何のつながりも見つけていない誰か。だから、この線はとりあえず置いていて、わかっていることを徹底的に調べていく。塗料を塗ったコンクリートとファーストネームのリストをね」

「女性たちがグループの外でつながることもあるんじゃないか? もっと支え合う相手が欲

しくて、グループ以外でも会うとか？　友情もどきを深めるとか？」

「そう。レア・レスターはそんなことを言っていたけれど、これまでに聞き取りをした三人は誰のフルネームも知らなかった――というか、知っているとは認めなかった」イヴはまたダーラのID写真を見つめた。「ただし……ダーラはグループのあるメンバーにお金を渡しているわ。どういうつもりだったのか、ただ札束を渡しただけ？　そうは思えない」

「ある女性が安全な場所に住む助けになるように金を渡したと、そう言わなかったか？」

「そう、そうよ、そこを探ってみるわ」

　イヴはコマンドセンターに戻って、必要な情報を探し、ダーラのリンクに連絡した。

「もしもし、ええ、警部補。誰がタデウスを殺したか、わかりましたか？」

「さまざまな捜査を進めているところです。あなたに力になってもらえるかもしれません」

「まあ、そうでしたか。何でもおっしゃってください。ちょっと待って――わたしはこれを持ってあちらの部屋へ行くから、グランド、アリエルに言って映画を観るときのおやつを作ってもらうわね」

　別の声が何かつぶやくのが聞こえ、ダーラがそちらに向かってにこっとするのが見えた。

「ええ、そうするわ」スクリーンが少し揺れて、イヴの見たところ、上品なバラ色とクリーム色で統一された寝室からダーラが移動したようだ。

「ごめんなさい、警部補。夕方になる前に、グランドがベッドに横になるのを手伝っていたところでした。実はわたしたち、『ジ・アイコーヴ・アジェンダ』を観るつもりなの。あなたがたにお会いして、グランドがもう一度観たいと言い出して。今日はほんとうに……」ダーラの声が震え、目に涙があふれた。「ひどい日でしたから。ふたりとも、何か楽しむことが必要なんです。それで、わたしは何をすればお力になれるのかしら?」

「去年の十二月、サポートグループのあるメンバーに金銭を贈ったそうですね」

「まあ」ダーラの顔に驚きの色が波紋のように広がった。後ろでひとつにまとめた髪に手を走らせる。「秘密だったのに」

「それはもう通用しません。受け取った方のお名前をフルネームで教えてください」

「警部補、あのグループはすべて、たがいの信頼関係の上に成り立っているんです。それに、知人に援助の手を差し伸べたことが、今回の恐ろしい事件に関係があるとは思えないわ」

「このグループの女性たちと関係のある男性ふたりが亡くなっています。関係があるんです。調べたところでは、ウナが自分とまだ幼い息子さんだけで住むためにアパートメントを借りたくて、そのために金銭的な援助を必要としていたことは、すでにわかっています」

「彼女は殴られていたのよ!」いきなり、怒りの炎が吹き上がった。「シェルターで暮らしていたの」

「彼女は警察に相談しましたか?」

ダーラは目を閉じ、再び開けた目には悲しみが宿っていた。けれども、イヴはすでに怒りの炎を見ていた。

「いいえ、少なくとも、わたしが最後に聞いたときはまだ。彼女の夫は、警察に届けたら息子さんを殺すと脅したそうよ。数か月前に接近禁止命令が出て、ほんとうによかった。彼女は怯えていたわ。あなたに彼女の個人的なことを話すなんて、わたしにはできない。それは間違っているわ」

「あなたの元夫を殺した犯人を裁判にかけたいですか？」

「それは――もちろんそう思っているわ！」

「他の誰かが死ぬ前に、彼女のフルネームを教えてください」

「そんなふうに追いつめないで」

「では、質問を変えます。どこに送金しましたか？」

ダーラは一方の手で顔の横を押さえながら、また目に涙を浮かべた。「ああ、どんどん悪いことになるのはなぜ？　わたしは、何かいいことを、前向きなことをやりたかっただけ。苦しみと自己憐憫《れんびん》にもがくばかりの人生を終わらせて、前向きになりたかっただけなの」

「そして、あなたはそうしたわ」

エロイーズの声がして、振り向くダーラの目から涙がこぼれるのをイヴは見ていた。「ああ、グランド」

「ダラス警部補に訊かれたことに答えなさい、ダーラ。それは正しいことで、あなたのお友だちもわかってくれるわ。正しいことをするのよ、スウィーティ」

「何が正しいのかわからない」ダーラはまた目を閉じ、息を吸い込んだ。「彼女は必死でお金をかき集めて、坊やと一緒にシェルターを出てアパートメントで暮らそうとしていたわ。仕事はあったけれど、そこまでのお金はなかったの。彼女が新たな生活を始められて、いいきっかけがつかめるように、わたしは保証金と、二か月分の家賃を払ったわ。ダウンタウンにあるアパートメントよ。ほんとうに住所は思い出せない。送金記録を見ればわかるけれど」

「彼女の名前を。居所はこちらで探します」

「いけないことをしている気分よ」ダーラは抵抗した。「ウナ・カーゲン。まだ小さい息子さんはサム。彼女は絶対に人を傷つけたりしないわ」

「グループのメンバーに連絡を取るのは、われわれの義務です。他の人の名前も知っていますか?」

　ダーラは眉間をさすりはじめた。「会合のあと、二、三度、ウナとレイチェルとコーヒーを飲んだわ。ふたりは年が近くて、ともにシングルマザーだったこともあって仲良くなったみたい。ウナは彼女のフルネームを知っているでしょう。ウナがアパートメントを探すのを手伝ったのは彼女だと思うわ。わたしの記憶どおりなら、レイチェルのアパートメントと同じ建物にある部屋よ」

「わかりました、助かります。ありがとうございます」

「お願い、警部補、あそこの女性たちは、これまでさんざん大変な思いをしてきたの」

「これ以上、彼女たちにそんな思いをさせないように、できるかぎりのことをします。ありがとうございました」

「彼女は旧姓に戻っているね」イヴが通信を切ると、ロークが言った。「二月に離婚が成立して以降はウナ・ルザキになっている。ちょっと待って」ロークは言い、ＰＰＣを操作しつづけた。「彼女と同じ住所にレイチェル・ファスリーがいる。一度結婚していて、夫と死別している。六歳の息子がいる」

「あなたはいつでも便利ね」

「それが僕の人生の使命なんだ。ふたりでダウンタウンへ向かうかい？」

「実際に会って話をするほうがいいのは、いつだって変わらないわ。わたしが言いたいのは、ひとつ目は、行くかどうかはあなたの自由、ということ。ふたつ目は、男性がいることで流れが変わるかもしれない、ということ。三つ目は、第三者の印象が聞けるのも悪くない、ということ。とくにどう受け止めるべきかわたしが迷っているときはね。それに、あなたが魅力的なロークを演じると、決まって流れはいいほうに向かうわ」

「簡単な話じゃないか、ダーリン」ロークは指先でイヴの頬をすっとなで下ろした。「演じるも何も元々僕は魅力的だけどね」

「そこまで言っていないわ。あなたが運転して」ふたりで邸から出ようというところで、イヴは言い添えた。「彼女が言っていた接近禁止命令《TRO》について調べたい」

外に出ると、すでにロークが指示して車庫から出された車が停《と》まっていて、イヴはそれをまじまじと見た。流線型で、つややかなチェリーレッド、ドアが外側に開くのではなく、アーチ形に跳ね上がって開いていた。

「これは何？」

「新しい車だ」ロークはさらりと言い、運転席に座った。

イヴも乗り込むと、高級な地球外シャトルのパイロットキャビンを思わせる計器盤があった。「車が何台必要なの？」

ロークはクリームのようになめらかに答えた。「まだわからないんだ」

エンジンがハスキーなうなり声をあげ、私道に沿って飛ぶように進んでいくと、イヴは自分が運転すればよかったと思った。

次はきっと。

ロークが運転している間、PPCで調べ物をした。「アーロ・カーゲン、三十一歳にたいする接近禁止命令の対象は、ウナ・カーゲン。過去三年にわたって、家庭内暴力に関する報告書が提出されている。カーゲンは暴行の軽罪で三か月の懲役を受けている——九十日後、保護観察と怒りをコントロールするためのカウンセリングを必ず受けるという条件で出所しているわ。カウンセリングを受けるとか、嘘《うそ》ばっかり。この男には深刻な飲酒問題があるわね——報告書を読めば明らかよ。妻に暴力を振るったり、荒れ狂ったり。妻は離婚を申し立て、TROが出たら、夫はまた彼女を暴行した。妻から暴力を受けたと夫が訴え、告発は取り下げられている——ふたりとも怪我《けが》を負っていたそうよ」

「それも大嘘だ」

「ええ、そうね」イヴはレイチェル・ファスリーを調べ始めた。「ファスリーの夫は、結婚三年目に強盗に遭って殺されている。五年前のことよ。抵抗したところ、数回刃物で刺されたみたい。他は何もなさそう……。うーん。彼女の職歴がある。子どもが生まれるまでオフィスのマネージャーとして勤め、それからは母親専業《PM》の資格を取得。去年の秋、また外に働きに出た。オフィス——以前とは別——のマネージャーをやっていた。三か月後、ＰＭの立場に戻っている」

「職場で何かあったと思っているね」

「どうかしらね」イヴは言った。「他に怪しいところは何もないわ。報告書も見当たらない。三年間の結婚生活中、夫に関する訴えもない」

イヴはシートの背に体をあずけて考えこんだ。「このふたりと話してみたいわ」

15

ロークはロウアー・イーストサイドにあるアパートメントビルに近い駐車場を選んだ。車の乗り心地がすばらしかったから、通りの駐車スペースに空きを見つけても、そちらを選ばなかった彼を責められない、とイヴは思った。

それに、ちょろちょろ降り続いた小便雨がようやくやんで、数ブロック歩くのも悪くなさそうな夜だった。

「コンクリートとエポキシ樹脂も追わないと」イヴが言った。

「そのうちわかるだろうが、〈ミルドック〉は百年以上前から使われているから、きみが探している床は、はるか昔に打ち込まれたかもしれない」

イヴもそれは考えていたが、顔をしかめて言った。「聞きたくない情報ね」

「その一方で、最近になって打ち込まれていたり、コンクリートは古くても改めて塗装だけされたのかもしれない。僕はエポキシ樹脂のほうを調べるべきだと思っている。それは、車が通る場所なら十年かそこらで再塗装が必要になるからだ」

イヴはふーっと息を吐き出した。「コンクリートとエポキシ樹脂から、殺害現場が見つかる可能性はほとんどない、ってことね。場所が特定されたときの裏付けにはなるけど」

ロークはイヴの手を取った。「ニューヨークのエロイーズ・キャラハン宅の設計図なら、たいした手間もなく見つけられると思う。そうしたら、きみは地下室があるかどうか確認できる」

「ガレージはあるのよ。見たわ。でも、わたしは地下室のほうが可能性が高いと思っている。あるいは、メインの建物の裏に離れがあるとか」

「家に帰ったら見てみよう」

ふたりはアパートメントビルの外で立ち止まり、それぞれ建物の作りとセキュリティ設備を観察した。

「この建物の地下室や下張り床に、最高級のエポキシ樹脂のつや出しゴールドで仕上げをすることは、まずないと思う」

イヴはうなずいた。「賃金労働者が暮らすまともなアパートメントビルで、ひと通りのセキュリティ設備はあるけど、最新鋭と呼べるものは一切ない。出入り口に防犯カメラがあって、作動中みたい。この二晩の映像は見られるだろうけど、彼女が犯人だという可能性を排除するだけの作業になるわね。ここじゃない。居住者が何人も入っているビルは違う。探しているのは、他人が近づけないようなところよ」

イヴは建物を見上げた。「ふたりとも五階に住んでるわ。まずルザキの家に行って、ファスリーを呼べるかどうか試してみる。ふたりから同時に話を聞けたら、力関係がわかるわ」

ブザーは無視して、マスターキーを使って狭いロビーに入ると、マツのクリーナーのかすかな香りと、誰かがテイクアウトした中華料理の匂いがした。イヴは二基のエレベーターを怪訝《けげん》そうに見た。

「いちかばちかだ」ロークはエレベーターを呼び、イヴを引っ張って乗り込んだ。エレベーターのなかはロビーとまったく同じ匂いがした。

五階で降りると、マツの匂いはしたが中華料理の匂いはしなかった。

「廊下を挟んで向かい同士ね」イヴが気づき、一方のアパートメントのドアからもう一方へと視線を動かした。「ルザキは警察推奨の防犯用ロックと、ドアに防犯カメラを付けている」

「乱暴な元夫のせいか」ロークが推測した。「まだ心配なんだろう。ファスリーのところがごく標準的なロックなのは、特殊なものを買う余裕がないか、誰かが押し入ってくる心配がないか、どちらかだろう」

「わたしは間違いなく後者だと思う」イヴはルザキ家のドアのブザーを押した。

すぐに、インターフォンから警戒しているような声がした。「はい?」

「NYPSDのダラス警部補と、民間人コンサルタントです」そう告げて警察バッジを掲げる。「ウナ・ルザキさんとお話がしたいのですが」

「なんのお話ですか?」

「ミズ・ルザキ?」

「はい」

「なかでお話しさせていただいたほうが、いいかと思います」

「もう少し高く、バッジを掲げていただけますか? 警察に連絡して確認したいので」

「もちろんです。本署に連絡してください」

待っている間、エンターテインメント・スクリーンに流れている番組のくぐもった音と、その合間に子どもの高い声が漏れ聞こえていた。やがて、ロックがはずされ、ドアが開いた。

「すみません。用心するに越したことはないので」

「かまいませんよ」

おとなしそうな黒髪の女性だった。混合人種、身長は百六十センチくらいで、どちらかというと痩せている。チェックのパジャマのパンツのようなものに白いTシャツを着て、真っ赤な室内スキッドを履いている。

「どういうことでしょう？　すみません、どうぞなかへ」

リビングエリアは、彼女の雰囲気に似たおとなしい色で飾られていたが、仕切りで分けられたプレイルームのような一角だけは別だった。鮮やかな色のブロックやおもちゃが箱にしまってある。また別の仕切られたスペースには小さなテーブルと椅子があった。タブレット端末と発泡性の飲み物のグラスが置いてあって、ふたりが尋ねてきたとき、ウナはここに座っていたようだ。

「捜査の過程で、あなたの名前が出てきました。お話をうかがえば、さらに情報が得られるだろうと考えています」

不安そうな表情のウナは、不安げに指先を組み合わせた。「どんな捜査ですか？」

「わたしは殺人課の警官です」

「まあ。なんてこと。待って」ウナは短い廊下を小走りに進んで部屋をのぞき、静かに扉を閉めた。「息子です。まだ三歳なんです。目を覚まして、話を聞くようなことがないように……。殺人だなんて、わたしは何も知りません。わたしの知っている人ですか？」

ウナの唇が固く結ばれ、イヴはその表情に期待と不安を読み取った。

「ナイジェル・マッケンロイかタデウス・ペティグリューをご存じですか?」

「いいえ、それは……待って、住宅街で人が殺されたのは聞いたわ。そのマッケンロイという人よ。その話は聞いたわ。でも、知りません……ペティグリューという名前の人は知っているけれど、女性です」

「ダーラ・ペティグリューですね。タデウス・ペティグリューは彼女の元夫です。彼が殺されたという報道は聞き逃したようですね」

「す、すみません。わからないわ。その男性はどちらも知りません」

「あなたは彼らと関係のあった女性たちと、同じサポートグループにいました」

ウナはぎくりと体をこわばらせた。「女性のためのサポートグループに参加していますが、秘密のグループなんです。誰もが匿名です。ファーストネームだけでやりとりをしています」

「それは知っています。グループを作ったナタリア・ズーラとも話をしました。グループのメンバーで、犠牲者と関係のある女性たち三人とも話をしました」

「でも、わたしは関係はありません。その人たちのことは知らないし」いきなりぴりぴりと張りつめた声で言った。「何も知りません」

「何か飲んではどうでしょうですか、ミズ・ルザキ?」ロークは小さな声で穏やかに言ったが、ウナは飛び上がった。「私がそこにあるのを持ってきましょう」

ロークはテーブルに近づくとグラスを手にした。

「ダーラの名字を知っていましたね」イヴは指摘した。

「彼女には親切にしてもらったんです。助けていただきました」ウナは震える手でロークからグラスを受け取った。

「緊張しているようですね」イヴが言った。

「うちに警察の人が来て、殺人事件の話をしているんです。それと、わたしが参加してるグループの話も。秘密のグループなのに。ええ、緊張しています」

「昨日とおとといの夜、どこにいたか教えてください、午後九時から午前四時の間です」

「なんてこと、わたしが容疑者だなんて。知りもしない男性を殺した容疑者に、なれるわけがないでしょう？」

「型通りの質問です。答えられますか？」

「おとといの夜はここにいました」ウナはイヴからローク、またイヴへと視線を動かした。

言い逃れを考えている目ではない、とイヴは読んだ。捕食者に跳びかかられる直前に恐怖で動けなくなった獲物の目だ。「家にいました。三歳の子どもがいますから。その――できればずっと勉強していたいものですから。たぶん八時ごろ、サムを寝かしつけたあと、このあたりを片付けて、用事を済ませたり勉強をしたりしていました。オンラインでビジネスと経営のコースを取っているんです。あ――そうだ、おとといの夜は九時から十時までオンラインの授業を受けました。それは証明できます！　それから、他の学生たち二、三人と十時半ごろまで、そのまま話をしていました。そのあと、寝る支度をしました。うちからは一歩も出ていません。小さい子どもがいますから」

「ゆうべは？」

「十時ごろまで勉強をしていました。それから――そうよ！　レイチェルが来ました。友だちです。ふたりでワインを一杯だけ飲みながら十一時ごろまで話をしていました。レイチェルは、わたしが仕事で出かける間、サムを見てくれています」

「それはレイチェル・ファスリー？　グループのメンバーですね？」

「秘密のグループなのに」ウナは言い、目に涙を浮かべた。

「ウナ」ロークが先ほどと変わらず穏やかに呼びかけて、ウナの注意を引いた。「レイチェルにもここへ来てもらえるように頼んだら、あなたも気が楽になるんじゃありませんか？」

「彼女を巻き込みたくないわ。わたしはただ――」

「いずれにしても、彼女とは話をすることになっているんです」イヴは事務的に言い、ロークの穏やかさを際立たせた。「話を聞くのは、別々でも一緒でも、どちらでもかまいません」

「ええと――わかりました。彼女を怖がらせないでください。オンラインで勉強をしていた証拠は見せられますけど」

「それはこちらで調べます」イヴは言い、ロークを見てうなずいた。ロークが出ていくと、ウナのほうへ身を乗り出した。

「わたしたちがここへ来たとき、あなたは何か他のことで警察が訪ねてきたんじゃないかと思い、不安になりましたね」

「きっと元夫に関係することだと思いました」

「ご主人との関係はうまくいっていなかった」

「離婚しました。接近禁止命令も出してもらいました。彼はサムに会う権利がありますが、一度も使ったことがなくて、よかったと思っています。必要があればアーロの話はしますが、他のメンバーの人たちがグループ内で話したことはお伝えできません。秘密ですから」

「でも、ダーラは元夫の話をしたんでしょう?」

「わたしに訊かないでください。お願いですから」

「では、彼女と最後に会ったり話をしたりしたのはいつか、それなら教えてもらえますか?」

「クリスマスの直前です。彼女はわたしがこのアパートメントを借りるときに援助をしてくれて、二か月分の家賃と保証金を払ってくれました。これまで、誰もわたしにそんなことをしてくれたことはありません。ほんとうに親切な人です」

「でも、彼女はもうグループに来なくなった」

「そうなんです。もう一度お礼がしたいので、戻ってきてほしいとずっと願っています」

「彼女の連絡先は知らないということですか?」

「知りません。知っていても、連絡するのは失礼です。借りるときに援助してくれたから、彼女はわたしがここに住んでいると知っています。わたしと話がしたかったらできるはずです。わたしたちはたがいの私生活に立ち入らないんです」

ドアが開くと、ウナは顔を上げ、女性（金髪できちんとしていて、フランネルのパンツにスエットシャツを着ている）が入ってくると、見るからにほっとした表情になった。

「ああ、レイチェル」

「落ち着いて、ウナ」いかにもニューヨーカーらしいきびきびした声、ふざけたことは許さない、と言いたげなそぶりで近づいてきて、友人の隣に座った。ウナの膝をぽんぽんと叩く。「オーケイ、その殺人っていうのは何なの?」レイチェルは手に持った端末から視線を離して、それをテーブルに置いた。「息子が向かいの家で寝てるの。何かあったときのために、モニターしているのよ」

「われわれはナイジェル・マッケンロイとタデウス・ペティグリューが殺された事件を捜査

しています」

「二件目が起きたって話は聞いたけど……。ちょっと待って。ペティグリュー。それってダーラの元夫じゃないわよね？」

ウナはレイチェルの手を握り、うなずいた。

「なんてこと、くそっ」

「あなたが参加しているグループのメンバーのうち」イヴは続けた。「いえ、元メンバーのうちふたりが、最初の犠牲者と関係があります」

「誰？」

「レイチェル、それはだめ――」

「ウナ、ふたり殺されてるのよ。警官は自分たちの仕事をしなきゃならないの。わたしの夫は殺された。あんなにいい人は他に知らないわ。警官がちゃんと仕事をしてくれたおかげで、わたしと息子から彼を奪ったやつは刑務所にいるのよ」レイチェルはまたイヴを見た。

「誰なの？」

「ジャスミン・クワークとレア・レスターです」

「ジャスミン、レア」レイチェルは目を閉じた。「そういえば。あのふたりはセットで来たんじゃなかった、ウナ？　つまり、ひとりがもうひとりを連れてきたのよ、わたしの記憶が正しければ。来なくなってだいぶたつわね。ひとりは引っ越したはず。ふたりは職場が一緒で、ふたりとも大ボスにレイプされたのよ」

「個人情報よ、レイチェル」

「その話はすでに本人たちから聞いています」イヴが言った。「今、話していただいたなかに、わたしの知らない話はありません。ナイジェル・マッケンロイはふたりの大ボスでした」

「驚いた」レイチェルは息を吐き出した。

「とにかく、あなたがどこにいたかを教えてください。昨日とおとといの夜。午後九時から午前四時の間です」

「どちらの夜も、九時ごろは息子をベッドに追い込む戦いをしていたわ。いつだってそうだけど、戦いに勝つと、ママとリンクで週に一度の長話をした。ママとパパは今フロリダに住んでいて、ママとは毎週、一時間くらいリンクでだらだらおしゃべりをするのよ。それから、スクリーンを観ながら寝てしまったわ。ゆうべも同じ戦いをして、同じように勝利した。そのあと、支払いをしたり、洗濯物をたたんだりしたあと、自分へのご褒美として、ワインのボトルを持ってここにお邪魔して、しばらくウナと無駄話をした。十一時ごろお開きにしたと思うわ。ふたりとも、次の日は仕事だったから」

「データを見ると、あなたは母親専業扱いですね」

「そうよ、そのとおりだけど、わたしには仕事が必要なの」遠慮なく率直に言い、レイチェルは食い入るような目つきでイヴを見た。「わたしのことを馬鹿正直に報告するのは勝手だけど、週に一度、ウナとわたしはこの建物の共有部分を掃除してるわ。そうやって、家賃を少し安くしてもらってる。それは申告なんかしてないわ。ほかにも、かわいいサムの面倒をみて少しだけどウナからお金をもらってる。それも無申告」

「あなたは活動的な女性のようですね」ロークがそう言うと、レイチェルがほほえんだ。

「わたしは育ち盛りの男の子がいる、夫に先立たれた女よ。活動的にならざるをえないわ」

「あなたはなぜグループに?」イヴが訊いた。

レイチェルはふーっと息を吐き出してから言った。「やっぱりそうなるわよね。オーケイ。わたしは小さな会社で事務のマネージャーをしてたんだけど、ジョナを妊娠して仕事をやめたの。チャズもわたしも、生まれてから二年くらいはどちらかが育児を専任でやるのがいいと思っていて、チャズのほうが断然稼ぎがよかったから。そのうち、わたしも少しずつ、パートタイムでもいいから仕事に復帰しようかと思っていたころ、夫が興奮したジャンキー野郎に殺されたの」

今度はウナがレイチェルに身を寄せて、肩を抱いた。「そういうわけで、わたしはジョナが学校に通うまで母親専業のままでいた。それから、また別の小さな会社——父親と息子だけでやってる同族会社よ——で働くようになったわ。旅行代理店だった。世界中の豪華なリゾート地やホテルの仲介をしていた。勤務時間の融通がきいて、給料も手当もそこそこだった。歩いてジョナを学校まで送っていって、そのままで二、三ブロック歩けば職場だった。放課後、わたしの友だちが自分の子を迎えにいくときに、ジョナも連れ帰ってくれたの。何もかもそばにあったから、買い物をしてから五時ごろ家に着いて、それから夕食のしたくもできたし、夜も子どもと一緒に過ごせたわ。完璧だった」

「それが崩れたのは？」

「会社にいる父親のほうが二、三日会社を休んで、旅行がてら新しい不動産を見に行ったことがあったの。そうしたら、馬鹿息子がオフィスの扉に鍵をかけたのよ。彼がそうしたのは見ていなかったし、彼が近づいてくるまで気づいてもいなかった。ふたりでちょっと楽しむんだよって彼は言った。わたしを壁に押しつけて、胸をつかみ、服を脱がそうとしながら、楽しもうよ、と言った。最初、わたしはショックのあまり、やめてくださいと頼み、彼の手を押しのけることしかできなかった。そのうち、腹が立ってきて、ほんとうに腸《はらわた》が煮えくりかえってきて、パパに教えてもらったとおり、あいつのタマを膝で蹴り上げたわ。教えを行動に移したのは初めてだったけれど、効果はあった」

「よくやったね」ロークが言った。

「ええ、それで、そのあと、ちょっと頭に血が上ってしまったわたしが彼を怒鳴りつけ、訴えてやる、警察に通報してやるって脅したら、あいつはただ声をあげて笑い出した。そして、言ったわ。やってごらん、誰もきみの言うことなんか信じない。ここのオーナーは僕の父親で、父は僕を信用するし、きみは次の職場への推薦状も書いてもらえず、ここを追い出される、ってね。そんなクソみたいなことを言ったのよ。あいつは金持ちで、甘やかされていて、見かけもよくて、奥さんも子どももいた。ただ仰向けになって楽しむのが利口なやり方だ、と言われたわ。いずれにしろ、きみはお払い箱だがね、って」

「お払い箱で結構」レイチェルは続けた。「わたしには考えてやらなければいけない子どもがいる。だから、自分の持ち物をまとめて会社を出たわ。そして、母親専業の再申請をした。そのうち、あれこれ理由を作って外出しなくなり、どうしても出かけなければならないときも後ろを振り返ってばかりいると気づいて初めて、自分がどれだけ心に傷を負ったのかわかったわ。そうしたら、無性に腹が立ってきたの」

ウナが炭酸水を差し出すと、レイチェルは受け取って飲み、息をついた。「ありがとう。それはともかく、グループのビラを見たとき、これが自分のやるべきことだと思ったの。少なくとも、あのときの話ができるでしょ。精神科にかかるような金銭的余裕はないけれど、これは無料だった。そして、実際、とんでもなく助けられたわ。メンバーのなかには、というかそのほとんどが、わたしとは比べものにならないくらいひどい目に遭っていて、もっとすごいのは、みんなが耳を傾け、気遣ってくれたということ。今のわたしは、誰かに話を聞いてもらって気遣ってもらうことが必要な人たちのために、あそこへ行っているのよ」

「たぶん、いつかまた」と、レイチェルは続けた。「心の準備ができて、会社勤めができるようになるだろうけれど、前の仕事をすぐにやめた理由を訊かれるかと思うと、つらいわね」

ロークはポケットからケースを出して、名刺を取り出した。「事務の仕事を探す心構えができたら、僕に連絡を」

レイチェルはちらりと名刺を見た。そして、大きく目を見開いた。「ちょっと、やだ、からかってるの?」

「そんなつもりはみじんもありません。人の話に耳を傾け、気遣うことのできる強い女性を、高く評価しているんです。そんな女性と結婚しました」

レイチェルはまじまじと名刺を見ながら、ゆっくりと左右に首を振った。「ほんとうに奇妙な夜だわ。こちらが誰だか知っている、ウナ?」

「警察のコンサルタントよ」

「なんと、あの、ロークよ」ウナのぽかんとした顔を見て、レイチェルはまた首を振って笑い声をあげた。「ウナはちょっと世間知らずなところがあるの。結婚相手のろくでなしを突き放して、仕事をして、子どもも育てなきゃならなかったから。あとで説明してあげるわ」

レイチェルはウナに言った。

「グループに参加したのは、あなたが突き放したというろくでなしのせいですか?」イヴはウナに訊いた。

「彼はしょっちゅうわたしを殴り、小突き回し、セックスを強要しました」

「あの言葉を言いなさい、ウナ」レイチェルがウナの肩を軽く叩いた。「言うのよ」

「レイプ」ウナは息を吸い込み、吐き出した。「彼はわたしを殴り、酔っ払ったり、その気になったりするとレイプしました。そのことについて、わたしは長い間、恐ろしくて何もできずにいました。いつも怯えていたんです。サムが生まれてさらに恐ろしくなったのは、サムを痛めつけてやるとか、連れ去って二度と会えなくしてやるとか言われたからです。そうやって脅したことで、彼は一度、しばらく刑務所に入れられましたが、かえって逆効果でした。どこへ逃げても見つけられてしまって。そして、レイチェルと同じように、わたしもグループの話を耳にしました。参加するようになってしばらくは、一言も発しませんでした――誰も話すように無理強いはしなかったわ。そのうち、ついに自分の話をしました。ナタリアが力を貸してくれて、わたしとサムはシェルターに入れました。ほんとうに安全なところでした。離婚もしました。それ以降、彼はわたしたちのことにあまりかまわなくなったんです。理由はわかりません」

「彼女は養育費を受け取っていないのよ」レイチェルが言った。「彼は払うべきなのに払っていない。彼女も届け出ないの」

「彼はわたしたちの邪魔をしなくなった。それで充分なんです。レイチェルから、このアパートメントが空くらしいと聞いて、お金を貯《た》めたけれど足りませんでした。そうしたら、ダーラが助けてくれたんです。あなたもいつか他の誰かを助けてあげて、と彼女に言われました。たぶん、わたしたちがどこにいるのかアーロは知りません。知っているとしても、彼にとってはどうでもいいことでしょう。それでも、いつだってわたしは怖いんです」

「おふたりとも、いまの話をすべてグループのみんなの前でしましたか？」

「もちろんよ」レイチェルが肩をすくめた。「それが大事なんだから」

「あなたを襲った男性の名前や、会社名を口にしたり、元夫の名前をはっきり言ったりしましたか？」

「たぶん。つい興奮してしまうから。たとえば、あのクソ野郎のタイラーとか――そのクソ野郎はジェイムズ・タイラーっていうのよ。それから、ナタリアがウナに、アーロのせいで怯《おび》えるだけの人生を送ってはいけない、と助言するのも聞いていたわ。ええと、恐怖に何かしらの名前をつけないと、撃退するのはむずかしいのよ、わかる？」

「ええ。わたしは、グループの他の女性たちとも話をする必要があります。フルネームが知りたいんです」

「二、三人なら知ってるけれど、それは……」レイチェルは言葉をにごし、次の瞬間、ふたたび目を見開いた。「そんな」

「レイチェル、秘密を漏らしてはいけないわ」

「驚いた、ウナ、彼女が何を言おうとしてるかわからない？　ああ、どうしよう、あなた、グループの誰かがこれをやってるって言ってるんでしょう？　わたしたちをひどい目に遭わせた男たちを殺してるってことでしょう？　殺してるのよ」

レイチェルは体の向きを変えてウナと向き合い、彼女の腕をつかんだ。「わたしたちもかかわってることになってしまうのよ、ウナ。誰だか知らないけど、やってる連中のせいで、わたしたちは殺人事件にかかわってしまうの。そんなわけにはいかないわ。ウナ、わたしたちには子どもがいる。あの子たちが誇りに思えるような人間、頼れる人間になろうとして頑張ってるのよ。殺人事件になんか、かかわるわけにはいかない」

「グループのなかに、そんなことをする人はいません」ウナがきっぱりと言った。

「では、名前を教えてください」イヴは平然と言った。「いるかどうか、はっきりさせますから」

部屋を離れるまでに、イヴはあと三人のフルネームと、不確実な四人目の名前を手に入れた。四人目については、サーシャ・コリンズかカリンズかでふたりの意見が分かれたのだ。しかし、名前以外のふたりの記憶は一致して、彼女は最近、グループに参加し、二十代の後半か三十代の前半で、元恋人に暴力を受けていた。

「で、僕たちは次の聞き取りに向かうのかな?」ロークが訊いた。

すでにサーシャ・コリンズかカリンズをPPCで検索していたイヴはただ首を振った。

「彼女たちの話は、明日、セントラルで聞く。呼び出すわ」

さらに作業をしながらエレベーターから降りた。「六週間前、暴力行為を受けたとして警察に届け出たサーシャ・カリンズを見つけたわ。グラント・フリックという男は罪を認めて――彼女のアパートメントの外で、人が見てる前で彼女に襲いかかっているから認めざるをえないでしょう――現在、服役中」

イヴはPPCをしまった。残りの女性たちについては自宅で確認して、ピーボディに聞き取りを手配させるつもりだ。

「きみはこう思ってる」狭いロビーを横切って建物の外に出ながら、ロークが始めた。「いくつかフルネームを手に入れた今、グループ全員の身元を特定できる可能性は高くなった、と」

「そのとおり。さっきのふたりにつながったのは運がよかった。とくにファスリーは社交的で、今はメンバーに救いの手を差し伸べ、支えるためにグループに参加してる。だから、他のメンバーにも近づける。彼女とルザキは友だちで、ご近所さんで、生活面で協力し合ってさえいる。おしゃべりをして、情報交換もする。だから、ふたりからはもっと名前が出てくるはずなのよ」

「そうやって名前を探り出して、そこからまた名前が出てくる、その繰り返しだね」

「それが理想なんだけど」ふたりで歩きながら、イヴはロークを見上げた。「ほんとうに彼女を雇うの？　ファスリーを？」

「身元調査をパスして、能力があることがわかればね――僕としては、両方とも大丈夫だと思っている。彼女は有能だ。僕は有能な人を尊重する。それできみは、警部補、ジェームズ・タイラーを詳しく調べるのかい？」

「事件を解決する前に、彼がモルグに運び込まれなければ、そうね、調べるわ。彼女を襲ったなら、ほかの女性を襲っているかも。性犯罪特捜班《SVU》に連絡して、彼がレーダーに引っかからないかどうか調べてもらう」

「誰かがモルグ送りになるんじゃないかと心配なんだね」

イヴは通りと歩道をじっと見た。そこをぶらぶら歩いている人たち、先を急ぐ人たちがいる。

「あえて今夜、次のターゲットを襲うなんて正気の沙汰《さた》じゃないけれど、彼女なら簡単に常軌を逸したことをやるわ。そして、今、どんなにペティグリューが怪しいと思えても、証拠が足りない。くそっ、何もないのよ。捜索令状を発行できる根拠が何もない。彼女の自宅の張り込みさえ許可をもらえるような理由がないのよ」

「それは、グループの誰もが心のうちに同じ動機を抱えているからだね」

「だから、もっと探さないと」

「そして、きみは見つけるだろう」駐車スペースに着くと、ロークが言った。車に乗り込むと、ロークはちらりとイヴを見た。「きみはやらなければならないとわかっているから、本能的に感じているもののその先を見ている。グループの全員の身元を確かめて、聞き取りをするつもりだね」

「それが警官の仕事の基本だから」

「かもしれない」ロークの運転する素敵な新車が駐車場をらせん状に上っていく。「でも、そうしながら取り除いてもいる。今夜は、リストからふたりの名前を消した。ふたりがかばい合っていないことも、きみはわかっている」

「ありえないことはないけど、まずないわね。ふたりとも車を持っていないし、運転免許も持っていないし、持っていたこともない。ふたりとも小さな子どもがいる――どちらか一方が出かけて人殺しをしている間、子どもを見てもらえる人がいるかどうか確認するのは簡単よ。でも、ふたりとも目撃者の証言と体格が一致しない。あの建物には、人を殺せるような秘密の場所も、誰にも見つかる心配のないスペースもないわ。そんな場所があってそこに出入りできる、ということなら第三の人物がかかわっているってことよ」

「きみはひとりによる犯行だと思っている」

「ええ。犯人が詩に〝レディ・ジャスティス〟と署名しているのは、正体をごまかすためじゃないと思う。自分をそんなふうに感じているのよ」

「確かに。正義《ジャスティス》を成す者であり、淑女《レディ》である、と」

イヴは眉を寄せて、体の向きを変えた。「レディのほうは考えたことがなかった。自分を淑女だと見ている。たんなる女性じゃなくて。きっとそう。それが事件にとっても彼女にとっても大事なことなのかも。そこをよく考えないと。わたしは、レディって呼ばれると、いらついてどうしようもない。でも、彼女は自分で選んで使っている」

「レディを定義すると」ロークが促した。

「繊細で弱っちい女性」

ロークは声をあげて笑いながらイヴの手を握り、引っ張って自分の唇につけた。「でも、きみはそうだし、これからもずっとそうだよ、マイ・レディ」

「全然うれしくない。あなたも定義してみて――結婚生活のルールのほかにね」

「つまり、一般的な意味で？　行儀がよく育ちのいい女性で――」

「わたしは違う」

ロークはさらりと反論した。「もちろん、肩書きのある女性という定義もできる。警官の世界では、きみも当てはまる。それから、本質的に寛大で思いやりのある女性」

「じゃ、わたしに当てはまるのは三つのうちひとつね」

「ダーリン・イヴ、きみのことを行儀がよく育ちがいいと言う人はいないだろうが、他のふたつは当てはまる。それはともかく、犯人は自分は今のすべてに当てはまると思っているかもしれないし、あるいは、自分のいい肩書きが世間に知られるのを楽しんでいるだけかもしれない」

本人は侮辱と感じるかもしれないが、ロークは警官のように考える。いい警官だ。ロークが侮辱と感じるかもしれないから、イヴはそれを口にしない。

「そうね、それもある。でも、ほら、正義の戦士《ジャスティス・ウォリアー》だっていい響きだし、ほかにも、正義の探求者《ジャスティス・シーカー》とかいろいろあるわ。男女の区別がないやつ。彼女はレディであることが誇りなのよ」

「ほう、そうだね、目の付け所がいい。そうなると、やはりウィメン・フォー・ウィメンにたどり着く？」

「わたしはそう見ている」なめらかに門の間を抜けていく車のなかから、イヴは邸《やしき》をながめた。「ペニスのあるレディのことは何て言うの？」

「それは矛盾してるだろう」

「そうじゃなくて、レディの男性版は何なのかってこと」

「僕がちゃんと理解できているなら、支配者《ロード》だと思う」

「そうね、あなたにぴったりかも」

「同じ意味でも、ペニスのあるレディにはなりたくないな」

「そっちのことは忘れて」

「喜んで」

「ロードは領地を支配するみたいな感じよね。強い言葉だと思う、ロードって。レディは、やっぱり弱々しい。でも犯人はそうは感じていない。誇らしく思っている」

「一周回って、ダーラ・ペティグリューに戻ったわけか」

そうよ、とイヴは思った。でも、どうしてロークはそう思ったのだろう？「どうしてそう思ったの？」

「行儀がよくて育ちがいい。伝説的スターの孫娘というのは、ある種の肩書きになるだろう。グループの仲間を助けるのは思いやりがあると言える」

やはり、彼は警官のように考える。

「彼女が自分をそんな風に見ているかどうかによるけど」

ロークが車を停めると、イヴは車から降りて、彼と一緒に邸の玄関に向かった。「わたしはフルネームを突き止めて、捜査を進めるわ。あなたは人の事情をあれこれ詮索《せんさく》するのに興味がある？」

「いちばん好きなゲームだ」

「エロイーズもダーラも車の免許を持っている。エロイーズ名義の車で、クラブやペティグリューの家で目撃された車の特徴に合うものはない。現在、ダーラの名前で――結婚しているときの名前でも、旧姓でも――登録されている車はないわ。でも、おそらく彼女はいくつか隠し口座を持っていて、そこで使っている偽名の名義で車を持っているはず」

イヴは肩をすくめるようにしてコートを脱ぎ、階段の手すりの親柱に放ってかけた。「調べてみたい？」

「喜んで――ただし条件がある」

「セックスしようって遠回しに言ってる？」

「今回は違う」ロークはイヴの手を取り、一緒に階上へ向かった。「きみの睡眠時間は、ここ二晩合わせてもせいぜい五時間だ。きみはフルネームを確認して、ピーボディに聞き取りの準備をさせる。僕はこれを調べる」

「条件がわからないわ」

「コーヒーは飲まないこと――二時間以内に自分のベッドで眠ること」

「コーヒーなしでどうやって働けるのよ？」

ロークはイヴのお尻をぽんと叩いた。「精神力だよ」


イヴが仕事をしてロークが探っているころ、アーロ・カーゲンはいつものバーでいつものスツールに座り、いつものビールとちょっときつい一杯を飲んでいた。

具体的には、三杯目のビールと夕方の今日の一杯《バンプ》だ。〈ノーウェア〉というちっぽけなバーでは、酒で流し込める安くて脂っこい料理を出している。

何だかよくわからない肉のバーガーと、ふにゃふにゃのソイフライを食べ終えたアーロは、スクリーンに映っているヤンキースとレッドソックスの試合を観ながら文句を言ったり、悪態をついたりしていた。

野球にはまるで関心がなく、男がやるスポーツではないと思っていたが、バーテンダーがどうしてもアリーナボールの試合にチャンネルを変えないのだ。

アーロがズルズルと音をたててビールを飲み、ナチョスでも頼もうかと思っていると、女の客が店に入ってきた。

街娼《がいしょう》だろう、とアーロは思った。股間ぎりぎりの短いスカートに網タイツ、襟ぐりの大きなきつめのセーターから胸（いい胸だ）が半分はみ出ている。

紫色の髪は長くてくしゃくしゃで、顔の半分が見えない。右の頬に不揃《ふぞろ》いな縫い目の残る醜い傷跡があり、それを隠しているのだろう。

首から上は取り立てて言うほどのことはない、と思った。しかし、首から下はなかなかのものだ。セックスだけ求めるなら、アーロにとって女の顔はどうでもいい。

安ければ、手早く一発やるのも悪くない。

女はアーロの隣のスツールに座り、キーキー声でビールを注文した。

見たところ安く上がりそうだし、甘っちょろい野球を観るよりは、安くフェラチオでもしてもらいたい気分だったから、アーロはバーテンダーに合図を送った。

「俺に付けといてくれ」

女は紫色の髪の下から茶色の目でうれしそうにアーロを見た。「ありがとう、色男」

「気にすんな。この店じゃ、見ない顔だな」

「初めて来たの。ちょっと休むつもりでね。しけた夜でさ」女はビールをちょっとだけ飲んで目の前にジョッキを置き、アーロに軽く流し目を送った。「あんたはしょっちゅう来るの？」

「ほとんど毎晩」

「あんたがいるってわかったから、あたしももっと来ようっと」またちょっとだけビールを飲む。「もしかして、遊びたいとか？」

「かもな。いくらだ？」

女はアーロを見てほほえみ、うつむいてビールのジョッキをとんとんと指で叩いた。「もう手付金をもらってるからね」またちびりとビールを飲みながら、片手を伸ばし、アーロの股間に手のひらを押しつけた。「もっとほしいんだね。ビールを飲んじゃえば？」

女はアーロにもたれかかり、さらに体を押しつけてきた。アーロの視線は女の胸に釘付けになった。女が小さなガラス瓶の中身をバンプのショットグラスに垂らすのは、見ていなかった。

「飲んだらここを出て、値段を決めようよ」

野球なんかよりはるかにいいぞ、とアーロは思った。ビールを飲み干し、バンプを一気にあおった。「行こう」

ふたりは店を出て一緒に歩きだした。アーロの手が女の尻をつかんでいる——女は小さなハンドバッグに手を入れ、そのなかの装置を操作して、ドロイドと車に指示を送った。角を曲がる手前でアーロはよろめき始めた。女はただ笑ってアーロを支え、待っている車へ連れていった。

「さあ、ドライブするよ、お兄さん」

「おまえに乗ってやるよ。めちゃくちゃ乗ってやるよ、メス犬め」

アーロは女が二服目をあたえる前に気を失った。念には念を入れて、女はアーロの鼻をつまんで上を向かせ、鎮静剤を喉に流し込んだ。

ダーラは満足してシートの背に体をあずけ、今晩のメイン・イベントのためにエネルギーを温存した。

16

何かにつかみかかる白い手を思わせる霧が疲労の溜《た》め池に流れこむように、夢がやってきた。夢のなかでイヴは聞いていた。大きな黒い扉の向こうで拷問にかけられ、苦しめられている者たちの悲鳴が激しくなり、金切り声に変わっていく。義務感にかられて扉を開けようとする。たたき壊そう、なんとか通り抜ける方法を探そうとしている間も、悲鳴は頭のなかで響いている。

背後から、上から、まわりから、穏やかで控えめな、春のそよ風のような声が話しかけてくる。

「彼らはこういう目に遭って当然なの」

「それはあなたの言うことじゃない」

「どうして？　どうしてあなたには裁けるの？」

「裁いていないわ」イヴは武器を抜いてフルパワーを選択し、扉に向けて発射した。「法が裁くのよ」

「誰が法律を作ったの？　男たちよ」最後の一言は怒鳴り声だった。「そして、あなたは男たちの命令に従っている」

「馬鹿も休み休み言いなさい」イヴはうんざりして壁を探りはじめた。黒い扉と対照的な真っ白な壁をたどり、開けられるところはないか探す。

叫び声は一瞬もやまず、イヴの心は引き裂かれそうになる。

「あなたは、やつらがどんな人間かわかってもなお、守ろうとしている。やつらの味方になっている。わたしは、やつらがひどい目に遭わせた女性たちの味方よ。やつらの被害者のために闘うわ」

イヴは扉の向こうへ行く方法がわからず、どうやったら叫び声を止められるかもわからない。

「この頭の悪い、独りよがりな性悪女！　あんたのせいで彼女たちは被害者になったのよ」

イヴは壁を拳《こぶし》で叩き、助走をつけて扉に跳び蹴りをした。白と黒。黒と白。

「わたしはやつらに裁きを下す。やつらは苦しみ、苦しみ抜いて死んでいく。被害者の女性たちは永遠に苦しみ続けるのよ。あなたは知ってるはずよ！　よくもやつらを守れるわね？

やつらが何をやったか知ってるのに？　自分もやられたことがあるのに？」

「ああ、もう黙って」

イヴはさっと振り返ると、自分が小さな空《から》っぽの部屋にいるのがわかり、怒りが湧いた。白い壁と、黒い扉がひとつあるだけだ。「あなたを見つけるわ。そして、やめさせる。檻《おり》に閉じ込めてやる」

「なんでやつらの肩を持つの？」

かぎりなく理性的な声がそこらじゅうから迫ってくる。

「あなただって裏切られ、罵倒《ばとう》され、殴られ、レイプされ、閉じ込められて、何もできずに怯えていたのに。わたしたちが女としてどんなに耐えてきたか知っているはずよ。男たちに利用されるのも知っている。やつらが女を踏み台にしてのし上がるのも知っている。それなのに、こうやってたてつくのはなぜ？　わたしを見つけて裁きをやめさせるって？　どうしてよ？」

入口はない、とイヴは思った。出口もない。

「どうしてって？　あなたがイカれたサディストだからよ。わたしが守ると誓った正義を悪用しているから。女性を守る理由を自分に都合のいいようにねじ曲げているから。わたしは警官だから。イヴ・ダラスだから」イヴは警官バッジを引っ張り出した。「NYPSDの殺人課の警部補よ。あなたを見つけてやる。このむかつく扉を開けて、あなたを見つける」

イヴがバッジをつかんだまま、すかさず振り向いて蹴ると、扉が勢いよく開いた。

叫び声がぴたっとやむ。代わりに、ビーッ、ビーッ、ビーッとしつこく信号音が鳴りはじめた。

イヴは飛び起き、暗いなか、あたりを叩いてコミュニケーターを探した。

「くそ、くそ、くそ。映像ブロック。ダラス」

〝急行せよ、ダラス、警部補イヴ。行き先は西一七九丁目五三。死亡した男性と現在の事件に関連の可能性あり。現場で巡査が待機〟

「了解。ピーボディ、捜査官ディリアに連絡して、マクナブ、イアン捜査官の同行を要請するように。すぐに向かうわ。ダラス、以上」

ロークがコーヒーを注いだマグを持ってきてくれた。「僕も一緒に行くから、EDDマンはふたりになるよ」

「念のために、ね。悪いわね」イヴは片手をあげ、起き上がった。「深い意味はないわ。もう着替えてるのね。今、何時？」

「もう少しで五時半だ。僕にまかせてくれるなら、きみの服を選んでくるから、さっとシャワーを浴びるといい」

「いいわ。お願い。ありがとう」イヴは両手で強く髪をかきあげながら、大股でバスルームへ向かった。「ルザキの元夫よ。アーロ・カーゲンの住所だった。ゆうべ、確認していたの」

ということは、とイヴは考えた。捜査官をふたり叩き起こして、ルザキとファスリーのようすを確かめに向かわせ、質問をさせないと。

これも念のために。

イヴがバスルームから出てくると、ロークはもうベッドの上に必要なものを並べていた。グレーとブルーの中間色の薄いセーターと、濃いグレーのズボン、まったく同じ色合いのブーツ、グレーのジャケットの素材にはセーターの中間色がさりげなく織り込まれている。

イヴはロークを見た。黒っぽいスーツ姿でネクタイが完璧に結ばれている。「商談か何かに出かける服装ね」

「そっちは後回しにできる」

「内容は?」

「商談の?　イタリアのヴィラホテルの件だよ。ほぼ決定しているんだ」

「そう」イヴは着替えながら、オートシェフの前で何を注文しようか考えているロークを見た。車のなかで食べられるものだろう、と思った。わたしが食べないで出かけることを望まないからだ。

わたしを思っていてくれるからだ。

「事件を終わらせる。彼女をつかまえるのよ」

「そう、きみは終わらせる。そして」ロークがあまりに当たり前のように言うので、イヴは胸がいっぱいになった。「つかまえるよ」

「どうして昔のわたしは、あなたが助けてくれたり、捜査に加わろうとしたりするのを嫌がって、反発したり、腹を立てたりしていたのか、今となっては全然わからないわ」

ロークは結局、オムレツをはさんだピタパンを選んだ。追加するようにプログラムしたベーコンの香りがする。「過去に僕が犯罪にかかわっていたせいかも」

ロークは冗談で言ったが、イヴはさまざまな感情がこみ上げて胸が詰まった。「ローク」

「ん?」ロークは振り向き、イヴの顔を見た。「なんだ、どうした?」

「あなたはあらゆる物事をよくしてくれる。たとえ何もしなくてもね。悪い意味で言っているんじゃない。昨日、あなたを忘れるなんて絶対に無理と言ったけれど、それ以上よ。わたしは過去の自分の身に起こって、わたしの一部になってしまっていることを今回の事件には絶対に持ち込まないようにしてる。どうしても思い出してしまうけれど。今のところ、なんとかやれていると思うけど、あなたが捜査に加わっていなければ、そうはできなかったし、これからもできないと思う」

「愛する人《アグロー》」ロークはイヴに近づいて、顔に触れた。「この捜査だろうと何だろうと、僕はきみと一緒にいる。きみが気に入ろうと気に入るまいとね」

それを聞いてイヴはほっとして笑い声をあげた。「知ってるわ。たとえば今みたいに、わたしはオムレツなんとかってやつは食べたくないのよ、ほうれん草が入ってるって知ってるから。でも、あなたはとにかくしつこく言って食べさせるつもりでいる」

イヴはピタパンをさっとつかんでかぶりついた。「ね？」食べながら言う。「ほうれん草よ」

「そのとおりだし、僕たちは、ほんとうにたがいのことがわかっているね」

「そうよ、そう。この事件を片付けないと」そう言いながらイヴは服を着た。「片付いたら、さっきのホテルの件を確認しに行かない？」

コーヒーを注ぎ足していたロークがぴたりと体の動きを止めた。「イタリアへ行きたいのかい？」

ほら、わたしたちはたがいをよくわかっている、とイヴは思った。ほんとうによくわかっているから、彼の驚きが聞こえるし、感じられる。

「ひとつ言わせて。じゃなくて、ふたつ言わせてもらうわ。この事件が解決したら、二日、休みたいの。とにかく、すべてを頭から追い出したくて、それにはイタリアがいいと思う。二、三年前のわたしなら、絶対にこんなことは言わなかったはず。そうよ、そう、イタリアがいいわよ、なんてね。ふたつ目に言いたいのは、あなたはたぶん、そのイタリアのホテルのプロジェクトに望んでいるほどにはかかわれていなかったはずよ。こうすれば、あなたは実際に現場に行けるし、わたしは頭を空っぽにできる、ということ。二日間ね」

ロークは四本の指を立てた。

イヴはまた胸がいっぱいになった。まったくもう。

「ほらね、あなたがそうするとわかっていたから、あなたが歩み寄って三日で落ち着く、と予想したの。じゃ、事件が解決したら、三日間ね」

「三日だね」

「そのとおり」イヴは警察バッジと、リンクと、コミュニケーターと、ほかにポケットに入れるものをつかんだ。「バクスターとトゥルーハートに、ルザキの自宅へ行って彼女とファスリーが返り血を浴びていないかとか、いろいろ確認するように伝えるわ」

「そんなことになっているとは、きみはみじんも思っていない」

「そうね、でも、万全を期さないと」

イヴが部屋を出る前にロークはオムレツのピタパンを一口食べて、ほほえんだ。「食べるだろう？」

イヴはあきれたように目玉をまわしたが、ふたりで階段を降りながら食べた。バクスターに連絡をして、指示をあたえる。

外に一歩足を踏み出すと、冬が明らかに春に追いやられたのがわかった。空気が変わり、やわらかくなった。

車（高級車のほうではなく、今回はイヴの車）に乗り込み、ロークが住所を入力するのを待った。

「夢を見たの」

「そうだね。うなされているから起こそうと思ったら、きみのコミュニケーターが鳴りはじめた。動揺しているというより……怒っているようだった」

「怒っていたわ」

イヴは運転しているロークに夢の話をした。

「むかつくことに、潜在意識の象徴化ってやつを見たのよ。きれいに白と黒に分かれてるの。わたしは物事を白か黒か、はっきり分けて考えてるみたい」

「全然そんなことはないよ」ロークは反論した。「きみのなかのグレーの範囲は、僕から見ればだけど、小さいかもしれないが、間違いなくある。白と黒に分けて見ているのは、きみが追ってる犯人だろう」

「ええ。そのそうだとうれしいけど。彼女は男性を性的に異なるもの、別の人類、あるいは単なる敵として見ている。わたしは前からそう感じていて、今は確信している。サポートグループのリストから犯行を始めたとしても、決してそれだけじゃ終わらない。今ではもう連続殺人犯よ」イヴはきっぱり言った。「しかも、できるかぎり多く殺したがっている」

「英雄として見られたいタイプだ」ロークが言った。「きみは犯人がそうした人物であることを重要だと見ている。そうじゃなければ、夢で見たりしない」

「もちろん、重要だと見てるわ。彼女が自分をどう見ているか、人にどう見られたがっているか」

まだ夜明け前で、広告用飛行船は飛んでいないし、煙を出している屋台もない。怒鳴り声も罵声《ばせい》もなく、渋滞もなく、ニューヨークは平穏な街だと思いそうになる。

「訊こうとして忘れていたわ。昨日、あなたが何かの用事でジェイクに会ったとメイヴィスが言っていたけど」

「そう、そうなんだ。彼はたまにアン・ジーザンで教えようと言ってくれている。音楽と作詞作曲をね——彼のバンドメンバーも教えてくれるそうだ」

「それは……彼もメンバーもほんとうにいい人ね」

「そうなんだ。彼はいい人で、それでいて、すぐに返事をほしがる人のようでね。僕も、彼の申し出はすぐに受けた」

ロークはバリケードの後ろに車を停めた。早起きをした趣味の悪い野次馬がもう集まっている。誰かの悲劇を見にやってくるのに、早すぎたり遅すぎたりということはけっしてないのだろう、とイヴは思った。

バッジをホックで留めてレコーダーのスイッチを入れ、見物人を無視してバリケードをくぐり、大股で進んでいった。

現場で待機していた巡査を見つけ、近づいていく。

「巡査」

「ケラーとアンドリューです、警部補」

「こちらはブリッグ・コーエンです」ケラーが横から言い、ふたりの間に立っていたがっしりした体格のはげかかった男の肩を叩いた。「ブリッグは以前、警官でした。彼が通報したんです」

「二十年勤めて、十年前にやめたんだ」コーエンがイヴに言った。「この若いやつらが担当する前に、このあたりを巡回していた。ここに住んでいる」そう言って、背後の建物を身振りで示した。「十六年になる」

「どんな状況だったか説明してもらえますか？」

「俺は夜間警備の仕事をしていて、夜の八時から朝の四時までリスボン社で働いている。退出時間を記録したら、いつもの店で朝飯を食って、歩いて家に帰る。遺体《ＤＢ》は今、あんたが見てるこのままの状態で横たわっていた。四時五十八分だったな」

もうやめたとはいっても、まだ警官のように報告している。好都合だ、とイヴは思った。

「俺はまだ世の中で何が起こっているかちゃんとチェックしてる」ブリッグは続けた。「だから、耳にしていたふたりのＤＢと同じ死に方だとわかった。裸で、ひどく殴られ、大事なもんがなくなっていた。メッセージが留めてあったな。その詩みたいなもののことは、報道されていなかったが、警察が隠していたんだろうと思ったよ。ここにいる若いのが、近くでどうせ尻でもかいてるんだろうと思ってな。それで通報して、ふたりがたらたら歩いてくるまでそばに立っていたというわけだ」

アンドリューは目玉をまわし、ケラーはただ笑っていた。

ピーボディとマクナブが小走りにやってきた。イヴはマクナブにロークと一緒に立っているように合図を送り、ピーボディにはこちらに来るように身振りで告げた。

「ＤＢはひどく殴られている」コーエンは続けた。「だが、体格と、かろうじて見分けられる顔の一部から判断して、うちと同じ階の部屋に住んでるろくでなし野郎だな。名前はカーゲン、アーロ・カーゲンだ。前科者だが驚くには当たらない。意地の悪い酔っ払いだからな」

「最後にカーゲンを見たのはいつですか？」イヴが訊いた。

「ゆうべ、俺が仕事に向かったときだ。一九〇〇時ごろで、途中、軽く飯を食った。やつは同じころ外に出てきた。酒を飲みに向かったんだろう。たいていは〈ノーウェア〉といういかがわしいバーで酔っ払ってるんだ。ここから二、三ブロックのところだよ」

「アパートメントビルのなかや周辺で、見慣れない人を見かけたことはありませんか？　誰かに家のブザーを押されたことは？」

ブリッグは首を振った。「たいていは一四〇〇時まで寝ていて、天気がよければそのへんを散歩する。あるのはタトゥー店と、床屋と、安い食堂が二軒くらいで、そういう店の客がうろうろしてるのとたまにすれ違うぐらいだな。毎日、ほとんど同じ時間に仕事に出かけるから、ここにはあんまりいないし、いたとしても寝てるんだ」

「そうですか、ご協力に感謝します」

「うちの目の前でDBを見つけるなんてのは、気持ちのいいもんじゃない。早めに解決してもらいたいね。俺はそろそろ帰って寝る時間だ。何かあったら訊いてくれ。居場所はわかってんだろう」

コーエンが建物に入るのを待って、イヴは言った。「彼が遺体に触れたり、現場を荒らしたりした可能性は？」

「絶対にありません」ケラーが言った。「ブリッグは自分たちをからかうのが好きですが、真面目な人です」

「白髪まじりの老いぼれですよ」アンドリューが横から言ったが、その口調には愛情がこもっていた。「たんなる噂じゃなくて、彼はいい警官だったという評判です。彼がDBを見つけてくれて、自分たちはラッキーでした」

「わかった。じゃ、近所の聞き込みを始めて」

「六〇〇時で勤務終了なんです。時間外勤務にしていいですか？」

イヴはケラーを見てうなずいた。「直属のLTに確認して。わたしはあなたたちにやってもらいたい。ピーボディ、遺体の身元を確認するわよ。念のためにね。マクナブ、ロークもまだ時間があるなら一緒に、準備ができたら電子機器を調べて。建物の出入り口に防犯カメラがあるわ。まず、実際に作動しているかどうか確認して」

イヴはロークから捜査キットを受け取り、遺体まで歩いていった。しゃがんで身元を確認する。

隣にピーボディもしゃがんだ。「こんなにすぐやるとは思いませんでした。次に取りかかるとは思っていましたよ、もちろん。でも、まさか三日連続なんて」

「彼女は目的がはっきりしてる。しかも、勢いに乗っている。止まらない。被害者はカーゲン、アーロと確認。三十一歳で、現住所は発見場所と一致する。これまでの被害者ふたりと同様に、体には重い火傷《やけど》と打撲傷が見られる。左腕が骨折しているのは、激しい殴打が原因と思われる。これはちょっと調べみて、ピーボディ。彼が左利きだったかどうか。顔の打撲傷もひどい——鼻がつぶれて、歯も折れたりなくなったりしている。性器は切除されている」

イヴはゴーグル型顕微鏡を装着し、身を乗り出した。「使われた刃物は同じもの、あるいは同じタイプのもので、方法も同じ。検死官《ME》の確認が必要。死亡推定時刻は三時五十六分、死因は性器切除による失血と思われる。MEの確認が必要」

イヴは証拠品袋を引き出して、詩が記された紙を滑り込ませ、封をしてから、読んだ。

男は妻に拳を振るい

残虐と暴力に満ちた日々を送り、

慈しむべき子を妻が成すも、

男は妻を恐怖に陥れ、希望はすべて消え去った。
この男は死に値すると、わたしが裁きを下し、
ついに母と息子に幸せが訪れた。

レディ・ジャスティス

「自分を止められなくなってる」イヴはつぶやいた。「自分が作り上げた世界と、そこでの自分の立場がなくてはならないものだと思って、自分を止められないのよ」

そして、その世界には白と黒しかない。

「被害者は左利きでした」ピーボディが告げた。「だから犯人は左腕を折ったんですね。おそらく妻を左手で殴っていたんです。具体的ですね。と、て、も具体的です」ピーボディは言い直した。「聞いてください。これは連続殺人の三人目、というだけじゃありません。配偶者を傷つけたり裏切ったりして立て続けに殺された男たちの三人目でもあるんです。全員、結婚していました。ペティグリューとカーゲンは離婚しましたが、罪を犯したのは――犯人はそう言っています――結婚していたときです」

イヴはしゃがんだまま、かかとに体重を移動させた。「あなたの言うとおり。彼女はまず既婚者、あるいはかつて結婚していた男たちを狙っている。それを条件に入れれば、次に狙

われるかもしれない対象を絞り込める。よく思いついたわね、ピーボディ」

「遺体を裏返すわよ――待って」イヴは名前を呼ばれ、（しっかりとした、だが、もどかしげな声だ）動きを止めた。「くそっ。マクナブ！　マクナブと一緒に裏返して、体の観察を終えて。遺留物採取班とモルグのスタッフに連絡をお願い。わたしはあっちの対処をするから」

「頑張ってください」ピーボディは小声で言い、イヴは、バリケードのところにいる、撮影準備をして顎を突き出しているナディーン・ファーストに向かって歩きだした。

犯罪担当レポーターは友だち（いい友だちだ）かもしれないが、だからといって、今のこの苛立ちが減るわけではない。

ナディーンの背後を見ると、ロックスターと一緒にやってきたのだとわかった。さりげなく着崩したファッションで、真っ黒な髪にロイヤルブルーのハイライトを入れたジェイクは、ロークと並んで立っていた。どこかの高級バーで、ふたりでマティーニを傾けながら雑談をしているかのようだ。

「昨日、五、六回は連絡したのに」ナディーンが言い始めた。

「忙しかったのよ」

ナディーンは猫のようなグリーンの目を細めた。「わたしやわたしの調査チームを捜査に利用できるときは、忙しいなんてことはないのにね」

「ほんとうに忙しかったし、あなただって今、ここでわたしと角を突き合わせたくはないでしょ」

「あら、そう思う?」

「ちょっと、やめてよ、そういうの」イヴはバリケードをくぐってくるように合図をして、近づいてきたナディーンの腕を強くつかみ、遺体から遠ざけて建物の角へ連れていった。

ふたりを見ていたジェイクが、傷だらけのブーツのかかとに重心を移して、体をちょっとそらした。「殴り合いになると思うかい?」

「奇遇だな、僕もいつもそんなふうに思うものでね」

「ナディーンはひどく怒ってる。見たところ、きみのおまわりさんもそうだな。こういう……場面にはよく出くわすのかい?」

「しょっちゅうだ。きみは初めて?」

「そう。スタジオで徹夜仕事をしていたんだ。それで思った。そうだ、ナディーンの家に行って起こしてやろうってね。彼女はもう起きていて、服も着ていて、それで、今俺はここにいる」

長身のジェイクは、まだバリケードの手前で押し合っている野次馬の頭の向こうが楽に見える。「俺にはわからないよ。つまり、誰があそこに横たわっているようなものとかかわって、次から次へと仕事をやりつづけたがる？　しかし、俺たちのカノジョはそろって、それをやりたがる。わけがわからない」

「彼をあそこに置いていった犯人は、自分が正義のために闘っていると思っている。そんなわけはないんだが、僕たちのカノジョもそれぞれのやり方で正義のために闘っているんだ」

ふたりが話している間、カノジョたちは角を突き合わせ、全面対決中だった。

「ここで一対一のインタビューを撮りたいのよ。今」

「それは無理」イヴはすかさず言い返した。「だってカメラも持っていないじゃない」

「ほんの十分で持ってこさせるわ」

「ナディーン、ひょっとして、あの遺体のことに気づいてるの？」

「気づいてるわよ。同じタイプの遺体で、三人目なんでしょ。性器を切除された全裸死体がまた見つかったらわたしに知らせが来るように、アラートをセットしていたの。あなたはメディアへの回答を引き延ばしてるけど、世間の人たちには――」

「今、知る権利だとか、そういう馬鹿らしいことを突きつけてこないで。三日で三人よ。わたしたちがずっとぼんやりくつろいで、麻雀でもしてたと思ってる？」

「あなたは麻雀が何かさえ知らないと思うし、それって、誰か信頼できる人から聞いた言い回しを使っただけでしょうね」

「時間がなかったのよ！」イヴは両腕を広げると、円を描いて歩きはじめた。「今だって、ここに立って、あなたと言い争っている暇はないの。サウンドバイツとかいう、短いニュース映像を撮る暇もないわ。だから、しつこくするのはやめて」

「あなたとまったく同じように、わたしも自分の仕事をしてるわ」ナディーンが言い返した。「よくわかっているはずよ。あなたの話を放送することで、わたしが世間の役に立てることもあるわ。それでも、あなたから黙っているように言われたら何も言わない。それも知ってるでしょう」

「そういうことじゃない。そうじゃないんだってば。問題はあなたじゃなくて、あなたとわたしの関係でもない。問題は仕事のことだけ、そういう場合もあるのよ。どんどん積み重なっていく死体が問題なの。手がかりになりそうなものが、充分に残されていないことが問題なの」

ナディーンは体の動きを止めて、人差し指を立てた。円を描いて歩きはじめる。「オーケイ、わかった。じゃ、こうしましょう。わたしはコーヒーを——全員の分を——調達しに行く。それから、カメラとカメラマンを連れて戻ってくる。あなたの独占インタビューやコメント映像を撮るのが無理なら、ピーボディかマクナブを撮る。三日で三体の遺体が見つかっていて、市民の支持を得るにはメディアの支援が必要よ。あなたが認める認めないにかかわらずね」

イヴもそれはわかっていた。気に入らないが、わかっている。「わたしや他の捜査官をいつ撮影できるようになるかは、わからないわよ」

「待つわ」

彼女は待つだろう、とイヴは思った。彼女も自分も悪くないと思うと、少し緊張がほぐれた。

「わたしは偽物のコーヒーを飲む気はないから。生活水準が高いのよ。どこで本物のコーヒーを手に入れる気？」

「わたしにはわたしのやり方があるわ。それに、わたしはオスカーを受賞した脚本家で、他にも――」

「そう、そのうち古くさくなる映画の脚本家ね」

「絶対にそうはならないわ」不快感と不満が取り澄ましたにやにや笑いに変わった。「プラス、ベストセラー作家で、エミー賞を受賞したニュースキャスターで、恋人はめちゃくちゃ素敵なロックスターよ。本物を手に入れられるわ」

「本物じゃなければ、撮影タイムもなし。合意はなかったことにする」

「本物を持ってくるわよ」

「わかったから、わたしの現場から出ていって。あと、こっちへ来るようにロークに伝えて」

イヴはかかとでくるりとターンをして、ピーボディとマクナブのほうへ戻っていった。

「マクナブ、あなたとロークは建物に入って。出入り口の防犯カメラの映像を確認したあと、被害者のアパートメントから始めて」

イヴはふと体の動きを止めて、眉をひそめた。「それは何?」

ピーボディが証拠品袋を掲げた。「毛髪、黒髪です——被害者のじゃありません。彼のは普通の茶色です。被害者の背中の乾いた血液にこびりついていました。髪の毛を手に入れましたよ、ダラス」

「いい仕事をしたわね、よく見つけたわ。敵もうっかりするのよ」イヴは小声で言い、実際に内臓が脈打つのを感じながら、捜査の潮目が変わるのを実感していた。「ほぼ百パーセント、うっかりするの」

「遺体運搬車はこちらに向かっています」マクナブがイヴに言った。「遺留物採取班もです」

マクナブはロークに短く手を振り、建物を指さした。イヴは振り向き、ふたりが歩き去るのを見ていた。ビジネス界の帝王のようなスーツに身を包んだロークと、ミントグリーンのバギーパンツに輝く蛍光ブルーのジャケットを着たマクナブが、殺された男が住んでいたアパートメントビルに向かっていく。

「毛髪検査をすぐに進めるよう、ハーヴォに連絡しないと」

「もうしました。遺留物採取班の誰かに毛髪を渡して、戻ったらすぐにハーヴォに届けるように頼みます。たぶんウィッグの毛ですが、だとしても、毛髪と繊維の女王が特定してくれます」

「そうね。応援の制服警官をひとり連れてきて、運搬車が到着するまで遺体を見張っているように言って。わたしたちはアパートメントに行かないと。それが終わったら、あなたはナディーンの一対一のインタビューを受けて」

「わたしが？　彼女の希望はあなたで、それで――」

「わたしはやらない、カメラには映らない。彼女にはちょっとしたおまけの情報をあげるつもりよ。彼女はそれを口外しないし、たぶん詳しく調べて、わたしたちが見落としてる何かを見つけるわ」

「わかりました。ああ、少しは化粧でもしてくればよかった」

「あなたの顔はあなたの顔でしょ」ふたりで歩きながらイヴは言った。「受け入れなさい」

「受け入れつつも、多少はマシにできます。それで、こんなときに言うのはすごく変ですけど、メイヴィスとレオナルドのところに赤ちゃんが生まれるって、ほんとうにすばらしいですよね？　話を聞いて、せいいっぱいのお祝いを言いました。レオナルドは床から十五センチ浮かんで歩いているみたいです」

「あのふたりはうまくやってるわ、すべてね。カップルとしても、家族としても、親としても、うまくやってる」

ふたりで建物に入っていく。閉所恐怖症になりそうなロビーは、被害者の元妻のところとは比べものにならないほど汚らしく、マツの香りではなく長年染みついた小便の臭《にお》いがした。それでも、防犯設備はそれなりにしていたので、出入り口の防犯カメラの映像に期待した。

イヴはエレベーターを使おうとは思わなかった。被害者は三階に住んでいた。

「九一一への通報者にも恵まれたのよ」階段を上りながらイヴはピーボディに言った。「元警官で、今は夜間警備の仕事をしている人だった。だから、巡査たちが現場に到着するまで、現場が保存されるように見ていてくれた」

「ケラーとアンドリューは少し知っていますが、ふたりともしっかりしています」

「わたしもそう感じたわ」イヴは同意した。

「運気が変わってきたような気がしています」

「そうね。カーゲンもそうだった——悪いほうに変わってしまった。ゆうべ、カーゲンの元妻と話をしたわ。彼が拉致されたころだったのかもしれない。くそっ」イヴは両手でごしごし顔をこすり、髪をひっぱりたかった。なんとかそれをこらえる。「今朝、バクスターとトゥルーハートを叩き起こして、彼女のようすを確認するよう指示したわ——あと、彼女の隣人で、グループのメンバーのようすも」

「レイチェル・ファスリーですね。あなたの報告書を読みました。名前がわかってきましたね、ダラス。運が向いてきたところも確かにあります」

「まだ少し時間がかかるわ」イヴは言い、マスターキーを使ってカーゲンのアパートメントに入った。

ピーボディはそのスペースを一瞥した——ワンルームで、引き出し式のベッドの上に丸められた寝具はどれも汚らしく、部屋中に汚れた衣類とビールの空き瓶が散乱し、汚れた食器がシンクに重ねられている。ため息をつく。

「いわゆる標準的な豚小屋ですね。どうして標準的な豚小屋っていうのは、ビールを飲んだあとのおならと、汚れた靴下みたいな臭いなんでしょう?」

「両方ともたくさん溜まってるからでしょ。愚痴はやめて、ピーボディ。やるべきことをやるわよ。そのあと、カーゲンがおならの元になるビールを飲んでいたと証人——同じ階の並びに住んでる――が言っていた地元のバーに行って、そこのマスターを起こす」

「すばらしい。一日の始め方としては最高ですね」ピーボディは腕まくりをするふりをした。「このアパートメントは狭いことだけは確かです」

狭くても作業が楽しくなるわけではなかったが、ふたりが部屋の捜索を終えるころ、マクナブとロークが玄関にやってきた。

「映像を手に入れました」マクナブがディスクを掲げた。「被害者が一九〇〇時ちょっと過ぎに出ていく姿が映っていました。ひとりで、茶色のジャケットに、茶色のズボン、テニスシューズを履いていました。同じ時刻に別の男性が出てきて、反対の方向へ歩いていきました」

「われらが通報者よ」イヴはマクナブに言った。「元警官で、被害者と同じ階に住んでいる。被害者はきれいなものよ。家には邸内リンクもポケットリンクもなし。あなたたちは特売品のコンピュータを解析することになる。隠しているものはなし、興奮剤もなし、違法ドラッグもなし」

「見た目と臭いから判断して、衛生観念もなし」ロークが言い添えた。「遺体が放置された場所は、防犯カメラの撮影範囲外だった」

「犯人はそれを知っていたということね。彼女は馬鹿じゃない。ちゃんと調べている。そこのコンピュータに移送の印《しるし》をつけて、マクナブ、念のためにね。ピーボディ、階下《した》へ行って、ナディーンに撮影させてあげて。彼女はコーヒーを持ってきてくれるわよ」

マクナブの顔がぱっと輝いた。「どんなコーヒーかな?」

「あなたの分もあるわ、捜査官。コンピュータに印を付けて、電子捜査課《EDD》に到着次第、解析して」イヴはロークを見た。「あなたは家に帰らないと——まだ大丈夫なら、行く予定だったところへ行かないと。とりあえず、ここの作業は終わりよ」

「僕もコーヒーが飲みたい」

「あなたの分もあるわ」

イヴはロークと一緒にアパートメントを出た。

「きみは、彼を救えたんじゃないかと自問している」階段を下り始めると、ロークが言った。「救えなかったよ。きみが元妻の名前を知る前、彼の存在を知る前に、彼は家を出ていた」

「そう、わたしたちには彼を救えなかった。だからって気持ちは楽にはならないけれど、救えなかった」

イヴはナディーンとジェイクが待っているところまで歩いていって、ナディーンが差し出したブラックコーヒーを受け取った。

「ドーナツもね。ジェイクがどうしてもって言うから」

「さすがね、ジェイク」イヴは言い、クリーム入りを選んだ。

「きみのような一日を始める人には、ドーナツをおごってやらないとな」

イヴはピーボディに視線を移し、入念に口紅《リップダイ》を塗っているのを見て、呆れて首を振った。

「それで、何て言うの、おめかし捜査官さん?」

「なんの話——ああ。そうですね」ピーボディは少しほほえんだ。「みなさんの一日が終わるころに、わたしたちの一日が始まりますと」

「まいったな」ジェイクはただ首を振った。「警官ってやつは」

ピーボディが一対一のインタビューを受けている間に、イヴは少し脇に寄ってバクスターに連絡をした。

「それはドーナツか?」画面に現れたとたん、バクスターが強い調子で訊いた。「どこで手に入れた? まだあるのか?」

「そうよ。ロックスターから。もうないけどね。状況報告を」

「ええと、くそっ、ドーナツが食いたくなった。ここへ来たら、ミズ・ルザキは起きていて、子どもに朝飯を食べさせようとしていた。かわいい子だ」さらに続けた。「ふたりともまだパジャマ姿だった。ミズ・ファスリーも起きていて、子どもをベッドから引っ張り出して朝飯を食べさせようとしていた。こっちは元気な男の子だ。トゥルーハートが防犯カメラの映像を確認した。あんたとロークが出ていったあと、あのふたりが建物から出た形跡はまったくない」

バクスターが扉のほうに視線を動かし、イヴの耳に子どもたちがわーわーとはしゃいでいる声が聞こえた。「今、男の子もみんなとあそこにいる——ルザキの家だ。彼女は動揺している。嘆いたり悲しんだりしているようには見えず、ただショックを受けているようだ。容疑者扱いされて、ややぴりぴりもしている」

いつのまにか、バクスターは扉の横の壁に背中をあずけていた。「ふたりとも、われわれにリンクを見せることと、コンピュータに記録されている連絡や通信の記録を調べることには同意してくれている。俺たちでも調べられるよ、作業手順はわかってるし、簡単だから、EDDの手間もはぶける」

「あなたたちふたりで確認を済ませて。ふたりのどちらも疑ってはいないけれど、どんな穴もふさいでいかないと」

「俺がどう思っているか言おうか？」

「そのためにそっちに行ったんでしょ？」

「ここのふたりは子どもを育て、家賃を稼ぐのに忙しくて、三人の男を殺す計画を考える暇はないな」

「そう、わたしもそう思ってる。でも、穴はふさいでいく」

「ほんとうに、もうドーナツはないのか?」バクスターが訊いた。

イヴはリンクを切った。

視線を動かすと、まだピーボディがナディーンとしゃべっていて、イヴが眉をひそめると、ロークがゆったりした足取りで近づいてきた。「そろそろ終わりそうだ。彼女はうまくやっていたよ」

「よかった。移動の足が必要?」

「いや、ジェイクに乗せてもらうつもりだ。彼にアン・ジーザンのなかをざっと案内してから、僕は仕事に向かい、彼は寝に帰る。ナディーンも会社に戻るだろう」

「あの女は待っているわ」

「何だって?」

イヴはダーラとはっきり言いたかったが、こう言った。「犯人よ。彼女はメディアや報道や反応を待ちかまえている。少しは褒められたいし、注目されたい。最初からそうだった。だからこそ、詩を書いたのよ。ピーボディ!」カメラが下がったのを見て、イヴは大声で呼んだ。「一緒に来て。すぐよ! 行かなくちゃ。ちょっと」ロークが身を乗り出してキスをしようとする前に、イヴはその胸を人差し指で突いた。「犯罪現場でべたべたしない」

ロークはさりげなくその指をつかみ、ナディーンとジェイクが本格的なお別れのキスを始めると、眉を上げた。

「彼女は警官じゃないわ」

「そうか、妻にキスするのが禁止なら、僕のおまわりさんに危ないことがないように、よろしく取り計らってくれよ」ロークはイヴの人差し指を引っ張って自分の唇に当て、イヴはあきれたように目玉をまわした。「彼女はきみにしてやられるだろう、警部補。近いうちに」

ロークが立ち去り、イヴが振り返ると、モルグのチームが遺体袋をワゴン車に積んでいた。近いうち、、、なんて待っていられない。

イヴはバーまでの数ブロックを歩くことにしたので、駐車スペースを探していらいらせずにすんだ。

「天気がよくて、気持ちのいい日になりそうですね」ピーボディが顔を上に向け、そよ風を受けて言った。

イヴは両手をポケットに突っ込んだ。「殺された男に言ってみればいい」

「ええと、たとえひどい天気でも、彼は殺されていたでしょう」

「確かにね」

「じゃ、今日はいい天気ということで、しばらく続くみたいですよ。この週末、ベルを連れて一緒に共同菜園へ行かないかってメイヴィスを誘ったんです。事件が解決したら、ですけど。季節の初めに、いろいろな作物を植えるのを手伝えるんですよ」

イヴは狐《きつね》につままれたような顔をして、横を向き、ピーボディを見つめた。「メイヴィスが何か植えるって？　土のなかに？」

「土を掘るのは楽しいし、妊娠した女性が植え付けをするのは縁起がいいんです」

イヴは土の下のどこに楽しさがあるのかわからなかったが、物の感じ方は十人十色だ。

「彼女はもう植え付けたでしょ？」

「はは！　いい冗談です」ほとんど跳ねるように歩道を歩きながら、ピーボディは楽しそうにイヴを肘で突いた。「外に出て新鮮な空気を吸いながら、命ある物を植えるのはいいものです。しかも、ベラはどうやって花が咲くのか、野菜が生長するのかを学べるし、植物の世話の仕方も覚えられます」

「あの子をフリー - エイジャーにしようとしてる？」

「すべてのフリー - エイジャーは園芸をしますが、園芸をする人がみんな、フリー - エイジャーとはかぎりません。それはそうと……。これからオーナーに会うんですよね？　バーの？」

「オーナーじゃなくて、バーテンダー兼支配人よ。オーナーはニューアークに住んでいる男性ふたりで、バーテンダーによると、オーナーふたりはもう何週間も店には顔を出していないそうよ。ゆうべ、働いていたバーテンダーからいろいろ聞き出すわよ」

店に着くと、イヴはまず外観を観察した。

マッケンロイのクラブとはほど遠い店構えの〈実在しない場所《ノーウェア》〉は、まさにその名にふさわしかった。正面には看板も何もなく、「売店舗」「貸店舗」といった張り紙のある店と、鋼鉄のドアにしっかり錠が下ろされた質屋の間に、申し訳なさそうに建っている。

一つだけある窓は汚れてくすみ、その枠の内側に渦巻くようなネオンで――今は消えているが――〈NOWHERE〉と描かれている。セキュリティは三か所で固定されたポリスロックと、歯をむいた犬が「〈ブルドッグ・アラーム〉システムがこの建物を守っている」と言っている表示板だけで、出入り口に防犯カメラはない。

常連客が安酒を目当てにやってきてしこたま飲み、よろめきながら店を出て、またクソだらけの現実に戻っていく、という飲酒施設であることは、店のなかを見なくてもわかった。

店内がかすかに明るくなった。なかで何かが動いたのが見え、ガチャッと音をたてて鍵が開いた。

ドアから姿を見せたのは、真っ黒なもじゃもじゃ頭の男で、髪は肩下まで伸びていて、真《しん》鍮《ちゅう》色のハイライトが入っている。肩幅が広く、タトゥーが彫られた腕も太い。

充血した茶色い目は、黒ずんだクマで囲まれ、嘲《あざけ》るような表情も疲れて見える。

「くそいまいましいおまわりか？」

「ダラス警部補とピーボディ捜査官よ。あなたは、くそいまいましいバーテンダー？」

「そうだ。こんちくしょうめ」男はぐいと親指を引いて、不満げに店内を示した。「許可証なら、このなかに貼ってあるぞ」

なかで許可証を見てから、店についての自分の読みは間違っていなかった、とイヴは思った。安酒をしこたま飲むための汚らしい酒場で、客同士の交流はない。

「許可証のことで来たわけじゃないわ、ミスター・ティラー」

「なんでここに来たのか知らないが、この時間に俺をベッドから引っ張りだそうってんだから、よっぽどのことだろうな」

「あなたにとって、殺人はよっぽどのこと？」

「そうか、くそっ」ティラーはふたりから離れてカウンターの仕切りを跳ね上げて通り抜け、その向こう側にまわった。カウンターの下からボトルとショットグラスを引き出した。ショットグラスを満たして、一気に飲み干す。「それが俺にどう関係するんだ？」

イヴはカーゲンのＩＤ画像をＰＰＣに呼び出して、カウンターに近づいていった。「この男を知ってる？」

「こいつが死んだのか？」

「そうよ」

「ああ、知ってるよ。常連客だ。常連の馬鹿野郎だ」

「彼と最後に会ったり、話をしたりしたのはいつ？」

ティラーはスツールを強く指さした。「ゆうべ、やつはそこに座って、スクリーンに映ってる野球の試合のことで文句を言っていた。やつは野球が好きじゃなくて、俺からすりゃそれはお気の毒様ってことだ。俺は野球が好きで、このバーをやってるのは俺なんだ」

「彼はひとりだった？」

「ひとりで入ってきた、いつものことだ」ティラーは別のボトルと背の高いグラスを取り出した。何を注《つ》いだのかイヴにはわからなかったが、海草のような匂いがした。それに、さっきの酒をショットグラス一杯分、注ぎ足す。

「彼は何時ごろ店に？」

「知るわけないだろう。ビールと、今日の一杯《バンプ》と、何か食べ物を注文した。いつもと同じだ。ビールをもう一杯飲んで、また野球に文句を言っていた。いやなら出ていったらどうだと言ったんだ。どっちにしろ、たいしたチップを寄こすわけでもないからな。でも、やつはまたビールを注文してきた。ほかにも常連客が試合を見ていたから、黙っていないと店から追い出すぞとやつに言ったんだ」

「彼は間違いなく黙ったでしょうね」ピーボディが言い、ちょっと雰囲気をなごませた。

ティラーは肩をすくめ、何かを混ぜた海草の酒を半分飲んだ。「前に追い出したことがあるから、俺が本気だと知ってるんだ」

「彼がほかの客としゃべって意気投合して、一緒に店を出たということはない？」

「あった。どっかの街娼みたいな女が入ってきて、スツールに座ってビールを注文した。やつは大物気取りで、ビール代を自分に付けろと俺に言ってきやがった。やつの場合、一週間分をまとめて払って、払えなければ酒は出さない、ってことになってる」

「彼女はどんなふうに見えた？」イヴが強い調子で訊いた。

「街娼みたいに見えたな」

彼のようなタイプのことはわかる。石頭で、警官を嫌っていて、何とか追い払おうとする。

そんなことはさせない。

「ティラー、この会話をセントラルの取調室でやりたい？」

「出ていってもらったっていいんだぜ」ティラーは言い返した。「俺が何を知ってるっていうんだ？　カウンターでせっせと働いて、ろくな給料ももらえず、しみったれたチップだけで、このクソみたいな店を切り盛りし、この階上《うえ》の便所みたいな部屋に住んでいる。もうそろそろやめるかもな。この店にはもう一銭の金もかけたくないっていういけ好かないオーナー連中が、ここを売り払う話を始めてるらしいからよ。こんな店、最悪の投資物件だろう。俺は自分の仕事をしてるだけだ、わかるか？　で、俺の仕事はどっかの娼婦のようすをしっかり見ることじゃない。彼女にビールを出す。それだけだ」

「もう一度考えて。何歳くらいだった？」

「へいへい」完全につむじを曲げている、とイヴは思った。でも、相手も自分に負けず劣らずの石頭だと（しかも、警察バッジを持っている）思い知ればいい。「酒を飲める大人だ。酒を飲めるくらいの子どもがいるくらいかもな」

「何歳から何歳くらいか、教えて」

「知るか。四十くらいかもな。疲れた感じだった」

「人種は？」

「俺の知ったことか」

「わたしが知りたいのよ」

「白人だろう。店の照明は暗くしてるんだよ、わかるか？　高級な客はうちには来ない」

「髪の色」

「知るわけないだろ！」ティラーは海草の酒の残りを飲み干し、その味に何かを呼び起こされたように眉を寄せた。「紫だ」

「それは確か？」黒髪ではと思っていたイヴは、すかさず訊いた。「明るい紫？　暗い紫？」

「ふん、紫は紫だ、知るわけないだろ？　広い灌木《かんぼく》の茂みに咲いてるきつい匂いの花みたいな色だ」

「ライラックですか？」ピーボディが訊くと、ティラーは彼女を見て乾杯するように、空になった海草酒のグラスを少しだけ上げた。

「そうだ、そいつだ。今思うと、顔の半分を隠していた。でも、頰の下のほうに傷跡が見えた。俺に言わせりゃ、まるでそそられない女だが、あのくそったれカーゲンは何でもよかったんだろう」

「彼は彼女と一緒に出ていったの？」

「そうだ。女はビールにほとんど口もつけず、やるんだかフェラだけなんだか、あいつを引っ張って出ていった。俺の知ったことじゃないが」

「彼女は何時に店に来た？　ふたりが出ていったのは何時？」

「勘弁してくれ！」筋肉とタトゥーを波打たせ、ティラーは両手を上げた。「知るわけないだろ。哀れな俺をセントラルでもどこへでも引っ張っていけよ。それでも俺にはわからない。他にも客がいたんだ、いいか？　けちなオーナーたちは給仕係さえ雇おうとしない。俺はひとりで、毎晩、六時から二時まで働いているんだ」

「ヤンキースとレッドソックスの試合をスクリーンで流していたんでしょう？」

ティラーは疲れた顔でイヴを嘲笑《あざわら》った。「そうだよ、だから何だ？」

「彼女が店に来たときは何回だった？」

ティラーは口を開け、また閉じた。目を細める。「五回の裏だ。ワンアウトで、ランナーが二塁にいた。ジェラルドがボール球を打ち、それがライト前に落ちるポテンヒットになった。それでランナーは一、三塁。そのあと、まぬけなマーチニが何をしたか？　ダブルプレーで走者ふたりは残塁に終わった。彼女はマーチニが打席に入ったころ、店に入ってきた」

「オーケイ。ふたりが店を出たのは、何回だった？」

「ふん。ちょっと待て」野球の試合の再現は、ティリーの好奇心を刺激した。ちょうどいい具合に。「彼女にビールを出そうとしたら、ソックスが三者凡退で終わった。それで、次が六回の裏だ。第一球をセシルは打ち損ねて後ろへファウル、次が低めのアウトサイドでワンボール、次はコーナーを突いたが外れてツーボール、四球目、打った球は野手の間を抜けるかと思われた。それをソックスのショートがうまくさばいて一塁に投げたが、それより早くセシルが一塁を踏んでいた」

ティラーはひとりでうなずいた。「そうだ、六回の裏、アンガーが打席に入って、デュランがネクストバッターズサークルにいたとき、ふたりは店から出ていった。ソックスのキャッチャーがマウンドへ行って、ピッチャーを落ち着かせた。ふたりが店を出たのは、ちょうどそのときだ」

「アンガーは怪物よね」イヴがうちとけた調子で言った。「打率はどのくらい、三割三分だった?」

「そう、そのとおり。一塁に走者がいて、ノーアウトで、アンガーが打席に入り、スコアは二対二の同点ってときに店を出られる男は、まさにクソ野郎だ」

「同感。カーゲンは酔っ払っていた?」

少し悩んでから、ティラーは肩をすくめた。「やつが酔っ払わないでここを出ていったことは一度もない。俺の知ったことじゃないが」

「その女性を前に見たことは?」

「この店ではないな。外で見かけたとしても、街娼はみんな同じに見えるがね」

イヴがうなずくのを見て、ピーボディがPPCの画面に呼び出した人相書ふたつをティラーに差し出した。「彼女はこの女性たちのどちらかに似ていた?」イヴが訊いた。

「こっちみたいに上品なところはまるでなかったし、こっちみたいにセクシーでもなかったな。俺に言わせりゃ、あの疲れ切った娼婦がカーゲンを殺すなんてありえない。あの女が他の誰かに殺させたなら話は別だが、何のためだ？　やつが奪われる価値のあるものを持っていたとは思えない」

「彼女は彼の隣のスツールに座ったの？　ほかに空いていたスツールやボックス席や椅子はあった？」

「そう、彼女はやつの隣に座った。もちろん、空いている席はあった。満席になるようなことはないからな。とくに平日の夜はそうだ」

「ふたりは知り合いだと思いますか？」ピーボディが訊いた。

「知らないが、この店であの女を見たことはない。うちにも、たまに娼婦が客を探してやって来る。安いとわかれば、やつもたまに食いついていた。やつは取るに足らないろくでなしで、言わせてもらえば、金を払わなきゃヤれもしない男だった。おい、どうでもいいが、俺は今世紀中に寝かせてもらえるのか？」

「ええ、寝ていいわよ。面白くて、献身的な協力に感謝するわ」無駄だとわかっていてもやはり、イヴはカウンターに名刺を置いた。「また彼女を見かけたり、何かほかに思い出したことがあったりしたら、わたしに連絡して」

「わかった」

背後でドアが閉まる前に、彼が名刺を放るのが目に見えるような気がした。

「彼に証言させて、ヤンシーに人相書を描かせる気はないんですか?」ピーボディが訊いた。

「協力してくれないだろうし、こっちは強制もできないから。それに、彼は実際のところ彼女を見ていないわ」

「でも、傷とか」ピーボディが言いかけた。

「彼が傷を見たのは、彼女が傷を見せたかったから。彼が彼女の髪の色や、疲れた公認コンパニオンのように見えたのを覚えているのは、彼女が人にそう見られたいと望んでいるから」

長いコートの裾をなびかせながら、イヴは両手をズボンのポケットに突っ込んだ。「彼は多くの情報をくれた。彼女はカーゲンが安い街娼が好きなのを知っていた。彼があの店で酒を飲み、あの時間にはもう二杯くらい飲んでいると知っていた。彼女がやらなければならないのは、安い値段でセックスかオーラルセックスを勧めること。彼は彼女についていこうと思う。次にやらなければならないのは、ほんの数秒、彼の気をそらして飲み物に何かを混ぜることだけ。彼は彼女についてくる」

「車は待たせておく」ピーボディが続けた。「店の前ではなく、角を曲がってしばらく行ったところです。三人のなかでこの人がたぶん、いちばん簡単だったはずです。いちばん時間がかからなかったとは言えませんが、いちばん簡単だったでしょう。薄暗くて薄汚いバーで、ターゲットはもう、少なくともそこそこは酔っているんですから」

「あなたの言うとおりね、すべて正しいと思う」

犯罪現場に戻ると、まだ警察の作業は続いていたが、野次馬たちはもう興味を失ったらしい。

ピーボディは車に乗り込んだ。「野球の試合で彼の記憶を呼び起こしたのは、いい手でしたね。最初はどうにもなりませんでしたが、野球の試合でようすががらりと変わりました。あんなふうにすべて覚えてるなんて、ありえますか？」イヴが車を発進させ、ピーボディはさらに続けた。「つまり、何回に、誰がどこにいて、ボールがいくつでストライクがいくつだとか、全部覚えてるってことです」

イヴはちらりとピーボディを見た。「それはね、よく聞いて、野球だからこそありうるのよ」

「わたしも野球はまあまあ好きです」ピーボディは言った。「でも、あそこまで――」

イヴはさっと片手を上げた。「野球はまあまあ好きになるもんじゃないの。崇《あが》めるか、それができないなら野球に関することは一言も話さないで」

「ええと、オーケイ、選手があのユニフォームを着てる姿ってすごく素敵だし、わたしは崇《あが》められます」

「あなたの話を聞くと悲しくなるわ、ピーボディ。すごく悲しくなる」ピーボディが話しかけようとすると、イヴはまたさっと片手を上げた。「これ以上、わたしを悲しませるようなことを言わないで。あなたを殴らざるを得なくなってしまう」

「殺人事件の話をしましょう。それなら、悲しくなったあなたに殴られることもありません」

「賢明な選択ね」

「アレの話をして、バーテンダーがアレを見ていて、問題の状況になっていたのは何時かとか、わたしに尋ねるつもりじゃないですよね」

「その試合をやっているとき、わたしは仕事中だったし、試合の詳しい状況はわからないから何も言えない。調べてみて」

「調べるって、アレを……。ちゃんとした言葉で言ってもいいですか？　言ったら、殴りたくなりますか？」

「言っていいわよ。ゆうべのヤンキースの試合の録画を探して、五回裏のプレーを再生して」

「それならできます」ピーボディは作業に取りかかり、しばらくして縮み上がった。「殴らないでください。でも、彼女が店に入ってきたと彼が言った時間に、試合で誰がどこにいたとか、ちゃんと理解できている自信がありません」

「マーチニが打席に入ってきたのよ。一塁と三塁にランナーがいた」

「オーケイ、わかりました、待って……ああ、彼、すごくすてきです。時刻は八時五十三分です」

「今回はいつもより少し早めね。次の裏の回をチェックして」

「わかりました、オーケイ」

「ヤンキースの攻撃で、一塁にランナーがいて、アンガーが打席に入ってくる。タイムアウトして、ソックスのキャッチャーがピッチャーと話をしにいく」

「わかりました、わかりました。うわー、このアンガーっていう人の体つきはすごく魅力的です。時刻は九時十七分ですね」

「彼女はまったく時間を無駄にしていないわね」イヴが言った。「すぐに彼を連れ出してる」

「ダラス、死亡推定時刻《TOD》から考えて、彼女は七時間近くカーゲンと一緒でした」

「彼女はもっと時間がほしかったかもしれない。彼はすでに大量のアルコールを摂取していたから、薬が多すぎたのかもしれない。彼女には、あそこで他にやるべきことがあったのかもしれない」

イヴは車をセントラルの駐車場に入れて、自分のスペースに停めた。

「ダーラ・ペティグリュー」車を降りながら、ピーボディが言った。「彼女だと考えたらどうなりますか？　あなたは彼女を疑っているわけだし、彼女だとしたらどうなるでしょう？　可能性の一つとして、彼女は祖母の用事で出かけたり、祖母と一緒に外出したりする時間が必要だったかもしれない、というのがあります。つまり、彼女が早めに取りかかったのは、邸に戻ってエロイーズと一緒に時間を過ごす必要があったからでは？　それは、アリバイを成立させるためかもしれないし、ほんとうにエロイーズのためだったからかもしれない。わたしには、ふたりの関係が偽物とは思えません。エロイーズにとってもダーラにとっても」

「それはわたしも同じよ。その考え方はいいと思うわ、ピーボディ」ふたりでエレベーターに乗ると、イブは繰り返した。「いいと思う。そうすると彼女には余計に時間が必要になる。その時間をあらかじめ作らなくちゃ。ＴＯＤは三時五十六分で、通報者がＤＢを見つけて通報したのが四時五十八分」

「彼女がターゲットの住んでいる建物の近くで張り込みをしていたのなら——ある時点でやる必要があったはず、ですよね？——通報者が何時に帰ってくるか知っていて、自分が動くべき時間帯もわかっている。つまり、一か八かをやる必要はないってことです」

「彼女は自分が動くべき時間帯がわかっていた」イヴは同意した。「それを知ったうえで、大胆に動いた。ターゲットは四時ごろ死に、彼女は彼を車に積んで一七九丁目まで運び、コーエンが五時くらいに歩いて帰宅するまでに、放置しなければならなかった。そうね、ぎりぎりだったはず」

「わたしもそう思います」ピーボディはもう慣れていたので、イヴが人をかき分けてエレベーターを降りてグライドに乗り換えると、ほとんど聞こえないくらいのため息だけついた。「どんなふうにことが進んだか目に浮かぶので、そのとおりだと思います。でも、いまのところは、それをどう証明するかが見えてきません」

「きちんと文章にしてマイラに送って、犯人像をアップデートしてもらう。サポートグループに参加していたとわかった女性たちからも、さらに話を聞く。DBを解剖した結果、何か新たにわかったことがないかどうかモリスに確かめて、あの髪の毛についてハーヴォのお尻を叩きに行くわよ」

「じゃ、いつもの天国みたいな一日ですね」

「あの髪の正体を突き止めるのよ、ピーボディ。それから、もう一度、伝説の女優と孫娘を訪ねる」

「ほんとうですか？」

「ええ。一歩ずつ着実にね」

イヴはまっすぐオフィスに向かい、コーヒーと事件ボードと事件ブックを用意した。

三人目の犠牲者を出してしまったと思うと、どうしようもなく腹が立った。

「オーケイ、このクソ女」声に出して言った。「ハットトリックはできたかもしれないけど、四点目は絶対に入れさせない」

デスクに向かって報告書を書き、マイラに検討してもらえるように、第一容疑者のプロファイリングの概要を記した。

対象者は、聡明《そうめい》でしっかりとしていて、情報技術《IT》と、人工知能《AI》を設計する技能がある。ウィメン・フォー・ウィメンというサポートグループのメンバーであり、今までのところ、犠牲者たちそれぞれと関係のある女性たちと知り合いである。分別があり、自由にできる財産もあって、現在は個人所有の邸に住んでいる——実際、現在はこの邸とスタッフを管理している。

対象者は伝説的俳優の孫娘である。祖母は、世界的に名を知られ、賞賛される有名人であり、主に女性の権利と地位の向上を目指す活動家でもある。対象者の祖父母は長きにわたり、祖父が亡くなるまで、誰に聞いてもほとんどおとぎ話のような愛にあふれた結婚生活を送った。祖母は今も結婚指輪をはめている。結婚式の肖像画がもっとも広い客間に飾られている。

仮説――対象者は祖父母のような関係や結婚生活を期待し、望んでいた。祖父が祖母にたいして注《そそ》いでいたであろう愛情を、自分に注いでくれる配偶者を期待し、望んでいた。対象者は自らに対する名声を高めようと、個人的な能力と技術を生かして会社を立ち上げた。対象者の配偶者は、ＬＣとの関係に溺《おぼ》れ、浮気（相手は若い女性）をしたうえ、自分の有利になるよう、会社との契約条件を操作して、離婚する際、会社を売却せざるをえなくさせた。さらに裏切りを重ね、その売却益で自宅を購入して、前述の若い女と同居した。

こうした裏切り行為はある時点である程度、対象者の暴力を誘発したかもしれないが、ほんとうの変わり目はサポートグループがきっかけだったと思われる。このグループにおいて彼女は、裏切られただけではなく、暴力や性的虐待を受けたり、レイプされたりして苦しんでいる女性たちと出会い、交流し、共感を得て、つながった。こうした男たちの犯罪的行為に罰はあたえられていなかった。しかも、少なくとも殺害された三人のそうした行為は継続中だった。

彼女の理想像である祖母のように彼女は目的を見つけ、祖母のように行進や演説はしなくとも、目にしたものを現実として受けとめて、必要な行動を起こした。正義そのものになろうとした。そして、ふたたび祖母と張り合うように、役になりきり、衣装をつけてそれらしく振る舞って、セックスそのものやセックスを期待させて男たちを誘った。

男たちに薬を飲ませたのは、動けなくさせることで自分の身を守り、男たちの防御や攻撃を不可能にさせるだけではなく、彼らを弱らせ、力を奪うためである。服を脱がせて裸にするのは、屈辱をあたえるためである。拷問にかけるのは、痛みをあたえる支配権を得られることに加えて、彼らを苦しめたいという欲求を満たすためである。性器の切断は、明らかに、彼らを男ではないものにするためである。女性にたいして使っていた武器を奪うことでもある。彼らはどうすることもできず、苦しみ、男でも女でもないまま、死んでいく。

遺体を被害者の自宅の前に置くのは、家庭を裏切ったことを示すためかもしれない。屋外に放置することで、もう二度と家庭を持つことはないと人びとの目にさらし、最後の屈辱をあたえている。

詩には彼らの罪が、白黒つけてはっきりと示されている。しかし、みずから選んだ名前〝レディ・ジャスティス〟から、これが彼女の演じるひとつの役であり、この役にたいして彼女が注目と感謝と栄光を望んでいるとわかる。

わたしの見たところ、犯人の特徴はダーラ・ペティグリューの特徴とぴたりと一致しています。彼女で間違いないと思われますか？　誤りだと思われますか？

イヴは報告書を読み直して、うなずいた。文章にして、とにかくすべてを並べてみるのは役に立つ。マイラからは反論があるだろう。だから何だというの？　辻褄《つじつま》は合ってる。かみ合っている。ぴったりなのだ。

報告書を送信していると、ピーボディが戸口にやってきた。「最初の人が来ました。ジャシー・ペッパーダインです。どこで聞き取りを？」

イヴはもう考えていた。「取調室を取って」

ピーボディは眉を上げた。「わかりました」リンクを引っ張り出して、チェックする。「Aが空いています」

「予約して、彼女を連れていって。すぐに行くわ」

「了解しました。容疑者みたいに扱うんですね」

「第六感に従うのよ」

イヴは立ち上がってファイルを集めた。第六感に従って、必要なら強い姿勢で向き合おうと心の準備をする。まず、縦に細長い窓に近づき、ちょっと外を眺めてから、見下ろした。

街を歩く多くの女性が（なかには男性も）サポートグループのメンバーが味わわされたよ

うなことを経験している。もっとひどい目に遭うこともある。いつだってもっとひどいことはあるのだ。

わたしは彼女たちの身になって考えられる、とイヴは思った。それどころか、思い返すことさえできる。しかし、人を殺して善悪のバランスをとることなど絶対にできない。法律ですべてが正せるとは限らないが、法を守る側にいるかぎり、そうなるように死に物狂いで頑張るしかない。

イヴはファイルを手にして、オフィスを出た。ジェンキンソンとネクタイと、ライネケとソックスは犯人を逮捕したに違いない。ふたりともデスクにいないから。

サンチャゴはデスクに向かい、カウボーイハットの下で眉をひそめてコンピュータを操作している。それをかぶっているということは、体じゅうに満足感をみなぎらせて、同じようにコンピュータを操作しているカーマイケルとの賭《か》けにまた負けたのだろう。

バクスターが流行《はや》りの靴を履いた両足をデスクにのせて、リンクで誰かとしゃべっている一方で、彼の若いパートナーは苦心して報告書を書いている。制服警官たちが仕切り部屋でがやがやと話をしている。

イヴは部下の警官たちをざっと見てから、休憩室のドアの上に張られた掲示を見上げた。

人種や、宗教、性的指向、政治的所属にかかわらず、われわれはあなた*が殺されてしまわないように守り、奉仕する。

*たとえクソ野郎でも。

そのとおり、とイヴは思った。一ミリの異存もなく、そのとおりだ。わたしが指揮する警官は全員、この、完璧このうえなくて、ばかばかしいほど当たり前なモットーに従う。そして、わたしも今、それをやっているところだ。

ブルペンから離れて、取調室Aに入っていく。

ピーボディとペッパーダインの前にフィジーが置いてあるのに気づいた。自動販売機と闘ってペプシを手に入れたらよかったと、半分思った。

二十七歳のジャシー・ペッパーダインは、二、三代にわたって人種が混合した結果の、めざましく美しい一例のようだ。アジア風の切れ長の目は恐ろしいほど濃いグリーンで、肌は金粉をまぶしたキャラメルの色、細かくねじれた豊かな巻き毛は真っ黒で、キャラメル色のハイライトを入れている。鼻は筋が通って細く、口は大きめで唇はふっくらとしている。

「ミズ・ペッパーダイン、こちらはわたしのパートナーのダラス警部補です」

「オーケイ。ねえ、どういうことなのかさっさと話してくれたら、わたしもお昼には行きたい場所に行けるんだけど」

柔らかくて豊かな声だ、とイヴは思った。あちこちの安いクラブで歌って、生活費（半分はそれぞれの店でウェイトレスをして稼いでいる）の足しにしているというのもうなずける。

「もちろんです。来ていただいて感謝します。あなたは、ウィメン・フォー・ウィメンというサポートグループに参加していますね」

穏やかに好奇心をにじませた表情が、一瞬のうちにこわばった。「あれは匿名でやりとりをする内密のグループよ。あなたたちに首を突っ込む権利はないわ」

「お気づきかもしれませんが、ここは殺人課です」イヴはゆっくりと言った。「われわれは関連する三件の殺人事件を捜査しているところです。この殺人事件はサポートグループとも関係があります」

「ばかばかしい」

「報道を見ていないんですか？」

「働いてるのよ。働いていないときはオーディションを受けに行ってる。働いていなくてオーディションに出かけてもいないときは、寝てるわ」

「最初の犠牲者、ナイジェル・マッケンロイは複数の女性に薬を飲ませてレイプし、そのうちのふたりはあなたと同じグループに参加しています」

「レイプ魔が死んだから気の毒に思えって言うの？　そんな不届き者をどうして逮捕しなかったのよ？」

「被害に遭った女性のひとりでも被害届を出していたら、逮捕していたでしょう。ふたり目の犠牲者、タデウス・ペティグリューはあなたのグループに参加している女性の元夫でした。彼は若い女性のもとに走って彼女を裏切り、法的な操作をして、彼女が築いた会社を売らざるを得なくさせました。さらに、その利益のほとんどを自分のものにしたんです」

イヴは言葉を切り、ジャシーの顔を見つめた。「この話をご存じですね。その女性も知っている」

自己防衛と反抗心を同時に表すように、ジャシーは椅子の背に体をあずけて腕組みをした。「わたしは何も話す気はないわ。グループ内のことは一切話さない」

「三人目の犠牲者は」イヴは続けた。「アーロ・カーゲン。彼もあなたのグループのメンバーの元夫で、妻に肉体的、性的虐待を繰り返し、まだ小さな息子を傷つけると脅しました。この話もあなたは知っている」

「返事は同じよ」

「オーケイ。あなたの話を聞かせてもらえますか？」

「わたしはあなたを知らない。だから、自分のプライベートを話す筋合いはないわ。話がそれだけなら――」

「座りなさい」ジャシーが立ち上がると、イヴは嚙《か》みつくように言った。「まず、問題の三日間の夜、あなたがどこにいたか聞かせて。月曜、火曜、ゆうべ。午後九時から午前四時までの間よ」

「月曜日の夜は、〈ラスト・コール〉でクソみたいなお客――けっこう入ってたけど――の前で歌っていたわ。九時から一時までよ。八時半には店に行って、一時半には店を出た。家に帰って、ひとりで寝たわ。ゆうべも同じ。火曜日は、〈ビストロ・イースト〉の高級なお客様に高級な飲み物と高級な軽食を運んでいた。八時から閉店時間の二時までよ。今日は、別のクソみたいな店でオーディションがあるけど、そこはうちのアパートメントから近いの。他の予定も聞きたい？　一週間に七晩、ほとんど同じようなことの繰り返しよ」

「大変な仕事の量ですよね」ピーボディが言った。「今もグループには参加しているんですか？」

「月に二度。途中で抜けて、そのまま仕事に行ってる。かかわる時間も短いから、レイプ魔や浮気男や妻を殴る夫を殺してやろう、って感じにはならないわ。それに、レイプ魔にも、浮気男にも、妻を殴る夫にも興味ないし」

「興味を持った人がいたのよ」イヴはファイルを開くと、強く出た。「興味を持つあまり、こんなことまでした」

イヴが犯行現場の写真をテーブルに並べると、ジャシーの美しい肌が青ざめた。「興味を持つあまり、男性が犯した悪事や罪の重さとは関係なく、三人の人間を何時間も痛めつけた。性器を切断して、殺した。あなたはどんなひどいことをされたの、ジャシー、どんな罪？　あなたも自分を傷つけた男性には、こんなふうに死んでもらいたい？　あなたも一緒にやってみたい？」

「お願いだから、これはどこかへやって。お願い、お水をもらえる？」ジャシーは自分のフィジーを脇へ押しやった。「ただの水がいい」

「もちろん。持ってきます」

「わたしにはペプシを買ってきてくれる？」イヴは、立ち上がったピーボディに頼んだ。写真をファイルにしまう。「相手の男の名前を教えて。話はそこからよ。男の名前を」

「話すのは気が進まないわ。ウィメン・フォー・ウィメンに通い出したのは去年の秋で、あの出来事があってから数か月後だった。その話ができるとは思えなかったけど……ナタリアは——彼女とは話をしたでしょうね——彼女はとても穏やかで、とても……奇妙な言葉だけどぴったりだと思う、とても感情移入が上手なの。メンバーの女性たちは、姉や妹、母親や、友だちみたいに感じられたわ。わたしはすごく助けられた。グループの誰かがあなたの言っているようなことをやったなんて、信じられない。写真にあったみたいなことをやったなんて。信じられないわ」

「男の名前を教えて。話はそこからよ、ジャシー、彼の写真がこのファイルにおさめられることになったら、あなただって救われないでしょう。彼が死んだら、あなたのためにならないのよ」

「クック、ライダー・クックよ。去年の八月八日の十時ごろ、わたしをレイプして、わたしの人生をめちゃくちゃにしたのよ」

17

ピーボディが戻ってきたとき、イヴはどうやったら相手にうまく寄り添えるだろうと考えていた。

「ジャシー、こちらから質問をしてもいいし、あなたから何があったのか話すほうが楽なら、そうしてもらってもいい」

「楽になる方法なんてないわ」ジャシーはのろのろと少しだけ水を飲んだ。「わたしは忘れたかったけど、どうしても忘れられない。毎日、そのことと向き合わなければならないのよ、くそっ」

ピーボディが何か言おうとしたが、イヴが首を振って制した。

ふたりは待った。

「わたしは歌手よ。声が、声がいいから、そういう仕事がしたかったし、うまくなるためなら進んで努力もした。物心がつくころにはもう、歌いたいと思っていた。スターになりたいわけじゃなかった、わかる？　とにかく歌って、そのお金で生活をして、神様からの贈り物を使えればそれでよかった。そんな感じでそこそこうまくやっていたら、あるときふと、ニューヨークへ行って自分を売り込もう、って思ってしまったの。それで、けっこういい仕事ができたし、すごく充実したステージもできた。いい記事を書いてもらったり、ちょっと注目もされた。そのうち、レコーディング契約のチャンスが巡ってきたの。まるで夢みたいだった。そこまで望んではいなかったけど、ほんとうに、そんな話がきたのよ」

ジャシーはまたちょっと水を飲んでから、脇に置いた。

「わたしの歌を聴いた〈デルレイ〉社のスカウトから、オーディション用のディスクを送るように言われたの。貯金をはたいてスタジオを予約して、優秀なミュージシャンも雇った。チャンスがあるなら、うまく生かすしかない。そして、うまくいった。と言うか、わたしはそう思ったわ。ライダー・クックは〈デルレイ〉の人よ。スターを育て上げる名人として知られている。そのライダー・クックに、きみの将来や契約について話がしたいからって自宅に呼ばれたら、行くでしょう。わたしは行った。ふたりでお酒を飲んだわ。わたしは酔っていなかった」ジャシーは強く思いをこめて言い添えた。その目はきらきらと輝いていたが、今はまだ涙のせいではなく、熱い思いと記憶がよみがえったせいだ。

「わたしは、人生でいちばん大事なミーティングで酔っ払うほど馬鹿じゃない。でも、いくらかワインを飲んだわ。話をするうちに、彼はわたしがやがて何を得られるか、どんなふうになれるか、まるで絵を描くように語ってくれて、それはわたしにとって何より重要なことだった。ほどなく、彼が階上にどうしてもきみに見せたいものがあると言ったわ」

ジャシーはぎゅっと目を閉じた。「あれは馬鹿なこと？　いまだにわからない。彼は妙なそぶりは見せなかったし、居心地が悪くなるようなことも言わなかったから、行ったわ。彼と一緒に寝室に入ったときでさえ、悪い感情はなかった。そうしたら、いきなり体をつかまれた。彼はとても大きな男で、わたしは不意を突かれて……。とにかく、わたしはベッドに仰向けに押しつけられた。やめて、放して、と言ったわ。彼は、ただ横たわって楽しめばいいんだ、ベイビー、って言った。そういうことだ。横たわって楽しめばいいんだ、ベイビー」

ジャシーは苦しそうに息を吸い込んだ。吐き出す。

「彼を押しのけようとしたし、逃げようともしたけど、彼のほうが強くて、とにかく彼は……。そのあと、わたしが泣いていると、彼はまだわたしを押さえつけたまま、受け入れろと言った。こういう仕組みなんだ、と。いい子にしていたら、契約をして一人前にしてやる。誰かに話して騒ぎを起こしたら、きみはもうおしまいだ。誰もきみの話など信じないし、せいぜい運がよくても、道端で歌ってサンドイッチ代を稼ぐぐらいが関の山だ。彼が体から離れると、わたしは走って部屋を出た。彼は服さえ脱がさず、パンティを下ろしただけだった、わかる？　わたしは部屋を飛び出した。どうしてそのまま警察へ行かなかったのかわからない」

今になって涙があふれ出し、ジャシーは苛立たしげに指先で目をぬぐった。「恥ずかしくて、ショックで、恐ろしかった。あの晩、わたしがやったことはすべて間違っていた、そうでしょう？　何もかも間違ったことをしてしまったと、わたしは認めたの」

ジャシーは続けられなくなってふたたび黙り、また水を飲んだ。

イヴはジャシーが自分から事実を吐き出すのを待ち、ピーボディにも待つようにと合図を送った。

「うちに帰って、シャワーを浴びたわ。何度も何度も浴びて、彼をこすり落とした。そして、その夜は泣き明かした。役立たず、もうだめだ、と思った。そのうち、猛烈に腹が立ってきた。怒っているほうがまだましだったわ。朝になると、〈デルレイ〉に乗り込んでいって、聞いてくれる人に、何があったか話した。彼が言ったとおり、誰も信じてくれなかったわ。信じたとしても、クックにたてつこうとする人はいなかった。契約もなくなったわ、まったく驚きよね」苦々しげな一言は、氷のように固く、はかない。「いくつか残っていたちゃんとしたコンサートの契約も解除された。いい店では一切歌わせてもらえなくなったわ。わたしはトラブルメーカーで、大酒飲みで、もう終わっているって、彼が噂《うわさ》を流して、奪ったのよ――わたしの仕事を。今は、できるならどんなところでも歌って、家賃を稼いでるわ」

イヴはまた少し待って、ジャシーの話が終わったのを確認した。

「ジャシー、彼を訴えたい？」

「どうやって？」その一言は、ほとんど爆発するように飛び出した。「証拠はわたしの証言だけだから、何もないのも同然よ」

ピーボディは腕を伸ばし、ジャシーの手に手を重ねた。「あなたひとりだけだったと思いますか？」

「あの――たぶん、そうじゃないわ。そう、ひとりじゃないだろうけど、だからって、わたしが無名の人間であることに変わりはない。彼はスターを育てる人なの。誰がわたしのことなんか信じる？」

「わたしたちが信じるわ」イヴがさらりと言った。

ジャシーの息が一瞬止まり、震え、目から涙が流れだした。「今になって、そのことで彼を訴えたりしたら、道端でしか歌えなくなるわ」

「いいえ、そんなことはない。でも、とりあえずその件は置いておきましょう。あなたはサポートグループのなかでその話をして、レイプした男の名を言った」

「それがグループのいちばん大事なところだから」

「グループの会合以外の場で、その件であなたと話をした人はいる？」

「ええ、会合のあと、一緒にコーヒーを飲みながら女同士でざっくばらんに話をしていたから。わたしもときどき参加したわ」

「名前を教えてほしい。知っていればフルネームを。今、こうしてあなたと話しているように、その人たちとも話をする必要があるのよ」

「いけないことのような気がするわ」

「すでに話をした人たちもいるわ。ジャスミン・クワーク、レア・レスター、ダーラ・ペティグリュー、ウナ・ルザキ、レイチェル・ファスリー。あと、ナタリア。これから聞き取りをする予定なのが、メイ・ミン、サーシャ・カリンズ、ブリー・マッゴーワン」

ジャシーはきゅっと唇を結んだ。「ジャスミンとレアという人とは、グループの会合では会っていないわ」

「ジャスミンは引っ越して、レアは行かなくなってだいぶたつそうです」ピーボディが言った。「今、警部補が名前をあげた他の人たちは知っていますか？　一緒にコーヒーを飲みに行った人がいますか?」

「いつも同じメンバーじゃないのよ。わたしも、会合のあとに必ず行けるとはかぎらないし。でも、あなたが名前をあげた全員とコーヒーを飲みに行ったことがある。正直に言うと、そうやって会っていたのはもうひとりいる。シェリ・ブリンクマンよ。彼女も元夫が若い女に走って離婚することになったけど、それ以前に夫から性病を移されもした。家計を握っていて弁護士を雇ったのも夫だから、離婚の条件もひどいものだったらしいわ。彼女は六十歳くらいで、たぶん、百六十センチもなくて、五十キロくらいだと思う。ファイルの写真で見たようなことは絶対にできないわ」

「オーケイ。彼女がどのくらいの間グループにいたかわかる?」

「わたしが十月に通いはじめたときにはもうメンバーだったわ」

「ジャシー、わたしたちが彼女と話をするとき、他の女性たちと話をするとき」ピーボディが静かに言った。「わたしたちは敵じゃないんです。一連の殺人事件を起こしたのは誰なのか、見つけなければならないけれど、だからと言って、わたしたちが敵ということにはなりません」

ジャシーが肩をすくめてテーブルに視線を落とし、イヴは椅子の背に体をあずけた。「メイヴィス・フリーストーンを知っている?」

ジャシーは顔を上げて作り笑いをした。「ええ、もちろん、メイヴィスとはすごく仲がいいのよ。毎週、一緒にランチに行くわ。いえ、冗談よ」

イヴは自分の名刺を一枚引き出した。「ピーボディ、何か書くものを持ってる？」

ピーボディは鉛筆を引っ張り出して、イヴに渡した。

「オーディション用のディスクはまだ持ってる？」

「コピーしたのがあるわ、もちろん」

「一時間したら、この番号のメイヴィスに連絡して。少しでも長々とでも、好きなだけ彼女と話をして、それから忘れずに、ダラスがわたしのオーディション用のディスクを聴くべきだと言っていた、って伝えなさい」

ジャシーは名刺を受け取り、まじまじと見た。「からかってるの？」

「そんなことをして、わたしに何の得が？　たまたまだけど、メイヴィスとわたしはほんとうにすごく仲がいいのよ。そのあとどうなるかは、あなた次第」

今度は涙がきらきら光っただけで、こぼれはしなかった。ジャシーは懐疑心とかすかな希望の光の混じった目でイヴを見つめた。

「なぜ？　なぜこんなことをしてくれるの？」

「わたしたちは敵ではないから。さて、あなたがライダー・クックを訴えるか訴えないかいつ決めるかはわからないけど、わたしたちは彼の捜査をするわ。被害者はあなただけじゃないはず。彼がこのファイルの死んだ男たちの写真に加わらないようにするため、そして、彼を檻に閉じ込めるためなら、どんなことでもする。それだけよ」

「あの――しばらく考えさせて」

「わかったわ。わたしの番号は名刺の裏にあるから。来てくれて、ありがとう」

ジャシーがぼーっとした表情で部屋から出ていくと、ピーボディは潤んだ目をぱちぱちさせた。「とんでもなく素敵なことをしましたね、ダラス。超超素敵です」

「大したことじゃないわ。シェリ・ブリンクマンに連絡して出頭を依頼する前に、彼女について調べて」

「了解しました」ピーボディは立ち上がり、ドアに向かおうとした。「わたしたちの仕事は悪い連中を追うことがほとんどです。こうして前向きなことができるのはいいですよね」

「悪いやつらを追うのは、わたしの考えではすごく前向きなことよ」

「わたしが言っていることはわかっているはずです」

そうね。ピーボディが部屋を出ていくと、イヴは思った。わかってる。

メイヴィスに連絡をすると、元気いっぱいのメッセージにつながった。

〝どうも！　おしゃべりできたら、ほんっとうによかったんだけど、今、スタジオなんだ。メッセージを残してね。チャ！〟

「ダラスよ。ジャシー・ペッパーダインからあなたに連絡があるはず。頼みごとがあるんだけど、いい？　彼女のオーディション用の録音を聞いてほしい。悪くなければ、ロークに渡して。ありがとう」

続いてナディーンに連絡を入れた。

「一対一の準備ができた？」

「ピーボディとやったでしょ。事件と関係があるかどうかまだわからないんだけど、大きくて臭い魚をあげるわ」

「うーん、わたしがいちばん好きなタイプ。その魚に名前はあるの？」

「ライダー・クック」

ナディーンは首をかしげ、目を細めた。「モルグの解剖台に横たわってるとか言わないでよ」

「そうじゃなくて、そうなるのを避けたいの。すぐに掘り返したくなるわよ、ナディーン。ある女性がいて、まだ、正式な訴えをする予定はないんだけど、わたしの判断ではすごく信頼できる人よ。彼女は、彼にレイプされたと言い、そのやり口から見て、レイプされたのは彼女が最初でも最後でもないとわたしは読んでる」

「彼女の名前を教えて」

「それはできない。あなたも探ってはだめよ、ナディーン。彼女が世間に公表したくなったら、わかるから」

「いつごろの話かは教えてもらえる?」

「去年の八月。探ってみて」

「まかせておいて。情報をありがとう」

「とにかく調べてみて」

次に、性犯罪特捜班《SVU》に連絡して、事情を説明した。

「つかまえてやるわよ」イヴはうなった。「何としてでも」

オフィスに戻り、聞き取りの詳しい内容を事件ブックに加え、ライダー・クックについて調べた。

混合人種、男性、四十八歳、資産は数十億ドル。〈デルレイ〉のプロデューサーで社長。会社を設立して二十六年目。自家用シャトルを所有。ニューヨーク、ニューLA、イーストハンプトン、ジャマイカに自宅を所有。二度離婚している。エンターテインメント系のメディアをざっと調べて拾った情報では、プレイヤーとしても優秀との評判だ。

その同じメディアによると、クックは現在ニューLAにいて、グロールというバンドのレコーディングとビデオ撮影のプロデュースをしている。

つまり、今のところは無事だ。

シェリ・ブリンクマンについて調べ、元夫の名前がわかると、元夫のことも調べた。

ライナス・ブリンクマン、白人、六十七歳、一度結婚して離婚し、子どもはふたり。現在はラデール・ジェラルド、二十五歳（実の娘より五歳若い）と同居している。ニューヨークに自宅、グランドケイマンに別荘があり、最近、パリにアパートメントを購入した。

〈ロードスター〉社の共同創立者で最高経営責任者《CEO》。業務内容はコンサート、大規模な寄付金集めのパーティ、オークションといったイベントのプロモーションを、オンラインとオフライン双方で行っている。

記載されている資産額は九桁《けた》におよぶ。

好奇心にかられて見返すと、妻はかろうじて六桁だ。職歴データによると、二十六年間、〈ロードスター〉の営業担当バイスプレジデントだった。二度、休職して母親専業職についている。しかし、今は小さな会社の重役の補佐係で、営業の仕事をしてわずかな給料を得ている。

「そう、彼に利用されていたのね、シェリ？」

イヴは〈ロードスター〉に連絡したが、その場しのぎの腹立たしい対応を繰り返され、結局わかったのは、ミスター・ブリンクマンは出張中で会えない、ということだった。

イヴは立ち上がり、オフィスの限られたスペースを歩き回って、デスクを蹴飛ばした。

ロークに連絡する。

「いい午後だね、警部補」

「もう午後なの？　まったく。〈ロードスター〉のライナス・ブリンクマンを知ってる？」

「一応はね。会ったことはある」

「民間コンサルタントとして、彼のオフィスに連絡して、彼がいまどこにいて、いつ戻ってくる予定なのか訊いてくれない？　アシスタントの下にさらに何人もアシスタントがいて、誰も教えてくれないのよ」

「きみが何かしらのランチを食べる時間を取ると言うなら、やってみよう」

「ええと、それは……そうする。わかったら、とにかく連絡するかショートメールを送って。ありがとう」

お腹はすいていない、とイヴは思った。でも、今日もこのあと、やるべきことが詰まっている。何か食べる時間など取りたくはないし、取れるかどうかも怪しかった。

それでも、なんとかなるだろうと思った。ロークは何か、しらのランチを、と言っていた。チョコレートでも当てはまるだろう。

オフィスの扉に鍵をかけて、デスクからリモコンを取り出した。悪名高いチョコレート泥棒を捕まえるために仕掛けた、青い染料が飛び散る罠《わな》の電源を切る。デスクに上って、天井のタイルをそっと持ち上げた。

なかをのぞくと、何もない。

「勘弁して！」ポケットからミニライトを引っ張り出して、なかを照らした。

何もない。

「くそっ、やられたわ！」

染料が散った痕跡《こんせき》はまったくない。あって当然なのに。つまり、チョコレート泥棒はリモコンを使ったのだ。おそらく最初にスキャナーを使って、罠があると読み取ったのだろう。

イヴはデスクから飛び降り、天井のタイルをにらんだ。両手を勢いよくポケットに突っ込む。

それにしても見事過ぎる、と認めざるを得なかった。残念だが、しかたがない。

ドアの鍵をはずして、大股で歩いてブルペンに出ていく。ジェンキンソンとネクタイ（なんと、原子炉で作られたとしか思えない虹《にじ》の模様だ）は席に戻っていた。ライネケとソックスも戻っていたが、ソックスは見えず、イヴは視覚の守護聖人に感謝した。

サンチャゴとカウボーイハットはカーマイケルのデスクに移動して、何やらふたりで熱心に話をしている。きっと捜査中の事件のことか、次の馬鹿げた賭けの話をしているのだろう。

バクスターとトゥルーハートの姿が見えないのは、犯人を逮捕したからに違いない。

ピーボディは忙しそうに報告書を書いている。

「まだ終わっていないわ」イヴは告げた。部下たちの動きがぴたりと止まり、顔がこちらを向く。「絶対に、このまま終わるわけがない」

きっぱりした足取りでオフィスに戻ると、また天井のタイルを見上げてにらんだ。他の方法を考えないと。そう、考えることにしよう。

リンクが鳴って、ショートメールの受信を告げた。

〝ブリンクマンは今ネバダ――ベガスだ――にいて、まもなく仕事を終える。会社のシャトルでスタータック・トランスポ・ステーションのプライベート・ドックに、三時半に到着の予定。いつもの配車サービスのいつもの運転手が迎えにいく。オフィスに顔を出すことになっていたが、まっすぐ帰宅するらしい。今夜、セミフォーマルのイベントがあり、スタイリストと一緒にマッサージの予約をしている。予約は、自宅で四時半から。

お礼はいいよ。ちゃんと食べてくれ〟


「わかったわ、わかった、さすがね」今度はACをにらんだが、ハイヒールのきびきびした足音がオフィスに向かってきているのがわかり、振り向いた。

思ったとおり、マイラだった。春らしい淡いブルーのスーツ姿が、あいかわらず美しい。

「お忙しいでしょうから、わざわざ時間を作って来ていただくのは申し訳ないと思っていたのですが」イヴが言った。

「そんなに無理はしていないわ。ナタリア・ズーラとのランチ・ミーティングに出かけるところで、その前にちょっと寄ってみようと思って。それから、あなたがわたしのポジションを狙っているのかどうかも確かめたかったし」

「何のことですか?」

マイラはほほえみながら近づいてきて、事件ボードをじっと見た。「あなたが書いたダーラ・ペティグリューのプロファイルはとても冴《さ》えているわ。彼女と祖母の関係が、彼女の野心や、感情の動き、過剰な期待に関連していたかもしれないし、今後も関連するかもしれない、という指摘は的確よ」

マイラはイヴのデスクの角に腰を付けて、寄りかかった。「概要と仮説を読むかぎり、あなたは彼女が殺したとほぼ確信している。そうだという自信はどのくらいあるのかしら？」

「確率スキャンをためしたところ――」

「いいえ、確率スキャンの計算値ではなくて。あなたはどのくらい自信があるの？」

「九十五パーセントです。百パーセントと言いたいところですが、わたしが間違っている可能性は必ずあるので、それも考慮すべきです」

イヴはそう言いながら事件ボードのほうを向いた。両手の親指をズボンのベルト通しに引っかけて、ダーラの写真を見つめる。

「当初から彼女じゃないかと思ってしまったことも、考慮に入れなければなりません。ずっとその気持ちが拭えないんです。最初から彼女をそういう目で見ていたので、その後の捜査に影響した可能性もあります」

「直接話をして、彼女を見定める機会がほしいわ」

「わたしは彼女を取調室に呼び出したいんです」イヴはマイラのほうへ振り向いた。「呼び出す理由が必要です。今、その理由を探しているところなんです」

「では、その件はあなたにまかせるわ」マイラはぴんと背筋を伸ばした。「これまでのところ、彼女の暴力は男性に、それも彼女が参加していたサポートグループの女性たちを不当に扱った男性に集中しているわ。でも、彼女が正義を果たすのを阻もうとする者に、その暴力が向けられるのは疑いようがないわね。だから、今のところ、彼女はあなたを仲間のように見ているけれど、それは変わっていくわ」

「ええ。その件は、今日の夜、少し刺激してみようと思っています」

「では、慎重にね」

「ひとつ質問があります」マイラが扉に向かおうとしたので、イヴは言った。「大豆《ソイ》チップス一袋は、何かしらのランチになりますか?」

「いいえ」マイラは言い、そのままオフィスを出ていった。

「くそっ」

イヴはピザにしようかと思い、同時に、ブルペンに匂いが漏れたときのことを思った。混乱、暴動。そのうえ、あまり空腹でもなかったので、一切れすら食べ切れそうもなかった。

そこでスープを試してみた――ACに何種類かあることに気づいたのだ。ロークにはこそこそと何かするのが好きな一面がある。イヴはカップのミネストローネを選んだ。それと、ソイチップス一袋。

イヴが食べていると、ピーボディがオフィスに入ってきた。「次は……」くんくんと匂いをかぐ。「自動販売機のスープじゃないですね。本物のスープです」

「だから?」

「ええと、それは……すごくいい香り、ということです」

イヴは振り返り、もう一カップ分をプログラムした。「さあ、もうこの話はやめてよ」

「わあ、ありがとうございます。メイ・ミンが来ました。それから、ブリンクマンについて調べて、基本的な項目の一覧をあなたに送りました」

「あなたはミンの担当。わたしはモルグとラボに寄ってハーヴォに会うほうを選ぶ」

「わたしにはいい取引です」

「タイミングによっては、呼び出している他のふたりの聞き取りもして。それから、ブリンクマンに連絡して、ここへ呼び出して」

「まかせてください」

イヴはコートをつかみ、チップスの袋をポケットに入れた。「まかせたわよ。わたしのACに触らないで」

オフィスを出てブルペンに入ったイヴは、部下の警官たちをじっと見てからボードをながめ、バクスターとトゥルーハートはやはり事件を解決したのだと気づいた。犯人が被害者を殺害後に自殺しているので、実際のところは二件だ。

イヴがトゥルーハートを見ると、いかめしい顔でデスクに向かい、報告書を書いている。初々しさがかなり消えたと思ったが、彼がよい警官なのは、仕事の重みを感じられる能力のおかげでもある。

その表情から、今もかなりの重みを感じているようだ。

わたしは今、連続殺人犯の捜査に追われている、とイヴは思った。でも、部下たちにはボスが必要だ。

イヴはデスクまで歩いていった。「捜査官」

「警部補」

「パートナーはどこ?」

「休憩室でコーヒーを飲んでいます。自分たちは戻ったばかりで――」

「ええ、ボードを見たわ」

「夫婦仲が悪かったようです。離婚訴訟と親権争いの真っ最中でした。子どもがふたりいて、八歳と十歳です。自分たちは妻の家に行きました。無理やり押し入った痕跡はなく、妻は夫を家に入れたようです。夫は妻を何度も刺してから、自分の喉を切りました」

「子どもたちは?」

「学校にいて、それは救いでした。隣人が妻の悲鳴を聞いたのですが、夫が家のドアにかんぬきをかけていてなかに入れませんでした。隣人が通報しましたが、手遅れでした。妻には妹がいます。子どもたちはその妹と一緒にいます」

「トゥルーハート、わたしたちには報告書を書く以外に何もできない、ということもある。追跡して、逮捕して、留置場に入れる相手がいない、というわけ。報告書を書いて、終わりにするしかないわ」

「わかっています、警部補。バクスターにも同じように言われました」トゥルーハートはふーっと息をついた。「報告書を書いています」

わたしたちにできるのはそれだけ。その場を立ち去りながら、イヴはまた考えた。何もできない時間と向き合うことも、仕事の一部だ。そして、その時間を過ごしたからこそ、できるときはすべてをやれるような自分になりたい。

ニューヨークのすべてに圧倒されたまま、モルグに向けて車を走らせる。この時間の街は平穏とはほど遠く、騒音と、せわしなさと、色、怒り、楽しみがうねっている。そんなすべて、そんな強烈なすべてに浸って暮らし、仕事をしていたら、報告書を書くしかない事件に出くわしてしまってもしかたがない。それでも、解決のために何でもできるし、何でもやる、と思える事件と向き合うほうが多いと信じなければならない。

だから、イヴは三日続けてこの白いトンネルを、覚悟を決めて歩いている。必ず解決すると決めて。しかも、すさまじく腹を立てながら。

イヴが両開きの扉の手前まで来ると、モリスがその扉から出てきた。

「ダラス。ちょうど今、ランチに出かけるところだ」

イヴはポケットからソイチップスの袋を引っ張り出した。「これと交換で、ざっと要点だけ教えて」

「チップスは大好きなんだ」モリスは後退して解剖室に戻り、イヴもついていった。

三つの台に三人の遺体が横たわっていた。

「無理心中だ」イヴが自分の事件とは関係のないふたりを見ていると、モリスが言った。

「そうね、知ってる。バクスターとトゥルーハートの担当の件ね。こうして夫は、離婚と親権争いにケリを付けた」

「妻は抵抗した。じっくり観察しなくても、それは言える。簡単には屈しなかった」モリスはイヴの腕をそっと叩いて、カーゲンの遺体に近づいていった。

「一方、こちらの彼は抵抗しなかった。できなかった。酔っていたところに、薬を飲まされたからね。要点のひとつは、最初に彼の目を覚まさせようとして失敗したのは間違いない、ということだ。かなり深い昏睡《こんすい》状態だったらしい。使われたのは、他の被害者ふたりと同じ鎮静剤と興奮剤だ。原因は明らかで、この被害者はビールを三パイント近くと、ライウィスキーをショットグラスに三杯、鎮静剤を盛られる前に飲んでいた」

「だから、彼女は前のふたりほどは彼を痛めつけなかった。たぶんね。腕が折られているのは象徴的で、彼はサウスポーだからそっちの手で妻を殴っていたのよ」

「そう、左利きだね。彼は初期の肝硬変と、他にも健康上の問題があった。最初の傷と最後の傷はどうか？　その間はわずか三、四時間だ。彼にかかわっている時間がなかった、あるいは、時間を費やさなかった、というきみの考えはまさに正しい」

「意識が戻る前に痛めつけても、意味がないわ。それに、彼女は切り上げなければならなかったのかもしれない。そして、彼のアパートメントの住人のひとりが夜勤から戻る前に、遺体を自宅に戻さなければならなかった。その住人は元警官で、すごく役に立ったのよ」

「運がよかったな」

「ピーボディが髪の毛を見つけたのも運がよかった。ハーヴォが持ち主を特定してくれたらいいんだけど。遺体を見て、ほかに何かわかったことはある？」

「両手の指の関節に傷跡があり、長年にわたってしょっちゅう拳を振るっていたようだ。体内のダメージを見るかぎり、これも日常的に大酒を飲み、粗末な食事しか取らず、口のなかの衛生には無頓着だったとわかる。何の役にも立たないだろうが」

「犯人を知るには、被害者を知る必要があるわ。彼女は被害者たちのすべてを知っていた。

彼は三人のなかでいちばん簡単な標的だったと思う。それでも、彼女はミスを犯した。彼に過剰に薬をあたえ、急いで殺さなければならなくなって、手がかりになるようなものを遺体に何も残していないことを充分にチェックしなかった。どんどんぞんざいになっている」イヴは締めくくった。「しかも、大きな危険を冒している。この男とカウンターで並んで座り、のんびりと飲み物を頼むのに、そこのバーテンダーと言葉を交わした。だから……」

イヴはモリスにチップスの袋を放った。「ありがとう」

そして、すべてをじっくり考えながら車でラボへ向かった。薬をあたえすぎたのは、ずさんとしか言いようがない。彼は大酒飲みだと知っていたはずだ。それでも、大柄な男だから、少しでも闘う気力が残っていては大変だと思ったのかもしれない。

さらにずさんなのは、髪の毛を残したことだ。

ラベンダー色のウィッグの毛ではない。つまり、彼女は変装を解いてから、彼への作業に取りかかったのだ。

ハーヴォがDNAを照合して個人を識別してくれることを願うしかない。

ラボに着くと、ガラスの壁に囲まれたハーヴォの仕事場へまっすぐ向かった。毛髪と繊維の女王はスツールに座り、長い作業カウンターに向かっていた。定義の幅を広げれば、ラボコートと呼べなくもないものを着ている。それは、春らしい明るいグリーンの地いっぱいに、解読不能な大量の記号が渦を巻いている、というものだ。

髪も同じグリーンで、後ろで小さな尻尾《しっぽ》のようにひとつにまとめた髪が弾んでいる。鼻先の横に一つ、小さな鋲《びょう》(グリーンが本日の色のようだ)をつけていて、それがウィンクをするようにたまに光る。

まとめた髪と同じように弾む音楽が流れ、両手の指が(爪もグリーンだ)スクリーン上で躍っている。

イヴが現れると、ハーヴォはそちらを見てにっこりした。三度指を鳴らす。音楽が聞こえなくなった。

「どうも、ダラス。元気でやってる? あなたからのを調べ終えたところ。楽にして」ハーヴォは別のスツールのほうを身振りで示した。

「大丈夫よ、ありがとう。ちょっと焦ってるけど」

「そう、そうよね、わかるわ、その感じ。ええと、あなたから送られた髪には被害者の血液と皮膚の組織がべったりついてたわ。それから、見て、こんなふうに、かさぶた化しはじめているところもあるから、彼女の髪が落ちて、それが彼の血液にくっついたとき、彼はまだ息をしていたわね。ちなみに血液と組織だけでこういうことがわかるのよ」

「DNAを識別できた?」

「古い髪なのよ、ダラス。古くて死んだ髪だから毛根がない。あなたが送ってきたのは人間の髪よ、もちろん、でも、古い。つけ毛だと思う」

DNAは得られない、とイヴは思った。期待したほどの大きな運は巡ってこなかった。

「ウィッグ?」

「エクステンションかヘアピースかもしれないけど、わたしはきっちり八十五パーセントの確率でウィッグだと思う。それも安物じゃない。人毛で、ほとんど着色加工はしていないから、売ったのか寄付したのかわからないけど、この髪の元々の持ち主は本物の黒髪だったはず」

「ほとんど?」

ハーヴォはくるりとスツールを回転させ、スクリーンに髪の拡大画像を呼び出した。「ここがほんのちょっと、ごく一部分だけ、シルバーになってる。染めているのよ。この髪の毛は切れちゃってるから、一本のどこまでを染めてるかは判断できないわ。毛根から毛先までじゃなくて、一部だから」

どうしてそうだとわかるのか、イヴはあえて訊かなかった。女王に尋ねる必要はない。

「これはプロが使う色よ。〈ナメックス〉のライトニング・ストライク。そうなると、いちばん考えられるのは、ドラマで見るような白髪交じりのウィッグね。たぶん」ハーヴォが言った。「だって、たいていの人はそういう場合以外、ウィッグにシルバーなんか足さないでしょ」

「白髪、つまり、シルバーは目立たせたくない、というのがふつうよね」

ハーヴォは心からうれしそうに人差し指を上に向け、空中をとんとんと叩くようなしぐさをした。「そのとおり《エクザクタムンド》。というわけで、誰かが芝居の扮装とかそういうので、年齢より年上に見せたかったのよ、たぶん。とにかく、ウィッグにはシルバーの筋が入っていたり、ささっと染めてあったりしたということ。髪の毛？　たぶん、アジア人のものだと思う。質はいいわ。太くて、健康な毛よ。そして、しっかり手入れされていた。プロ仕様のヘア製品でプロが手入れしていたはず。具体的に言うと、〈アルーア・ヘア・エンハンスメント・コンディショナー〉よ」

「コンディショナーのブランドも特定したの？」

「ダラス」ハーヴォは両手を広げた。「誰と話してるつもり？」

「ブランドを特定したのね」今度は質問ではなく、事実として述べた。ウィッグにたいする考察は確かなのかとハーヴォに訊きたかったが、やめておいた。誰と話しているか、しっかりわかっているから。

「彼女は街娼を装っていた。髪は紫色。バーテンダーがライラックのような紫と言ったの。

黒じゃない。彼と彼女は六十センチくらい離れていた。薄暗かったとしても、色は間違えないでしょう。彼女はなぜウィッグを変えるの？　男たちを痛めつけるとき、どうしてウィッグをつけるの？」

「それはわたしの専門外だけど。ほら、違う作業をするときは、違う見た目でいたいだけとか」

「扮装ってこと？」イヴは円を描いて歩きはじめた。「さっきあなたが言ったみたいに？すべて扮装なの？　役割の一部？　彼女は支配下に置いた彼らに、自分を見てほしくないの？　無力になった彼らに見てほしくないの？　彼女は――」

イヴは立ち止まり、振り向いた。「彼らは見てるわよ。くそっ。彼らは彼女を見てる。彼女が自分自身を見ているように。いまいましいレディ・ジャスティスとしての姿を」

「そうよ、その男を殺したとき、いまいましいレディ・ジャスティスは、人毛で、プロが手入れをした、最高級品のウィッグをかぶっていたのよ。それは確かだと思う」

「そう。そうよ、かぶっていた。ありがとう、ハーヴォ」

「どういたしまして」

イヴは戸口で立ち止まった。「それはいったい何？」そう尋ねて、人差し指をハーヴォのラボコートに向けてから、くるくると回した。

「コートに何が書いてあるかって？　ダラス、元素の周期表よ。よりよき人生とよりよき死は科学から、でしょ？」

「議論の余地はないわね。近いうちにまた」

18

イヴが殺人課に戻ると、デスクにピーボディの姿はなかった。

「ピーボディは?」バクスターに訊いた。

「取調室だ」

そちらに首を突っ込んでも意味はない、とイヴは判断した。「今夜、張り込みチームが必要になるかもしれない。だいたい一九〇〇時から二三〇〇時くらいまで見てもらうことになると思う。あなたとトゥルーハートにやってもらいたい」

「ああ、俺たちそういうところは献身的だからな。レディ・ジャスティスの事件かい?」

「彼女は立て続けにやっていて、止まる気配がないわ。ターゲットになりそうなひとりは街にいなくて、もうひとりは今夜、お洒落《しやれ》なイベントに参加する予定よ。彼女はその場から彼を連れ去ろうとするかもしれない」

「タキシードは持ってるし、どこへでも行くよ」

「あなたたちはお洒落なイベントには行かなくていい。大きくてお洒落な邸《やしき》を見守るのよ。わたしの容疑者最有力候補が邸を離れたら知らせてほしい。あらゆる車種の可能性はあるけれど、これまでのところ、犯人が乗っていたのは黒っぽいタウンカーよ。それか、白のオフロードカーかシルバーのセダンが邸を離れたら、わたしに連絡してからあとを追って」

「聞こえたか、坊や？」バクスターはトゥルーハートに言った。「張り込みに備えて、軽食の時間だ」

「二三〇〇時になっても彼女がターゲットのもとへ向かわなければ、今夜はパスするということだと思う。でも……それ以降も一時間はその場にいて」イヴは早口で住所を言い、大股で歩いて自分のオフィスへ向かった。

コーヒーをプログラムして、リンクを引き出す。

「警部補、今日はよくおしゃべりする日だね？」

「おしゃべりじゃないわ。リンクに応じたってことは、これから第三世界のどこかの国を買収して、そこの王様になるつもりじゃないわよね？」

「それは今朝やった」ロークはにっこりした。「そして、ランチミーティングで、僕の宮殿を建築する計画を承認してきたところだ。何か手伝うことがあるかい？」

「今夜、ブリンクマンが参加するというセミフォーマルの集まりって何なの？」

「ああ、毎年行われるスプリング・ガラだ。主催は〈アワ・プラネット〉社で、さまざまな環境保全に役立つという理由をつけて利益を得ている会社だ」

「すばらしいわね。わたしたちが参加できるように手配できる？」

ロークはしばらく黙っていた。「きみは社交的になりたくなったり、フォーマルな場に行きたくなったりするドラッグは打たれていないと推測できる。となれば、これは仕事がらみだと推測するよ」

「どちらの推測も正しいわ。その場で彼女がブリンクマンを連れ出そうとするんじゃないかと思ってる。彼女は危険を好み、衣装で扮装するのが好き。そもそもこれが事件の真相で、変わった衣装を身につけるための口実に過ぎないのよ。ピーボディはさらに二、三人の女性から話を聞くから、ターゲットにされる確率がもっと高い人が他に現れるかもしれない。でも、今のところブリンクマンの名前がリストのいちばん上にある。必要なら、その会場へ行って彼を見張りたい。運に恵まれたら、彼女を逮捕できるかもしれないから」

「きみが容疑者を逮捕するところを見るのは、僕にとって最高のエンターテインメントなんだ。きみがフォーマルドレス姿ならなおさらだよ。さらに刺激が加わる」

「意味がよくわからないけど、まあいいわ。ふたりで参加できるようにしてくれる？」

「僕の宮殿――実際はホテルだけどね――の大舞踏室で開かれるから、もちろん可能だ。トリーナも参加できるように手配して、きみの髪とかいろいろやってもらうかい？」

イヴは鼻で息を吸い、吹き出した。「それって意地悪よ」

「知ってるが、これも僕には楽しいんだ。じゃあ、家でまた」

「そうね。トリーナに連絡しないでよ」イヴは言い添え、リンクを切った。

コーヒーを手に、ブーツを履いた両足をデスクにのせて、事件ボードをじっと見つめる。

「今回はどの役を演じるつもり？　給仕係？　わたしならそうする。給仕する側なら、飲み物に薬を混ぜるのは簡単。あとは彼を連れて会場から出るだけでいい。それをおおぜいの人たち、観客の前でやるとでも？　そう、あなたはそういうのが大好き。汚らしいバーから大躍進ね」

コーヒーを飲み、また考える。

わたしは客として行けばいいだろう。これもうまくいくはずだ。たくさん集まっている金持ちでお洒落な客のひとり。

「でも、どうやってお祖母さまに気づかれないようにするの？」疑問を口にする。「それとも、そこがわたしの間違い？　お祖母さまも手を貸してるの？　いずれにしても、そう、もう一度、話をしないと。あなたたちふたりと、夜になる前に会ってね」

イヴがさらに考えていると、ピーボディのブーツの足音がドスドスとオフィスに近づいてきた。

顔色が悪い、とイヴは気づいた。青ざめて、疲れているようだ。

「お願いします」ピーボディが言った。「コーヒーが必要です」

「勝手にやって」

ピーボディはオートシェフに近づき、深々とため息をついた。「また名前がわかりました――女性の名前です。このあと、連絡してみます。それから、ターゲットになる可能性のある人の名前――ふたりです――もわかりました」

「座りなさい」へとへとのパートナーを見て、イヴは椅子を譲ることにして立ち上がり、指さした。「ざっと話を聞かせて」

「まず、最初の晩と二日目の晩、ミンはアリバイがあります。メイン州の家族を訪ねていました。確認しますが、確かだと思います。彼女は昨日の午後、戻ってきました。女性のルームメイトがいて、ふたりとも八時ごろまで家にいて、そのあとルームメイトは出かけたそうです。彼女は疲れていたので、十一時ごろベッドに入り、ルームメイトが戻ってきたのにも気づきませんでした。今朝、七時半ごろに起きたらルームメイトがいて、彼女の話によると一時ごろ戻った、と。熱々のデートですね。ややあいまいなアリバイですが、彼女は違うと思います、ダラス」

「いずれにしても、確認して。ターゲット候補者は?」

「グレゴリー・サリヴァンとデヴィーン・ヌーナンです。ふたりともNYUの大学院生です。感謝祭の休暇の直前にパーティがあり、大量の酒と多少の違法ドラッグも提供されていました——ミンは酒にもドラッグにもまったく手を出さなかったとは言っていません。家に帰ろうと思い、寝室にコートを取りに行ったそうです。すると、ふたりが彼女を追うように寝室に入ってきて、扉に鍵を掛けたそうです。ベッドに押し倒したのはサリヴァンで、彼がパンツを脱がせる間、デヴィーンも一緒に押さえ込んでいたそうです。騒がしかったので、助けを求めても誰の耳にも届きませんでした。ふたりは交代で彼女を犯したそうです」

「彼女はその話を誰かにしたって?」

「いいえ」ピーボディは片手でごしごし顔をこすった。「ふたりは彼女に、誘ってきたのはきみで、踊りながらサリヴァンに体をこすりつけていた、と言ったそうです。どんなふうに踊ってどうやって誘ったか、みんなが見ていたと言い捨て、彼女を置き去りにしました。彼女はパンツを穿《は》いて、家に戻りましたが、気分が悪くなったそうです。ルームメイトは休暇を実家で過ごそうとすでに出かけていたので、彼女はひとりぼっちでした。繰り返し悪夢を見るようになっていたので、キャンパスでサポートグループのチラシを見て、行ってみようと決めたそうです。十二月の初めに通い始めたそうです」

「ミンがその話をして、レイプした男たちの名前を言ったとき、ペティグリューはその場にいた？」

「ええ。彼女は話をしながら泣き出してしまい、途中で話せなくなると、ペティグリューがそばに来て支えてくれたそうです」

「彼女は訴え出ると思う？」

「そうは思いませんでしたが、話をしているうちに、訴えたいと言いました。まず、母親に話したいそうです。何があったか母に話す、と。グループに参加しだしたとき、ルームメイトには話をしたけれど、母親には伝えられなかったと言っていました。ダラス、彼女はまたここへきて、訴えると思います」

「いいわね。ターゲット候補者について調べてくれる？　次の女性の聞き取りはわたしがやる」

「いいんです、わたしなら大丈夫です」それを証明するように、ピーボディはコーヒーの残りを飲み干した。「大丈夫です。休憩が必要だっただけですから。次の女性の話も聞けます」

「やめたくなったら、やめるのよ」

「まだ平気です」ピーボディは立ち上がった。「聞くのはいい話じゃありませんが、気持ちは前向きになります。相手がすべて話せるように導き、その話を信じると相手に示すわけですから。次の女性が来る前に記録を書き留めて、アリバイを調べておきます」

「ピーボディ。いい仕事をしているわね」

「この事件が解決したら、そう感じられると思います。解決には、サリヴァンやヌーナンのようなクソみたいな連中を檻《おり》に入れる手伝いをすることも含まれます」

もちろんそうしよう、とイヴは思った。

ふたりの名前を調べると、サリヴァンはアルコールと違法ドラッグがらみで何度か起訴されていた。数週間、高級リハビリ施設にいたこともある。働いたことはほとんどなく、年に二、三週間、家業を手伝っているだけだ。ビジネスと財務管理の勉強をしながらラクロスやテニスを楽しみ、信託財産で優雅に暮らしている。

この手のタイプは知っている、とイヴは思った。

ヌーナンもサリヴァンとほぼ同じだった。ただし、楽しむのはゴルフとテニスで、アルバイトをする時間はやや多く、年に二か月、ヌーナンとサリヴァンの家族が会員のコネティカット州のカントリークラブで働いている。

イヴはこれまでの資料をまとめ、今回は性犯罪特捜部《SVU》の窓口ではなく、そこに所属する知り合いの捜査官や担当の警部補に会って、戦略を話し合った。

そして、充分に話し合いは尽くされたと判断した。もちろんだ。イヴがオフィスに戻ると、ピーボディは取調室に戻っていたので、彼女が残した報告書を読み、SVUで得た情報や自分で調べたことを書き加えた。

ピーボディがアリバイを確認する時間がなかったとわかり、アリバイをチェックし、情報を再検討して、自分で確認を始めた。

イヴがメイのルームメイトと話をしているころ、ライナス・ブリンクマンはプライベート・シャトルから降りてきた。フライト中は、シーザーサラダとスモークド・トマトのスープと、ピノノワールをグラスに二杯、楽しんでいた。

出張旅行も大成功に終わり、気分は最高だった。

自分の名前を記した掲示板を持っている運転手を見て、その気分がかすかに曇った。

「ブリンクマンだ。ヴィクトールはどこにいる?」

「申し訳ありません。彼は少し前に具合が悪くなりました。お客様が不自由な思いをされないよう、私が参りました。どうぞ、荷物をお持ちいたします」

ブリンクマンは荷物を渡したが、渋い表情がさらに険《けわ》しくなった。「ドロイドを寄こしたのか? 高度な作りのようだが、おまえはドロイドだな」

「はい、そうです。私はすぐに準備を整えられ、送り出されました。代わりの運転手を手配しようとすればお客様にお待ちいただくことになってしまいますから、すぐに準備が整うということで、私が派遣されました。私は、もちろん、完全なプログラミングが施されておりますし、運転手のライセンスも取得しております。お車はあちらです」

「わかった、わかった。ぐずぐずしている時間はないんだ」

「もちろん、承知しています」ドロイドはスーツケースをころがして車に向かい、後部座席のドアを開けた。

乗り込もうとしたブリンクマンは先にシートに座っていた女性に気づいた。「どなたですか？」

「セリナと申します。トラブルのお詫《わ》びとして派遣されましたコンパニオンです」片手を差しだし、ブリンクマンの手のひらに薬を注入した。

「こっちはドロイドじゃないだろうな？」ブリンクマンは強い調子で訊いたが、もうろれつがまわっていない。

「もちろん、違います」そう言ってワインのグラスを差し出す。「あなたと同じように、血と肉でできています」

車がトランスポ・ステーションを離れる前にもう、ブリンクマンは意識を失っていた。

「サロンに寄って、ウィルフォード、それから市場へ向かうのよ」

「はい、ミズ・ペティグリュー」

「そのあと、あなたはいつものように彼を運んで。それから、鎖で吊り下げて」

「わかりました、ミズ・ペティグリュー」

「たっぷり入れたから、二、三時間は気がつかないと思う。だから、作業が終わったら、あなたは電源を落としていいわ」

「お望みのままに」

そうよ、とダーラは思った。わたしが望むのはこれ。

聞き取りの合間に、イヴはピーボディから結果と、女性の名前と、情報を得た。そして、その女性について自分で調べて、アリバイを確認した。その結果わかったのは、融資の申請をした女性にたいして、承認と引き換えにフェラチオを強要、あるいは強要しようと試みた融資担当者は、次の有力なターゲット候補者だろう、ということだ。

おそらく彼は最終的には職を失い、六年間、投獄されるだろうが、それでレディ・ジャスティスが満足するとは思えなかった。

うつろな目をしたピーボディがオフィスに入ってくると、イヴは立ち上がった。「目的地に着くまでにこの男を調べて」

「どこへ行くんですか?」

「またダーラ・ペティグリューに会いに行く。追跡捜査ということにするわ」イヴはそう言いながらコートをつかんだ。「終わったら解放してあげるけど、とりあえず、そこで共感役がほしい」

「わたしはもうずっと共感しつづけて、胸焼けを起こしています。わたしには兄弟がいます、ダラス」ふたりはピーボディのデスクで立ち止まり、ピーボディはジャケットをつかんだ。「マクナブもそばにいます。ローク、レオナルド、チャールズ、ブルペンの男性陣がいます。男性がみんな女性を利用する豚野郎じゃないのは知っています。でも、まったくもう、この男たちって何なんですか? やつらにぴったりくるほど悪い言葉を、わたしは知りません」

「彼らは代償を支払うことになる。命で支払うことはないけれど、かならず支払うことになる」

「女性たちの話を聞いたせいだと思います。次から次へ、どれも身の毛もよだつようなことの塊《かたまり》みたいなのがわたしにぶつかってくるんです、わかりますか? 警官として、もっとひどいのも見るし、もっとひどいのも知っていますが、今回は次から次へと続くので」

「彼らは代償を支払うことになる」イヴはもう一度言い、無理をして駐車場までずっとエレベーターに乗りつづけた。「ダーラとの話が終わったら、帰りなさい」

「残れます」ピーボディは言った。「最後まで見届けられます」

「見届けるようなものはあまりないし、今夜は遅くなるかもしれない。バクスターとトゥルーハートにキャラハン邸を見張らせるわ。今夜、彼女が出かけたら、あなたを呼び出すから」

「ダーラに会ったあと、あなたはどうするんですか?」

「ライナス・ブリンクマンと話をするつもり。それにあなたが一緒にいる必要はないから。彼との場合、共感役はいらないのよ。SVUに何人かの名前を伝えたし、ナディーンにもライダー・クックのまわりを探るように伝えてある。彼はニューヨークに戻ったら、驚くような出迎えを受けるかもね」

「それを聞いて気分がよくなってきました」ピーボディが言い、ふたりは駐車場を横切って車に近づいた。「今日、最後に話を聞いた女性なんですが。彼女は、元恋人のせいで入院する羽目になり、退院後は妹と一緒に暮らすことにしました。その男はどこかへ消えてしまい、見つけることができずにいました。そのうち、妹が飼っていた小型犬が毒を盛られました。小型犬ですよ、ダラス。さらに、妹の車のタイヤが切り裂かれ、フロントガラスが割られました。それ以外にも、石を投げられて、居間のガラスが割れたり、そういうひどい状況が続いたんです」

ピーボディは座席に座った。「その間、彼女は彼を見かけたと言うんですが——地下鉄の車内や通りで——警察はまだ見つけられずにいます。彼女は恐ろしくて妹の家を出たがっていますが、他に行くところがどこにもないそうです」

「その男を見つけるわよ。つかまえる。今すぐその男のことを調べて」忙しく動き続きなさい、とイヴは思った。「捜査担当の巡査に連絡して、ファイルを手に入れて」

ピーボディはPPCを取り出して、作業に取りかかった。

「男は他にも二度、暴行罪で訴えられています——どちらも原告が訴えを取り下げました。仕事はまったく長続きせず、住所も不定です」ピーボディはイヴの顔を見た。「この件の主任になってもいいですか？ 彼女が警察に訴え出ないと動けないのはわかっていますが、男は実際、姿を消しているのだから、彼女が警察より先に居場所を突き止められるとは思えません。でも、わたしが捜査できれば——」

「やりなさい。何がいつ必要か、わかったら知らせて」

イヴがハンドルを握る隣で、ピーボディは最初の暴行事件の担当捜査官と、妹の犬と家と車の件で、クイーンズ地区の捜査官に連絡を取った。

イヴはおとといロークに、感情移入すれば客観性を失うと言った。今、ピーボディの口調にも表情にも客観性は感じられなかった。しかし、そうやってのめり込み、強い決意を持つことで、事件を別の角度から見直して解決しようとする気力が燃え立つこともあると、イヴは知っている。

そして、キャラハン邸の門に近づきながら、今の自分もとくに客観的とは思えないと、認めざるを得なかった。

イヴは名を名乗り、許可を得て、開いた門の間を抜けて車を進めた。

「クソ野郎は暴行事件の二か月ほど前から友人の家に居候していて、その友人は事件以来、クソ野郎のことは見てもないし話もしていないそうです。被害者はすぐにヒステリックになり、ある種の被害妄想のある粘着気質の女だ、とも主張しています。クソ野郎は事件があったとされる日の何日も前に彼女との関係を終わらせているから、彼女は別の誰かに襲われたのを彼のせいにしたのかもしれない、とも言っているそうです」

「嘘《うそ》ばっかり」

「クソ野郎と口裏を合わせています」

「そっちも調べないと」車が停まり、ピーボディは顔を上げた。「オーケイ、とりあえず、そのことは頭から追い出して、共感モードに入ります」

ふたりは車を降りた。イヴがブザーを押す前に、女性ドロイドが扉を開けた。「こんにちは、警部補、捜査官。どうぞお入りください。コートをお預かりしましょうか？」

「結構です」

「どうぞ客間でお待ちください。何かお飲み物をお持ちしましょうか？」

「結構です」イヴは繰り返した。「ミズ・ペティグリューとお話がしたいんです」

「来られるかどうか確認してまいります。ミズ・キャラハンはおふたりが見えたのを存じておりますので、すぐに降りてまいります。どうぞおかけください」

「ミズ・ペティグリューはご在宅ですか？」イヴが訊いた。

「来られるかどうか確認してまいります」彼女はふたたび言い、部屋から出ていった。

数秒もたたないうちにエレベーターの扉が開いた。エロイーズが降りてきた。一緒に降りてきたとても小柄な黒人女性は、青いチュニックに黒いバギーパンツを穿いている。

「警部補、捜査官、またお会いできてうれしいわ。こちらは、厳しいけれどとてもすばらしいドナルー・ハリス。わたくしの看護師で介護士よ」

「まあ、とんでもない、ミス・エロイーズ」ドナルーは温かい笑い声をあげて一歩前に踏み出し、握手をした。「おふたりにお会いできてうれしいです。ご覧のとおり、この午後、ミス・エロイーズは元気いっぱいです。もうすぐ、わたしは仕事を失ってしまいそうです」

「まあ、とんでもない、ドナルー」エロイーズはほぼ完璧にドナルーを真似て言った。「さあ、ゆっくりコーヒーでも飲みましょう。そんな顔をして見ないでちょうだい」エロイーズはドナルーに言った。「この二、三か月で、もう人生二回分の紅茶を飲んだわ。今朝もあなたは、何もかも順調だって言ってくれたでしょう?」

「ほぼ順調です」ドナルーは訂正したが、子どもに甘い母親のような目でエロイーズを見た。「一杯だけですよ。あなたの魅力を使えば、なんだってできてしまうんですから」

「わたくしからアリエルに頼むわ」

「あのドロイドは、孫娘さんがわたしたちに会えるかどうか、確かめに行きました」イヴがエロイーズに言った。

「あら、あの子は出かけたのよ。家から出て、サロンへ行くようにって、わたくしが説得したの。かなり根気がいったけれど、あの子は外に出て何かする必要があるのよ。あの子が戻るまではドナルーがわたくしを見ていてくれると約束して、やっと出かけたわ。わたくしももう、そうやって闘えるくらいの体重には戻っているのよ」

「体重はほとんど戻りましたね」ドナルーが認めた。

「わかりました」イヴが言った。「すぐに戻られますか?」

「わからないわ」エロイーズはリモコンを手にして、ドロイドを操作した。「いらっしゃったのはタデウスの件で、捜査のためなのかしら？　聞きました。また別の男性が……。忙しくさせて報道を見せないようにしていたんだけれど、あの子も知らせを待っていたから。あなたがたが犯人を見つけたという知らせを」

「彼女にはおつらいニュースだったでしょうね」ピーボディが共感役の本領を最大限に発揮した。「あなたに頼ったり、話をしたりできるのは、彼女にとって助けになるに違いありません」

「ミス・エロイーズほど愛情の深い方はいらっしゃいません」ドナルーが断言した。「しばらく外の空気を吸ってきなさい、自分のために何かやりなさいと、うるさいくらい——愛を込めて——ミス・ダーラに言い続けていたんです。お嬢さんはほんとうに献身的な方です。わたしがここに来る必要がなくなったら、おふたりが恋しくなると思います」

「いいえ、そんなことはないわ。あなたが顔を見せに来てくれたらいいのよ。コーヒーを飲み終えてもダーラがまだ戻らないか、あなたがたが帰らなければならないようなら、伝えるべきことはわたくしからあの子に伝えます。ともかく、この件からはなるべくあの子の気持ちをそらしておきたいの。あの子を説得してふたりで一週間ほど旅行ができたらいちばんいいのに」

「二週間です」ドナルーが訂正した。「わざわざ飛んでいくんですから、二週間以上は滞在しないと」

エロイーズはいたずらっぽい目つきをした。「では二週間。わたくしたちには環境を変えることが必要ですし、しばらくコートダジュールで日光を浴びていたら、気分もがらっと変わるはず。別荘を借りて家族みんなを呼ぶわ」エロイーズの顔がぱっと明るく輝いた。「あ、子どもたちに会いたい！　もう病人でいるのはあきあきしたわ」

「病人には見えませんよ」イヴが言った。「ほんの二日前より強そうに見えます」

「毎日強くなっているわ――鬼コーチが一緒ですから」エロイーズはドナルーの手をぽんぽんと叩いた。「そして、もちろん、愛するダーラのおかげよ。わたくしはただ……ダーラ！」

ダーラが足早に部屋に入ってくると、エロイーズの笑みが顔全体に広がった。「帰っていたなんて知らなかったわ」

「キッチンにいたのよ。マーケットで見たことがないほどおいしそうなイチゴが売られていたから、ティーパーティをしてふたりを驚かせようと思ったの」

「紅茶はもう結構よ！」エロイーズが笑いながら言った。「お願いだからコーヒーにしてちょうだい」

「そうねえ……」ドナルーがうなずいたので、ダーラもほほえんだ。「では、コーヒーにしましょう。アリエルにそう伝えるわ。裏口から家に入ったら、アリエルがわたしを見つけて、お客様が見えてると教えてくれたの。だから彼女に準備をまかせてきたのよ」

「座ってください、ミス・ダーラ。わたしが伝えてきます」ドナルーが立ち上がった。

「ありがとう」ドナルーが出ていくと、ダーラはエロイーズの隣に座った。「彼女はほんとうに大事な人よ。彼女がいなかったら、わたしたちはどうしていたかわからない。お待たせしてごめんなさい。帰ってきて、裏口からそのままキッチンに入ったので、ドナルーにもアリエルにも帰ったことを知らせていなかったの。マーケットに行っていたのよ」

「わたしたちもちょうど来たところです」

「グランドに説得されて出かけることにしたの」ダーラは祖母を見て、ピンク色のネイルが見えるように片手を揺らした。「そして、いつもどおり、あなたの言うことは正しかったわ、グランド。わたしには外に出ることが必要だった。でも、来週は、ふたりでサロンに行くわよ。もう予約もしてきたわ」

「なんて素敵なの」目を閉じてこの上ない喜びを思い描き、エロイーズはうれしそうにため息をついた。「こんな幸せなことはないわ」

「すみませんでした、警部補、捜査官、マーケットに少し長居をしてしまって。あまりに気持ちがよくて、もうしばらくこのままでいたいと思ってしまったの」震えだした唇を引き締めて続けた。「タデウスのことで、何かニュースがあるの？」

タデウスの名を口にしながら、ダーラは手を延ばして祖母の手を握った。

「われわれは各方面の捜査を積極的に続けています。エロイーズから、あなたは三つ目の殺人が起こったことをご存じだと聞きました」

ダーラは目を伏せて、うなずいた。「だから外に出るようにと、グランドはわたしを説得したのよ。何もかもほんとうに恐ろしいわ」

「殺された三人はいずれも、あなたが参加していたサポートグループの女性と関連があります」

エロイーズが息を呑み、ダーラは震える手を喉元《のどもと》に当てた。「ど――どういうこと」

「マッケンロイはジャスミン・クワークとレア・レスターにつながっています。あなたはタデウス・ペティグリューとつながっている。ゆうべ、殺されたのは、ルザキの元夫のアーロ・カーゲンです」

「なんてこと、ダーラ！　わたしは、そんなグループにまた通うようにあなたに勧めてしまっていたのね。だめよ、すべてが落ち着くまで、とにかく行ってはだめ」

「わからないわ」ダーラは片手をこめかみに当てた。「何がなんだかわからない」

「グループに参加しているひとり、あるいはそれ以上の女性が、この一連の殺人の背後にいるかもしれません」

「まあ、そんなはずないわ、嘘よ。絶対にありえない。あの女性たちは被害者よ」

「あなたには受け入れがたいはずです」ピーボディが穏やかに、思いやりをこめて言った。「ああいったグループは、メンバーの全員が親しくなります。わたしも何人かの女性と直接、お話をして、彼女たちがどんな目に遭ったのか知りました」

「でも……どうやって？　わたしたちはファーストネームでしか呼び合っていないわ。どうやって見つけて、話をしたの？」

「彼女たちを見つけるのがわたしたちの仕事です」イヴはそっけなく言い、ダーラの目をまっすぐ見た。「そして、話を聞き、アリバイを確認し、犯行の機会があったかどうかを確かめて、心の状態を探るのが仕事です。あなたも、フルネームを知っていたメンバーがいたはずです」

「はい」ダーラは震える息を吐き出して、少しずつ目に涙をためていった。「でも、それは秘密にしていたわ。信頼の問題よ」

「殺人の捜査には当てはまりません」

「信じてほしいのですが」ピーボディが横から言った。「われわれは話をした女性たちに、可能なかぎりの思いやりを持って接しました。さらにトラウマをあたえるようなことは避けたいですから」

「でも、彼女たちは傷つくに決まっているわ。裏切りや屈辱や暴力を経験していない人に、理解できるわけがないもの。わかるわけないわ」

「ダーラ、この方たちも仕事をしなければならないのよ」エロイーズはまたダーラの手を取り、両手で挟むようにしてさすった。「誰かが男性たちを殺しているの。そのうちのひとりがタデウスなのよ」

「わかっているわ。わかっているけど……」

ドナルーがカートを押して戻ってきた。「コーヒーパーティですよ」楽しげに言い、ぴたりと足を止めた。「どうしたんですか？　ミス・エロイーズ――」

「わたくしは大丈夫よ。大丈夫。でも、ダーラに鎮静剤を持ってきてもらえる？　今、この子に必要なのはコーヒーじゃないわ」

「そうですね、すぐにお持ちします」

「あなたたちにわかるはずがないわよ」ダーラが小声で言い、ドナルーは急いでまた部屋を出ていった。「グループでは、本人にしかわからない人生のいろいろなことを分かち合うの。たがいに心の奥底までさらけ出して。あのなかにこんなことができる人がいるわけがないわ」

「彼女たちはあなたのお友だちですね」ピーボディはすべてわかっていますと言わんばかり

に、身を乗り出した。「あなたの姉妹です。とても暗い秘密を抱えている友人や姉妹の心の内側をのぞくのは、ほんとうにつらいですよね」

「わたしは信じないわ。誰かがどうにかしてグループに……潜入していれば、話は別だけれど。恐ろしい目的を持った誰かよ」

「誰か心当たりが？」イヴは訊いた。「その人の名前は？」

「いいえ、ないわ、あるわけないわ！」

「ピーボディ、わたしたちがすでに話を聞いた女性たちの名前、フルネームのリストを読み上げて。他にあなたが知っている名前を教えてくれたら、ダーラ、とても助かります」

ピーボディが読み上げる間、イヴが観察していると、ダーラは怒りの表情をわずかに浮かべるたびに、うつむいてそれを隠した。歯を食いしばっているのか、顎《あご》をこわばらせもした。イヴの勘違いでなければ、かすかににやりと笑いもした。

満足しているのだ。

「ええと――全員の名前は知らないわ。フルネームもよくわからない。ええ、少しは知っているわ。たとえば、かわいそうなウナとか、レイチェルとか。それに、わたしはグランドが病気になってから顔を出していないから。去年の暮れからずっとよ。新しく参加するようになった人とか、わたしの知らない人もいるはずよ。あるいは、ごめんなさい、あなたが間違っているだけかもしれない」

「さあ、よく効く鎮静剤ですよ」すっかり介護士モードに切り替わったドナルーが戻ってきた。「全部飲んでください、ミス・ダーラ。少し顔色が悪いですね。全部飲んだら、わたしも一緒に階上《うえ》へ行きますから、しばらく横になってください」

「ええ、そうね、わたしも少し横になりたいと思っていたの。ごめんなさい。申し訳ないけれど、横にならせてもらうわ。吐き気がするの。具合が悪いみたい」

「一緒に行きましょう」ドナルーが支えて、ダーラを立たせた。「これは階上で飲みましょうね。ベッドに横になったら、気持ちよくお昼寝ができるように、きっちり毛布をかけてあげますからね。だから、もっと睡眠時間を取らなければと言ったんですよ。睡眠は何よりの薬なんです」ドナルーはなおも話しかけながら、ダーラと部屋を出て行った。

「かわいそうな子」エロイーズはつぶやいた。「次々とショックなことがあって、そのうえ、わたくしの看病をして疲れ果てていたんだわ。今度はわたくしがあの子の面倒をみなければ。あまりお力になれなくて、ほんとうに申し訳ないわ」

「お時間をいただいて、ありがとうございます」イヴは言い、立ち上がった。

「こんなひどいことをしている犯人がすぐにつかまりますように。そうならないかぎり、ダーラも乗り越えることができないわ」

「ええ、おっしゃるとおりです。見送りは結構ですから」

イヴは車に戻るまで何も言わなかった。

「あなたは正しかったです」イヴが何か言うより先に、ピーボディが言った。「最初からすべて。わたしたちがあれだけ名前を把握して、グループにしっかり目をつけていたので、彼女はショックを受けていました。それから、最初、彼女は腹を立てていました。でも、それは友だちがひどい目に遭っていると思うときの怒りじゃありません」

「そう、そういう怒りじゃない。彼女は今、こちらの注意をどうやってそらすかを考えているはずよ。彼女にとってどうでもいい誰かに注意の矛先を向けさせるべきか、グループ全体から注意をそらさせるべきか。答えを出すには少し時間が必要なはず。彼女は計画を立てるのが好きよ」

「彼女はわたしたちのどちらかを狙いかねません。彼女の計画を台無しにしようとしているから仕返しする、というわけです」

「それにも気づいた？　やるわね」イヴが運転する車は門を抜けていった。「気をつけなさい。タクシーで帰るのよ」路肩に車を寄せて、タクシー代を引っ張り出す。

「いいえ、そのくらい持っています」

「受け取って、タクシーに乗るの。帰って、パイか何か焼いて頭を空《から》っぽにして」

「やってみます」

「そして、心構えをしておくのよ。彼女は今夜、動こうとするはず。わたしたちにいくらか追い込まれたから、時間を無駄にしないと思う」

「準備しておきます」ピーボディは言い、車から降りた。「あなたも気をつけてください」

「まかせておいて」車を走らせながら、イヴはバクスターに連絡した。「計画変更。張り込み開始を早めて」

「何時からだ？」

「今からよ」

体の一部を切断するサディスティックな殺人犯のターゲットになっていると警告されたら、たとえマッサージを中断されてもライナス・ブリンクマンは感謝するだろう、とイヴは予想した。

まず、ブリンクマンから始めて、リストにあるターゲット候補者をチェックしていく。ひとりずつ実際に顔を合わせて、彼らのスケジュールや、習慣や、そう、最低最悪な行いについて話をすることで確実な手がかりを得たら、ダーラの次のターゲットや、彼女が計画している手口がわかるかもしれない。

いずれにしても、イヴは、ブリンクマンが夜のガラで狙われる確率が高いと思っていた。

19

駐車場は少なく、道も混んでいたので、車を荷物の積み下ろしゾーンに無理やり停《と》めて、「捜査中」のライトを点《つ》けた。

ブリンクマンが住んでいるのは美しく修復された古い建物で、パーク街に面している。ドアマンがいて、ところどころにテラスがあり、見事な景色が臨める。

きちんと整えた白髪頭で、青みがかった灰色の制服を着たドアマンがイヴの全身にさっと視線を走らせた。

「どんなご用でしょうか？　こちらの居住者をお訪ねですか？」

「ブリンクマン、ライナス」

「アポイントはおありですか？」

「いいえ」警察バッジを取り出す。「ブリンクマン、ライナス」繰り返した。

「何か問題がありましたか、警部補？」

「ええ」それ以上は何も言わず、ドアマンをよけて前へ進む。彼が素早く動いて先にやらなければ、幅の広いガラスの扉を自分で引いて開けていただろう。

「受付のワイオナが入館許可を出します」

「オーケイ」

白い大理石のタイルが敷き詰められた静かなロビーを横切っていく。会話がしやすいように配置された椅子は薄いグレーで、かなり大きなテーブルにかなり大きな花のアレンジメントが飾られている。

ワイオナと思《おぼ》しき受付係は、たっぷり彫刻をほどこしたカウンターの向こうに座っていて、かつてはバーカウンターだったのかもしれないとイヴは思った。ワイオナは髪を引き上げて後ろに流し、シンプルな黒いスーツの背中につややかな茶色の髪を波打たせている。

ワイオナが訓練された笑みを浮かべた。「こんにちは。ご用件をお伺いしてもよろしいでしょうか?」

イヴは警察バッジを掲げた。「ライナス・ブリンクマン」

「わかりました。ミスター・ブリンクマンに、お客様がお越しだと伝えます」

「必要ないわ。とにかく上がっていくから」

「申し訳ありませんが、わたくしは二十分前にここに座ったばかりです。ミスター・ブリンクマンがご在宅かどうか、お伝えすることができません。わたくしからご連絡して――」

「必要ない」イヴはふたたび言い、エレベーターに向かって歩きだした。「許可して」

「わかりました」ワイオナはうれしそうには見えなかったが、イヴがエレベーターに乗るのを承認した。

イヴはエレベーターで三階まで上がっていった。なかは静かで、ほのかに春の草原の香りがした。

三階の廊下にもテーブルがあり、スリムにまとめられたフラワーアレンジメントが飾ってあった。エレベーター内と同じく静かで、淡いグレーのカーペットが敷かれた廊下を歩いて、いくつもの大きな白いドア（どれもセキュリティは厳重だ）の前を通り過ぎていく。

イヴは角部屋のブザーを押して、待った。

〝ミスター・ブリンクマン、およびミズ・ジェラルドは現在、お会いすることができません。こちらに、あるいはロビーの受付にメッセージを残すことができます。よい一日をお過ごしください〟

「NYPSD」イヴは警察バッジを掲げた。「ダラス、警部補イヴ、警察管轄の公式な用件がある」

〝あなたの身分証明書《ID》を確認するため、スキャンします〟

「はいはい」小声で言って、また待つ。

〝あなたの身分証明の確認が取れました、ダラス、警部補イヴ。お待ちください〟

待つ。

フリルのついた白いエプロンまでつけた本物のメイド姿の女性がドアを開けた。金髪のショートボブで、冷静な青い目をした彼女をざっと見て、四十代半ばだろうとイヴは思った。

「申し訳ありませんが、ダラス警部補、ミスター・ブリンクマンもミズ・ジェラルドもお会いすることはできません。何かわたくしでお力になれることがありますか?」

「ふたりがわたしに会えるようにして」

「でも、ミズ・ジェラルドは今、施術者とスタイリストと一緒に主寝室にいらっしゃるんです」

「わかったわ。ブリンクマンはどこ?」

「もう帰宅されたのかどうか、わたくしにはよくわかりません。担当の施術者とスタイリストは続き部屋のパーラーエリアにいらっしゃると思います」

「そこへ行くわ」

「でも――」

「わたしがそんな暇そうに見えるわけ?」イヴは詰め寄った。「ふたりは、わたしがブリンクマンと話をして帰ってから、きれいにしてもらえばいい。案内して」

冷静かどうかはともかく、メイドは途方にくれたように見えた。怖《お》じ気《け》づいてもいた。進む方向を身振りで示して、先に立って歩きだした。色とりどりに飾り立てられた広いリビングエリアを通り、大きな革張りの椅子があるバーエリアを過ぎて、両開きの扉の前に出た。メイドがノックした。

「ライナスなの？」強く、もどかしげに怒鳴る声がした。メイドが扉を開けた向こうは寝室で（さまざまな飾りと色でさらに混沌《こんとん》としている）もうひとりの金髪の女性が施術用のリクライニングチェアに体を横たえ、流れるようなラインの赤いラボコート姿のチームが、彼女の髪（長くて豊かだ）と、顔（今はピンク色のどろどろしたものに覆われている）と足をいじくりまわしている。

「いいえ、ミズ・ジェラルド。あの――」

「誰にも邪魔されたくないって言ったわよね、ハーマイン？　言ったでしょう？」

「はい、マダム。でも、警察の方なんです」

「たとえ神様でも関係ないわ。瞑想《めいそう》中なんだから、まったくもう」

イヴは一歩前に出て、ふわふわの白いブランケットに包まれた女性を見た。「ダラス警部補です。ライナス・ブリンクマンがどこにいるか教えてもらえれば、瞑想に戻っていただいてかまいません」

「あら、どこって——知るわけないでしょ？」施術師にピンク色のどろどろを顔に塗り込まれながら、苛立《いらだ》たしげな青い目を片方だけ開けた。「出ていって」

問題を解決しようと、イヴはハーマインに体を向けた。「続き部屋は？」

「ええと……」すでに冷静さを失ったハーマインは部屋を横切り、別の扉をノックして少しだけ開けた。「ミスター・ブリンクマン」と声をかける。

別の施術師が向こうから扉を引き開けた。「まだ戻られていません。われわれは時間どおりに施術します。このままでは、マッサージを受けていただけませんよ！」

頭のなかで警告ベルが鳴りはじめ、イヴは大股でラデール・ジェラルドのところへ戻った。「彼がこちらの空港に着いてから話をしましたか？」

「してないわ。だって、リンクに出ようとしないんだもの。彼がシャトルに乗っている間は話したけど、そこまで。もう、彼のせいで何もかもめちゃくちゃよ」

「彼が使っている配車サービスは？」

「なんでわたしが知ってるのよ……。ハーマイン！」

「はい、マダム。ミスター・ブリンクマンは〈ラックス・ライズ〉をお使いです」

イヴはリンクを引っ張り出し、連絡した。

「出ていってくれない？　どうやってリラックスしろって言うのよ、まったく？　ユリシーズ！　こんなにイライラしたら、顔に皺《しわ》ができちゃうわ」

「大丈夫ですよ」ユリシーズは猫が喉を鳴らすように言い、ゆっくりと慎重に、どろどろを拭《ぬぐ》いとりはじめた。

イヴはあきれて部屋を出て、扉のそばに立った。

「ラックス・ライズでございます。アビゲールがお受けいたしました」

「ダラス警部補、NYPSD。ライナス・ブリンクマンの件よ。今日の午後、お宅の車は彼をトランスポ・ステーションでピックアップした？」

「それは秘密事項ですので、警察バッジの番号を教えていただけますか？」

「くそっ」イヴは番号を一気にまくしたてた。「確認して。早く」

「少々お待ちください」

一時保留の青い画面に変わり、イヴはうろうろ歩きだした。

「お待たせいたしました。ミスター・ブリンクマンはピックアップをキャンセルされました。旅行日程が延びたから、とのことでした。他に何かお調べすることがございますか？」

「どうやってキャンセルしたの？」

「ええと、お客様のオフィスから今日の午後二時十分にキャンセルのご連絡をいただきました。何か問題がございましたか？」

「ええ」

イヴはリンクを切った。そばを離れずにいたハーマインがそっと近づいてきた。

「警部補、ミスター・ブリンクマンはそのあと、シャトルからミズ・ジェラルドに連絡してこられました。三時近くだったと思います。スタイリストと施術師がもう来ていて、彼女の準備をしていましたから。何か混乱しているようです」

「そう思う？」

イヴははじかれたようにその場を離れ、走りながらリンクをかけた。「バクスター」

「もうすぐ現場だ」

「誰かが邸に出たり入ったりしたら教えて。彼女はもう次のターゲットをそっちに運んだみたい」

「令状は取れそうなのか？」

「せっついてるところ。何か動きがあったら、門から入ってきたとか出ていったとか、敷地内のどこだろうと、何だろうと、わたしに連絡して」

ロビーを駆け抜けながら、今度はピーボディに連絡した。「彼女はパターンを変えたわ」

ピーボディが出たとたん、イヴは言った。「これからトランスポ・ステーションへ行って、防犯カメラの映像を見るけど、彼女は到着した彼をあそこでピックアップしたはずよ」

「どうやって――」

「あとで説明する。タクシーにUターンするように伝えて。キャラハン邸でバクスターとトゥルーハートと落ち合って。ふたりはもうすぐ張り込みにつくから」

「タクシーを降りて地下鉄に乗ります。そのほうが早いです」

「わかった」イヴは車に飛び乗り、ロークに連絡した。

「一日で三度目とはね」ロークが言った。「しかも、夜にはガラだ」

「ガラは忘れて。彼女はもうターゲットを手に入れたわ。わたしの目と鼻の先で、くそっ」

ロークの穏やかな笑みが消えた。「今どこにいる?」

「彼女がどうやってやったかを確かめに、トランスポ・ステーションへ向かってる。令状をもぎ取るために、何かが、何だっていいから証拠が必要よ。だって、彼女がもうあそこに彼を連れ込んでるのは間違いないから」

「ステーションで会おう。EDDマンが必要かもしれないからね」イヴが反対する前に、ロークは言い添えた。

「そうね、そう、かもね。急がないと」

EDDと言えば、と思い出して、マクナブに連絡した。「フィーニーに承認をもらって。作戦にあなたが必要よ。承認を得たら、エロイーズ・キャラハンの現住所でバクスターとトゥルーハートとピーボディに合流して。張り込む場所は、彼らに訊いて」

「了解です。バンが必要ですか？」

イヴは考えた。必要にならないことを願うが、万が一ということもあるのでは？「ええ、そうね、バンに乗ってきて。急いで」

イヴはサイレンを鳴らして赤色灯を点け、目的地を目指した。

それでもなお、二重駐車をしている配達用バンと、そのあと、携帯用ドリルを振り回す道路工事の作業員に貴重な時間をつぶされた。

トランスポ・ステーションに向かう車列を縫うように進み、自家用シャトルのターミナルへ到着する。縁石に車を寄せて、車から飛び出ると、警備員が目の前に立ちはだかった。

「ここには車を置かないでください」

イヴは警察バッジを取り出した。「警官よ。どうしても――」

「だったら、法律は知っているはずです。でしょう？　運転手のいない車はこの区域から移動させます。よそへ行くか、移動させられるか」

「防犯カメラの映像を見ないと――」

警備員は胸を張った。「車をここから動かさないかぎり、何も見ることはできませんよ。ゲートを抜けた先が駐車場です」

「冗談じゃないわよ――」言い争おうか、と思った。尻を蹴っ飛ばしてやろうかと、本気で思った。しかし、いずれにしても、ただ駐車場に車を停めるよりも時間を食いそうだと判断した。

また車に飛び乗ってゲートを抜け、優先者用区画に車を停めて、あなたは未許可だと告げる警告音声を無視した。「捜査中」のライトを点けると、新しいデータの処理が始まったのか、警告音がしゃっくりのような音に変わった。

イヴは全速力でターミナルへ戻った。

「大して面倒じゃなかったでしょう?」縁石に立っている警備員が薄ら笑いを浮かべて訊いた。

「ほっといて」イヴは言った。「ここのセキュリティの責任者に連絡しなさい」

「警官だろうとなかろうと、その口のきき方はないでしょう。私は――」

イヴは警備員のシャツの胸元を強く握り、思い切り引き寄せた。「五秒以内に責任者に連絡しないと、公務執行妨害の罪で逮捕するわよ、この間抜け。これで防犯カメラの映像を受け取るのが遅れて、犯行が止められなかったら、殺人幇助《ほうじょ》罪も追加してやる」

「冷静になりましょう」

イヴは拘束具を手に取ると、警備員に両手を挙げさせ、後ろを向かせた。

「落ち着いて、とにかく落ち着いて。私はここで自分の仕事をしてるだけです」

「五、四、三――」

「わかった、わかった」警備員は襟のマイクをタップした。「ダレンにここへ来るように言ってくれ。どこかの警官とやらが血迷ってるんだ」

一分もしないうちに、身長百九十センチはありそうなダレンがすたすたとやってきた。たくましい体を黒いスーツに包んでいる――武器をおさめているあたりが少しふくらんでいる。肌は黒く、黒っぽい目は鋭く、スキンヘッドだ。イヴが一目おけるクールな風貌《ふうぼう》だった。

「バッジを見せてもらいましょう」

イヴはバッジを差し出した。「NYPSD。連続殺人事件の捜査中で、今日の午後、ここの利用者がこのセンターから連れ去られたと考えているわ。彼が次の犠牲者よ」

「連れ去られた？　それはちょっと信じがたいですね」

「ライナス・ブリンクマン。今日の午後三時半ごろ、ラスベガスから〈ロードスター〉の自家用シャトルで到着しているはず。ブリンクマンではない何者かが彼の配車サービスをキャンセルして、その代理になりすました。ゲートと、ここで車に拾われたときの防犯カメラの映像を見る必要があるの。お願いだから、乗客名簿を確認して」

「プライバシー法により、それには令状が必要で――」

そのとたん、イヴからあふれて噴出した怒りはあまりに強烈で、ダレンは思わず言葉を切った。

「三人の男性が連れ去られ、拷問にかけられて、去勢されているのよ。今ニューヨークで何が起きているのか、あなたは何も知らないわけ、ダレン?」

ダレンの目つきが変わった。「そうか、その事件のことなら聞きました」

「乗客名簿を確認して。ブリンクマンがシャトルを降りていたら、今ごろ、全裸で手首を縛られ、吊されているわ」

「嘘くさいですよ、ダレン。こいつは正気じゃない」

「黙れ、レン。一緒に来てください、警部補。乗客名簿の確認から始めましょう」

体の向きを変えて建物に向かおうとしたちょうどそのとき、別の車が停まった。ロークが降りると、車はそのまま走り去った。

「サー」ダレンが言った。「今日、ご利用されるとは知りませんでした」

「用事があるのは私じゃない。警部補だ」

「ここのオーナーなの?」イヴが声を強めて訊いた。

「全部じゃない。ダレン、全面的に警部補の力になってくれているだろうね」

「はい。ちょうど今、乗客名簿の確認に向かうところです。気がつかなかった」ふたりを連れて歩きながら、ダレンはつぶやいた。「去年、あの映画を観ていたのに、気がつかなかった」

「そんなのどうでもいいでしょ？」イヴは怒鳴った。

「ちょっと言っただけです」ダレンはまっすぐチェックイン・カウンターへ歩いていった。

「モニカ、到着しているかどうか確認してくれ。名前はライナス・ブリンクマン」

「〈ロードスター〉社の自家用シャトルよ」イヴが言い添えた。

「それなら確認する必要はありません。ミスター・ブリンクマンとは顔見知りです。定刻に到着されました。運転手と落ち合うためにここの前を歩いていかれた彼が、手まで振ってくれましたから」

「となると、防犯カメラの映像だ」

「何番ゲートだ、モニカ？」

「一番ゲートです」

「一緒にいらしてください」

ダレンはターミナルのロビーを横切り、カードをかざして扉を開け、足早に進んでいった。さらにカードをかざして別の扉を開けて、ほとんどトンネルのような通路を抜け、警備室に入っていった。

男性がふたり、さまざまなゲートや出口をモニターしていたが、ダレンはそのひとりを払いのけるようにして立たせた。その椅子にどさりと座って、みずから操作しはじめる。

「十五時三十分でしたね？」

「そうよ」

「定刻だったとモニカは言っていたから……」スワイプして、タップして、映像を切り換える。

イヴが見ていると、カジュアルパンツに明るい色のジャケットを着たブリンクマンが、スーツケースとブリーフケースを手に、足早に歩いてゲートから出てきた。カウンターに軽く手を振って、さらに歩いていく。

「彼を追って」イヴが指示した。

「私がカメラを切り換えます。彼がひとりで出ていくのが見えます。そして……来た、来た、彼が予約した運転手に違いない」

「予約した運転手じゃないわ。拡大して、ズーム。運転手にズーム——彼の姿をプリントアウトしてほしい。全身と、顔のクローズアップよ」ダレンがさらにズームインすると、イヴは小声で毒づいた。「ドロイドだわ」

「ドロイドには見えませんね」

「もっと寄って。もっともっと寄って」

「わかりました、でも……すごいな、あなたの言うとおりです」ダレンは低く口笛を吹いた。「とんでもない最高性能のドロイドです」

「彼女はあんなふうにやるのよ。あれよ」イヴはつぶやいた。「ドロイドを使うのよ。ブリンクマンが訊いている。たぶん、いつもの運転手はどこだ、って訊いている。こいつはそれらしい返事をするようにプログラムされているのよ。そして、彼はドロイドについていく。外よ、外に行く」

「車をピックアップしに向かっている――アイランド型停車場だ。確かに配車サービスの車はあそこで待っていますから。ちょっと待ってくださ……ああ、車のほうへ行きました。ドロイドが後部座席のドアを開けています」

「寄って。できるだけ車内が見えるように拡大して」

「そこまで拡大できるかどうかわかりませんが」

イヴにはもう充分だった。女性の組んだ脚と、ためらっているブリンクマンが見えた。それから、女性の片手が差し出され、隣のシートに滑り込んだブリンクマンと握手をした。

「これが彼女のやり方よ。今、彼に薬をあたえたわ。もっと手に近づいて、拡大して、ストップ。見える？　彼女の手のひらよ」

「極小サイズの高圧スプレー注射だ」ロークが言った。「彼は気づきもしなかっただろう」

「車種と、型と、年式が知りたい。ナンバープレートも」

「ヴァルカン、タウン用セダンの高級モデル。去年の型だ。うちで作っている」ロークがイヴに言った。

「ナンバープレートを確認して」車が走り出したところで、イヴがダレンに指示した。「ECZ8438。拡大した画像をプリントアウトして、建物のなかと外の防犯カメラの映像をコピーして、わたしに送って」イヴは横を向き、PPCを取り出して車のナンバーを調べた。

「名義も住所もインチキよ――間違いなく」

「二分ください」ダレンがイヴに言った。「画像のプリントアウトと映像のコピーを持ってきます。それにしても、人に危害を加えるドロイドをプログラムするのは、ほぼ不可能なのでは？」

「それでも不可能じゃないってことよ。バクスターとトゥルーハートにあの邸の張り込みをさせているわ」イヴはロークに言った。「今ごろピーボディも合流しているはず。マクナブはバンで向かっているところよ。わたしはここで手に入れたものを使って、令状をうまく引き出さないと。手持ちの証拠で彼女と事件を結びつけるものは何もないから、レオと、すごく協力的な裁判官が必要よ。彼女を逮捕する決め手は何もないから」

イヴはリスト・ユニットを確認した。「彼女は看護師が帰るまで待たなければならない。彼女を追い出して、祖母をぐっすり眠らせなければならない。まだ次のターゲットにとりかかるには早すぎるけど、彼女はわたしが嗅《か》ぎ回っているのを知っている。知っているから、すぐに始めたいはず」

イヴはうろうろ歩きながら分析を続けた。「彼女はこれまでより早い時間に彼を連れ去っていて、そこだけ見てもパターンを変えている。次の犯行は今夜だと思っているわたしを出し抜いて、彼を拉致している。車とナンバープレートと高性能のドロイドをわたしに見せたのは、彼女に結びつけられないと思っているから――まだ今は。どうしても令状が必要よ。ガレージに、あの邸に、地下室になんとしてでも入らないと。くそっ、彼女はわたしの鼻先に彼を運び込んでいたのよ。祖母は彼女がまだ外でマニキュアとか塗ってもらってると思っていた。確かにちゃんと塗ってたわ。そうやってアリバイ工作をしてる。彼女はあの邸に彼をちょうど運び込んだところで、わたしはまさにその場にいたのよ。その場にね」

「それは自分のせいだと責めればいい」ロークが促した。「おばかさん《イージット》になりたければね」

そう言って、今にも殴りかかってきそうなイヴの肩をつかんだ。「でも、きみは違う。イージットならここまで容疑者を絞り込めていないし、あらかじめ邸を張り込ませてもいない」

「なかに入れなければ、意味ないわ」

「これをどうぞ、警部補」ダレンが封筒を手渡した。「プリントアウトしたものと映像のコピーです。なんとか間に合って、彼を助けられるよう願っています」

「ええ、ありがとう。運転してくれる?」イヴはロークに尋ね、一緒にその場を離れた。

「どうやってレオをその気にさせるか、考えないと」

「間違いなくできるよ。彼女が車を登録したときの名義があるだろ? そこから辿っていくんだ。サポートグループにつながるかもしれない」

「モーラ・フィッツジェラルドという名はリストにないわ。今のところ」

イヴは車を停めたあたりを身振りで示し、ロークの笑みが広がるのに気づいた。「何をにこにこしてるの?」

「ちょっとした映画マニアで、長年のエロイーズ・キャラハンのファンでいたのが報われたよ。だから、知っているんだ。彼女が名作『オンリー・バイ・ナイト』に出演し、弱冠二十二歳で初のオスカーを手にしたとき、演じていた若い女性の名前がモーラ・フィッツジェラルドだった、って」

「からかっているのね」

「まさか。彼女が使っている住所が、祖母の映画から取ってきたとしても、僕は驚かない」

ロークはイヴのために車のドアを開けた。「令状を取るのに役に立つかな?」

「悪くないわ、全然、まったく」歓喜のあまり、イヴは自分で作ったルールを破ってロークをとらえると、熱烈なキスをした。「イタリアでは、ドラムみたいにバンバンやるわよ」

「楽しみにしているよ――前もって少しだけドラムの練習をしてもいいね」

「今夜、彼女を逮捕したら、練習しましょ」

ロークが車を走らせる間、イヴは住所を調べた。

「うわ、すごい、大当たりよ。住所は、エロイーズ・キャラハンの主演作『アパートメント8B』で使われているものよ。よし、レオ、仕事をさせてあげるわ」

イヴが言葉巧みに説得すると、検事補《ADA》のシェール・レオは耳を傾け、やがて、美しい金髪をかき上げた。

「ダラス、あなたはわたしに、裁判官を説得して捜索令状を発行させてほしいのよね。その理由が、古い映画で使われていた名前と住所と、あなたの勘と、女性グループ? ハリウッドの伝説の女性が住んでいるニューヨークの大邸宅を、孫娘、それも悪い行いをした記録もないのに、彼女が正気を失った連続殺人犯だと思うからって?」

「思ってるんじゃなくて、そうだと知っているの。状況証拠とはいえ、レオ、証拠は積み重なってきているし、これからも増え続けるわ。いい？　妻を捨てて若い女に走るという、犯人に言わせれば重大犯罪を犯した男が、その邸の地下室で、全裸にされて吊されているの。あなたがわたしをあの邸に入れなければ、彼は拷問にかけられ、去勢され、失血死する。犯罪現場の写真を見た？」

「ええ」レオはふーっと息を吐き出した。「ええ、見たわ」

「彼はあんなふうに死んでいく。わたしたちのせいでね」

「オーケイ、わかった、説得を始めてみる」

イヴが何か言う隙もなく、レオはリンクを切った。

「彼女は手に入れてくれる」イヴは断言した。

「きみを知っているからね」ロークが言った。「きみがこういうことでいい加減なことは言わないと、彼女は知っている。そう、手に入れてくれるよ」

「車は、門の防犯カメラに映らないところに停めて」イヴが指示をあたえはじめた。「あそこ」手で指し示す。「バクスターとトゥルーハートよ。あの後ろに停めて」

ロークは少し考えると、垂直発進して大通りを越え、覆面パトカーの背後に着陸した。

イヴは車から飛び出して、トゥルーハートがすでに開けていた助手席側の窓に急いで近づいた。

「何も動きはありません、警部補」

「ピーボディが戻ってくるわ。マクナブはEDDのバンに乗ってくる。レオは令状を請求してるところ。わたしたちはこれから……門が開いた。看護師よ。歩いてくる。待っていて」

ドナルーは歩きながらリンクで誰かと話をしていて、顔と顔とを突き合わせる間際までイヴに気づかなかった。「まあ、ダラス警部補。またお会いするなんて。違うの、ハリー、わたしはもう家に向かっているわ。何か買っていくわね。じゃ、またあとで。すみません」ドナルーはイヴに言いながらリンクをしまった。「今から帰ると、夫に知らせていただけです。お邸に戻られるんですか？」

「家のなかの状況は？」

「状況？　よくわからないけれど――」

「ダーラはどこに？」

「ああ、鎮静剤と、しばらく横になったのがよかったようです。気分がよくなって、ミス・エロイーズと一緒に、結局、ささやかなティーパーティをするようです」

ドナルーはイヴからローク、二台目の車へと視線を移した。「何かあったんですか？」

「ふたりはどこでティーパーティを？」

「はっきりはわかりませんが、階上のミス・エロイーズの居間だと思います」

「邸には地下に作業場がありますか？」

「ええと——そういうものはありません。居室があります。ミス・ダーラの仕事用のお部屋です——立ち入り禁止なんです」ドナルーは困ったような笑みを浮かべて言い添えた。「彼女は、わたしがミス・エロイーズの世話をしているときだけ、下の階で過ごすんです」

「その下の階には行ったことがないの？」

「ええ、ありません。理由がありませんから。どういうことなのか教えていただけませんか？　なんだかちょっと怖くなってきました」

「警察の車を呼んで、あなたを送っていってもらうわ。キャラハン邸にいる誰とも連絡を取らないで。誰か他の人を介して、キャラハン邸にいる誰かと連絡を取ることもしないでほしい。連絡したら、あなたを司法妨害で告発しなければならなくなるわ」

「まあ、何てこと」

「わたしを見て。あの邸で、あなたにとっていちばん大事な人、大事なことは何？」

「もちろん、ミス・エロイーズと、彼女の健康と幸せです。わたしの患者さんですから」

「これから話すことは、彼女の健康と幸せのためになることよ。わたしから目をそらさないで」イヴは強く言った。「教えてほしい。プロの医療従事者として、ダーラ・ペティグリューのことをどう考えているか」

「それはわたしがお話しするべきこととは思えません。わたしは——」

「あなたが今、話さなければいけないことなの」

「あの——彼女はミス・エロイーズを崇拝しています。そして、わたしの見たところ、少し秘密主義なところがあって、高揚している時期と落ち込んでいる時期があります。ここ数年は、離婚したり会社を失ったりして大変でしたし、今もこんなことになっています。彼女は——下の階で新しいプロジェクトに取り組んでいると言っています。それでとても忙しくしていて幸せそうだと、わたしにはそう見えます」

「あなたを送る車を呼ぶわ」

「あの——わたしはミス・エロイーズにもミス・ダーラにも連絡しません。警察と面倒なことになりたくないし、あなたが言っていることがほんとうなら、ミス・エロイーズを傷つけるようなことはしたくないですから。でも、彼女がわたしを必要としていたら、連絡してほしいんです」

「彼女があなたを必要としたら、わたしから直接あなたに連絡するわ。必ず」

20

ピーボディが駆け足でやってきたのと、ドナルーがパトカーに乗ったのはほぼ同時だった。

「マクナブとEDDのバンを待っているところよ」イヴはピーボディに言った。

「了解。今のは看護師ですか？」

「そう、彼女はしっかりしているわ。レオは捜索令状を申請中で、看護師によると、ダーラは気分がよくなってエロイーズとティーパーティをしているらしい」

「そうやって飲み物に鎮静剤を混入させるんですね」

イヴはうなずいた。「そう。祖母をベッドに横にさせ、ぐっすり眠ったのを確かめてから、看護師の言っていた、下の階の仕事用の部屋へ向かう。立ち入り禁止のその場所で、彼女は新しいプロジェクトに取り組んでいるらしいわ」

「きみはとてもうまく看護師に接していた」ロークが言った。

「彼女はプロで、看護師は天職——というのがわたしの見立てよ。エロイーズのことは心から大切に思っているけれど、ダーラのことはそうでもない。カメラに映らないようにして門の防犯システムを見られる？」

ロークは一方の眉をぴくりと動かしただけで、門に向かって歩いていった。

バクスターは車から降りると、そのまま車に寄りかかってロークのほうを見つめた。

「マクナブとバンが必要だし、なんとしてでも令状を手に入れないと。トゥルーハート」イヴは車から降りるように、合図をした。「マクナブがEDDの魔法を使って、邸のなかの人間とドロイドの位置を教えてくれるわ。その情報と令状を得たら、素早く音を立てずに侵入する。

「間違いない」ロークが門のセキュリティを解除してくれる」

バクスターがきっぱり言った。「俺でも最新鋭のセキュリティとわかるが、彼なら必ず解除する」

「侵入するときは、あなたとトゥルーハートとマクナブは裏へまわって——あれだけ大きい邸だといくつか通用口があるから、一か所に固まらないで手分けをする。でも連携は取りつつ、わたしの合図でいっせいに邸に入る。ドロイドの電源はすべて切ること。ここのは最新鋭だから、マクナブの助けが必要になるかもしれない」

「わたしたちは正面からですか?」ピーボディが訊いた。

「あなたと、わたしと、ロークよ。密かに侵入するにも、たぶんドロイドに対処するにも彼が必要になる」

ロークが戻ってきたので、イヴは言葉を切った。

「みんなを入れられるよ」

「時間はどのくらいかかりそう?」

「かなり高度なシステムだ。十分から十五分だな」

バクスターが笑い声をあげた。「無駄に過ごした若かりしころに、あんたに出会いたかったな」

ロークは笑顔を返した。「無駄に過ごされない若さなどありえない。始めたほうがいいかい、警部補?」

「そうね、だけど、まだだめ。令状の発行を待たないと。バンが来たわ」

フィーニーがバンからひょいと姿を現しても、イヴはまったく驚かなかった。かつてのイヴのパートナーで、現EDDの警部は、いつものクソみたいな茶色の上着と、皺くちゃのベージュのシャツを着て、泥のような茶色のネクタイを結んでいた。しおれたぼつの悪そうな顔で、銀色の混じった赤毛は、あちこちはねている。

「お偉いさんのあなたまで来るとは思っていなかったけど」

「エロイーズ・キャラハン邸に入れるチャンスを逃せると思うか？　僕は彼女の映画を観て育ったんだよ、お嬢ちゃん。彼女は親父が浮気したい相手のナンバーワンだった――おそらく今もそうだ。僕が彼女の逮捕に手を貸したと知ったら、どうしようもなく落ち込むだろう」

「それは心配いらないわ。彼女はだまされていただけだと思う。マクナブ、わたしが知りたいのは、人とドロイドがいる場所と各自の動きよ」

　ＥＤＤのカレンダーがバンから飛び出してきた。「来たわよ、警部補《LT》」

「ちょうどそばにいたんだ」フィーニーが言った。「この二人組がいれば、さっさと片付けられるだろう」

「理想的ね。ロークが門を開けて、なかに入ったら、邸を取り囲むわよ。それぞれのチームにＥＤＤマンがいるようにして、マスターキーが効かなかった場合は鍵を開け、高性能ドロイドの電源を切る担当になってもらう。被害者と容疑者は地階にいるはずよ。わたしは邸のなかを歩き回ったわけじゃないから、どうやったらそこへ行けるのかは、今のところわからない」

　イヴは腰に両手を置いたまま、背後の門を見た。「彼女は絶えず祖母を見守っている必要がある。おそらく、邸内にモニター装置があるはずよ」

フィーニーが顎をこすった。「それはシャットダウンできるが、モニターの映像が消えたら彼女に気づかれてしまうだろう」

「しかたないわ。警官の一群が邸内をうろついているのを見られるよりはまし」イヴは時間を確かめ、焦る気持ちを必死で抑えた。「なかに入ったら、地階へ行く方法を探す。邸にはエレベーターがあるわ。地階に通じているのもあるはず。でも、ロックして使えなくされてるわよね?」

フィーニーはうなずいた。「哀れなろくでなしのタマを切り取ってるときに、予期せぬ訪問者は望まないだろうからな」

「そうよね、ならロックを解除するから、一チームがエレベーターを使って地階へ向かい、別のチームは階段で下りる。外から地階に行くルートがあれば、そこもカバーする。彼女は武装してる――被害者にスタナーを使ったことはないけれど、電気棒を持ってるわ。かなり危険よ。それから、これは言いたくないけど、ほんとうに言いたくないけど、彼女は正気じゃない。月並みなやつじゃなくて、完全にイカれてるの。そのせいで彼女は裁かれない」

「まったく、ひどい話だ」フィーニーが言った。

「ほんとうにね」

リンクが鳴り、イヴは急いでつかんだ。「わたしが聞きたいことを話して、レオ」

「令状が発行されるわ。ああ、喉が渇いた――お酒をたっぷりおごってもらわないと」

「いくらでもおごるわ。それはそうと、準備しておいて。すぐに連続殺人犯をそっちに送りこむから」

「あなたから連絡があるまで、お酒は控えておくわ。彼女をつかまえてよ、ダラス」

「もちろんよ。ローク、始めて」イヴはかかとを中心にくるりと回転して、フィーニーのほうを向いた。「人数と場所を教えて」

フィーニーがバンのほうを親指で示し、マクナブとカレンダーがスキャンを始めた。「一分ください、ダラス、角度を決めるので」マクナブが言った。「カレンダー、リモートでモニターできるかな？」

「まかせて。誰かが動けばわかるわ」

イヴはカレンダーにぐっと寄って、食い入るようにバンのメイン・モニターを見つめた。

「熱源と電子センサーを連携させろ」フィーニーが指示した。

「連携中です、警部」マクナブは両耳にじゃらじゃらとぶら下げているリングを踊らせ、電子オタクの心のビートに合わせて、頭を揺らし、肩をくねらせている。「さあ、来るぞ。よし、見えた。一階にドロイドが二体、奥の北側です。二階は何も読み取れません。三階に電子センサーの反応があります。人型のドロイドが一体です」

「ベッドを見て」イヴが言った。「横になってる人がいる。それが祖母で、ドロイドが見守っている。地階の東側にいるのが、ペティグリュー。そっちがブリンクマンということになる——直立して、両手を頭上に挙げている。天井から吊されたのよ。部屋の真ん中ね。電子センサーの反応はある？」

「はい、地階にもドロイドが一体」

「リモートでモニターできるようになった——彼らが映ってるわ」カレンダーが言った。

「モニターする位置を固定しろ」フィーニーが指示しながら抽斗《ひきだし》を開け、イヤホンを取り出した。「マクナブ、きみはバンに残れ。カレンダーはバクスターと、僕はトゥルーハートと組む。きみとピーボディとロークは正面を。それでいいか？」フィーニーがイヴに訊いた。

「ばっちりよ」

イヴはフィーニーから人数分のイヤホンを受け取り、バンから降りた。「トゥルーハート、あなたはフィーニーと——西側に回り、入れるところを見つけてなかに入って。バクスター、あなたとカレンダーは東側に回って。東側の出口をすべて封鎖してから、北側に向かって。そこにドロイドが二体いる。わたしとピーボディがまだ来ていなかったら、二体とも停止させて。それから、エレベーターもすべて停止させないと」

「やれるわ」カレンダーが請け合った。

「地階から外に出られるルートはすべてふさぐ。彼女を閉じ込めるのよ」

イヴは説明しながら各自にイヤホンを配った。「広い邸よ。他にまだドロイドがいて、停止させられているかもしれない。彼女がリモコンで再始動させることは可能？」

「そのようにプログラミングされていれば可能だ」フィーニーが言った。

「邸内すべて、各階ごとに安全を確認して。一階、二階、三階。ドロイドがいれば、停止させるのよ。ローク？」

「あと一、二分だ」

「ロークはわたしとピーボディと正面から入り、三階へ向かう。彼がそこのドロイドを停止させ、祖母の容体を見きわめる」

イヴはつま先とかかとに重心を行ったり来たりさせ、もどかしげに体を前後させた。「門を通り抜けたら、外部の防犯カメラはすべて停止させる。そして、邸に全員が入るのを待って、邸内の防犯カメラを停止させる」

「彼女は地階の中央に移動しています、ダラス」マクナブの声が耳に響いた。

「ローク！」

「さあ、もうすぐだ」ロークが落ち着き払った声で言った。「あと二秒で……」門が静かにスライドして開いた。「みんなでよじ登るのはいやだろうと思ってね」

「よくわかってるじゃない」

「一流の仕事だ」バクスターが個人的な意見を口にした。

「急いで」イヴは最後のイヤホンをロークに渡した。「モニターが消えているのに気づいたら、彼女は被害者を連れ出すかもしれない。他に武器を持っている可能性もある。急いで移動してドロイドを残らず停止させないと、ドロイドが攻撃してくるかもしれないし、彼女に警告するようプログラムされているかもしれない。地階へのルートを見つけないと。行くわよ」

　短い私道を走って進みながら、各自が散っていくのを見守る。「ローク、邸に入ったら、階段を使って三階まで行って。ドロイドが一体いるとわかっているから、それを停止させて、祖母のようすを確認して」

「彼女が苦しんでいたら、医療員《MT》を呼ぶかい？」

「命にかかわる状況なら呼ぶわ。そうじゃなければ、邸内リンクかエロイーズ個人のリンクをチェックして。看護師の番号が入っているはずだから。ドナルー・ハリスよ。彼女に連絡して」

　イヴは正面玄関の扉の前で立ち止まった。「警報ベルと鍵を解除して」

「あっという間だ」ロークはそう言い、作業に取りかかった。

「防犯システムを停止させるまで待機」イヴはチームに告げた。「わたしのゴーを待て」

日差しはすでに変わり、夕暮れに向けて徐々に柔らかくなっていく。さわやかな春の風が舞い上がり、今にもはじけそうなくらいふくらんだつぼみが震えて、揺れた。チームメンバーの話し声をイヤホンで聞きながら、イヴは足下のさらに下で、両手首を縛られ、吊されている男を思った。

「なかなかよくできている」ロークはつぶやいた。「とは言え想定内だ。さあ、もう少しだ、そう、これだな。さあ、きみはそろそろ眠る時間だよ、これで……終わりだ」

「システムは停止した」ロークはイヴ《アイ》に言った。「出入り口の鍵はすべて解除したよ」

「すべて?」

「そう、僕たちは徹底的にやるのが好きだからね」

イヴはやれやれと首を振ると、すでに抜いていた武器を持ち直した。「聞こえた? ゴーよ。なかに入って、入って!」

バクスターがうっとりした声で「一流の仕事だ」と言うのを聞きながら、イヴは低くかまえ、並んで高くかまえたロークとピーボディと同時に邸に入った。

静寂そのものだ。イヴはまずそう思った。裕福な邸はこんなにも静かになりうるのか。ロークに大階段を上っていくように合図を送り、ピーボディにはその反対方向を示した。

「地階へのルートを探さないと。カレンダー、エレベーターを」

「ロック解除しました」

「動きは?」

「動きがあるのは地階だけ。人はまだ真ん中あたりにいるけど、ふたりとも動いているわ」

「彼女は彼を回転させています、ダラス」マクナブが補足した。「彼は痙攣《けいれん》してる。まだまっすぐぶら下がっていて、痙攣して、揺れている。ひどいことをしやがる」

ブリンクマンには気の毒だが、とイヴは思った。ダーラはそちらに夢中で、真っ暗なモニターに気づいていないようだ。

「ドロイド二体を停止させた」フィーニーが言った。「超高性能なドロイド二体だ」

「三階の一体は」ロークも報告する。「医療型だ。停止させた。ミズ・キャラハンは穏やかに眠っている」

「今のところ、医療員は必要ないわね。三階に異常はないか確認して」

「北側は異常なしだ」バクスターが報告した。「それから、地階へ続いていてそうな扉を見つけたぞ」

「ここにもある」フィーニーが言った。「キッチンの奥にあって、洒落たパントリーのようにも見える」

「そちらへ戻るわ。異常がないか確かめながら戻るわよ、ピーボディ」

「ほんとうに静かです」ピーボディはまず武器を向けてから、別の戸口へ進んだ。

「厳重に防音対策されている。異常なし」

「そのようですね。異常なし」

「ドロイドをもう一体、停止させ、ロックをかけた」ロークが言った。「ペティグリューが使っていると思われる続き部屋のクローゼットにあった。三階も異常なし。階下《した》へ向かう」

「二階も確認してきて」

「それはバクスターとトゥルーハートにまかせればいい」フィーニーが言ったのと、イヴとピーボディがキッチンに着いたのはほぼ同時だった。「そうすれば、扉を開けるのにもうひとりeマンが使える。こんなに厳重にロックされた地下通路は見たことがないぞ」

「バクスター、トゥルーハート、二階に異常がないかどうか確認して。ロークは一階の奥へ。扉がどうしたって？」イヴがフィーニーに訊いた。

「調べてみた」フィーニーはイヴに言った。「彼女はこの扉に鍵をかけてアラーム装置を付け、さらに二重にセキュリティをかけている。少しずつ解除していかなければならないんだ。解除をあせれば、第二の警報が鳴り出して、また鍵がかかってしまう」

「北側の扉も同じようになってる」カレンダーの声には苛立《いらだ》ちと賞賛が入り交じっていた。

「すごい念の入れようよ、すごいわ」

「くそっ、くそっ。マクナブ、バンのドアをロックして、こっちへ来て。カレンダーと作業に当たって。まったく、どうしろっていうのよ?」

「ちょっとどいてくれ」フィーニーはイヴに言った。

そして、扉をスキャンし、茶色い靴をこつこつ鳴らしながら、いくつかコマンドをタップする。「これじゃないな」フィーニーはつぶやいた。キッチンに入ってきたロークのほうに目をやる。

「トリップロックと、モーションロックがかかっていて、どちらにもアラームと緊急時のロックダウン機能がついている」

「なるほど」やってみようじゃないか、と言いたげにロークはほほえんだ。「それなら開けたことがある」

「ああ、僕もあるが、このアラームとロックダウンには安全制御《フェイルセーフ》がかかっていて、ロックが解除されると扉が封鎖されるようになってる」

そう言ってフィーニーは目を細くした。「どうして笑ってるんだ?」

「うちのシステムなんだ。僕も設計を手伝った。すごくいいものだよ。でも中味を知っていれば……」

　フィーニーはスキャナーを差し出した。

「ありがとう、でも、自分のを持っているんだ」

「うちの坊やたちが入っていけるようにできるかい？」

「やってみるよ。ちょっとどいてくれ、警部補」イヴの息がうなじにかかり、ロークはそう言い添えた。

「この扉の向こうに、今まさに痛めつけられている男性がいるのよ」

「わかっているが、開けるにはちょっとばかり繊細な作業が必要なんだ」

　イヴは一歩後退した。「彼女をおびき出せるかも」ピーボディに言う。「三階のモニターを復活させれば――」

「静かに」ロークがぴしゃりと言った。

　イヴはシュークッと息を吐いてロークを威嚇したが、ピーボディに部屋を出るように合図を送った。「彼女をおびき出せたらいいんだけど」

「一階の防犯カメラを復活させたら、彼女はパニックを起こして、あなたが言ったようにブリンクマンを殺しかねません」

「わかってるわ。わかってる」イヴは円を描いて歩きだした。「何か方法があるはず。彼女はそのうち、たぶんもうすぐ、モニターをチェックして、異常に気付く。それで、こっちへ上がってくるかもしれない。けど……無理ね」

イヴは苛立たしげに髪をかき上げた。「彼女はこの手の装置には詳しいわ、手元でチェックする方法を知ってるはずよ。防犯カメラが切れていたら、その場で確認するでしょうね」

「ああ、こんちくしょう」

フィーニーの声がしたので、イヴはキッチンに戻っていった。

「できそう、マクナブ?」

「こちらも同じく作業中です——オーケイ、たぶん一、二工程ほど遅れてますが、順調です。すごいわくわくしますね」

「あせるなよ」ロークが言った。「この子はかなり賢いから、足をすくわれるぞ。だから、肩の力を抜いて、ゆっくりと、楽な気持ちで、滑らせるようにして直角に曲げる。一つカチッと上へ、二つ戻って、一つ左、右へ二つ」

「了解」カレンダーのうれしそうな声がした。「最高の最高に最高。溶けちゃいそう」

「もうちょっとだ。この子に遮断シールドをあげてもらって、今度は下からだ。見えるかい?」

「見えたぞ」

「ある意味、セクシーですね」ピーボディが感想を言った。「セクシーな変わり者たちです」

イヴはただ目を閉じた。「階下《した》で動きは？」

「変わりなし」カレンダーがイヴに言った。「ふたりとも真ん中あたりにいるわ」

「さあ、みんなもそこへ行けるぞ」ロークが手を握ったり広げたりした。「開いたかい、マクナブ？」

「今、最後のところを……。やった！　開きました」

「わたしの合図で行くわよ。彼を死なせないで。バクスターとトゥルーハートとeチームはあとから来て。ピーボディ、行くわよ」

ピーボディは前に出てイヴと並び、息を吸い込んで、吐き出した。「あの性悪女を逮捕しましょう」

「ええ。ゴー！」

ロークが扉を引き開けたとたん、叫び声が聞こえた。衝撃と痛みに耐えかねて、甲高く鋭い悲鳴が響く。その合間にわめく声がした。

「どこまでやれば満足するの？　こっちはあたえて、尽くしているのに、あんたたちに利用され、殴られ、レイプされ、捨てられるだけ。そろそろ代償を払いなさい。男はみんな払うべきよ！」

イヴは階段を駆け下り、弧を描くようにして地階の中心らしきほうへ向かった。壁にいくつもモニターが並び、作業台があって、製作中のドロイドもある。床は塗料が塗られたコンクリートだ。

ダーラが立っていた。電気棒を大きく振り上げ、腫《は》れあがった顔を恐怖にゆがめた男に今まさに打ち付けようとしている。男は両手首を拘束されて天井から鎖で吊られ、もがくたびにその手首から血が滴《したた》った。

そこに立っているダーラを、イヴは殺人者にたいしてめったに感じない驚きとともに見つめた。体にぴったりしたスキンスーツを着て、革製の胸当てをつけ、高級ウィッグの銀色の混じった黒髪を肩に波打たせ、昔のキャットウーマンのようなきらめく銀色の仮面《マスク》をつけている。

「冗談でしょ」

今度はダーラが怒りに顔をゆがめた。「ダメよ！　止めないで。わたしはレディ・ジャスティス。ライナス・ブリンクマンには有罪判決が下され、死刑を言い渡されたのよ！」

「彼から離れて、ダーラ」

「ジャスティス！　わたしの名は正義《ジャスティス》で、彼や彼みたいな連中はみんな、正義に向き合わなければいけないのよ」

「武器を捨てて、彼から離れなさい。これは命令よ」

「ウィルフォード！　防御せよ！」

ドロイドが突進してきた──ロークも動いた。そして、PPCにコマンドを打ち込んだ。

ドロイドの動きが止まり、電源が落ちた。

「ふざけないで！　次はあなたがほんとうの正義に向き合う番よ。出てって、出ていけ。さもないと、この電気棒をこいつの喉に突っ込むから。わたしを止めるのは無理よ」電気棒を振り上げる。「わたしを止めるのは──」

イヴはレーザー銃でダーラを気絶させた。「止めたわよ」イヴは小刻みに震えているダーラに言った。電気棒が床に転がり、ロークは素早く反応して、ダーラがコンクリートに倒れ込む前に体をつかんだ。

「バクスター、トゥルーハート、彼を下ろして。ピーボディ、護送車を呼んで、エロイーズが心配だから看護師にも連絡を」

イヴは近づいていって、ロークが床に横たえたダーラの横にしゃがんだ。

「完全に正気を失っているな？」

イヴは拘束具を取り出した。「わたしが判断することじゃないわ」そう言って、気絶したダーラの手首に拘束具をはめた。「でも、そうね。完全にそう」

「どうか、頼む、お願いだ」ブリンクマンが涙を流し、身を震わせた。「もうあの女にひどいことをさせないでくれ」

「もう大丈夫ですよ。あなたは無事です。彼のためにブランケットを探してきていいですか、警部補?」トゥルーハートが訊いた。「ショック状態です」

「ええ。そのあと、あなたとバクスターで彼女を連行して、名前を記録して。わたしはここが済んだら戻る」

バクスターは首をかしげながらダーラをじっと見た。「少女が憧れる女性ヒーローみたいな衣装だ。昔のワンダーウーマンかダークエンジェルの真似事だな」

「どこかローズ・アンド・ソーン(ふたつの人格を持つDCコミックスのキャラクター)にも似てる」

「そうだな」バクスターはロークに向かってうなずいた。「似ている」

「MTがこちらへ向かっています」ピーボディが言った。「看護師も来ます。いい判断だったと思います、ダラス。エロイーズには彼女が必要になるでしょう」

ダーラのまぶたがぴくぴくしたのを見て、イヴはしゃがんだ。「お祖母さんに薬を飲ませたのね」

「グランド? グランド?」ダーラはもがきはじめた。「ダメよ、ダメ、ダメ、まだ終わってないんだから!」

「もう終わったのよ。あなたには黙秘する権利がある」

イヴが改訂版ミランダ準則を告げても、ダーラは権利を行使せず、怒り、苛立ちから涙を流し、悪態をつき続けた。

「こっちを手伝って、マクナブ」

見慣れぬ電子機器を見ていたマクナブが振り向いたが、その顔はがっかりしていた。

「彼女を車に乗せるのを手伝ってあげて。また戻ってきて遊べばいいわ」

「了解」マクナブは小躍りして階段に向かった。

フィーニーもワークステーションをまじまじと見て、両手をこすり合わせた。「さて、こいつを立ち上げて、カレンダー、ちょっと楽しむぞ」

「喜んで、警部」

イヴは遺留物採取班を呼び、ピーボディはブランケットにくるまったブリンクマンを立ち上がらせて、ソファへ導いた。「彼の具合はどう、ピーボディ?」

「はい。もう大丈夫です。大丈夫ですよ、ミスター・ブリンクマン」

「ひどい目に遭わされたんだ。ひどい目に。理解できない」

「わたしは階上《うえ》へ行って、遺留物採取班と護送車を待つ」

「僕も一緒に行こう、警部補」

イヴは階段を上りかけてちらりとロークの顔を見た。「あの電子機器で遊びたかったはずだけど」

「遊びたいし、遊ぶよ。でも、今のところは……」

「あのドロイドをどうやって停止させたの？」

「あれか。あまり時間はなかったが、階上のドロイドを分析したんだ。ほんとうにすばらしい技術だった。もったいない話だ。いずれにしても、機能停止をプログラミングできた。破壊するほはきみにしたら不本意だったろうしね」

「そんな風には思わないわ」

ロークはイヴの髪をそっとなでた。「また長い夜を過ごさなければならないね」

「でも、この二晩よりはましだし、もう朝にモルグへ行かなくてもいいのよ」

飛ぶような足取りで戻ってきたマクナブはいったん立ち止まると、イヴを見てばつが悪そうにほほえんだ。「ええと、何か手伝うことはありますか、ダラス？」

「オタクになっていいわよ」

「オタクとして生まれ、生きて、死んでいく身なんです。あなたも一緒にどうですか、ローク？」

「オタクになっていいわよ」今度はロークに同じ言葉をかけたちょうどそのとき、サイレンが聞こえた。「階下でブリンクマンを看るようにとMTにはわたしから伝えるわ」

「きみがどうしてもと言うなら」

イヴはひとりでMTを迎え、指示をあたえた。それから、レオと、続けてマイラに連絡した。タクシーが門の間を抜けてくるのを見ながら、確かに長い夜になりそうだと思った。みんなにとって長い夜になるだろう。

「ミス・エロイーズは?」タクシーから飛び出しながらドナルーが言った。

「階上です。鎮静剤を投与されています」

「あなたが鎮静剤を?」

「違います。ダーラです。おそらく、あなたが帰ってすぐに。ダーラは地下で何をしているのか気づかれないように、エロイーズにいつも鎮静剤をあたえていました」

「それで、地下室で何をしていたんです?」

「男たちを殺していました」

ドナルーはよろめきながら一歩後退した。「嘘に決まっています」

「今、階下でMTに手当を受けている男性にそう言ってみてください。わたしたちが何とか間に合って、彼は命拾いしたんです。わたしもあとでエロイーズと話をしなければなりません」

「彼女のようすを確認しないと。それから、あとは――」ドナルーはいったん口を閉じた。少しずつ落ち着きを取り戻してきたようだ。「彼女が何を投与されていたかわかりますか?」

「いいえ、でも、彼女は薬を階下に保管していると思います。わかったら伝えます」

ドナルーは階上へ向かい、イヴは階下へ向かった。電子オタクたちはみんな、ワークステーションや電子機器やドロイドにかじりついていた。

「ピーボディは?」イヴが尋ねると、カレンダーが左を指さした。その方向へ歩きだす前に、イヴはブリンクマンとMTたちのところへ近づいた。

「ミスター・ブリンクマン」

「彼は少し頭がぼんやりしていると思います」MTのひとりがイヴに言った。「鎮静剤をあたえる必要があったので。これから病院へ運びますが、おそらく今夜は病院にとどまって、火傷《やけど》や裂傷の手当を受けることになります。落ち着いたら、もっといろいろ聞き出せるでしょう」

「わかりました、ではあとにするわ」

イヴがピーボディのいるほうへ歩き出したとき、ピーボディもちょうどイヴのほうへ向かおうとしていた。「ダラス、これを見てください」

「ブリンクマンの服や、身の回り品を見つけた?」

「ええ、ここはまるで倉庫です。最初に、前の被害者たちの服やリンクや財布や、他にもいろいろ見つけて、気になってきてもっと探してみました。ほんとうに広いんです」

ピーボディはいったん言葉を切り、指さした。「ほとんど倉庫です。被害者の持ち物はあっちにまとめてあって、彼女の、ええと、衣装部屋はあっちに。まるで舞台衣装のデパートです」

さまざまなスタイルのウィッグが十個以上、カウンターに飾られていた。カウンターには照明付きの三面鏡があり、椅子が置いてある。抽斗が何十もあって、イヴが確認すると、顔用エンハンスメントと、目の色を変えるアイ・ダイ、移植組織片《インプラント》、顔用パテ、タトゥー・シール、スキン・カラーがしまってあった。ずらりと並んだ服は、ビジネス用スーツからイブニングドレスまであって、靴もバッグもきちんとラックにしまってある。透明な小テーブルの透明な抽斗にしまわれた装身具が輝いていた。

もう一つ、全身用の三面鏡があり、ボードにはさまざまな服——というより、舞台衣装だとイヴは思った——を着たダーラの写真が貼ってあった。別のボードには、その衣装と、ダーラが演じる人物像のメモと、ターゲット——彼女が殺した男たちと、これから狙う男たち——の名前が組み合わせて貼ってある。

「階上へ行って、遺留物採取班をここへ呼んでくれる？　わたしは薬の保管場所を探さないと」

「だったら、こっちへ行ったほうがいいです。わたしはもうそっちには行きたくないので……」

ピーボディは向こうへ歩いていった。さっきまでピーボディがいたほうへ行くと、またコンピュータがあった。さらに邸内を監視するモニターがいくつかある。ガラス製の冷蔵庫に薬の瓶が保管され、庫内の透明の抽斗に注射器が並んでいる。

モリスが仮説として言っていた儀式で使われるような刃物が、すぐに使えるようにカウンターに置いてあった——その柄《つか》には、革製の胸当てと同じように頭文字が刻まれていた。

LJ

視線を上げると、ピーボディがもうこちらには来たくないと言っていた理由があった。棚に瓶が並び、被害者から切り取られた性器が液体に漬けられ、保存されていた——すべて丁寧にラベルが貼ってある。

「完全に正気を失っている」イヴはつぶやいた。

長い夜になる。またそう思いながら、ようやく三階へ向かった。ドナルーはエロイーズの枕元に座っていた。

「地階と、ダーラが使った可能性のある場所すべての捜査が終わるまで、まだかなり時間がかかります。少なくとも今後二、三日、エロイーズはどこか他の場所に滞在されたほうがいいと思います」

「わたしには何一つ理解できません」

「彼女を起こせますか?」

「自然に目を覚ますほうがいいんです。あなたのパートナーが軽い鎮静剤を持ってきてくださいましたが――」

「エロイーズには説明が必要です。わたしはもうすぐここを離れなければなりませんが、彼女は説明を受けてしかるべきだと思います。それから、彼女はあなたにそばにいてほしいと思うはずです」

「彼女が必要なだけ、わたしはそばについています。彼女を起こします。お願いですから、やさしく接してください。話を聞いたら、胸が潰《つぶ》れるくらい悲しむでしょうから」

ドナルーは看護師バッグから小型容器を取り出し、エロイーズの鼻の下で振った。

エロイーズがかすかにまばたきした。小さくため息をつく。寝返りを打とうとしたエロイーズの手をドナルーが取った。「ミス・エロイーズ? ミス・エロイーズ、そろそろ起きる時間です。ドナルーですよ」

「あら、またいつのまにか眠ってしまったのかしら？　ドナルー、わたくしはもう年を取り過ぎて、ぐうたらになってしまったわねえ」エロイーズはまたため息をつき、目を開けた。そして、イヴに気づいた。

「ダラス警部補？」エロイーズはベッドに上半身を起こし、ドナルーが急いで枕を彼女の背中に当てた。「ああ、どうしましょう、病気がぶり返したのかしら？」

「いいえ」イヴはベッドの横まで椅子を引き、自分の顔がエロイーズに見えやすいようにした。

「ああ、ああ、ダーラに何かあったのね？」

「彼女に怪我《けが》はありません。拘留されています」

「あの――なんですって？」

「エロイーズ、これからあなたがすでに知っていたか、あるいは疑っていたと思われることを話します。ダーラは、精神と感情を病んでいます。これまでもそうでした。おそらくその兆候はあったでしょう。あなたが彼女をここに同居させたのは、彼女を愛していて、それが彼女のためになり、そうすれば大丈夫だろうと思ったからでしょうが、おそらく兆候はあったはずです」

エロイーズは真っ青な顔で、イヴの手に手を延ばした。「あの子は何をしたの？　教えてちょうだい、何をしたの？」

イヴは話した。

21

　エロイーズはほとんど何も言わず、イヴが次々と語る事実と証拠を聞いていた。一度ならず目に涙がこみあげ、それを流さずにこらえるには、鉄のように固い意志が必要だっただろうとイヴは思った。

「あの、お願いが……」声がかすれたので、エロイーズはいったん言葉を切った。「ちょっと失礼していいかしら？　ドナルーに手伝ってもらってベッドから出て、ちゃんとした服に着替えたいの。あちらの客間で少し待っていてくださる？」

　やるべき仕事があるのに、とイヴは思った。まだやらなければいけないことが山ほどある。しかし、鉄の意志への敬意もあって立ち上がった。「お待ちします」

「長くはお待たせしません」

　イヴはこぢんまりとした上品な客間に入っていって、扉を閉めた。写真が、驚くほど多くの写真が飾られていた。家族や、家族以外の人たちと一緒にいる、あらゆる年代のエロイーズの写真だ。イベントに参加したり、他の有名人と一緒にいたり、デモ行進に参加したり、レッドカーペットを歩いたりしている。

豊かな人生を精一杯、豊かに生きてきたのだ、とイヴにはわかった。

着信音が鳴ったので、リンクを引っ張り出し、ナディーンからだとわかって、出ないでおこうかと思った。

それではあまりに公正さに欠けると思い、リンクに出た。

「取り込み中なんだけど、ナディーン」

「わたしもよ。女性ふたりを説得して、クックの件を公表してもらうことになったから、あなたに知らせなければと思って。数日中に大騒ぎになり、その火付け役はわたし、ってこと」

「正義ね」イヴが言った。「なんとか正しい正義が成されてほしい」そして、じっくり考えてから言った。「ほかにも騒ぎが起きるから、できる限りの場所と時間を確保しておいて。大ごとよ」

ナディーンの猫に似た目が光った。「レディ・ジャスティスをつかまえたのね」

「つかまえたわ。今はまだ詳しいことは話せない。この件でひどい悪影響を受ける人たちがいるからよ。あなたならその悪影響をやわらげられる。こっちが片付いたらできるだけ早く詳しいことを教えてあげるから、あなたの影響力を利用して、正しいほうへ導いて」

「だったら、準備しておくわ」

「また連絡する」

イヴはリンクをポケットにしまった。

それからすぐに、エロイーズがドナルーと並んで部屋に入ってきた。エロイーズが着ているのは、洒落ているけれど地味なので、ドレッシングガウンではなくバスローブだろう、とイヴは思った。

ぬくもりを感じる淡いブルーのバスローブは少し足首が見えるくらいの丈で、エロイーズの小柄な体を優美に覆っていた。髪をとかして後ろに流し、ごく薄く化粧もしている。

「お待ちいただいて、ありがとう。ドナルー、みんなで飲みたいから、コーヒーを淹《い》れてきてくださる?」

「もちろんです、どうぞ座ってください」看護師はエロイーズに手を貸して、ピーコックブルーの椅子に座らせてから、飲み物用のカウンターへ向かった。

「あなたには感謝していると言わせていただくわ。もう親しくなったし、イヴと呼びたいから、許していただきたいの。あなたの肩書きも仕事も尊重しているけれど、今は警官としてだけではなく、女性としてのあなたとお話がしたいのよ」

「わかりました」

「あなたの言うとおりよ。ダーラが病気に苦しんでいたこと、そして、今も苦しんでいることは知っているわ。わたくしが病気をしたとき、あの子がここに住むことも、わたくしの世話をすることさえ──ほんとうに献身的に看病してくれたわ──あの子のためになると信じていました。そんなに苦しんでいて、病気がそれほどひどかったとは、思ってもいなかった。これはほんとうよ、誓ってもいいわ。あの子はほんとうにうまく隠していたのよ」

声がかすれ、エロイーズはいったん言葉を切ってなんとか冷静さを保ち、ドナルーが差し出したコーヒーを受け取った。椅子にきちんと座り、コーヒーを飲んでから胸を張った。

「誓って言います。あの子がこんなことになっているとは、まったく気づいていませんでした。心から求めていた人生が壊れたとき、自殺でもしてしまうのではと恐れたけれど、こんなことは思いもしなかったわ。今も想像さえできません。わたくしはあの子を強く愛するあまり、こんなことになる兆しがまったく見えていなかった。気づいていたら、何かしらの助けを求めていたはずです。あの子の父親も──わたくしの息子です──あの子のために助けを呼んでいたでしょう」

「あなたを信じます」イヴはためらうことなく言った。「最初にお会いしたとき、あなたのことは信じられると思いました。こうなったことに、あなたはまったく関係ありません」

「ああ、でも、関係ないなんてことがある？　あの子はわたくしの子どもの子どもです。あなたにはあの子のそういう部分が見えていたのでしょう？　どうして見えたの？」

「見る目が違うんです。トレーニングもしているし、それに……。わたしは彼女を愛していません」イヴは言った。

エロイーズはうなずき、自分のカップを見下ろした。「もう手遅れね。あの子に助けの手を差し伸べていたら、命が奪われることもなく、犠牲になった男性たちを愛していた人たちに悲しみや喪失感をあたえることもなかったでしょうに。でも、あの子はわたくしの子どもの子どもです。可能なかぎり有能な弁護士と、誰よりも優秀な医者を雇います」

「警察の殺人課にも精神科医がいて、彼女の鑑定に当たります。ドクター・シャーロット・マイラです。彼女は最高の精神科医です」

「彼女のことは知っています。本で読んだし、映画でも観ましたから。でも――」

「あなたが選んだ人を雇うべきです。お伝えしているのは、あなたのお孫さんを鑑定するのはドクター・マイラで、彼女は信頼できる医者だということです。わたしがダーラの尋問をして、ドクター・マイラはそれを観察します」

「わたくしはあの子に会って、話ができるのかしら？」

「はい、まだ先になりますが。二、三日、どこか過ごせる場所はありますか？　今、ここで過ごす気にはなれないでしょうから」

「ええ。友人がいます。ドナルーに手伝ってもらって、必要なものをまとめます。とても親切にしていただいて、こんなわたくしに辛抱強く接してくださったわね。忘れないわ」

「自分の仕事をしているだけですから」

「親切は仕事じゃないわ、イヴ、意志よ。やらなければならないことがあるはずなのに、わたくしが邪魔をしているわね」エロイーズは立ち上がり、片手を差し出した。「ありがとう。必要なものをまとめて、息子に連絡を取ります。ニューヨークへ迎えにきてくれると思うわ」

「彼女に会えるようになったらご連絡します」

　イヴが階下へ行くと、遺留物採取班と制服警官と鑑識が邸じゅうを動き回っていた。警察関係者だらけのなかを、エロイーズに歩かせるのは気が進まなかったが、これは彼女が経験しなければならない苦痛のひとつに過ぎないのだとイヴは思った。

　地階も同じ状況だったが、警察関係者の数が違った。はるかに多い。

　白の上下を着た遺留物採取班のふたりと話していたピーボディがイヴに気づき、近づいてきた。「照合用に、床を削り取ってもらっています。彼女の尻尾はもうつかんでいますが、証拠が多いに越したことはないので」

「多ければ多いほどいい。彼女を取調室へ連れていくわよ」

イヴは歩き出し、ピーボディはまだおもちゃにかじりついているeチームのほうを見た。

「あの人たちはここに住みたがってるみたいです」

「ちょっと待って」イヴはまた引き返した。「あのドロイドだけど。ダーラがターゲットのもとまで車を運転させ、遺体を放置場所まで運ぶ手伝いをさせたのよね。彼のメモリーバンクがほしい」

「探り当ててるぞ」フィーニーが請け合った。なんと、頰がバラ色に染まっている。「ここは情報の宝庫だ。文書、スケジュール、画像、最初の試みが失敗した場合の予備プラン、代替ルート、作業手順もある」

「日記の、ように、記録も、残してる」手元の何かに気を取られながら、マクナブが横から言った。

「そう、彼女のようなタイプならそうするだろうな。計画を立てるのが好きで、恨みをいつまでも忘れず、かなり秩序だって物を考えられる」

「仕事のおおまかな事業計画も立てている」ロークが言った。「まだ作り始めたばかりだが、体裁はしっかりしたものだ。内容は、まあ、常軌を逸しているが」ロークはじっとイヴの顔を見つめていた。「これから本署へ向かうのか？」

「ええ、彼女を取調室へ連れていくから、あなたたちがコンピュータやドロイドから得た情報すべてのコピーがほしい」

「ちょっと時間をくれ」ロークは誰に言うともなく告げて、イヴを連れて比較的静かな隅を見つけて向かった。「今夜じゃないといけないのか？ どのみち、彼女はもうどこへも逃げないじゃないか」

「そうだけど、マイラに観察してほしいのよ。レオも来るし。殺せなかったことで動揺しているうちに彼女を攻めたい。より本音が聞けると思う」

「だったら、その前に何か食べろ」

「もう、いったい何のために食べるのよ？」

ロークはイヴの顎をつかんだ。「透けてしまいそうなくらい白い顔をしているからだ。自分のオフィスで、いつものパートナーと一緒にどえらいピザでも食べながら尋問の戦略を練って、われわれから送られた情報に目を通すんだ」

そう言われて、イヴは答えた。「どえらいピザがあるとは知らなかったわ」

「疲れ果ててはいても、少しは考える脳ミソが残っていたようだね。階上でいったい何があって、そんなに悲しんでいるんだ？」

「優雅で強いものを目の当たりにしていただけなのに、なぜか心が赤むけになって痛くてたまらないのよ。どえらいピザを食べるわ」

「いいね。それから、僕に嚙《か》みついてもいいことは何もない。それは僕もきみに負けないくらいこれが必要だからだ」ロークがイヴを引き寄せて、ただ抱くと、彼女が身をこわばらせ、やがて体から力を抜くのを感じた。

「ええと、あなたが必要なら」

「必要だとも」ロークはイヴの頭のてっぺんに軽くキスをした。「僕はきみが終えるまで、ここにEDDの仲間と一緒にいる」

「たぶん――」

「長い夜になる」ロークは後を継いで言った。「僕たちにとって初めてのことじゃない」

最後でもない、と思いながらイヴは部屋を出ていった。「ピーボディ、行くわよ」

イヴはピザを食べた――オフィスでピーボディと食べるのではなく、会議室でピーボディとマイラとレオと食べた。

「エロイーズ・キャラハンは彼女に有能な弁護士をつけるつもりよ」イヴは説明しはじめた。「こっちとしては、彼女が弁護士を雇う前に、可能なかぎりの情報をダーラから聞き出すわ」

「あなたと警官数人は、彼女が四人目の被害者を拷問にかけている真っ最中に彼女をつかまえた」レオはピザの一切れにかぶりつき、うーんと声をあげた。「わたしたちはウィッグの毛と、床のかけらを証拠品と照合するわ。他に、彼女の日記と証拠書類がある。エロイーズがクラレンス・ダロウ（センセーショナルな事件の弁護で知られる弁護士）もどきを雇おうと関係ない。彼女は一巻の終わりよ」

「弁護士相手じゃだめ。いつだっていちばんいいのは自白で、詳細な情報も得られるわ。彼女が地球外のコンクリート製の檻《おり》に入れられることは絶対にないでしょうけど」

「心神喪失により責任能力なし、にしたくないのね」

「それかどうかは見ればわかるわ」

「彼女の言うとおりです、レオ」ピーボディはできるだけ長く食べていたくて、ピザを少しずつかじっていた。

「だからといって、彼女が警備が厳重な刑務所へ送られないということにはならない。精神障害者用の棟に収容されるはずよ。それでも」イヴはマイラを見た。「わたしたちが間違っていたら、あなたにはわかるはずです」

「彼女はそれぞれの殺人を緻密に計画していたわ」レオが反論した。「代替案や逃走ルート、見破られないようにする方法も準備していた。善悪の区別はついているはずよ」

「わたしはしっかりと観察するし、一対一の鑑定セッションもするわ。イヴ、このピザは何なの？　こんなにおいしいのを食べるのは初めてよ」

「どえらいわ、確かに」

「何て言ったの？」

「ロークが用意してくれました。彼は、わたしのオフィスのオートシェフに料理をセットするようになったんです。わたしが飢え死にするんじゃないかって、いつも心配していて」

「おやおや」レオとピーボディは声をそろえて言った。

「愛は、モッツァレラチーズ付きのこともあるのね」マイラがほほえみながら言った。

「そうみたいです。ちょっと連絡しなければいけないから、それが終わったら行きます。ピーボディ、心の準備はできてる？」

「はい」

「彼女を連れて来るように言って。じゃ、取調室でまた」

イヴはいったん自分のオフィスに戻り、ナディーンに連絡した。

「今日の午後遅く」イヴは始めた。「殺人課と電子捜査課《EDD》所属の警官が正当な手続きを経た令状を手に、エロイーズ・キャラハンの自宅に入り——」

「どういうこと？」

イヴは続けた。「ダーラ・ペティグリューを逮捕した。ミズ・ペティグリューの容疑は、ナイジェル・マッケンロイ、タデウス・ペティグリュー、アーロ・カーゲンにたいする誘拐、暴行、殺人、ライナス・ブリンクマンにたいする誘拐、暴行罪で、すでに告発された。ミズ・ペティグリューの祖母であるミズ・キャラハンは孫娘に鎮静剤を投与されており、容疑者ではなく、捜査の重要参考人でもない。大ニュースと言えるはずよ」

「驚いたなんてもんじゃないわ、ダラス」

「エロイーズ・キャラハンを守ってほしいのよ、ナディーン。彼女が極力叩かれないようにしてあげてほしい。この件では、彼女も被害者よ」

「彼女がかかわっていないのは確かなの？」

「百パーセント確かよ。ペティグリューは祖母の飲み物にこっそり何か混ぜてから、ターゲットを狩りに出かけ、とんでもなく有能なドロイド――自作よ――に祖母を見守らせていたのよ。おぞましい作業は地下室で行い、そこへ通じる扉には厳重な鍵を取り付け、それを解除するには、ロークが――システムを設計した本人だっていうのに――貴重な数分を費やさなければならなかった」

「オーケイ、わかった。それ以外に――」

「まもなく彼女の尋問が始まるわ。今、話せるのはそこまで。あなたはあなたの仕事をして、わたしはわたしの仕事をするわよ」

「おたがい、うまくいきますように」

イヴはリンクをポケットにしまい、肩をぐるぐるまわしてほぐすと、ピーボディと落ち合うべく取調室へ向かった。

「彼女はもうなかです」取調室Bの扉の外でピーボディがイヴに告げた。「弁護士を付けることも、誰かに連絡を取ることも、まだ求めていません。ここまで同行した制服警官によると、彼女はわたしたちに話をしたくてたまらない、と言っていたそうです」

「だったら、すぐに始めるわよ」

イヴは取調室に入っていった。

「やっとね」ダーラは拘束具をガチャガチャ鳴らしながら両手を上げた。オレンジ色のジャンプスーツを着てテーブルについている姿は、落ち着いて見える。

「記録開始」イヴは言った。「ダラス、警部補イヴ、ピーボディ、捜査官ディリアは、ケースファイルH-三三四九一、H-三三四九五、H-三三四九八、およびH-三三五〇〇の件で、ペティグリュー、ダーラのいる取調室に入った」イヴはファイルをテーブルに置いて椅子に座った。ピーボディも座った。「ミズ・ペティグリュー――」

「あら、もうダーラでいいわ」

「わかりました。ダーラ、あなたの権利はすでに読み上げられました。その権利と義務について理解していますか？」

「もちろん、理解しています。こういう堅苦しい形で進めて、面倒な細かい決まりを守らなければならないのはわかっているけれど、わたしがここにいるのは、あなたがた、おふたりと話をするためよ」

「それはよかった」

そう、その調子。ダーラの生き生きとした顔を見ながらイヴは思った。詳細な情報がこれから手に入る。

「あなたはナイジェル・マッケンロイとタデウス・ペティグリューとアーロ・カーゲンにたいする誘拐と、同意なしの鎮静剤投与、強制的な拘束、拷問、および殺人の罪で告発されています。加えて、ライナス・ブリンクマンにたいする誘拐、同意なしの鎮静剤投与、強制的な拘束、暴行の罪でも告発されています」

ダーラは門限を破ったところを見つかったティーンエージャーと同じ態度で、あきれたように目玉をまわした。「全部馬鹿げてる」

「何がどう馬鹿げているんですか？」ピーボディが静かに訊いた。「わたしたちは、あなたがライナス・ブリンクマンにまさに暴行を加えているところを逮捕し、あなたの作業場でマッケンロイとペティグリューとカーゲンの所持品だったものを見つけました。告発を否定しても説得力がありませんよ、ダーラ」

「その告発が無意味なのよ」ダーラは後に引かなかった。

「つまり、三人の男性を拷問にかけて殺してはいない、と言っているの?」イヴが横から言った。「そして、もうひとりの男性の命を奪おうとしていたのも否定すると?」

「そうじゃないわ、全然違う。行為や行動を否定してるわけじゃないわよ、まったくもう。告発されるのが馬鹿げてるって言ってるの。わたしは正義を成し遂げたんだから。他の誰にも成し得なかった正義よ。市はわたしを称《たた》えてパレードをして、苦しめられたり、レイプされたり、殴られたり、裏切られたりした女性たちはみんな、歓声を上げるべきよ」

ダーラはテーブルに身を乗り出した。「他の誰よりもあなたたちはわかってくれるでしょう。形式や規則に縛られているけれど、あなたたちは女性で、たぶん毎日のように、男たちのせいで女性が直面している痛みや、屈辱や、不面目を目撃しているはずだから。わたしは、あなたたちができないこと——怖くてできないに違いないって、気づいたのよ——をしたんだわ。彼らがさらに危害を加えたり、女性を苦しませることでいい思いをしたりするのを止めたのよ。彼らはみんな、生きてる価値がないの」

「それが自分の使命だと思ったの?」イヴが強い調子で訊いた。「誰が生きて、誰が死ぬべきかを決定するのが？」

「誰かが決定しなければならないわ」ダーラは拳《こぶし》をテーブルに打ちつけた。「誰かが行動しなければならないの！　うちのグループの女性たちが苦しんでいるのに、男たちは何の代償も支払っていないなんて理解できる？　代償はゼロ！　わたしはなされるべきことをしたの。彼らに代償を支払わせた。全員がディックの欲望に駆られるまま、わたしに目をつけ、寄ってきたわ、全員よ」

ダーラの目が輝いた。さらにぎらぎらと輝きつづける。「身も心も捧げた男が誠実だって、本気で信じるの？　彼らが忠実に見えるなんて、何も見えてないんじゃない？　彼らは裏切り、盗み、奪い、殴るようにできているの。それが本性なのよ」

「男性をすべて殺す計画だったんですか？」ピーボディが疑問を口にした。「年齢制限があるとか？」

ダーラが楽しそうな視線をピーボディに向けた。「男性は生まれると同時に処分したほうがわたしたちはより幸せになれるけれど、それには男性がいなくても繁殖する方法を見つけなければね」ダーラは肩をすくめた。「少年は大人の男になり、男のプログラミングには致命的欠陥があるのよ。解決法はドロイドや、人間とドロイドの混合種にあるかもしれないわ。この初期段階をやり遂げたら、その解決策に向けて仕事を始めたいと思っているのよ」

さっきロークが話していた彼女の事業プランだ。

「なるほど」完全に正気を失っている、とイヴは思った。「でも、とりあえずここでは初期段階のことに集中するわ。まずはマッケンロイに関して、あなたがしたことを説明して」

「わかったわ。この件は、ほんとうに心から誇りに思っているの。当たり前なんだけれど」ダーラはすべてを語った。やってきたことを逐一語り、その間、表に出した感情は誇らしさだけだった。

元夫の話になると、ヘビの舌のように怒りが見え隠れした。「彼についてはそんなに腹を立てるべきじゃないと思ってるわ」ダーラは片手を上げ、しばらくしてから、短く張りつめた笑い声をあげた。「だって、わたしの目を覚まさせてくれて、目標をあたえてくれたのだから、感謝するべきよ。裏切られるまで、わたしは彼の言いなりになって満足していた。自分の人生や仕事さえ、彼にとって都合がよくて、彼が喜ぶような形に変えていたわ。彼が裏切ったり盗んだり、わたしの心や自尊心を粉々にしたりしなければ、わたしはまだ彼の妻で、相も変わらず利用されていたのよ」

「ちょうどそのころ、あなたはエロイーズと一緒に暮らすことにしたのね」イヴがすかさず言った。

「そうよ。わたしの愛するグランドは、邸にわたしを受け入れてくれて、心安らかに過ごさせてくれたわ。グランドこそ、この世でいちばんやさしくて愛情豊かな存在よ。でも、世間を知らなさすぎるの。自分の愛した男は誠実で、一度も横道にそれたことがなく、誰も傷つけたことがないと、ずっと信じてきたんだから」

ダーラはまた拳をテーブルに叩きつけた。「彼は男だったのに！　でも、真実を認めても傷つくだけだから、グランドの幻想を崩すようなことはしなかった。わたしは絶対にグランドを傷つけたりしない」

「彼女に薬を飲ませましたね」ピーボディが言った。「しょっちゅう」

「グランドには休息が必要だったから、休ませたのよ。睡眠は病気を治してくれるわ。すごく重い病気だったの。グランドを決してひとりにはさせなかったわ、決して！　だから、一緒にいられないときに見守ってくれる医療ドロイドを作った。グランドは今も安全に眠っているけれど、目を覚ます前に帰らないと。グランドにはわたしが必要なの」

「カーゲンの話に移りましょう」イヴが促した。

「胸の悪くなるような男よ」ダーラは何か悪臭でも嗅いでしまったかのように、顔の前で片手を振った。「あんなに簡単なことはなかったけれど、あの男の目の前にいること？　最悪だったわ」

イヴはただ耳を傾け、話の腰を折ることはしなかった。ダーラが自分で話を進めてブリンクマンの件を詳しく説明しはじめたときも、質問をする必要はなかった。

「ほんとうに、彼には始めたばかりだったのよ。ほかの男たちより少し早めに始めたんだけど、正直言って、さっさと終わらせて少し眠りたかったの。この何日か、あまり眠れていないし、長年、興奮剤を使っていると神経過敏になってしまうのよ」

「そうでしょうね。他にも代償を支払わせるべき男はいた」

「もちろん、でも、それは明日の予定だから。わたしがインテリアデザイナーとして会う男には妻がいて、愛人もいて、さらに別の女性を食い物にして彼女の見当違いの愛を受け入れ、彼女のキャリアを台無しにしたの。彼には改装したい不動産があるのよ。わたしはロウィーナ・カーソンになる予定で、そのためのすばらしい衣装もあるわ」

「これは映画じゃないってわかっていますか？」ピーボディが訊いた。

すべての仮面《マスク》が剝《は》がれて、ダーラの目が正気を失った。

まっすぐだが、正気ではない、とイヴは思った。

「もちろんよ、でも、わたしは役を演じて、男たちが期待する役に合った衣装を身につけ、そのあと、正体を明かすの」

「レディ・ジャスティス」

ダーラは笑ってイヴを見た。「そうよ、そのとおり。これで事情ははっきりしたし、あなたがたにもわかってもらえたから、ほんとうに家に帰ってグランドのようすを見ないと」

「ドナルーがついてるわ」

「あら」ダーラは眉を寄せた。「だったらいいわね。でも――」

「あなたにはこちらに泊まってほしいの。ここで眠って、明日、ドクター・マイラと話をしてもらう」

「まあ、彼女にはどうしても会いたいわね。映画の彼女にはとにかくうっとりしてしまったわ。でも、グランドは――」

「ドナルーがずっとそばについていてくれます」ピーボディは言い、立ち上がった。「彼女の面倒を見てくれますよ」

「彼女はすばらしい看護師よ。それでも――」

「グランドはいま、眠ってらっしゃいます」ピーボディはテーブルをまわってきて鎖をはずし、ダーラが立ち上がるのを手伝った。「無事で、眠っています。わたしたちもそろそろ眠りたいですね」

「あなたの言うとおり。わたしはとにかくくたくたよ。きちんと話をして、わかり合えてよかったわ。最初、あなたたちには腹を立てていたの」ダーラは、ピーボディに連れられて取調室を出ながら言った。「でも、そのうち気づいたのよ。わたしたち女性は団結しなければならない、って。女性は女性のために、よ」

　ふたりが出ていって扉が閉まり、イヴは深々とため息をついた。「ピーボディ、捜査官ディリア、ペティグリュー、ダーラとともに退出。尋問終了」

　イヴは椅子に座ったまま動かず、なおもじっと座っていると、マイラとレオが部屋に入ってきて、テーブルについた。

　マイラが最初に口を開いた。「明日、正式に面談をして評価するけれど、今、観察したかぎりでは、彼女は法律上の責任能力があるとは思えないし、精神的、感情的な問題から裁判も受けられないわね」

「同意せざるを得ないわ」レオが言った。「今のが演技じゃなければ――」

「すべて演技よ」イヴはそう言ってさえぎった。「でも、彼女のなかではどんどん現実になっていってる。彼女は釈放されると思っているわ。わたしたちはみんな女性同士の連帯という大きな輪でつながっていて、彼女は自由の身になって、愚かなルールに縛られたわたしたちにはできないことをやりつづけられると思ってる。彼女は一生をかけて演じるレディ・ジャスティスという役を見つけたんだと思う」

「あなたは彼女がやりつづけるのを阻止し、さらに失われたはずの命を救った可能性が非常に高いわ。彼女自身の命も含めてね。この役をそう長くは維持できなかったはずだから。彼女のことはもう、わたしとレオにまかせてちょうだい」

マイラはテーブルの上に手を延ばしてイヴの手に触れた。「あなたとピーボディはしばらく休みを取るべきだわ。体を休めて、ささやかな春を思い切り味わうのよ」

「そうですね。いい考えです」イヴは立ち上がった。「今の報告書を書いて、お偉方がわたしに記者会見をやらせるべきだと決める前に、ここから脱出します」

レオが小さく笑い声をあげた。「じゃ、走って。きっとそうなるから」

イヴは走らなかったが、素早く動いた。報告書を書いて署名をするころには頭ががんがんしていた。ところが、そこにロークがやってきた。

「終わったようだね？」

「ええ、終わった」

「EDDでおおまかな説明を受けた。裁判にはならないようだね」

「ほぼね。彼女は正しくないのに、ローク、そういうことになりそう。今後のことはマイラが引き継ぐことになる」

「きみはそれでいいのか？」

「そういうものだし」イヴはそこまで言って、首を振った。「それでいいの。それが……それが正義、本物の正義よ。あなたはまだEDDで遊ぶつもり？」

「僕はきみといるよ、警部補」

「すばらしい。さっさとここから抜け出すわよ」

ロークはピルケースを取り出した。「頭が痛いんだろう。鎮痛剤だ」

「ここを出て、五分ようすを見る。それでもまだ必要なら、飲むわ。取引成立？」

「成立」ロークはイヴの手を取り、キスをした。「スープを飲んで、ワインを飲んで、

「睡眠を取るんだよ」

「そのくらいならできそう」ロークと一緒にオフィスを出て、疲れていたので混み合ったエレベーターにも仕方なく乗り込んだ。「これからも、たまに状況を確認しないと。あなたには遊びたいおもちゃがたくさんあるし、あまねく宇宙を支配する時間も作らなきゃならないわよね」

「両方できるよ。マルチタスク、同時にいくつかの仕事をするのは好きだ」

「得意よね」イヴは助手席に座り、レバーを蹴ってシートを倒した。「二、三日、休みを取る話をしたはずよ」

「したね」

「それで、休みを申請したわ」

「そうなのか？　いつから休む？」

「今から」

ロークは車を駐車場から出して、ちらりとイヴを見た。「ほんとうに？」

「ピーボディを明日、休みにしてあげたの。彼女が望めば明後日も休みにする。このまま家に帰って、ささっと荷造りをして、イタリアに飛べばいいんじゃないかと思って。シャトルであなたとセックスできるわ――マルチタスクよ。セックスして気をそらして、空の上にいることを忘れるのよ」

「三十分くれたら、実現できるよ」

「どこかいつもと違うところで目を覚ましたい。二、三日だけ、とにかく他のどこかで過ごして、男たちを殺すことが必要なだけじゃなく、英雄的な行為だと思っている、心を病んだ悲しい女性のことを考えないでいたい。あなたには、きっとやらなければならないありとあらゆることがあると思うけど――」

「イタリアのヴィラ・ホテルのプロジェクトは僕にとって大切だし、実際に現場をよく見るのも必要だろう。それに、へとへとになるほど働いていない妻を二、三日じっと見ているのも楽しそうだ」

「わたしのことは心配しないでと言っても無駄だろうけど、この際だから言わせてもらうと、心配してもらって感謝してるわ。それがものすごく苛立たしいときでも、感謝してる」

「頭痛は消えたようだね」

「ほらね？　苛立たしいけど、感謝してるわ――あなたにはわかっているだろうけど。だから……愛してる。ものすごく愛しているし、あなたの代わりにドロイドと人間の混合種なんて絶対にいらない」

「そう言ってもらえることにも感謝するよ」

「わたしは世間知らずじゃないから」イヴはつぶやいた。「何を手に入れたか、誰を手に入れたかわかってる。それはそうと、スープをミートボール・スパゲッティに代えられない？　もうイタリアにいる気分で。ワイン、スパゲッティ、セックス、寝る。そうじゃなければ、まずセックスしてから、それ以外。そうじゃなければ――」

ロークはまたイヴの手を取り、またキスをしながら、邸の門を抜けた。

「とくに決めないでぶっつけ本番でいこう」

「それがいいわ」

ふたりは気持ちのおもむく順番で、その四つをすべてを味わった。イヴは春の日差しを受けて目を覚まし、イタリアン・スタイルでロークに身をすり寄せた。

そして、四つのなかの格別なものにまた取りかかった。

訳者あとがき

イヴ&ローク・シリーズ第五十作『レディ・ジャスティスの裁き』（*Vendetta in Death*）をお届けします。

米国で一九九五年七月に始まったこのシリーズ。二〇〇二年十二月に邦訳の第一作『この悪夢が消えるまで』が出版されてから十八年がたち、日本では今回が記念すべき五十作目です。

二〇六一年四月、早朝。ニューヨークの歩道に放置されていた男性の全裸遺体は、体じゅう火傷とあざだらけで局部を切り取られていた。遺体には、男性の不貞と悪行を非難する正義の淑女《レディ・ジャスティス》からのメッセージが。理想的な夫であり父親と思われていた男にいったい何があったのか？　地道な捜査が始まってほどなく、また同じような目に遭わされた遺体が発見される。殺された男性とつながりのある女性たちは、心身に傷を負った女性専門の、あるサポートグループに参加していた。夫や恋人の死を知らされ、取り乱す女性たち。殺人は、彼女たちの誰かが企《たくら》んだことなのか、それとも……。

暴力、虐待、脅し。クズのような男たちの話をサポートグループの女性たちから立て続けに聞かされ、事情聴取する捜査官ピーボディは、うんざりするのを通り越して落ち込んでしまいます。幼いころ、虐待された経験のある警部補イヴは、自分の敵だったような男たちを守るために捜査することと、警官としての義務感の間で揺れ動きます。しかし、それを乗り越え、法による真の正義が果たされることを目指します。

二〇一七年の秋ごろから世界的に広がった#ＭｅＴｏｏ運動。米国ハリウッドの大物プロデューサー、ハーベイ・ワインスタイン（『恋に落ちたシェイクスピア』でアカデミー作品賞を受賞）の性暴力が暴かれたのがきっかけでした。大物コメディアンや有名司会者などのセクハラ行為も次々と告発されました。作者のロブが#ＭｅＴｏｏ運動に影響されてこの作品を手がけたのは、アメリカで本作品が出版された時期（二〇一九年九月）から逆算して、間違いないと思われます。

これまでシリーズで描かれた近未来のニューヨークでは、ドロイドが家事をこなし、車が宙に浮き、オートシェフにプログラムすればすぐに料理が出てきます。本物は何でも高級品で、口にするのは肉の代用品であり、コーヒーもどきです。専業母親は職業で、同性婚が当たり前の世の中。近未来を感じる一方で、懐かしささえ覚える人びとの暮らしもあります。毎日のようにバーで飲んだくれ、野球中継にケチをつけている男。日々、ウェイトレスの仕事とオーディションに明け暮れる女性。毎晩、子どもを寝かしつけるのを「闘い」にたとえる母親。心中事件に気持ちがふさぐ新米捜査官。舞台は四十年後でも、ロブが描いているのはあくまでも現代に生きる人びとです。その人間くささと、ありありと目に見えるような現実感が本シリーズの魅力のひとつでしょう。威勢のいい女性が次から次へと登場するのも楽しく、元気をもらえます。イヴとレオとナディーンのトリオは最強です!

最近のロブのメールマガジンには、新型コロナウィルスの感染が広がった今年の春以来、限られた家族とメリーランドの自宅でひっそり過ごしているようすが記されています。「マスクと、消毒液と、手洗いの日々」は、わたしたちとまるきり同じです。出かけたのは、歯の治療と、インフルエンザの予防注射と、免許証の更新のときだけ。自宅にこもり、感染対策を万全にして、ひたすら執筆に没頭する毎日だそうです。

大学生の孫娘は、検査で陰性を確認してから授業をすべてオンラインに切り換え、自主隔離期間を過ごしてからロブの自宅にやってきたと言います。そんな孫娘に手伝ってもらって感謝祭には例年どおりパイを焼き、新しいパンのレシピにも挑戦しています。クリスマスプレゼントの買い物はすべてオンラインで済ませたそうです。そして、二歳になった孫のグリフィンくんはもう十か月も家族以外と会っていない、とロブおばあちゃんは嘆いています。小さな子どもといえば、おしゃべりがだんだん達者になってきたベラとイヴのやりとりも本シリーズの見どころのひとつになってきました。

〝ステイホーム〟中、小説を書いているあいだは現実から逃避できた、と語るロブ。「今、〈ターン・ザ・ページ〉（ロブが夫と所有する書店）でサイン会を開いたり読者と語り合ったりできないのは寂しいけれど、今は郵送される本で別世界に浸って楽しんでください」「二〇二一年がこんなにひどいことはありえませんから」と伝えています。

#ＭｅＴｏｏ運動に刺激を受けて今作を書いたロブが、世界をがらりと変えてしまったコロナ禍について今後、何らかの形で触れるのかどうか、それも興味のあるところです。

日本では今回、五十作目の出版と同時に、第一～三作目を新装版で復刊しています。イヴとロークの出会いから結婚、それぞれが抱える過去についても触れられている、シリーズのなかでも人気のある重要な作品です。どうぞお楽しみください。

二〇二〇年十二月

レディ・ジャスティスの裁き
イヴ&ローク 50

著者 J・D・ロブ

訳者 中谷《なかたに》ハルナ

2021年2月26日 初版第1刷発行

発行人 三嶋 隆

発行所 ヴィレッジブックス
〒150-0032 東京都渋谷区鶯谷町2-3 COMSビル
電話 03-6452-5479
https://villagebooks.net

印刷所 中央精版印刷株式会社

ブックデザイン 鈴木成一デザイン室

DTP アーティザンカンパニー株式会社

ISBN978-4-86491-499-4 Printed in Japan